ullstein

DANIEL KALLA ist ausgebildeter Notfallmediziner und arbeitet seit vielen Jahren im kanadischen Gesundheitswesen. Seine Erfahrungen als Mitglied in der Taskforce zur Bekämpfung der SARS-Epidemie brachten ihn 2003 auf die Idee für seinen ersten Thriller. Mittlerweile hat Daniel Kalla zehn Bücher geschrieben und ist internationaler Bestsellerautor. Er lebt mit seiner Familie in Vancouver.

DANIEL KALLA

PATIENT NULL

WER WIRD ÜBERLEBEN?

THRILLER

Aus dem Englischen von
Sabine Schilasky

Ullstein

Besuchen Sie uns im Internet:
www.ullstein.de

Deutsche Erstausgabe im Ullstein Taschenbuch
1. Auflage Mai 2020
2. Auflage 2020

Titel der kanadischen Originalausgabe: *We all fall down* (Simon & Schuster, Toronto)
Published in agreement with the author.
Umschlaggestaltung: zero-media.net, München
Titelabbildung: © FinePic®, München
Gesetzt aus der Quadraat Pro powered by pepyrus.com
Druck und Bindearbeiten: CPI books GmbH, Leck
ISBN 978-3-548-06413-0

Für meine Töchter
Chelsea und Ashley

Kapitel 1

Da ist er wieder. Und beobachtet. Immer beobachtet er. *Hat der alte Blödmann nichts anderes zu tun?*, fragt sich Vittoria Fornero, als sie den Plan zusammenrollt und unter ihren Arm klemmt.

Der kleine Mönch taucht täglich auf, seit das erste Team herkam, um das alte Kloster abzureißen. Wie immer trägt er die traditionelle schwarze Kutte der Benediktiner, die Kapuze zurückgezogen, sodass der zauselige weiße Haarkranz an dem ansonsten kahlen Kopf zu sehen ist. Jeden Morgen gegen neun erscheint er mit einem rostigen Klappstuhl unter dem einen Arm und einer abgewetzten schwarzen Aktentasche unter dem anderen. Manchmal trinkt er aus einer Thermoskanne oder liest in einem zerblätterten Gebetbuch. Doch normalerweise, wie jetzt, sitzt er einfach nur am Rand der Baugrube und beobachtet das Geschehen wie eine Taube auf einer Dachrinne.

Die meiste Zeit fügt sich der Mönch wie selbstverständlich ins Bild ein, ähnlich den riesigen gelben Baggern, den Holzstapeln und den Schutt- und Geröllhaufen. Heute Morgen jedoch fehlen Vittoria die Nerven für den ungeladenen Zuschauer.

»*Se nè andata!*«, ruft sie ihm zu, während sie ihre Windjacke fester zuzieht, weil sie ein scheußliches Frösteln überkommt. »Ihre Reliquie ist weg, alter Mann, tot. Und die Beerdigung ist vorbei!«

Tatsächlich kann Vittoria das alte Kloster noch vor sich sehen:

ein schlichter romanischer Bau, der an der Südseite bereits bröckelte; vor Jahren schon war ein Teil des Klostergangs eingestürzt. Doch bei aller Baufälligkeit hatte Vittoria den besonderen Charme der Abtei gemocht. Und obwohl sie überzeugte Atheistin ist, bewirken die Kindheitserinnerungen an Furcht einflößende Nonnen doch, dass ihr beim Gedanken an den Abriss des uralten Gotteshauses mulmig wurde.

Der alte Mönch beantwortet ihre absichtlich aggressive Äußerung mit einem freundlichen Winken, sodass sie sich fragt, ob es an seinem Gehör ebenso hapern könnte wie offenbar an seinem Verstand. Dennoch gibt sie nicht nach; nicht heute Morgen, nachdem er bereits ihre Arbeit beeinträchtigt und ihre stechenden Kopfschmerzen verschlimmert hat.

Eine Viertelstunde hatte sie in dem engen, überheizten Containerbüro damit vergeudet, einen der Arbeiter, einen pickligen Lehrling namens Emilio, zu beruhigen.

»Jetzt hör mal zu, Emilio!«, hatte Vittoria ihn mitten im Satz unterbrochen, weil sie seine Panik keine Sekunde länger aushielt. »Dieser schmarotzende Mönch ist sauer, weil er sein Dach überm Kopf verloren hat, sonst nichts!«

»Aber, Vittoria«, murmelte Emilio. »Bruder Silvio ... er sagt, es geht nicht nur um das Kloster.«

»Und um was dann?«

»Bruder Silvio sagt, das Kloster ... es steht auf geheiligter Erde.«

»Für einen Mönch vielleicht. Für uns ist es bloß eine Baustelle. Genau wie jede andere.« Allerdings musste sie zugeben, dass die Krypta unter dem Kloster eine Überraschung gewesen war. Keiner hatte erwartet, solch einen komplexen Keller mit kreuz und quer verlaufenden Gängen freizulegen. Und all die winzigen Knochen. Als Vittoria sie sah, dachte sie zuerst unwillkürlich an ihre zwei Kinder. Doch sie war nicht in der Stimmung, über mittelalterliche Architektur zu diskutieren.

»Was ist mit Yas?«, fragte Emilio.

»Was soll mit ihm sein?« Vittoria klang trotziger als beabsichtigt.

»Vorgestern ging es ihm nicht so gut«, antwortete Emilio. »Und gestern ist er nicht gekommen. Ich habe ihn seitdem nicht mehr gesehen.«

»Na und? Wahrscheinlich ist er verkatert.«

»Yas trinkt nicht. Und er antwortet nicht auf Textnachrichten oder Anrufe. Bruder Silvio sagt ...«

»Es reicht, Emilio! Um Gottes willen!« Vittoria hielt die Hände in die Höhe. »Kein Wort mehr! Sonst kannst du dir am Hafen Arbeit als Decksschrubber auf den Fischkuttern suchen. So wie Yas bald auch.«

Vittoria drückt die Daumen gegen ihre Schläfen, um das Pochen zu lindern und die Erinnerung an das Gespräch mit dem panischen Jungen zu vertreiben. Sie wünschte, Emilio hätte Yas nicht erwähnt.

Ihre Beine zittern, und wieder überkommt sie ein Frösteln. Die überdrehte Wetterfrau im Fernsehen hatte für Genua an diesem Morgen Rekordtemperaturen angekündigt. Die Aprilsonne steht bereits hoch über den Hügeln oberhalb der Stadt, wo die Baustelle ist, doch Vittoria scheint die Wärme nichts zu bringen.

Maria hatte sie gewarnt, dass sie zu krank sei, um zu arbeiten. Natürlich war das typisch für Maria, die schon beim leisesten Schniefen ihre Zwillinge zu Hause behielt. Vittoria muss unweigerlich schmunzeln. Für sie beide war es in einer traditionsverhafteten Stadt wie Genua nicht immer leicht gewesen, trotzdem ist und bleibt Maria das Beste, was Vittoria jemals passiert ist. Und wie immer hatte sie recht. Vittoria kann sich nicht erinnern, sich schon mal mieser gefühlt zu haben. Das Atmen fällt ihr seltsam schwer. Jeder Schritt ist anstrengend. Ihr Kopf steht in Flammen. Doch die größte Sorge macht ihr ihre Achsel. Die bläuliche Beule dort ist angeschwollen und mittlerweile so groß wie ein Ei und pocht wie ein entzündeter Zahn. Schon der kleinste Kontakt mit ihrem Overall schmerzt höllisch.

Aber Vittoria hat in zwanzig Jahren keinen einzigen Tag wegen Krankheit gefehlt. Und ganz sicher wird sie es jetzt nicht, denn sie sind bereits im Verzug, und der Chef bangt um die Finanzierung. Ihre erste Amtshandlung heute wird sein, diesen aufdringlichen Mönch dauerhaft loszuwerden, ehe er die anderen Arbeiter vergrault und sie noch mehr Rückstand ansammeln. Schon vor Wochen hätte sie die Sicherheitsleute das mit ihm regeln lassen sollen, doch jetzt muss sie es eben selbst erledigen. Sie strafft ihre Schultern und marschiert auf Bruder Silvio zu.

Als sie nahe genug ist, um seinen Kaffee zu riechen, muss Vittoria stehen bleiben, um zu verschnaufen. Eine unsichtbare Flamme erhitzt ihr Inneres von den Zehenspitzen bis zu den Haarwurzeln, und ihre Knie zittern so sehr, dass sie beinahe erwartet, ein Klappern zu hören.

Der alte Mönch schraubt seine Thermoskanne zu und lehnt sich auf seinem Stuhl nach vorn. Seine Augen blitzen. »Was ist mit Ihnen, meine Liebe?«, fragt er. »Kann ich Ihnen helfen?«

»Ja! Sie können verdammt noch mal von meiner …« Ein plötzlicher Hustenanfall lässt sie verstummen.

Vittoria fühlt Schleim ihre Luftröhre emporsteigen und hebt eine Hand an ihren Mund. Einen Moment lang kann sie nicht atmen. Als es endlich vorbei ist, spürt sie etwas klebriges Warmes in ihrer Hand und wird panisch, noch ehe sie die Handfläche öffnet und den Klumpen geronnenen Bluts sieht.

Kapitel 2

Die arme Frau sieht wie eine aufgewärmte Leiche aus, denkt Sonia Poletti, als sie den Unterarm der Patientin nach einer Vene absucht. Die Haut fühlt sich unnatürlich kalt an, und die Patientin atmet trotz der großen Sauerstoffmaske über Mund und Nase sehr schwer. Ihre Erfahrung sagt Sonia, dass die Frau bald an einem Beatmungsgerät auf der Intensivstation hängen wird, doch es steht ihr nicht zu, irgendwas dazu zu sagen.

Sie legt bunte Teströhrchen neben dem Ellbogen der Patientin auf die Liege. Wenn sie gefüllt sind, werden sie in unterschiedliche Prüfapparate gesteckt, von einem hochmodernen Proteinspektrometer bis hin zu einem Objektträger im Mikroskop des Pathologen.

Die Frau hebt den Kopf vom Kissen, kann ihn jedoch nur wenige Sekunden halten, bevor er wieder nach unten sackt. »Sind Sie Ärztin?«, fragt sie heiser und kurzatmig.

»Ich bin aus dem Labor und hier, um mehr Blutproben zu nehmen.«

»Noch mehr? Lassen Sie mir noch was übrig?«

»Ja.« Sonia lächelt hinter ihrer Gesichtsmaske. »Mehr als genug.«

Die Patientin hustet so heftig, dass die Teströhrchen auf der Matratze klimpern. »Wissen Sie immer noch nicht, was ich habe?«

Die Schwestern draußen hatten eine mögliche Tuberkulose erwähnt, doch Sonia hatte nicht weiter mit ihnen gesprochen. Heute will sie unbedingt pünktlich Feierabend machen. Sie berührt den Arm der Frau. »Wir haben hier die besten Ärzte. Wenn sie es jetzt noch nicht wissen, werden sie es bald.« Sie stockt. »Sind Sie Vittoria Fornero?«

Die Patientin nickt.

Sonia kniet sich neben das Bett. Aus Gewohnheit dreht sie das Krankenhausarmband am Handgelenk um und überprüft den Namen. Dann befestigt sie das Tourniquet oberhalb des Ellbogens und zieht es so stramm, dass die Vene darunter hervortritt. Mühelos führt sie die Nadel der Butterfly-Kanüle durch die Haut in die Ader. Blut läuft in den dünnen Schlauch. Sonia steckt das andere Ende auf das erste Teströhrchen.

»Haben Sie Kinder?«, fragt Vittoria.

»Eins.« Sonia unterdrückt ein Lächeln. »Florianna – Flori –, sie ist fünf.«

»Ich habe zwei. Zwillinge. Acht Jahre. Junge und Mädchen.«

»Wie schön, von jedem Geschlecht eines.« Es ist sehr unwahrscheinlich, dass Sonia noch ein Kind bekommt, ob Junge oder Mädchen. Floris Vater hatte sie noch vor dem Ende des ersten Trimesters verlassen. Zwar ist Sonia erst einunddreißig und könnte, wie ihre Mutter immer wieder sagt, noch mehrere Kinder bekommen, aber das wird sie nicht. Flori ist für sie Freude genug.

Vittoria hustet wieder würgend. »Ich würde meine gerne wieder im Arm halten.«

»Bald«, murmelt Sonia, die in Gedanken schon bei Floris Tanzaufführung heute Abend ist. Sie muss dringend rechtzeitig zu Hause sein, um den Schwanz am Tutu ihrer Tochter fertig anzunähen.

Vittoria wird von einer neuen Hustenattacke durchgeschüttelt.

Es klingt furchtbar, wie ein alter Lkw-Motor mit Startschwierigkeiten. Sonia bemerkt, dass Vittoria sich die Augen wischt. Blutiges Sputum ist unter der Sauerstoffmaske hervor- und auf ihre Stirn gespritzt.

Sonia nimmt ein Papiertuch aus der Schachtel in ihrem Korb, beugt sich vor und wischt den Schleim weg. Vittoria lächelt matt. Als sich ihre Blicke begegnen, sieht Sonia Angst in den Augen der anderen Frau.

Plötzlich verkrampft Vittoria sich hustend. Sonia fühlt etwas Feuchtes, das ihre Haut oberhalb der Maske trifft, und reißt den Kopf zurück.

Verdammt! Sie stolpert einen Schritt rückwärts, greift nach einem alkoholgetränkten Tuch – mit dem eigentlich die Instrumente gereinigt werden – und schrubbt damit grob ihre Haut.

Vittoria kann nicht aufhören zu husten. Die Liege wackelt mit jedem Keuchen.

Sonia beruhigt sich damit, dass ihr Tuberkulin-Hauttest schon seit Langem positiv ist, was bedeutet, dass sie der Tuberkulose bereits ausgesetzt war und sie nicht wieder bekommen kann. Trotzdem müsste sie den Vorfall ihrem Vorgesetzten und der Stelle für Mitarbeitergesundheit und -sicherheit melden. Doch dafür hat sie keine Zeit. Sie hat ihrer Mutter versprochen, ihr ein Video von Floris Tanz zu schicken, und sie muss den Kameraakku noch laden. Also wischt sie ihre Wange stattdessen mit noch einem Tuch ab, nimmt die Teströhrchen auf und eilt aus dem Zimmer.

Kapitel 3

Acht Jahre. Alana Vaughn hat ihn seit über acht Jahren nicht gesehen. Und wie wenig er sich verändert hat. Ja, seine Wangen sind ein wenig voller und auch geröteter. Doch sein Lächeln – »ganz blaue Augen zum Dahinschmelzen und endlose Grübchen«, wie eine englische Krankenschwester einst schwärmte – ist dasselbe.

»Ah, Alana. *Ciao bella* … Noch schöner als in meiner Erinnerung!«, sagt Dr. Nico Oliva.

Seine vertraute tiefe Stimme und das stets amüsierte Timbre lösen längst vergessene Schmetterlinge in ihrem Bauch aus. »Und du, Nico, bist sogar noch italienischer, als ich es in Erinnerung habe.«

Nico bedeutet ihr mit einem Schulterzucken, dass er dagegen machtlos ist, und Alana weiß wieder, warum sie sich damals in ihn verliebt hatte.

Sein Büro ist typisch minimalistisch eingerichtet. An den Wänden sind nur einige gerahmte Urkunden von medizinischen Abschlüssen und drei Schwarz-Weiß-Bilder von afrikanischen Landschaften, von denen Alana eine aus ihrer gemeinsamen Zeit in Angola wiedererkennt. Nico tritt hinter seinem Schreibtisch vor und küsst sie auf die Wangen, wobei er eine Spur von Zitrusduft zurücklässt. »Du hättest nicht persönlich kommen müssen.«

»Doch, musste ich.« Seine Textnachricht war so unerwartet und willkommen gewesen.

»War es schwer, mein Büro zu finden?«

»Eigentlich nicht.« War es tatsächlich doch.

Alana war schon in einigen der berühmtesten Krankenhäuser gewesen, vom Johns Hopkins bis zur Mayo Clinic, doch das Ospedale San Martino zählt zu den weitläufigsten, als wäre es über Jahrzehnte immer wieder ausgebaut worden. Und die Schilder waren keine Hilfe. Alana spricht passabel Deutsch, weil sie als Teenager in Heidelberg gelebt hatte, als ihre Eltern dort für ein Jahr stationiert gewesen waren; ihr Italienisch hingegen ist praktisch nicht vorhanden. Entsprechend war es nicht leicht, durch die verwinkelten Korridore und versteckten Treppenaufgänge dieses Labyrinths zu Nicos Büro in der Abteilung für Infektionskrankheiten zu finden.

Nico mustert sie unverhohlen. »Wir müssen unbedingt mal wieder richtig reden. Gehen wir bald zusammen essen? Ich bestehe darauf.« Er lächelt wieder. »Aber bestimmt willst du die Patientin sehen, oder?«

»Ja, sehr gern.«

»Komm, ich bringe dich zu ihr.« Er greift nach ihrem Arm und hakt sich bei ihr ein. Der Kontakt ist vertraut und angenehm. Eventuell zu angenehm.

Der Korridor ist von Neonröhren beleuchtet und riecht nach Desinfektionsmittel. Es wimmelt von Personal und Patienten, die in Gespräche vertieft sind und dabei ihre Hände ebenso viel bewegen wie ihre Lippen. Niemand scheint die beiden Leute zu beachten, von denen einer einen Laborkittel trägt, die Arm in Arm vorübergehen. Alana schmunzelt. *Das gibt es nur in Italien.*

»Wo wohnst du?«, fragt Nico.

»Im Grand Hotel Savoia.«

»Ah, am Bahnhof.« Nico blickt zur Seite. »Ich hätte dich ja gerne zu uns eingeladen, aber Isabella … und die Kinder … du hättest keine Sekunde Ruhe.«

Natürlich gibt es eine Isabella. Alana hatte nichts anderes erwartet, dennoch zieht sie ihren Arm aus seinem. »Kinder, Nico? Plural? Ich hatte keine Ahnung.«

»Ja. Enzo ist inzwischen drei, Simona ist erst vier Monate. Kannst du dir das vorstellen? Ich?« Er lacht und schaut für einen Moment zur Seite. »Ein langweiliger Familienvater.«

»Nein, eigentlich nicht.«

Nico sieht wieder zu ihr. »Und du? Hast du …?«

»Ich bin nie lange genug an einem Ort, um mir einen Hamster anzuschaffen, geschweige denn eine Familie.«

Sie weiß, dass er ihre Unbeschwertheit durchschaut. »Mir fehlt die Action, Alana. Was wir früher gemacht haben. Was du immer noch tust.«

Sie denkt an ihre vorherigen Einsätze in der Seuchenbekämpfung wie beim Gelbfieber in Guyana, bei der multiresistenten Tuberkulose in Zentralasien und natürlich Ebola in Westafrika. An die Gesichter der Toten und Sterbenden, vor allem der Kinder, die immer die Anfälligsten sind. »Manche Dinge möchte man lieber nicht sehen, Nico.«

Er antwortet nicht, aber sie merkt, dass er anderer Meinung ist. Als sie um eine Ecke gehen, sagt er: »Übrigens hatte ich es zuerst unter deiner WHO-Adresse versucht, und die E-Mail kam zurück. Natürlich habe ich immer noch deine Handynummer, aber …«

Alana erinnert sich an seine Textnachricht und wie aufgeregt sie war, von ihm zu hören. Ihre schmerzliche Trennung hatte sie vergessen. Sie hätte auch ungeachtet der Umstände einen Vorwand erfinden können, ihn zu besuchen, doch die beiden Worte in seiner Nachricht – *die Pest* – bewirkten, dass sie sofort für Genua packte. »Ich bin nicht mehr bei der WHO.«

»Aha? Ich dachte, du wärst das, was wir damals ›Lebenslängliche‹ nannten.«

Dachte ich auch mal. Sie überlegt, ihm von ihrem katastrophalen letzten Einsatz während der Ebolakrise in Liberia zu erzählen. Nico hat selbst für die WHO gearbeitet. Gerade er würde es verstehen. Doch sie sagt nur: »Ich brauchte eine Veränderung.«

»Bist du nicht in Genf?«, fragt er verwirrt.

»Nicht weit von dort«, antwortet sie ausweichend.

»Alana.« Er zieht eine Augenbraue hoch. »Du bist doch nicht wieder beim Militär, oder?«

»Reden wir später beim Wein«, sagt sie und bereut es im selben Moment. »Nico, erzähl mir bitte von der Patientin.«

»Vittoria Fornero, eine zweiundvierzigjährige, vormals gesunde Bauarbeiterin. Sie ist vor zwei Tagen hier ins Krankenhaus gekommen, hatte Fieber und hat Blut gehustet. Innerhalb von vierundzwanzig Stunden mussten lebenserhaltende Maßnahmen eingeleitet werden.«

Alana fühlt, wie die Anspannung in ihrer Schulter zunimmt. »Ihr habt sie hoffentlich gleich isoliert?«

»Natürlich.« Nico schnaubt. »Anfangs haben die anderen Ärzte es für Tuberkulose gehalten.«

»Und wie bist du darauf gekommen, dass es keine ist?«

»Ich habe die Schwellung in ihrer rechten Achselhöhle gefunden. Die ist eindeutig. Ein klassischer Bubo.«

»Hast du eine Biopsie gemacht?«

»Nicht nötig, Alana. Die Sputumkulturen verraten es. Keine Frage, es ist die Pest. Das *Yersinia pestis*-Bakterium ist in den Petrischalen schneller gewachsen, als sich Ratten in einem Slum vermehren.«

Alana findet diese Metapher zynisch, hält aber den Mund, als sie zu zwei Putzkräften in einen Fahrstuhl steigen, die sich in einer anderen Sprache unterhalten, bei der es sich um Russisch oder Ukrainisch handeln könnte.

Nico und sie steigen im fünften Stock aus. Obwohl sie allein auf dem Korridor sind, senkt Alana die Stimme. »Hast du frühzeitig mit einer Antibiotikabehandlung angefangen?«

Nico verzieht das Gesicht. »In dem Moment, in dem ich sie gesehen habe! Noch bevor die Ergebnisse der Kulturen da waren. Breitspektrumantibiotikum, einschließlich Levofloxacin und Doxycyclin.«

»Trotzdem hängt sie noch am Beatmungsgerät?«

»Es gab eine kurze Verzögerung, solange die Arbeitshypothese noch Tuberkulose war«, gesteht er. »Und es ging ihr sehr schnell sehr schlecht. So etwas habe ich noch nie gesehen, Alana.«

»Wann war der letzte Pestfall in Italien?«

Nico bleibt stehen, und Alana tut es ihm gleich. »Vor sechs oder sieben Jahren. Zwei Missionare aus Madagaskar hatten sie nach Mailand eingeschleppt.«

»Und wie in aller Welt fängt sich eine Bauarbeiterin in Genua die Pest ein?«

»Vittoria war vor drei Wochen mit ihrer Familie in Afrika, in Addis Abeba, wo ihre jüngste Schwester mit ihrem äthiopischen Ehemann lebt. Es wurden in letzter Zeit Fälle in Ostafrika gemeldet.«

Alanas Gedanken überschlagen sich. »Das ist zu lange her. Die Inkubationszeit beim Pestbakterium beträgt normalerweise zwei bis sechs Tage. Da hätte sie vor Wochen krank werden müssen.«

»Es kann länger dauern. Und wie wäre es sonst zu erklären?«

Alana fallen einige Möglichkeiten ein, doch die behält sie für sich. »Nico, das ist nicht bloß die Beulenpest …«

»Natürlich nicht. Es ist in ihrer Lunge. Sie hat die Lungenpest.«

»Und wann gab es von der den letzten Fall in Italien?«

»Vor drei-, vierhundert Jahren? Wer weiß! Vielleicht seit dem Mittelalter nicht mehr.«

Für einen Moment verstummen sie, bis es aus einem Lautsprecher an der Decke knackt. Eine Stimme ruft dringlich dreimal hintereinander denselben Satz. Alana muss es nicht verstehen, um zu begreifen, was es bedeutet.

Nico dreht um und läuft los. Alana rennt ihm hinterher und huscht durch eine Glasschiebetür, bevor sie sich schließt. Drinnen steht auf einem Schild über einem Schreibtisch SALA DI RIANIMAZIONE, und Alana erkennt sofort, dass sie auf der Intensivstation sind.

Alarme schrillen. Intensivpflegepersonal schart sich vor einem verglasten Raum hinten in der Ecke. Irgendwo heult eine Frau, doch Alana kann sie in der Menge nicht ausmachen.

Nico drängt sich durch, und Alana bleibt dicht hinter ihm. Eine mollige Frau mittleren Alters packt seinen Arm. »*Dottore Oliva! Mia Vittoria!*«, ruft sie schluchzend und sehr schnell.

Nico legt tröstend einen Arm um sie, und ihr Weinen wird noch schlimmer.

Alanas Blick wandert zu dem Fenster des Zimmers. Die Szene darin erinnert sie an die schlimmsten Tage der Ebolakrise. Vier Mitarbeiter tragen maximale persönliche Schutzausrüstung, besser bekannt als PSA, von Kapuzen mit durchsichtigen Gesichtsmasken bis hin zu wasserfesten Stiefeln. Sie wuseln um eine Frau auf einer Liege herum, und ihre panische Energie ist durch das Glas zu fühlen. Auch die Patientin – die an einer Vielzahl von Schläuchen und Drähten hängt – ist nicht still. Sie wirft sich in einem unkontrollierbaren Krampf hin und her.

Nico schaut über seine Schulter zu Alana und hat den hilflosen Gesichtsausdruck eines Rettungsschwimmers, der jemanden ertrinken sieht und wegen des starken Wellengangs nichts tun kann.

Der durchsichtige Schlauch, der vom Mund der Patientin zum Beatmungsgerät führt, wird rot, als wäre er plötzlich an eine Arterie anstelle der Lunge angeschlossen. »DIG«, murmelt Alana vor sich hin: disseminierte intravasale Gerinnung. Die Blutgerinnung der Patientin versagt genauso wie ihr Herz.

»Vittoria! *Vittoria!*« Die Frau vor dem Fenster reißt sich von Nico los und wirft sich gegen die Scheibe. Sie schlägt auf das Glas ein, bis zwei Schwestern sie wegziehen.

Die Patientin biegt den Rücken nach oben, bis nur noch ihr Kopf und ihre Fersen auf dem Bett sind, als wollte sie abheben. Diese unnatürliche Stellung hält sie eine gefühlte Ewigkeit, ehe sie nach unten sackt und sich nicht mehr rührt.

Doch es ist keine gute Ruhe. Das weiß Alana schon, bevor das Blut aus Vittorias Nase und Augen zu sickern beginnt.

Kapitel 4

Dies ist der dreiundzwanzigste Tag des Januars im Jahre des Herrn dreizehnhundertundachtundvierzig.

Ich, Rafael Pasqua, Sohn des Domenico, wurde im Jahr dreizehnhundertundelf hier in Genua geboren. Und ich werde höchst gewiss auch hier sterben.

Nie zuvor habe ich meine Erinnerungen auf Pergament festgehalten, bin jetzt indes genötigt, es zu tun. Vergebt mir, dass ich kein Mann des Wortes bin. Ich bin ein Bader, keiner der gelehrten Doktoren, die an einer Universität ausgebildet wurden. Ich hatte jedoch das Glück, bei dem großen Antonio Calvi in die Lehre zu gehen, der unser Handwerk auf eine Weise praktizierte, wie es ihm sehr wenige gleichtun und noch weniger jemals übertreffen werden.

Heute habe ich meine geliebte Frau begraben, Camilla. Wie sehr zittert meine Hand, wenn ich ihren Namen schreibe! Sie war neunundzwanzig Jahre alt und so schön wie Frühlingsflieder. Ich kann ihre Stimme noch hören. Und ich könnte ihr Grab mit meinen Tränen füllen.

In dieser entsetzlichen Leere tröstet mich dennoch ein Gedanke. Hatten Camilla und ich es ehedem als einen Fluch gesehen, dass sie uns kein Kind schenken konnte, dünkt es mich jetzt ein kleiner Segen. Sie starb, wie ich es werde, ohne jemals den Schmerz zu erfahren, das eigene Kind zu Grabe tragen zu müssen. Könnte ich doch das-

selbe von so vielen anderen in Genua sagen! Oberto, der Wirt der hiesigen Taverne, hat bereits zwei Söhne und vier Töchter begraben. Ich kümmerte mich in ihren letzten Stunden um Obertos Gemahlin und glaube fest, dass sie nicht an der Pestilenz gestorben ist, sondern am gebrochenen Herzen.

Was bei Camilla nicht so war. Sie ging bei bester Gesundheit zu Bette und erwachte an ihrem eigenen Phlegma erstickend. Eines von unzähligen Opfern der Brustpest.

Heute schaufelte ich ihr Grab mit Hilfe meines Kollegen Jacob ben Moses. Anders als viele andere Doktoren hat Jacob sich meiner Zunft gegenüber nie hochmütig gezeigt. Wir bilden sogar eine gewisse Bruderschaft. Dem Gesetz nach darf er ausschließlich andere Juden behandeln, aber ich wende mich ratsuchend an ihn, bin ich gelegentlich allzu perplex. Und im Gegenzuge führe ich Operationen an seinen Patienten durch, so es erforderlich ist. Jacob ist weit über sechzig Jahre alt, arbeitet aber bis dato so schwer wie jeder andere in Genua. Und heute erfuhr ich, dass der alte Jude für einen Mann seines fortgeschrittenen Alters einen bemerkenswert starken Rücken hat.

Warum, fragt Ihr Euch gewiss, sollen zwei Männer, die ihr Leben dem Studium der Medizin gewidmet haben, mit eigenen Händen ein Grab schaufeln? Es mag widersinnig erscheinen, aber ich kann den Preis für einen Totengräber nicht aufbringen. Überdies kann jeder von Glück sagen, wenn er einen Totengräber findet, der noch am Leben und nicht zu ängstlich ist, die Arbeit zu tun.

Ich nehme nicht an, dass ich lange genug leben werde, um viele Seiten zu füllen. Vielleicht wird es nur diesen einen Eintrag geben. Doch solange ich atme, bin ich der Nachwelt wie auch all den verlorenen und vergeudeten Leben verpflichtet, insbesondere dem meiner teuren Camilla, niederzuschreiben, wie diese Pestilenz meine einst große Stadt dem Erdboden gleichmacht.

Mag sein, dass die Apokalypse schon begonnen hat, wie viele Priester und Bischöfe predigen, herbeigeführt durch unsere Sünden. Doch ich muss aufzeichnen, was ich sehe. Mein Arbeitsleben habe ich der Wissenschaft gewidmet, und was wäre wissenschaftlicher als eine sorgfältig dokumentierte Beobachtung?

Wie so vieles, das Genua erreicht, kam auch die Pest südwestwärts übers Meer herbei. Es war kein Dämon oder Ghul, der sie brachte. Es waren aus Genua gebürtige Kaufleute und Matrosen. Sie trugen diesen Fluch den weiten Weg aus dem Osten herbei, aus Caffa, jenseits von Kleinasien.

Die ersten pestgeplagten Schiffe erschienen im späten Herbst am Horizont. Wir waren von neapolitanischen Händlern gewarnt worden, dass sie kämen, und unsere Soldaten konnten sie mit Flammenpfeilen und anderem zur Umkehr zwingen. Ende Dezember, nur wenige Tage nachdem wir die Geburt unseres Herrn gefeiert hatten, schlich sich ein anderes infiziertes Schiff in den Hafen. Der hinterlistige Kapitän versteckte die Toten und Sterbenden unter Deck. Gierig verkaufte er seine verpesteten Waren an ahnungslose Händler im Hafen und vergiftete unsere edle Stadt. Als der Schaden angerichtet war, segelte er mit seinem verfluchten Schiff davon, und es heißt, dass er die Pestilenz in Sizilien und Griechenland verbreitet hat.

Innerhalb von wenigen Tagen begann das Sterben. Die faulenden Kadaver von Schweinen, Ziegen, Ratten, Katzen und Hunden waren die Vorboten der Pestilenz.

Nun, da die Pest uns erreicht hat, kann niemand dem Tod entfliehen, ungeachtet seiner Stellung. Nicht nur die Totengräber setzen sich einer schrecklichen Gefahr aus. Doktoren, die Kranke versorgen, Priester, die letzte Ölungen geben, und Anwälte, die Testamente aufsetzen, sie alle siechen dahin.

Als Jacob und ich heute die letzte Ruhestätte meiner Frau gruben, murmelte er in seiner unverständlichen Sprache vor sich hin. Ich fragte ihn, was er da singe, und er antwortete mir, es sei ein hebräisches Totengebet. Als ich vorschlug, es wäre weiser, seine Gebete für die Lebenden aufzusparen, lachte er und wies mich darauf hin, dass die Toten die Einzigen seien, für die noch Hoffnung bestehe.

Ich fragte ihn, warum er weiterhin seine Arbeit verrichte, wenn er glaube, dass dem so sei. Und er antwortete mir, dass er alt sei und schon vor vielen Wintern hätte sterben sollen. Die Medizin sei alles, was er je gekannt habe, und es sei zu spät für ihn, jetzt mit ihr aufzuhören, so unnütz seine Arbeit auch sein möge.

Jacob stellte die Schaufel hin. Er erzählte mir, dass er verstehe, was es bedeute, eine Ehefrau zu begraben, habe er doch vor zehn Wintern seine Miriam verloren. Und er versicherte mir, der Schmerz würde nachlassen, die Einsamkeit jedoch nicht weichen. Er fragte mich, warum ich in Genua bleiben wolle, nachdem ich Camilla begraben hatte. Warum wolle ich eine gewisse Ansteckung riskieren, wenn ich gen Norden nach Frankreich oder ins Heilige Römische Reich entkommen könne, wie so viele unserer Kollegen es bereits getan haben?

Ich erwiderte: »Glaubst du nicht, dass mir die Pestilenz folgen würde?«

»Zweifellos«, stimmte er mir zu. Doch manche Zufluchtsorte würden verschont.

»Und was ist mit den Kranken hier in Genua?«, lautete meine Frage. »Sind wir ihnen nicht verpflichtet?«

Jacob zeigte auf die Gräber um uns herum und fragte, was wir den Siechen denn noch anbieten können.

Ich beharrte, vielleicht nur aus demselben trotzigen Stolz heraus, der Camilla so gründlich verärgerte, dass sie mich einst mit einem blinden Esel verglich. Wie ich Jacob erklärte, helfen wir sehr wohl, indem wir die Furunkel der Patienten öffnen, ihr Blut ablassen, wenn die Körperflüssigkeiten aus dem Gleichgewicht geraten sind, und andere bewährte Heilmethoden anwenden.

Jacob betrachtete mich ungläubig. Dann sprach er Worte, die mich noch stärker entmutigten: »Rafael, wir Doktoren haben unsere Patienten so unsagbar enttäuscht, mich wundert, dass sie sich noch nicht gegen uns gewandt haben.«

»Wiewohl wir sie bisher enttäuscht haben mögen, heißt es nicht, dass wir es fürderhin werden«, entgegnete ich.

Die einzige Antwort des alten Juden war, seine Schaufel aufs Neue in die unnachgiebige Erde zu stechen. Wir sprachen nicht mehr, als wir meine Camilla der Erde zurückgaben.

Ihr mögt fragen, ob ich mich nicht vor der Pestilenz fürchte. Ja, ich fürchte mich fürwahr mit jedem qualvollen Tod, den ich bezeuge, mehr vor ihr. Mit jedem Opfer, das von eiternden Wunden bedeckt ist. Jedem Mann, jeder Frau, jedem Kind, deren Lunge so voller blutigem Phlegma ist, dass kein Platz für andere lebenswichtige Flüssigkeiten bleibt. Doch der Gedanke, einer der wenigen Verschonten zu sein, allein und verarmt, schreckt mich so viel mehr.

Kapitel 5

Nico wartet vor dem Hotel auf Alana, in jeder Hand einen Espresso, und küsst sie zur Begrüßung auf beide Wangen. Die Frühlingsluft ist unerwartet kühl, und Alana freut sich ebenso sehr über die Wärme des Kaffees wie über dessen erfrischende Wirkung.

Nicos Haar ist nach hinten gegelt, jede Strähne sitzt, und sein gebügeltes Hemd und das passende blaue Sakko schmiegen sich wie angegossen an seine Brust. Sein Gesicht jedoch erzählt etwas anderes. An diesen Blick erinnert sich Alana allzu gut. Und acht Jahre später ist er umso ausgeprägter. Seine Augen sind noch blutunterlaufener, und die Tränensäcke darunter sind dicker. Ihr fallen auch winzige geplatzte Gefäße auf seinen Wangen auf, die sie gestern nicht wahrgenommen hatte. Sie denkt an all die Abende früher – in ihrer gemeinsamen Zeit –, an denen Nico darauf bestand, eine zweite oder dritte Flasche Wein zu öffnen, als er lieber mindestens eine Flasche früher hätte aufhören sollen.

Die Zeit hat ihre Erinnerungen nicht gedämpft. Alana kann sich immer noch den Moment vor Augen rufen, als sie Nico zum ersten Mal in der Hütte sah, die im ländlichen Angola als Hospital durchging. Da hatte sie bereits lang und breit von der kettenrauchenden englischen Krankenschwester, die sie vom Flughafen hinbrachte, alles über den italienischen Arzt gehört und dass er

»umwerfend wie ein Filmstar« sei. Doch Alana hatte nicht damit gerechnet, dass er solch eine natürliche Führungsfigur war. Er war zu der Zeit erst zweiunddreißig gewesen, ein Jahr älter als Alana, leitete das kleine Hospital aber mit versierter Autorität, traf schnell schwere Entscheidungen und löste qualvolle Konflikte wie die Rationierung ihres begrenzten Vorrats an potenziell lebensrettenden Infusionen. Allerdings war Alana damals, als sie frisch aus der Ausbildung kam und entschlossen war, sich bei ihrem ersten WHO-Einsatz zu beweisen, nicht gewillt, sich beeindrucken oder gar übertrumpfen zu lassen. Zunächst blieb sie auf Distanz. Erst als Nico an Cholera erkrankte und Alana ihn gesund pflegen musste, brach sich ihre gegenseitige Anziehung Bahn. Binnen einer Woche nach seiner Genesung schliefen sie unter demselben Moskitonetz. Viel Schlaf bekamen sie allerdings nicht, da ihre Tage achtzehn Stunden hatten und sie ihre Freizeit in verschwitzten Umarmungen verbrachten. Die hitzige sexuelle Chemie wurde noch befeuert durch den Einsatz auf Leben und Tod. Nach zwei Monaten in Angola war Alana auf eine Weise verliebt, wie sie es noch nie zuvor erlebt hatte.

Jetzt sagt sie nichts zu Nicos Aussehen, doch ihre Miene muss sie verraten. »Eine lange Nacht«, erklärt er mit einem bemühten Lächeln. »Man verliert ja nicht alle Tage eine Patientin an die Pest.«

Sie nickt nur. Auch damals gab es immer irgendeine Ausrede.

»Und Vittorias Frau, Maria ...« Er massiert sich die Schläfen mit der freien Hand. »Sie ist außer sich vor Sorge um die Kinder. Die Zwillinge.«

Alana versteift sich. »Sind sie krank?«

»Nein. Italienische Mütter sind schon übermäßig besorgt, wenn die Bambini erkältet sind. Stell dir mal vor, die Pest ...«

Sechs Tage noch, bis sie außer Gefahr sind, denkt Alana, aber sie muss Nico nicht an die Inkubationszeit für *Yersinia pestis* erinnern. »Ist die Familie in Quarantäne?«

»Ja, bei sich zu Hause.«

»Und was ist mit ihren Arbeitskollegen?«

»In Quarantäne?« Er schüttelt den Kopf. »Sie hatte vor dem Tag ihres Zusammenbruchs nicht gehustet. Und der Arbeitsplatz ist eine Baustelle im Freien.«

»Trotzdem, Nico ...«

Der Nebel seines Katers scheint sich zu lichten, und sein Blick wird schärfer. »Meine Patientin ist tot. Der einzige Fall. Jetzt ist es Sache des Gesundheitsamts.« Er runzelt die Stirn. »Was ist mit dir, Alana? Warum bist du so interessiert?«

»Die Lungenpest in Europa! Ich weiß, es ist nur ein einzelner – wahrscheinlich importierter – Fall. Aber, Nico, ... hast du dir jemals vorgestellt, dass das passieren könnte?«

»Aha. Also bleibst du nur aus ... medizinischer Neugier hier?«

Sie tritt von einem Fuß auf den anderen, hält aber den Augenkontakt. »Ich bin jetzt bei der NATO.«

Er verzieht das Gesicht. »Der NATO?«

»Ja«, antwortet sie und senkt ihre Stimme, als könnte sie dadurch seine Lautstärke eben ausgleichen. »Seuchenaufsicht.«

»Ah, natürlich. Bioterrorismus verhindern.«

»Das ist ein bisschen dramatisch«, sagt sie, obwohl sie nicht umhinkann, sich auf der Straße umzublicken, ob sie jemand hört. »Außerdem stellen natürliche Epidemien ein genauso hohes Sicherheitsrisiko dar wie biologische Kriegsführung. Vor allem die Pest.«

Er lacht leise, denn er glaubt ihr nicht. Wortlos machen sie sich auf den Weg zum Ospedale San Martino, gehen durch die Via Cairoli, bis sie auf die prächtige Via Garibaldi mündet. Sie ist gesäumt von großen Palazzi mit barocken Torbögen und Säulen in opulenten Farben. Obwohl sie schnell gehen, mimt Nico den Fremdenführer und benennt jedes architektonische Juwel, das von einer mächtigen Bankiersfamilie während der Renaissance erbaut wurde.

So eindrucksvoll die historische Straße auch sein mag, ist Alana zu abgelenkt, um richtig zuzuhören. »Ich werde nicht lange bleiben«, sagt sie. »Nur noch vier oder fünf Tage, um zu sehen, ob sich die Pest von Patient Null weiter ausbreitet.«

»Vittoria. Ihr Name war Vittoria Fornero.«

»Hör mal, mir tut ihre Familie leid, aber ich sorge mich um die mögliche Ausbreitung.«

»Und du gehst natürlich davon aus, dass sie Patient Null ist.«

Das fragt Alana sich schon, seit sie erstmals von dem Fall hörte. »Ich hatte gehofft, dass ich mit Vittorias Frau sprechen kann.«

»Warum? Was willst du sie fragen?«

»Einzelheiten über ihre Afrikareise. Wie Vittoria dem Erreger ausgesetzt gewesen sein könnte.«

»Das habe ich schon mit Maria besprochen.« Er fährt sich mit der Hand durchs Haar. »Auch mit Vittoria, bevor sie ins Koma fiel. Sie hatte einen Tagesausflug ohne den Rest der Familie gemacht – aus Addis Abeba hinaus – zum Menagesha National Park. Dort gibt es viele Wildtiere. Und sie sind alle potenzielle Träger von pestinfizierten Flöhen.«

»Aber es hat keine gemeldeten Fälle nahe Addis Abeba gegeben«, sagt sie. »Oder irgendwo anders in Äthiopien.«»Nein, aber gleich nebenan, im Südsudan. Allein im letzten Jahr waren es sieben.«

»Vom Südsudan nach Äthiopien? Das ist ein ziemlich weiter Sprung für einen Floh.«

»Das zu ermitteln, ist Sache der WHO, nicht der NATO.«

»Wie wäre es, wenn wir zumindest mal ihren Arbeitsplatz besuchen, Nico? Und mit ihren Kollegen reden?«

Nico sieht Alana skeptisch an und bricht in das erste richtig heitere Lachen aus, das sie an diesem Tag von ihm hört. »Warum nicht? Es ist eine Weile her, seit ich mit dir einem Ausbruch nachgejagt bin. Außerdem, Alana, deine grünen Augen ...« Sie spürt, dass sich ihre Wangen erwärmen. »Für die würde ein Mann über Glasscherben kriechen.«

Sie erreichen die Garage neben dem Hospital, in der Nicos silberner Audi-SUV parkt. Nico fährt sie durch das Stadtzentrum, vorbei an noch mehr bunten Kirchen und Palazzi – mit Säulen, Kuppeln, Pilastern und Ziergiebeln –, als Alana mitzählen kann. Während Nico sie durch die verwinkelten Straßen lenkt, gibt er ihr einen Crashkurs zur Geografie und Geschichte der Stadt. Alana ist schon überall in Europa herumgereist und hat an vielen Orten gelebt, doch ihr fallen wenige Städte ein, die so viel lebendige Geschichte verkörpern wie Genua, von dem Netz aus engen mittelalterlichen Gassen in der Altstadt, hier *Caruggi* genannt, bis hin zu den prächtigen, mit Blattgold verzierten Bauten der Aufklärung in der Via Garibaldi.

Als sie sich vom Wasser wegbewegen, weichen die protzigen Mauern den Hügeln über der Stadt. Nico erklärt, dass Genua wie ein Amphitheater angelegt ist und sich vom hufeisenförmigen Hafen aus stetig aufwärts erstreckt. Obwohl er in Rom aufgewachsen ist, merkt man ihm seinen Stolz auf die Wahlheimat an. »Trotz der alternden Bevölkerung boomt die Wirtschaft hier wieder. Man könnte sagen, Genua erlebt eine zweite Renaissance.«

»Es scheint auf jeden Fall die passende Kulisse für eine neue Renaissance zu sein«, sagt Alana.

»Die Baustelle, auf der Vittoria gearbeitet hat, ist hier von besonderer Bedeutung. Und umstritten.«

»Warum?«

»Zunächst mal, weil Marcello Zanetti dahintersteckt.« Er wartet auf eine Reaktion, doch es kommt keine. »Hast du noch nie von ihm gehört?«

»Wieso sollte ich?«

»Ach, Marcello ist eine Lokalberühmtheit. Er war sechs Jahre lang der Bürgermeister der Stadt, und viele haben ihn schon in einem höheren Amt gesehen.«

»Aber?«

»Er hat sich aus der Politik zurückgezogen und ist zu seinem Baugeschäft zurückgekehrt. San Giovanni ist sein ehrgeizigstes Projekt. Es wird der höchste Apartmentturm in Genua mit einer sagenhaften Aussicht vom Hügel oben.«

»Was ist daran umstritten?«

»Auf dem Gelände war vorher eine alte Abtei.«

»Und die Kirche hat dem Abriss zugestimmt?«

»Marcella sagt, der Bau fiel sowieso in sich zusammen.«

»Moment mal. Kennst du ihn?«

»Natürlich. Er ist Isabellas Onkel.«

»Der Onkel deiner Frau? Was für ein Zufall.«

Nico zuckt mit den Schultern. »Und zu unserem Vorteil. Wie kämen wir sonst auf die Baustelle?«

Er biegt auf einen Sandweg ab, an dessen Rand sich Strommasten reihen. Staub weht über die Windschutzscheibe, und nach rund einer Meile taucht vor ihnen eine riesige Baustelle auf. Hier steuert Nico einen mit Kies ausgestreuten Platz an und parkt zwischen einem Kleintransporter und einem Laster. Sie steigen aus in den wärmeren Sonnenschein. Der Himmel ist von Schönwetterwolken marmoriert, und es riecht nach Diesel.

Als sie auf einige Container zugehen, kommt ihnen ein kleiner Mann in einer schwarzen Kutte entgegen. Er wird von zwei schlaksigen Sicherheitsleuten flankiert, und der Kontrast könnte kaum auffälliger sein. Keiner der Sicherheitsmänner berührt den Mönch mit dem schütteren Haar, trotzdem ist offensichtlich, dass sie ihn von der Baustelle führen. Der Mönch lächelt Alana und Nico zu, als er an ihnen vorbeigeht, und seine Augen blitzen amüsiert, als würde er sich zusammen mit den Security-Männern heimlich über einen Witz freuen.

Aus der Nähe ist die ausgehobene Baugrube noch größer, als Alana erwartet hatte. Sie schneidet tief in den Berghang. Unten sind kreuz und quer Betonfundamente, dazwischen Haufen von Schutt, Holzstapel und Betonstahlroste. Männer mit gelben Helmen arbeiten in Gruppen, während Bulldozer vor- und zurückrumpeln. Sägen brummen, und Bohrer kreischen. Der Boden vibriert unter dem schweren Gerät.

Die Tür zu einem der nahen Container fliegt auf, und ein junger Mann tritt heraus, der sich fahrig seinen Helm aufsetzt. Er sieht sie nicht an, als er an Alana vorbeieilt, doch sie bemerkt, dass sein aknegeplagtes Gesicht gerötet und schweißbedeckt ist.

Zwei weitere Männer kommen aus dem Container. Einer ist in Arbeitskleidung, während der andere einen schwarzen Anzug trägt. Gepflegt und mit silbernem Haar strahlt er eine ruhige Autorität aus. Sobald er Nico sieht, kommt er mit ausgebreiteten Armen zu ihnen, umarmt Nico und küsst ihn auf beide Wangen. Lachend unterhalten sie sich auf Italienisch, und der andere im Blaumann bleibt seitlich auf Abstand.

Schließlich dreht Nico sich zu Alana um und streckt eine Hand aus. »Marcello, darf ich dir Dr. Alana Vaughn vorstellen?«

Zanetti umfängt ihre Hand mit seinen beiden. »Es ist mir eine Ehre, Dr. Vaughn.« Sein Akzent ist stärker als Nicos. »Von Nico habe ich schon Gutes über Sie gehört. Sehr Gutes!«

Zwar freut es Alana, dass Nico mit dem Onkel seiner Frau über sie gesprochen hat, doch zugleich ist sie unangemessen verärgert, als hätte er ein Geheimnis über sie ausgeplaudert. »Vielen Dank, Mr Zanetti!«

Er drückt ihre Hand noch einmal, bevor er sie loslässt. »Marcello. Ich bestehe darauf. Nur Marcello für jemanden von Ihrem Ruf und Ihrer Strahlkraft, meine Teure.«

»Alana.« Sie lächelt. Sein altmodischer Charme ist sympathisch, auch wenn sie sich fragt, wie oft ihm dieser Satz wohl über die Lippen kommt.

»Wir haben gehofft, dass du uns etwas über Vittoria Fornero erzählen kannst, Marcello«, sagt Nico.

Zanettis Züge werden traurig. »Ich habe Vittoria seit Jahren gekannt. Ihr Vater, Bruno, war einer meiner ersten Vorarbeiter. Als sie noch ein kleines Mädchen war, hat er sie mit auf die Baustellen gebracht. Sie hat bei ihm die Lehre gemacht. So gut Bruno war, Vittoria war sogar besser. Die Beste. Und es war nie leicht für sie. Hier in Italien ist der Bau immer noch eine Männerwelt.«

Alana nickt verständnisvoll. »Und keiner auf der Baustelle hat bemerkt, dass sie krank war?«

Zanetti winkt ab. »Sie hat kein Wort gesagt. Nicht ein einziges. Und sie war zuvor noch nie krank, bis zu ihrem … Zusammenbruch.«

Alana kann nach wie vor nicht begreifen, wie jemand mit Lungenpest einen Tag auf einer Baustelle durchhalten konnte. »Wann haben Sie sie zuletzt gesehen?«

»Das muss vor drei Tagen gewesen sein.« Zanetti nickt zu dem Container. »Ja, da hatte sie sich mit den Architekten und mir zusammengesetzt, um die Pläne durchzugehen.«

»Drinnen?« Alana runzelt die Stirn.

»Selbstverständlich.« Zanetti blickt zu Nico. »Wo sonst?«

»Wie hat sie ausgesehen?«, fragt Nico.

»Wie immer. Vollkommen ernst. Vittoria war stets sehr konzentriert.«

»Und Sie haben sie nicht husten gehört?«, fragt Alana.

»Nein, gar nicht.« Zanettis Stimme ist ruhig, doch seine Augen haben einen berechnenden Ausdruck. »Denken Sie, da könnte sie schon ansteckend gewesen sein?«

»Nein«, beruhigt Nico ihn. »Nicht, wenn sie nicht gehustet hat.«

»Wir haben jeden hier gefragt. Kein Husten«, sagt Zanetti. »Vittoria ging es gut, und plötzlich ...« Er schnippt mit den Fingern.

Eine Pause scheint angebracht, also wartet Alana ein wenig, ehe sie fragt: »Marcello, haben Sie von sonst jemandem auf der Baustelle gehört, der krank geworden ist? Fieber, Husten oder nur einen Ausschlag bekommen hat?«

»Nichts.« Zanetti wendet sich zu dem Mann in Latzhose und Turnschuhen um, mit dem er aus dem Container gekommen ist, und spricht kurz mit ihm, bevor er wieder auf Englisch umschwenkt. »Nein. Nicht mal ein Niesen. Paolo sagt, dass er alle angesprochen hat.«

»Wie wäre es, wenn Sie trotzdem die Arbeit hier für einige Tage einstellen?«, schlägt Alana vor. »Höchstens eine Woche. Bis wir wissen, dass keine Gefahr besteht.«

Zanetti sieht sie blinzelnd an. »Die anderen Ärzte, die von der Regierung ...«

»Vom Gesundheitsamt«, hilft Nico ihm aus.

»*Sì*! Gesundheitsamt. Sie haben uns versichert, dass es kein Risiko mehr gibt. Außerdem, meine Liebe, eine Woche ...« Er hebt eine Hand und lässt sie über seinem Kopf flattern. »Sie haben keine Vorstellung, was das kosten kann.«

Weniger als ein Pestausbruch. Alana behält den Gedanken für sich. »Marcello, eben ist uns ein Mönch entgegengekommen. Er wurde weggeführt ...«

»Bruder Silvio! Was für ein Kauz! Komischer kleiner Mann. Er kommt jeden Tag her.«

»Warum?«

Zanetti tippt sich lachend an die Schläfe. »Er verliert den Verstand. Senil, ja? Manchmal ist er im Weg. Es ist nicht seine Schuld.«

»Ach nein?«, fragt Alana.

»Machen Sie sich wegen unseres kleinen Mönchs keine Sorgen, meine Liebe. Er ist morgen wieder zurück! Das ist das Einzige, was er nie vergisst!« Wieder atmet er aus. »Es ist so schade.«

Sie nimmt an, dass er von Bruder Silvio spricht, doch er zeigt auf die Baustelle. »Wir haben versucht, sie zu retten. Die alte Abtei. Wir wollten sie zu einem schönen Museum machen, als Teil der Anlage.«

»Und was ist passiert?«

»Die Ingenieure. Sie haben ihre magischen Messungen gemacht, und sie haben uns gesagt, sie ist ...« Er wendet sich zu Nico und spricht wieder Italienisch.

»Die Statik war nicht solide«, übersetzt Nico.

»Unsicher. Ja. Wir mussten sie abreißen. Aber wir bauen eine Gedenkstätte gleich hier im Erdgeschoss. Etwas Besonderes. Da wird sogar Bruder Silvio stolz sein.« Er tritt mit dem Fuß in den losen Sand. »Glauben Sie mir, der Geist von San Giovanni wird bald wiederauferstehen.«

Kapitel 6

Heute ist der siebenundzwanzigste Tag des Januars im Jahre unseres Herrn dreizehnhundertundachtundvierzig.

Hättet Ihr mich vor einer Woche gefragt, ob das Leid schlimmer oder der Kummer größer sein könnte, ich hätte Euch gesagt, es sei weder menschlich noch göttlich vorstellbar. Wie sehr ich geirrt hätte. Niemand bleibt unversehrt, keine Familie verschont. Der Tod wächst unersättlich.

Ich habe kaum noch Kraft, die Feder zum Pergament zu führen. Die Muskeln in meinen Armen pochen. Der Eitergeruch hat sich in meinen Nasenlöchern festgesetzt. Noch lange nach Sonnenuntergang habe ich Bubonen geöffnet und frische Salben aufgetragen.

In unserer einst großartigen Stadt geht die Geduld zur Neige. Heute haben sich die Leute gewaltsam gedrängelt, einen Platz in der Schlange zu finden, um mich zu konsultieren. Mehrmals mündete das Geschrei in Faustkämpfe. Ich musste einen Mann, den hiesigen Gerber, mit einem Bann belegen, nachdem er in mein Zimmer gestürmt war und sofortige Behandlung verlangt hatte, als meine Finger noch tief in der Achsel eines anderen steckten.

Die Menschen sind nicht die alleinigen Opfer dieser Krankheit. Auch Werte wie Anstand, Mitgefühl oder bloße Ordnung fallen ihr anheim. Was ich in jüngster Zeit bezeugt habe, würde auch den erfahrensten Mann erschüttern. Diese Pestilenz treibt die Leute zu extremem Gebaren. Ich habe Panik auf den Gesichtern gestandener Soldaten gesehen und stoische Akzeptanz in den Augen junger Naivlinge. Manch einer sagt, diese Pest führt Menschen entweder in den Himmel oder in die Hölle.

Viele klammern sich mit blindem Eifer an Gebete und Rituale. Sie verbringen die meiste Zeit in der Kirche, um ihr Opfer vor Gott zu demonstrieren. Manche verzichten sogar auf die grundlegendsten Dinge wie Essen oder Trinken bei Tage oder ein Bett bei Nacht.

Andere fühlen sich von Gott verlassen und mithin frei jeglicher Pflicht, nach seinen Gesetzen zu leben. Sie betragen sich mit lüsterner Missachtung und bisweilen schamloser Frechheit. Sie spielen auf den Straßen, trinken sich am hellen Tag in die Besinnungslosigkeit, zechen offen mit anderen, die ihnen nicht angetraut sind. Ich habe gehört, dass viele von ihnen ihren Hedonismus stützen, indem sie den Besitz frisch Verstorbener plündern oder, schlimmer noch, jener, die zu gebrechlich sind, sich zu wehren.

Wer bin ich zu urteilen? Jeder von uns trägt seine Last auf seine eigene Weise. Dennoch muss ich gestehen, dass mich traurig macht zu hören, dass mein früherer Schützling sich den Hedonisten angeschlossen hat.

Lorenzo Mirandolo hatte zwei Jahre bei mir gelernt. Und er war ein vielversprechender Junge. Einmal beobachtete ich, wie er den gebrochenen Knöchel eines Hausierers behandelte, dem sein schwerer Karren über den Fuß gerollt war. Lorenzo richtete den deformierten Fuß und Knöchel mit solcher Präzision, dass der Hausierer innerhalb von drei Monaten wieder ohne das kleinste Humpeln gehen konnte.

Leider diente Lorenzos Familie als früher Zunder für dieses neu entfachte Fegefeuer des Todes. Seine Mutter starb noch vor Neujahr, und sein Vater, zwei Schwestern und der jüngste Bruder erlagen der

Pest in der darauffolgenden Woche. Lorenzo war beinahe wahnsinnig vor Trauer.

Eines Morgens im frühen Januar erschien er nicht zur vereinbarten Stunde, um bei der Reinigung der chirurgischen Utensilien zu helfen. Pünktlichkeit zählte zu seinen verlässlichsten Tugenden, weshalb ich mich sorgte, er könnte auch krank geworden sein. Als ich Camilla sagte, ich würde ihn suchen gehen, ermahnte sie mich, meine Erwartungen zu zügeln. Und ihre Mahnung sollte sich als klug herausstellen, wie so oft. Nie werde ich vergessen, wie sie vor zwei Sommern Tränen vergoss, als sie mir sagte, sie sei guter Hoffnung. Sie ahnte, dass sie das Kind nicht austragen würde.

Ich fand Lorenzo in einer der schäbigsten Spelunken am Hafen. Als ich hereinkam, jagte ein dreibeiniger Hund ein Ferkel über den mit Stroh ausgestreuten Boden und machte nur hin und wieder halt, um an ein Tischbein zu urinieren. Obwohl es nicht einmal Mittag war, füllten Zecher die Taverne, in der es nach verschüttetem Bier und verbranntem Fleisch stank. Es dauerte einen Moment, bis ich Lorenzo hinten in dem Raum entdeckte, wo er auf seinem Stuhl schwankte und eine Hure auf seinem Schoß saß.

»Rafael«, rief er mich, nicht wie üblich Signore Pasqua. »Komm und trink mit uns, mein guter Meister!«

»Du bist schon betrunken, Lorenzo«, erwiderte ich, als ich an seinem Tisch war.

»Und das solltest du auch sein«, verkündete er, worauf die Dirne auf seinem Schoß kicherte und ihren Bierkrug anhob.

»Es ist Arbeit zu tun«, sagte ich. »Mehr Arbeit denn je.«

Lorenzo lachte verbittert, und seine Stimme wurde noch lauter. »Die einzige Arbeit, die uns noch bleibt, ist, uns die Zeit zu vertreiben, bis der Tod auch uns holt.«

»Nicht alle Befallenen sterben«, wandte ich ein. »Für manche besteht Hoffnung. Und es ist unsere Pflicht als Bader, ihnen die besten Aussichten auf ein Überleben zu ermöglichen. Wenn nicht die, so doch wenigstens etwas Erleichterung beim Sterben.«

»Erzähl das meinen Eltern, meinen Schwestern und erst recht meinem Bruder!«

»Es gibt keine Worte, solche Verluste zu mildern«, sagte ich. »Dennoch erlaubt uns kein Verlust, egal wie groß, den Luxus, unsere Pflicht zu vergessen.«

Lorenzo knallte seinen Krug auf den Tisch, dass Bier überschwappte, und stemmte sich hoch, sodass die Hure auf den Boden fiel. »Du bist ein anständiger Mann und ein guter Lehrer, Rafael«, schrie er. »Aber du bist ein grausamer Narr, wenn du Hochherzigkeit mit Hoffnung verwechselst!«

Kapitel 7

Die langen Pausen sind das Schlimmste, denkt Alana, als sie ihrer Chefin Monique Olin am anderen Ende der sicheren Voiceover-Internetleitung beim Atmen zuhört. Ihr fallen die Abschiedsworte von Gavin Fielding ein, ihres schottischen Vorgängers bei der NATO: »Sitz ja nicht dieser beknackten Mutter-Teresa-Nummer auf! Monique kann eine Furcht einflößende alte Kuh sein, wenn sie ihren Willen nicht bekommt.«

In den achtzehn Monaten, seit Alana ihren Posten als Leiterin für Biomonitoring bei der NATO angetreten hat, ist ihr klar geworden, dass es nur halb gescherzt war. Alana respektiert und bewundert die Französin in den Fünfzigern sogar, die sich zum Assistant Secretary General hochgearbeitet hat und nur noch einen Karriereschritt von der Spitze des Altherrenclubs entfernt ist, der die NATO bis heute ist. Unter anderem leitet sie die chemische, biologische, radiologische und nukleare Verteidigung, kurz CBRN, wie es in der Zentrale heißt. Sie kann kollegial in ihrem Ansatz sein, doch hat sie sich einmal entschieden, verlangt sie absoluten Gehorsam. Und Gott stehe jedem bei, der dem nicht Folge leistet.

Endlich bricht Olin das Schweigen. »Also sind Sie entgegen meiner expliziten Anweisung nach Genua gefahren?«

»Monique, es ist der erste Fall von Lungenpest in Westeuropa seit mehreren Jahrhunderten!«

»Und was hat der mit Ihnen zu tun?«, fragt Olin ruhig. »Oder mit der NATO?«

»Wie kann das Wiederauftauchen der Pest in Europa *keine* potenzielle Sicherheitsbedrohung sein?«

»Das ist das Problem der italienischen Gesundheitsbehörden«, murmelt Olin, und ihre Erschöpfung äußert sich in ihrem sonst nicht hörbaren französischen Akzent. »Würde die NATO sich jedes Mal einmischen, wenn ein europäischer Tourist irgendwas aus Entwicklungsländern mitbringt ...«

»Wir reden hier nicht über einen antibiotikaresistenten Tripper, den sich ein Sextourist in Kambodscha eingefangen hat. Es ist die verdammte Pest, Monique!«

»Wir schalten uns nur ein, wenn wir darum gebeten werden«, erwidert Olin ungerührt. »Und erst dann.«

»Sie könnten dafür sorgen, dass man uns bittet«, beharrt Alana. Zweifellos wäre Aufgeben klug, aber sie kann sich nicht bremsen.

»Mag sein«, sagt Olin. »Aber das werde ich nicht versuchen. Und Sie kommen nach Brüssel zurück. Auf der Stelle.«

»Ich brauche noch einen Tag oder so, Monique. Nur um herauszufinden, ob dieser Fall ...«

»Ich habe Nein gesagt, Alana! Außerdem ist die WHO schon unterwegs nach Genua.«

Die Worte verletzen Alana mehr als Olins scharfer Ton. Wäre Alana bei der WHO geblieben, hätte sie eventuell diesen Auftrag bekommen. »Wer leitet das Team der WHO?«

»Byron Menke.«

Alana schüttelt den Kopf, hält aber den Mund. Sie hat nie persönlich mit dem kanadischen Epidemiologen gearbeitet, doch sie erinnert sich an seinen Ruf, plump und bisweilen taktlos zu sein – ein Ermittler, für den der Zweck alle Mittel heiligt.

»Kommen Sie zurück nach Brüssel, Alana«, sagt Olin frostig. »Gleich morgen früh.«

»Falls nicht, haben Sie hier vielleicht kein Büro mehr, in das Sie zurückkehren können.« Nach diesen Worten ist die Leitung tot.

Alana erinnert sich an etwas, das ihre Mutter – Orthopädin und Unfallchirurgin –, die als Colonel aus der Army ausschied, einst gesagt hat: »Mit deinen allerersten Worten hast du uns schon widersprochen, Schatz. Wie konntest du je beim Militär landen?« Es ist wahr. Army-Spross hin oder her, fragt Alana sich, welcher selbstzerstörerische Instinkt konnte einen Sturkopf wie sie verleiten, sich die Institutionen mit der rigidesten Hierarchie auszusuchen – das US-Militär, die WHO und, eventuell die übelste, die NATO?

Ihre Schulter schmerzt wieder, und unwillkürlich reibt Alana sie, was nichts bringt. Wie anders wäre ihr Leben verlaufen, hätte es nicht vor elf Jahren jenes »friendly fire« gegeben, bei dem ihre eigenen Truppen versehentlich das Feldlazarett in der afghanischen Provinz Logar angegriffen hatten. Vier Operationen später leidet Alana immer noch unter chronischen Schmerzen sowie permanenter Taubheit in ihrem Ringfinger und dem kleinen Finger. Wäre die Verletzung nicht gewesen, könnte sie mittlerweile eine anerkannte Traumachirurgin sein, anstatt mikroskopische Phantome um den Globus zu jagen. Im Grunde ihres Herzens weiß Alana, dass sie immer für diese Arbeit bestimmt gewesen war, weshalb sie selbst nicht versteht, warum sie die Verletzung bis heute als Makel betrachtet und sie vor den meisten Leuten verbirgt. Nico sagte ihr damals, die Narben würden sie erst recht sexy machen. Es war beispielhaft für ihr tiefes Vertrauen zu ihm, dass sie ihm jemals erlaubte, sie zu berühren.

Das Handy vibriert auf dem Bett. Alana fragt sich, ob es Olin ist, die ihr zum zweiten Mal den Marsch blasen will, doch Nicos Name leuchtet auf dem Display auf. Und bei den drei Worten seiner Nachricht – »Hospital. Komm sofort!« – klopft ihr Herz schneller.

Alana stürmt durch die Türen ins Ospedale San Martino. Wie üblich strömen Mitarbeiter und Besucher durch die Eingangshalle. Ein Zulieferer für medizinisches Zubehör hat einen Verkaufsstand in der Mitte der Halle aufgebaut, und mehrere Leute inspizieren dort sein Angebot. Doch Alana lässt sich von der scheinbaren Ruhe nicht täuschen.

Da sie sich erinnert, wie lange sie letztes Mal auf den Fahrstuhl warten musste, rennt sie die Treppe hinauf zu Nicos Büro im dritten Stock. Drinnen ist nur seine Sekretärin, die kein Englisch spricht. Die matronenhafte Frau bedeutet ihr mit Gesten, dass Nico weggerufen wurde. »Wohin? *Dove?*«

»*L'obitorio!*«

Alana braucht keine Übersetzung. Sie wirbelt herum und rennt die Treppe wieder hinunter ins Untergeschoss. Dort entdeckt sie ein Schild zur Leichenhalle, unter dem jedoch zwei Sicherheitsleute mit Masken und Handschuhen die Tür bewachen. Unbeirrt eilt Alana auf sie zu. Einer der Wachleute schüttelt den Kopf.

»Ich bin Dr. Alana Vaughn. Ich muss Dr. Oliva sprechen.«

Der Wachmann kommt mit erhobenen Händen näher. »*No! No! Solo personale autorizzato.*«

»Nico! Ich bin's!«, ruft Alana über seine Schulter. »Bist du da drin?«

Die andere Wache kommt näher. »Signora, es ist nicht sicher!«

Die Tür hinter ihnen fliegt auf, und ein Mann in einem Schutzanzug kommt heraus. Alana erkennt Nico an seinem Gang. Die Erfahrung allein hält sie davon ab, ihrem Instinkt zu folgen und an den Wachen vorbei zu ihm zu laufen.

Nico spricht kurz mit den Männern und sagt auf Englisch: »Diese Männer holen dir einen PSA, Alana.« Dann verschwindet er wieder hinter der Tür.

Der erste Wachmann beobachtet misstrauisch, wie Alana sich vorbereitet. Der mühsame Drill ist für sie zur reinen Routine geworden: Die Hände mit dem Desinfektionsmittel aus der Pumpe an der Wand einreiben, Kittel überstreifen, Maske und Brille aufsetzen, Kapuze aufziehen, wieder desinfizieren und zwei Paar Handschuhe darüber. Die richtige Reihenfolge des Prozederes ist fest in ihrem Hirn einprogrammiert, verstärkt durch die Erinnerung an den liberianischen Arzt, den sie an Ebola sterben sah, nachdem er nur bei einem Schritt vom Verfahren abgewichen war.

Als sie den Kittel über ihr Shirt zieht, verschiebt sich ihre beschädigte Schulter, und für einen Moment fürchtet Alana, sie könnte auskugeln, was sie jedoch nicht tut.

Schließlich ist sie fertig, und der Englisch sprechende Wachmann öffnet die Tür zur Leichenhalle, um wortlos durch den Korridor auf einen Raum ganz hinten zu zeigen. Ihre Schutzbrille unter der Kapuze beschlägt, und die Baumwollstiefel rutschen auf den Bodenfliesen. Ihre dunkle Vorahnung wächst mit jedem wackeligen Schritt.

Der Raum ist gekühlt, allerdings empfindet Alana eine andere Form von Frösteln, als sie die Leiche auf dem Tisch sieht. Es ist nicht Vittoria Fornero. Die Frau auf dem Metalltisch sieht nicht älter als Anfang dreißig aus. Ihr Haar ist an einer Seite des Kopfes kurz geschoren und blau gesträhnt, beinahe Ton in Ton mit ihren

Leichenflecken. Ihre tief liegenden Augen sind leblos an die Decke gerichtet.

Nico steht auf der anderen Seite des Tisches neben einer kleineren Frau. Alana nimmt an, dass es die Pathologin ist, und Nico stellt sie nicht vor. Er weist auf die Tote. »Sonia Poletti.«

»Die Pest?«, fragt Alana.

Er nickt. »Lungenpest, genau wie Vittoria.«

»Erzähl mir nicht, dass sie auf derselben Baustelle gearbeitet hat.«

»Schlimmer.«

»Wie kann es schlimmer sein?«

»Sonia hat hier gearbeitet. Im Krankenhaus.«

»Oh Gott! Als was? Ärztin? Krankenschwester?«

Nico schüttelt den Kopf. »Sonia war hier im Labor.«

»Eine Labortechnikerin? Wie viel Kontakt kann sie da mit Vittoria gehabt haben?«

»Nicht viel, offensichtlich. Sie hat Vittoria am Tag der Einlieferung Blut abgenommen. Danach gab es keinen Kontakt mehr.«

»Wurde sie einer Körperflüssigkeit ausgesetzt? Hat sie sich versehentlich an einer Nadel mit verunreinigtem Blut verletzt?«

»Einen solchen Vorfall hätte Sonia melden müssen, und es wurde nichts gemeldet.«

Alana hält Nicos Blick. Sie weiß, was er denkt: Wenn ein derart flüchtiger Kontakt ausreicht, um eine Labortechnikerin zu infizieren, kann jeder, dessen Weg Vittorias oder Sonias nach deren Ansteckung gekreuzt hat, in Gefahr sein, er selbst eingeschlossen.

»War sie länger Patientin?«, fragt Alana.

»Sonia hat es nur bis in die Notaufnahme geschafft.«Alana zögert, traut sich kaum, die nächste Frage zu stellen: »Wie lange war sie krank?«

»Stunden. Anscheinend ging es ihr gestern noch gut. Heute ist sie mit hohem Fieber und Kurzatmigkeit aufgewacht. Ihr fehlte die Kraft, aus dem Bett zu steigen.«

Es fühlt sich an, als würde die Raumtemperatur noch um einige Grad fallen. »Hat sie gehustet?«

»*Si, c'era sangue ovunque*«, antwortet er. Vielleicht ist ihm nicht bewusst, dass er Italienisch spricht.

»Nico?«

»Meine Kollegen aus der Notaufnahme ... sagen, dass das Blut bei ihrem Husten überallhin gesprüht ist.«

Kapitel 8

Es ist der neunundzwanzigste Tag des Januars. Kurz nach Sonnenaufgang, als ich mich auf die Behandlung vorbereitete, erhielt ich einen höchst unerwarteten Besuch. Zwei Priester kamen, beide mir fremd. Ohne sich mir namentlich bekannt zu machen, teilte mir der Größere von beiden mit, der Erzbischof verlange nach meiner Anwesenheit.

»Wie kann ich Seiner Exzellenz helfen?«, fragte ich sie. »Ist ihm nicht wohl?«

»Das zu fragen kommt Ihnen nicht zu«, sagte der zweite Priester. »Sie sollen einfach gehorchen.«

Schweigend begleitete ich die Priester. Ich war zu Fuß, während sie beide hoch zu Ross die enge Straße zum Palast des Erzbischofs ritten. Wie die nahe Basilika von Santa Maria steht er auf dem Hügel im Viertel Castello und bietet einen schönen Blick auf Genua und den Hafen. Vom Aufstieg ging mein Atem schwer, und ich gestehe, dass ich froh war, als wir endlich die großen Türen erreichten.

In dem prachtvollen Palast waren die Decken so hoch, wie ich sie außerhalb einer Kathedrale noch nicht gesehen habe. Die Wände waren mit meisterhaften Gemälden und üppigen Gobelins geschmückt. Es roch stark nach Weihrauch und Kerzenwachs.

Mir wurde befohlen, im Vorzimmer zu warten. Mich beunruhigte, zu einem solch eminenten Mann wie dem Erzbischof gerufen zu werden. Das einzige Mal hatte ich ihn zuvor nur aus der Ferne gesehen, als er die jährliche Fronleichnamsprozession durch die Straßen von Genua anführte. Ich nahm an, dass er oder ein ihm naher Mensch von der Pest befallen sein musste.

Während ich wartete, gesellte sich ein alter Mönch in der schwarzen Kutte der Benediktiner zu mir. Er begrüßte mich mit einer heiteren Redseligkeit, ganz anders als das eisige Schweigen meiner Eskorte. Der Mönch stellte sich mir als Don Marco vor, Abt von San Giovanni. Und er erzählte mir, dass er gekommen sei, um dem Erzbischof seine Aufwartung zu machen und um dessen Segen für die Abtei zu bitten, wo viele der Ordensbrüder erkrankt waren. Als er erfuhr, was mein Beruf ist, leuchteten seine Augen auf wie Kerzen, und sein Lächeln wurde strahlender.

Er umfing meine Hand mit seinen, und seine rauen Handflächen kamen mir eher wie die eines Arbeiters als eines Geistlichen vor. »Guter Doktor, erkennen Sie nicht, wie herrlich und amüsant Gottes Wege sind?«, sagte Don Marco. »Vielleicht wären Sie gewillt, unsere bescheidene Abtei in San Giovanni zu besuchen. Unser dortiger Arzt hat sich leider die ungünstigste Zeit ausgesucht, ein Sabbatjahr zu machen.«

Mich beschämte zu hören, dass noch einer meiner Kollegen seinen Auftrag vergaß und in Sicherheit floh. Ich fühlte mich folglich verpflichtet, die Einladung des Abtes anzunehmen, und versicherte ihm, noch vor dem Sabbat seine Abtei aufzusuchen.

Er schüttelte freudig meine Hand und sagte, Gott liebe nichts mehr, als seine Diener mit solch unerwartetem Segen zu überraschen.

Bald nachdem Don Marco gegangen war, betrat ein anderer Priester, ein junger Mann, der sich sehr offiziell gab, das Vorzimmer, um mir mitzuteilen, dass der Erzbischof mich nun empfangen würde.

Erleichtert stellte ich fest, dass Erzbischof Valente nicht bettlägerig war, wie ich befürchtet hatte, sondern in einem hohen Stuhl saß, der in seinem reichen Schmuck an einen Thron gemahnte. Ein Feuer brannte im Kamin hinter ihm. Trotz seiner schmalen Statur, des schütteren blonden Haars und der hellen Haut, die ob des dunkelroten Talars besonders blass wirkte, schien er bei guter Gesundheit zu sein.

Während ich vor ihm stand, las er in einem Pergament und tippte auf die Seite. An seinem Zeigefinger steckte der edelste juwelenbesetzte Silberring, den ich jemals gesehen habe. Bald senkte er das Pergament auf seinen Schoß und betrachtete mich mit seinen intelligenten grauen Augen.

»Doktor Pasqua, meine Schäfchen haben mir von der guten Arbeit berichtet, die Sie in dieser schweren Zeit für die Menschen in Genua leisten«, sagte der Erzbischof. »Bitte nehmen Sie meinen Dank im Namen der Kirche an.«

»Sehr gern, Eure Exzellenz«, antwortete ich. »Ich praktiziere mein Handwerk lediglich, so gut ich kann.«

»Fürwahr«, sagte der Erzbischof ernst. »Der Heilige Vater und wir, seine Diener, tun gleichfalls alles, was wir können, um die Gläubigen zu trösten und ihre Rettung anzustreben. Bis uns diese unvermeidliche Gnade zuteilwird, brauchen unsere Schäfchen die Hilfe von irdischen praktischen Ärzten wie Ihnen.«

Ich verneigte mich, widerstand indes dem Drang hinzuzufügen, dass die Kirche meiner Beobachtung zufolge kaum mehr tut, als die allgemeine Panik mit apokalyptischen Predigten zu befeuern.

»Diese Geißel«, sagte der Erzbischof. »Sie bezeugen Sie jetzt schon seit mehreren Wochen aus erster Hand?«

Ich informierte ihn, dass ich meinen ersten Fall am Neujahrstag behandelt hatte.

»Welch ein Omen«, sagte er. »Und wie unterscheidet sich Ihre Methodik von der anderer Ärzte und Bader?«

»Ich glaube nicht, dass sie es tut, Exzellenz«, antwortete ich. »Meine Vorgehensweise ist dieselbe, die sie immer war. Wir Heiler verstehen, dass der Schlüssel zur Gesundheit im Gleichgewicht der Körperflüssigkeiten liegt. Diese Pest stört es auf die schlimmste Weise, und ich bemühe mich, es wiederherzustellen, wo ich kann.«

»Demnach lassen Sie die Leidenden zur Ader?«, fragte der Erzbischof.

»Das ist nur eine Methode. Es gibt mehrere wichtige Arten, die Balance zu stärken. Man kühlt den Überhitzten mit kalten Umschlägen, wärmt den Frierenden mit Feuer, flößt dem, der zu viel geschwitzt oder seine wichtigen Flüssigkeiten erbrochen hat, Wasser und Wein ein.«

Der Erzbischof neigte den Kopf zur Seite. »Und haben Sie mit diesen Behandlungen Erfolge erzielen können?«

»Nur wenige kostbare«, gestand ich. »Es ist so, Exzellenz, dass diese Pest in zwei Formen auftritt, die sich so sehr voneinander unterscheiden, als handelte es sich um zwei gänzlich verschiedene Krankheiten.«

»Führen Sie es näher aus«, befahl er mit einem Nicken.

»Die erste Form ist ein Hautleiden mit quälenden Geschwüren in Gestalt verfärbter Blasen, die wir als Bubonen bezeichnen. Meiner Erfahrung nach werden zwei von drei derart Befallenen am Ende sterben, gewöhnlich innerhalb von drei oder vier Tagen bis höchstens einer Woche. Bei diesen Patienten habe ich festgestellt, dass ein aggressives, frühzeitiges Auflassen der Bubonen und ihre Behandlung mit aggressiven Salben recht hilfreich sein kann.«

»Und welche andere Form?«

»Die Brustpest«, sagte ich, und das Wort allein schmeckte bitter auf meiner Zunge. »Sie befällt die Lunge mit unvorstellbarer Geschwindigkeit. Die Betroffenen gehen rapide von einem Zustand guter Gesundheit in einen vollständiger Gebrechlichkeit über. Unvermeidlich hauchen die Leidenden ihren letzten, blutgetränkten Atem nach ein oder zwei Tagen aus, manchmal binnen Stunden nach den ersten Symptomen. Niemand entkommt der Brustpest lebend.«

Bei der Beschreibung der Pestilenz konnte ich nicht umhin, an meine Camilla zu denken. Wie verzweifelt ich sie in jenen letzten Stunden in den Armen wiegte. Ihre Brust rasselte unter solch einem Husten, dass es mich an einen Sturm erinnerte, der durch ein Haus ohne Läden wütete. Während ich zusah, wie das Leben aus ihren Augen wich, konnte ich mir nicht vorstellen, mich einmal hilfloser und nutzloser zu fühlen.

»Und dennoch sind Sie nach wie vor wohlauf«, sagte der Erzbischof.

»Bislang, ja.«

Der Erzbischof öffnete seine Hände, als würde er einen kleinen Vogel befreien. »Ich kann kaum einen Priester zu einer letzten Ölung aussenden, ohne später zu erfahren, dass auch er sich mit der Pest angesteckt hat«, sagte er. »Zugleich arbeiten Sie Tag und Nacht mit den Kranken und konnten bis dato vermeiden, eine Form der Krankheit zu bekommen.«

Er sprach nicht unfreundlich, doch in mir regte sich Unbehagen.

Dann beugte er sich auf seinem Stuhl nach vorn. »Was ist Ihr Geheimnis, Doktor?«

»Ich habe keine Erklärung für mein Glück, Exzellenz. Ich darf nur täglich Gott danken für die Gesundheit, die er mir schenkt.«

Der Erzbischof lehnte sich wieder zurück. »Ich werde für Ihre fortgesetzte Gesundheit beten«, sagte er mit einem schmalen Lächeln. »Und dass Sie in Bälde bessere Erkenntnisse zu diesem grausamen Leid mit mir teilen.«

Kapitel 9

Marcello Zanetti mustert Don Arturo, den emeritierten Abt der früheren Abtei San Giovanni, von der Schwelle der Seminarsbibliothek aus. Zanetti vermutet, dass er selbst sogar noch älter sein muss als der Abt, aber es steht außer Frage, wer von ihnen vitaler und bedeutsamer ist. Don Arturo sitzt allein in der Bibliothek, gekleidet in eine schwarze Tunika, und liest die Morgenzeitung, obgleich es schon fast Mittag ist. *So also sieht echte Niederlage aus*, denkt Zanetti ohne einen Funken Mitleid mit dem Mann.

Don Arturo begrüßt ihn mit einem glückseligen Lächeln, das Zanetti nicht täuscht. Als er Bürgermeister war, fand er es leichter, mit den hiesigen Kriminellenfamilien zurande zu kommen als mit den Repräsentanten der Kirche. Die Gangster waren vertrauenswürdiger als all diese Priester, ganz gleich wie gütig sie immerfort lächelten.

»Ah, Signore Zanetti, welchem Umstand verdanke ich diese unerwartete Ehre?«, fragt Don Arturo, als Zanetti sich ihm gegenüber hinsetzt.

»Die Ehre ist ganz meinerseits, Don Arturo. Außerdem empfinde ich es als meine Pflicht, Sie über die Entwicklungen auf der Baustelle zu unterrichten.«

»Wie rücksichtsvoll.«

»Und ich möchte Ihnen dies hier zeigen.« Zanetti holt eine

Hochglanzbroschüre aus seiner Aktentasche, die sein Marketingteam entworfen hat. Er schlägt sie auf, um Don Arturo die Bilder der Lobby zu zeigen.

Zanetti tippt mit dem Zeigefinger auf die bunte Zeichnung. »Hier. Das Andenken an die alte Abtei. Wir werden die Wand mit Fotografien und alten Gemälden ausstatten und natürlich auch Vitrinen mit einigen der Reliquien aufstellen – alle mit Alarmanlagen gesichert, versteht sich.« Er lässt seine Fingerspitze zur Blattmitte wandern. »Und hier wird eine äußerst detaillierte Replik von San Giovanni stehen, anderthalb Meter hoch.«

»Als wäre die Abtei nie abgerissen worden.«

Zanetti verbirgt seinen Ärger hinter einem Lächeln. »Wir hätten sie gerettet, wäre es möglich gewesen. Die Ingenieure wollten es nicht zulassen. Sie haben gesagt, es wäre nie sicher.«

»Da haben wir ja Glück, dass sie uns in den letzten achthundert Jahren nicht über dem Kopf eingestürzt ist. Tja, manchmal muss auch meine Zunft der Wissenschaft den Vortritt lassen.«

Zanetti schiebt die Broschüre über den Tisch. »Bitte, für Sie.«

»Danke!« Don Arturo schiebt sie zurück. »An mich ist die vergeudet. Ich bin nicht im Immobiliengeschäft. Die Kirche sorgt hier im Seminar für alle meine weltlichen Bedürfnisse.«

Unbeirrt rafft Zanetti die Dokumente zusammen und steckt sie zurück in seine Aktentasche. »Einer Ihrer Mönche verbringt weiterhin viel Zeit auf unserer Baustelle.«

»Meiner Mönche? Selbst als ich noch der Abt war, waren sie nie meine Mönche.« Er blickt gen Himmel. »Nur seine. Und jetzt, da ich im Ruhestand bin ...«

Das könnte ich den ganzen Tag mit dir spielen, du verschlagener Hurensohn. Zanetti nickt ernst und sagt: »Ja, natürlich. Ein Bruder. Silvio.«

Arturo verdreht die Augen.

Und Zanetti klopft mit einem Finger an seine Schläfe. »Ist er noch ganz bei Sinnen?«

»Das ist schwer zu sagen. Bruder Silvio ist definitiv eigensinnig.«

»Er ist ein jovialer Mann, unterhält sich gern mit meinen Bauarbeitern. Zu gern. Sie haben keine Zeit für solche Plaudereien. Und … er kann sehr alarmistisch sein.«

»Alarmistisch?«

»Ja. Jedem, der ihm freiwillig zuhört, erzählt er Geschichten von der alten Abtei. Legenden über Flüche und so.« Zanetti schnalzt mit der Zunge. »Abergläubischer Unsinn ist nicht gut für die Moral, verstehen Sie?«

»Und woher wissen Sie, dass alles Unsinn ist?«

»Ich bin auch ein Mann des Glaubens, gehe jeden Sonntag in die Messe. Nun ja, jedenfalls an den meisten.« Arturo sagt nichts, als Zanetti nach den richtigen Worten sucht. »Bei allem gebührenden Respekt, Don Arturo, aber ich hielt Sie für … weltlicher …, um solche Legenden zu glauben.«

Der Abt studiert ihn einen eisigen Moment lang, bevor er lächelnd antwortet: »Dessen ungeachtet, bei Bruder Silvio kann ich Ihnen nicht helfen.«

»Ach nein? Warum nicht?«

»Ich weiß nicht einmal, wo er wohnt.«

»Meine Leute können es leicht für Sie herausfinden«, sagt Zanetti. »Und überhaupt ist er sehr einfach zu finden. Beinahe täglich ist er auf der Baustelle.«

Arturo nickt. »Mag sein. Allerdings konnte ich Silvio selbst dann nicht viel vorschreiben, als ich noch sein Vorgesetzter war. Jetzt, da Sie und Ihre Leute mich in den Ruhestand geschickt haben, wäre es gewiss Zeitverschwendung, sollte ich mit ihm reden.«

Zanetti spart sich die Mühe, zu widersprechen. Als er sich zum Gehen erhebt, sagt Arturo: »Darf ich Ihnen einen Rat geben, Signore Zanetti?«

»Ja, gerne.«

»Hin und wieder sollte die Wissenschaft – und ja, sollten sogar Bauunternehmer – Gott den Vortritt lassen.«

Kapitel 10

Englisch und Italienisch vermengen sich zu einem inkohärenten Durcheinander. Alana hat bereits viele der Namen und Titel dieser Leute an dem Konferenztisch vergessen, doch die meisten sind höhere Regierungsbeamte auf kommunaler, regionaler und Staatsebene. Und alle reden gleichzeitig.

Dr. Byron Menke, der kanadische Epidemiologe, der das Team der Weltgesundheitsorganisation leitet, steht regungslos an der Spitze des langen Tisches. Er sieht gut aus – graublaue Augen und ausgeprägte Wangenknochen –, fällt jedoch mehr durch seine zerzauste Erscheinung auf. Sein braunes Haar ist ungekämmt, und sein Hemd hängt halb aus der Hose. Und er zeigt ein Dauerlächeln, als fände er den Aufruhr um sich herum witzig. Nachdem er es sich noch eine Weile angesehen hat, hebt er lässig die dicke Akte in seiner Hand und lässt sie fallen. Der Knall, mit dem sie auf dem Tisch landet, bringt alle zum Verstummen.

Dieser Typ ist genauso, wie ich ihn mir vorgestellt habe, denkt Alana.

»Fangen wir mit dem an, was wir wissen, anstelle von dem, was wir vermuten, einverstanden?« Byron blickt sich im Raum um und scheint seine Brust ein wenig aufzublähen.

Überall am Tisch wird genickt. Alana spürt, dass die italienischen Zuständigen die Federführung bei dieser Ausbruchseindämmung bereits Byron und dem WHO-Team übertragen haben.

Sie ist lange genug dabei und weiß, dass es politisch wichtig für Kommunalregierungen ist, sich genauso zu verhalten, damit sie einen praktischen Prügelknaben haben, wenn die Lage schlimmer wird oder Dinge schiefgehen, was oft der Fall ist.

Der Raum im obersten Stockwerk des Municipo, des Rathauses, ist hell erleuchtet von der Mittagssonne, die durch die Fenster hereinscheint. Unterhalb der Fenster liegt die berühmte Via Garibaldi. Alana war auf dem Weg hierher stehen geblieben, um das eindrucksvolle Gebäude mit den Gewölbedecken und den versetzten Balkonen zu bewundern. Es erinnerte sie daran, wie wenig sie in ihren zweieinhalb Tagen hier von Genua gesehen hat. Normalerweise hätte sie in einer solch geschichtsträchtigen Stadt die Zeit gefunden, um beim morgendlichen Joggen oder abendlichen Spaziergängen die Atmosphäre und Kultur auf sich wirken zu lassen. Doch an diesem Besuch ist nichts normal. Nicht nur ist ihr Einsatz nicht abgesegnet, sondern sie empfindet auch eine Dringlichkeit, wie sie seit Beginn ihrer Tätigkeit für die NATO nicht da gewesen ist.

Abgesehen von Byron quetschen sich vier weitere Mitglieder des WHO-Teams zwischen den italienischen Beamten an den Tisch. Der höchstrangige Beamte ist der stellvertretende Gesundheitsminister, ein Mann mit teigigem Gesicht, der bisher geschwiegen hat.

Am Tisch ist es so eng, dass Alanas Knie immer wieder mit Nicos zusammenstößt. Und sein Parfüm ist eine fortwährende Ablenkung. Solche Nähe hat sie mit ihm seit jenem letzten Morgen in Palermo nicht mehr geteilt, als sie erschöpft in dem Himmelbett lagen und künftige Treffen planten, zu denen es nie kommen sollte.

Es ist über acht Jahre her, ermahnte Alana sich. Seitdem hatte es andere Beziehungen gegeben, von denen zwei länger hielten. Den letzten Mann, den sie in Genf kennengelernt hatte, hätte sie beinahe geheiratet, nur entpuppte er sich bei aller Sanftheit als unerträglich idealistischer Wasserbauingenieur. Nico war anders. Er war ihre erste Liebe nach der Schulterverletzung gewesen, und ihre Romanze war nicht so verpufft wie die anderen. Sie hatten sich für ihre Karrieren entschieden, die sie immerzu getrennt in verschiedenen Hotspots auf der Welt festhielten. Byrons Stimme reißt sie in die Gegenwart zurück. »Um es zusammenzufassen: Die Pest überträgt sich über den Rattenfloh oder *Xenopsylla cheopis*, der das Bakterium durch seinen Biss weitergibt.« Er drückt auf einen Knopf der Fernbedienung in seiner Hand, und auf dem Bildschirm über ihm erscheint eine goldene, durchsichtige Kreatur, die einem Hummer ohne Scheren ähnelt. »Diese Flöhe brauchen einen tierischen Überträger oder Träger, um sie zu ›bewirten‹. Das kann so ziemlich jedes Säugetier sein, vor allem Nager wie Ratten, Mäuse, Eichhörnchen, aber auch Präriehunde. Doch in den meisten Städten verbreitet sich die Pest über die Hausratte.« Das Bild über ihm löst sich auf und wird durch eines von Ratten auf einem Haufen ersetzt, die übereinanderkrabbeln. Obwohl es ein statisches Bild ist, hat Alana das eklige Gefühl, sie könne die Bewegung sehen.

»Wie die meisten von Ihnen wissen, gibt es drei klinische Varianten der Pest«, fährt Byron fort. Er spricht Englisch und lässt keine Zeit für die Dolmetscher, obwohl sie hier in Genua sind und einen Ausbruch in Italien besprechen. »Sie alle werden vom selben Bakterium ausgelöst: *Yersinia pestis*. Die geläufigste Form ist die Beulenpest, die klassische Hautgeschwüre oder geschwollene Lymphknoten hervorruft, die sich durch innere Blutungen verfärben.« Die nächste Aufnahme zeigt einen Jungen mit weit aufgerissenen Augen, an dessen Hals sich zu beiden Seiten dunkle Geschwülste wölben. »Aber es gibt zwei noch tödlichere Formen. Die seltenste ist eine Art Blutvergiftung, die Pestsepsis.« Nun kommt das Bild einer blassen, dünnen Frau mit einem Balken über den Augen, um sie zu anonymisieren. Ihre Haut ist übersät von kleinen roten Punkten, sogenannten Purpura. Beide Beine sind von den Knien abwärts schwarz mit Stellen von toter Haut oder Nekrose, und für Alana ist offensichtlich, dass das Bild post mortem aufgenommen wurde. »Und natürlich ist die andere Form die pneumatische oder Lungenpest, die das Atmungsorgan der Opfer angreift …« Jetzt erscheint ein körniges Video von einem Mann mittleren Alters, der sich auf einem Krankenhausbett windet. Sein Husten ist so übel, dass Alana beinahe würgen muss. Obwohl er sich eine Hand vor den Mund hält, sprüht bei jedem Husten blutiges Sputum mit Wucht zwischen seinen Fingern hervor. »Sowohl die septische als auch die pneumatische Pest sind ausnahmslos tödlich ohne frühe und aggressive Antibiotikabehandlung.«

Byron lässt den unerquicklichen Clip länger als nötig laufen, wie Alana findet, bevor er den Beamer ausschaltet. »Die Beulenpest überträgt sich *nur* durch Bisse von infizierten Flöhen, nicht von Mensch zu Mensch«, sagt er. »Die pneumatische Pest kann mit einer Hautinfektion anfangen, mit den üblichen Bubonen, die in die Lunge wandern. Sehr viel häufiger ist allerdings, dass sie sich durch Tröpfcheninfektion von einer Person zur nächsten überträgt, und sie ist so ansteckend wie die Grippe. Bisher haben wir zwei bestätigte Fälle von Lungenpest in Genua. Patientin Null ist eine zweiundvierzigjährige Bauarbeiterin, die vor vier Tagen vorgestellt wurde. Sie hatte die ersten Hautsymptome entwickelt, Bubonen in den Achselhöhlen, und das zwei Tage vor ihrer Einlieferung ins Krankenhaus. Dort hatte sie Kontakt zu dem zweiten Fall, einer einunddreißigjährigen Labortechnikerin. Das zweite

Opfer hat keine Hautauffälligkeiten, nur Brustsymptome. Sie ist wie Patientin Null an Atemkomplikationen gestorben.«

»Also können wir davon ausgehen, dass die Ansteckung vom ersten zum zweiten Opfer über die Atmung verlief?«, fragt Nico.

»Können wir, würde ich sagen«, antwortet Byron mit einem fragenden Blick zu ihm. »Es heißt aber nicht, dass es richtig wäre, das so anzunehmen.«

»Wir wären blöd, es nicht anzunehmen«, kontert Nico.

»Blöd …« Byron grinst. »Sie meinen, würden wir beispielsweise nicht jede Frau, die sich mit Bluthusten im Krankenhaus vorstellt, sofort isolieren?«

»Lässt sich im Nachhinein leicht sagen«, erwidert Nico schroff. Er wendet sich zu der Person auf seiner anderen Seite und murmelt laut genug auf Italienisch, dass es die anderen verstehen. Prompt wird wie verrückt losgeredet.

Byron hält die Hände in die Höhe. »Schon klar«, sagt er in einem Tonfall, als wollte er ein trotziges Kleinkind besänftigen. »Sie haben die Pest ziemlich schnell diagnostiziert. Und was geschehen ist, ist geschehen. Wie wäre es, wenn wir uns auf die Bestandsaufnahme beschränken und die nächsten Schritte planen?«

Einige Leute nicken, und die Aufregung legt sich.

»Wir haben bisher keine bestätigte Quelle für *Yersinia pestis*«, fährt Byron fort. »Wir wissen, dass Patientin Null zwanzig Tage vor Auftreten erster Symptome im Menagesha National Park in Äthiopien war.«

»Und der Nationalpark ist proppenvoll mit hochriskanten Viechern«, ruft Dr. Justine Williams. Die zierliche Frau mit asiatischen Wurzeln, dunklen Augen und langem, schimmernd schwarzem Haar macht schon allein durch ihre Berufsbezeichnung Eindruck – Alana war noch nie einer Nagetierexpertin begegnet, geschweige denn der »weltweit führenden Zoologin in Sachen Rattenverhalten«, wie Byron sie vorgestellt hatte.

»Unter den hübschen Wacholderbüschen dort können sich alle erdenklichen Arten von Pestträgern tummeln«, erklärt Justine. »Von *Desmomys harringtoni* – besser bekannt als die Harrington-Ratte – bis hin zu *Praomys albipes* alias Weißfußmaus. Dabei sind deren Füße nicht weißer als meine.« Ihr Kichern ist beinahe ansteckend. »Und vergessen wir unseren alten Freund nicht, *Rattus rattus* – die gemeine Hausratte. Die sich im selben Naturpark findet. Es geht das Gerücht um, dass Hausratten hier früher schon mit ein oder zwei Pestausbrüchen zu tun hatten.«

Byron beäugt Justine mit einer Mischung aus Amüsement und Verärgerung. »Die übliche Inkubationszeit bei der Pest beträgt zwei bis sieben Tage, nicht zwanzig«, sagt er.

Justine zuckt mit den Schultern. »Erreger mutieren. Shit happens.«

»Es gab keinen dokumentierten Fall von Beulenpest in Äthiopien – weder bei Menschen noch bei Tieren – seit über zwanzig Jahren. Und die beiden Fälle in Genua sind sehr viel aggressiver als alles, was man in jüngster Zeit in Afrika gesehen hat.«

»Das habe ich mit der Mutation gemeint ... und mit ... shit happens.«

Der stellvertretende Minister hebt die Hand. »Dr. Menke, wenn ich eine Frage stellen dürfte?«

»Natürlich.«

»Heißt das, dieser Ausbruch hat seine Wurzeln nicht in Afrika?«

»Nein. Bisher jedenfalls nicht. Wie Dr. Williams schon gesagt hat, leben alle möglichen Arten von Säugetieren im Ökosystem, einschließlich Hausratten. Wir wissen auch, dass der Rattenfloh im selben Naturpark endemisch ist. Wir haben ein Team von der

WHO, das jetzt vor Ort in Äthiopien ist und Proben nimmt, und in wenigen Tagen sollten wir schlauer sein. Bis dahin sage ich nur, dass wir keine Quelle bestätigt haben und von allem ausgehen müssen.«

»Aber wenn die sogenannte Patientin Null nicht auf ihrer Afrikareise infiziert wurde, wo hätte sie die Krankheit hier in Genua bekommen können?«

»Unterschätzen Sie die Ratten nie«, sagt Justine. »Für die sind Überseereisen wie ein Spaziergang im Park.«

Alana kann nicht mehr den Mund halten. »Woher wissen wir, dass das erste Opfer durch eine Ratte oder einen anderen tierischen Träger infiziert wurde?«

Alle Augen richten sich auf sie. »Möchte unsere NATO-Kollegin das näher ausführen?«, fragt Byron.

Alana hatte sich als Kollegin von Nico und Spezialistin für Infektionskrankheiten vorgestellt, hält dies jedoch weder für die Zeit noch den Ort, Byron zu korrigieren. »Wie Sie selbst gesagt haben, Dr. Menke, haben wir die Quelle noch nicht lokalisiert«, antwortet sie ruhig. »Können also auch nicht mit Sicherheit sagen, dass es jemals eine zoologische gegeben hat. Übrigens auch nicht, dass die Person, die wir ›Patient Null‹ nennen, tatsächlich die Indexpatientin ist.«

Byron hält ihren Blick für einen Moment, bevor er sich am Tisch umblickt. »Ich denke, wir sind uns alle einig, was auch die Quelle sein mag, dass jetzt eine Eindämmung oberste Priorität hat.« Einige nicken mit den Köpfen und murmeln zustimmend. »Und zu diesem Zweck müssen wir anfangen, sämtliche Kontaktpersonen der beiden bekannten Opfer mit Antibiotika zu behandeln.«

»Damit haben wir im Krankenhaus schon begonnen«, sagt Dr. Sansa, ein distinguierter älterer Mann, der als Leiter des städtischen Gesundheitsamtes vorgestellt wurde. »Jeder, der direkten Kontakt zu den Opfern hatte, wird mit Doxycyclin und Ciprofloxacin behandelt – oder Alternativen, sofern Allergien vorliegen.«

»Was ist mit Immunisierung?«, fragt Nico.

Byron weist über den Tisch zu einem Mann mit rotblondem Haar und einem jungenhaften Gesicht, dessen buschiger Bart ihn paradoxerweise noch jünger macht. »Diese Frage möchte ich an unseren Immunisierungsfachmann weitergeben, Dr. Larsen.«

Larsen nimmt seine Brille ab. »Die Weltgesundheitsorganisation hat bisher noch keinen Zugriff auf größere Mengen des *Yersinia*-Impfstoffes.«

»Den hat aber das US-Militär«, sagt Alana.

»Selbst deren Kapazitäten sind begrenzt. Außerdem ist der Pestimpfstoff mit einer Immunitätsrate von nur siebenundvierzig Prozent bekanntermaßen unzuverlässig. Auch mit ihm blieben grob geschätzt drei von zehn Menschen ungeschützt.«

»Besser als zehn von zehn«, sagt Alana.

»Und der Impfstoff bietet keinen erwiesenen Schutz gegen die Lungenpest. Einzig Antibiotika nach dem Kontakt wirken. Und die müssen innerhalb von vierundzwanzig Stunden gegeben werden.«

»Dennoch«, sagt Byron, »werden wir den Zugang zum Impfstoff beschleunigen, wobei wir den Mitarbeitern im Gesundheitswesen an vorderster Front und im Labor Priorität geben. Gleichzeitig müssen wir uns auf aggressive Kontaktverfolgung konzentrieren, also jeden finden, der sich in der Nähe eines Pestopfers aufgehalten hat.«

Dr. Sansa nickt ernst. »Wir haben kaum etwas anderes gemacht. Rund um die Uhr.«

»Gut«, sagt Byron. »Es gibt einen wesentlichen Aspekt, auf den wir uns einigen müssen. Kommunikation. Es ist ein Wunder, dass diese Geschichte noch nicht in den Mainstream-Medien ist, doch sie wird es sein. Und das bald.«

Sansa atmet langsam aus. »Unser Büro hatte heute Morgen zahlreiche Anrufe.«

»Es ist wichtig, dass wir den Medien voraus sind und die Botschaft kontrollieren, anstatt umgekehrt. Deshalb wende ich mich an unsere Kommunikationsspezialistin Yvette Allaire, um die Grundbegriffe zu klären.«

»Danke, Byron«, antwortet eine schaurig dünne Französin am anderen Ende des Tisches. Vor ihrem geistigen Auge sieht Alana sie mit einem Martiniglas in der einen und einer Zigarette in der anderen Hand. »Wie wir alle wissen, ist die größte Gefahr, die Genua jetzt droht, weniger der Ausbruch als die Überreaktion, die zwangsläufig folgen wird ...«

Zwar stimmt Alana zu, dass eine Massenpanik das Problem nur verstärken würde, bezweifelt aber, dass sie die größte konkrete Gefahr ist. Sie fühlt das Vibrieren von Nicos Handy an ihrem Bein.

»Entschuldigen Sie mich«, sagt er und steht auf.

Instinktiv folgt Alana ihm.

Zunächst flüstert er ins Telefon, doch seine Stimme wird deutlich lauter, noch ehe er den Raum verlassen hat. Bis Alana ihn auf dem Korridor eingeholt hat, sind seine Pupillen geweitet und schreit er in einem Stakkato in den Apparat.

»Was ist?«, fragt Alana und packt seinen Arm.

Nico hält das Telefon auf Abstand zu seinem Ohr. »Zwei neue Patienten. Einer von ihnen ist ein Arzt. Einer meiner besten Freunde.«

Kapitel 11

Heute ist der erste Tag des Februars.

Es kommt mir nicht zu, die Launen des Schicksals zu deuten, doch ich kann nicht umhin, mich dasselbe zu fragen wie der Erzbischof: Warum bleibe ich verschont? Zurückzubleiben ist eher eine Bürde als eine Gnade.

Ich schreibe nun bei Kerzenschein. Eben bin ich von einer beschwerlichen Wanderung hinauf zur Abtei San Giovanni zurück. Ich hatte das Ausmaß des Leids nicht erahnt, das ich dort vorfinden würde.

Die schlichten Stein- und Ziegelbauten der Abtei nehmen sich im Vergleich zum Palast des Erzbischofs bescheiden aus. Doch was dem Kloster an Farbe oder Charme fehlt, machte der Abt durch seine Person wett. Don Marco begrüßte mich an der Tür mit der Herzlichkeit eines Mannes, der zufällig in einer Taverne auf einen Freund trifft, nicht einen fast Fremden in seiner pestgeplagten Gemeinschaft empfängt.

»Ich habe nie gezweifelt, dass Gott uns Sie schicken würde, Doktor Pasqua!«, rief er aus und klopfte mir auf den Rücken.

Er führte mich am Ellbogen durch eine Tür in die Wärmestube des Klosters, das Kalefaktorium, wo ein Feuer brannte, obwohl es noch Vormittag war. Der düstere Raum war beinahe leer, der Boden aus kaltem Stein und die Wände kahl. Das einzige Möbel war ein langer Holztisch. Beim Sprechen hallten unsere Stimmen.

»Wo sind die anderen Mönche?«, fragte ich.

Don Marco hob hilflos eine Hand. »Wir haben in diesem Monat schon einundvierzig Brüdern die letzte Ölung erteilt«, sagte er. »Beinahe der Hälfte unseres Ordens. Die übrigen sind entweder krank, versorgen die Kranken oder begraben sie. Sogar das Skriptorium ist verlassen. Wir haben eine der beachtlichsten Bibliotheken in ganz Genua, doch es gibt keine Kalligrafen mehr, um das Werk Gottes fortzuführen.«

Mir fehlten die Worte, bei solch einem Verlust zu trösten, deshalb schwieg ich.

»Aber Gott hat einen Plan für uns alle, nicht wahr?«, sagte Don Marco und rang sich wieder ein Lächeln ab. »Wo haben Sie Ihr Pferd?«

Als ich ihm antwortete, dass ich zu Fuß gekommen war, eilte er zu einem Regal an der Wand. Von dort holte er einen Weinschlauch und einen angeschnittenen Brotlaib aus einem Tontopf. »Sie müssen durstig sein vom Aufstieg«, sagte er. »Gewiss würde der Erzbischof es nicht wagen, solch ein Schmutzwasser seinem niedersten Diener anzubieten, geschweige denn einem ehrenwerten Gast, doch leider haben wir nichts Besseres.«

Obwohl ich vermutete, dass das Essen sorgsam rationiert wurde, wollte ich meinen Gastgeber nicht beleidigen, indem ich dankend ablehnte. Der Wein war sauer, aber trinkbar, und das Brot nahrhaft, so salzig es auch sein mochte. Nachdem ich den letzten Bissen gegessen hatte, fragte ich ihn, wo die Kranken seien.

»Ich wünschte, wir hätten Zeit für einen kurzen spirituellen und wissenschaftlichen Diskurs, Doktor. Wie sehr mir jene Tage fehlen! Doch diese Zeiten erlauben keinen solchen Luxus, nicht wahr?«

Ich folgte ihm nach draußen und in ein niedriges Gebäude mit einem Strohdach. Erst jetzt vernahm ich das kehlige Stöhnen und atmete den Fäulnisgestank ein, der die Befallenen so oft ankündete.

»Wir haben das Schlafquartier der Novizen zur Krankenstation gemacht«, sagte Don Marco. »Warum auch nicht? Alle unsere zwölf Novizen sind bereits von dieser irdischen Welt geschieden.«

Über zwanzig Holzbetten waren belegt. Produktiver Husten und gequältes Stöhnen erfüllten den Raum. Drei oder vier Mönche eilten von Bett zu Bett, schöpften Wasser oder knieten sich hin, um Gebete anzubieten.

Der erste Mann, zu dem wir kamen, war schon tot. Zunächst dachte ich angesichts des Gesichtsausdrucks des zweiten, er wäre es ebenfalls. Doch trotz seiner geschwärzten Finger, die meiner Erfahrung nach unmittelbar vor dem Ableben auftreten, war er wach genug, um mit einem matten Lächeln zu Don Marco aufzuschauen. Der Abt kniete sich neben sein Bett und betete für ihn. Tapfer tupfte er die Stirn des Mönches mit Wasser ab, während er zwischen seinen Gebeten aufmunternde Worte flüsterte.

Erst im vierten Bett erkannte ich einen Befall, bei dem ich etwas tun konnte. Die Achselhöhlen dieses Mönches waren geschwollen von großen Bubonen. Er lag stumm vor uns, doch die getrockneten Tränen auf seinen Wangen bewiesen erhebliche Qualen. Hastig nahm ich meine Instrumente aus der Tasche. Ich blieb so weit wie möglich von dem Bett weg, als ich seine Geschwüre aufschnitt, und wich jeweils schnell vor den Eiterexplosionen zurück.

So ging es den ganzen Morgen und den Nachmittag. Zwei weitere Brüder, einschließlich jener mit den geschwärzten Fingern, starben. Ich kann nicht behaupten, viel getan zu haben, sofern überhaupt etwas, das Schicksal dieser Mönche zu wenden. Doch als wir ins Kloster zurückkehrten, pries mich der Abt wie einen Kriegshelden. Er bestand darauf, mir mehr Wein und Brot zu servieren. Und ich muss gestehen, dass ich diesmal eher aus Hunger denn aus Höflichkeit annahm.

Als ich meinen Wein austrank, hörte ich ein Scharren unter mir. Zwei Hausratten kamen unter dem Tisch hervor und huschten zur Wand, wo ihre langen Schwänze durch einen Spalt zwischen den Steinen verschwanden.

Ich brauchte einen Moment, um zu begreifen, warum mich dieser vertraute Anblick stutzen machte. Im letzten Monat hatte ich mehr Ratten gesehen als in meinen ganzen vorherigen Jahren, doch keine von ihnen war am Leben gewesen. Schließlich unterschied diese Krankheit nicht bei der Wahl ihrer Opfer. Vieh und Tiere waren genauso befallen wie Menschen. Tote Hunde, Katzen und Ziegen verwesten auf den Straßen Genuas, bis der Gestank so unerträglich wurde, dass jemand gezwungen war, die Kadaver wegzuräumen. Die toten Ratten indes überwogen die anderen toten Tiere zahlenmäßig im Verhältnis von mindestens zehn zu eins.

»Was ist?«, fragte Don Marco mich.

»Diese Ratten«, antwortete ich. »Sie scheinen gesund zu sein.«

»Das stimmt, guter Doktor«, sagte Don Marco. »In den ersten Wochen dieser Pestilenz fanden wir überall tote Ratten. Doch in der letzten Woche sehe ich gesunde durch die Gebäude huschen. Wir haben sogar ein Exemplar dieses elenden Ungeziefers ertappt, wie es sich an den sterblichen Überresten unserer Brüder nähren wollte«, sagte er erschaudernd.

»Und tote Ratten sehen Sie keine mehr? Nur gesunde?«

Er überlegte einen Moment. »Ja, ich denke, ja. Und das kann nur eines bedeuten, guter Doktor.«

»Was?«

»Aus welchen Gründen auch immer hat Gott diese Ratten gesegnet.«

Mein Herz pochte, als stiege ich abermals den Hügel zur Abtei *hinauf. Es hatte fürwahr etwas zu bedeuten. Doch ich glaubte nicht, dass es viel mit göttlicher Segnung zu tun hatte.*

Kapitel 12

Alana packt die Armlehne in Nicos SUV, als das Fahrzeug abermals um eine Kurve rast. Vor ihnen taucht das Ospedale San Martino auf. Die Übertragungswagen sind ihr erster Hinweis auf das Medienchaos, das sie erwartet.

Nico lässt den Wagen am Straßenrand gegenüber stehen und rennt zum Eingang. Sie drängeln sich zwischen den Reportern und Kamerateams vor dem Haupteingang hindurch. Ein Sicherheitsmann überprüft Nicos Ausweis, ehe er sie reinlässt.

Drinnen sind alle auffallend leise und ernst. Noch ein Checkpoint ist vor der Notaufnahme eingerichtet, mitsamt einem improvisierten Umkleide- und Dekontaminationsbereich, der von Trennwänden auf Rollen abgegrenzt ist. Alana und Nico müssen sich volle Schutzkleidung anziehen, ehe sie in die Notaufnahme dürfen. Als sie ihre Kapuze aufsetzt, hat Alana ein unangenehmes Déjà-vu.

Die Angst in der Notaufnahme ist beinahe mit Händen zu greifen. Monitore schrillen Alarm, und Rufe hallen über den Lärm hinweg. Maskierte Mitarbeiter wuseln umher. Niemand steht still.

Nico eilt zu einem Zimmer am hinteren Ende. Alana beginnt ihm zu folgen, bleibt jedoch stehen, als sie aus dem Augenwinkel eine Unruhe mitbekommt. Sie dreht sich zu dem Fenster neben ihr. Drinnen hockt jemand rittlings auf einem Patienten und führt eine Herzmassage aus. Bei jedem Stoß sprüht dunkles Blut um den Beatmungsschlauch des Mannes und bildet einen roten Nebel vor seinen Lippen.

Erschüttert wendet Alana sich ab und geht weiter zu dem Zimmer, in das Nico tritt. Dort liegt ein Patient im Bett mit hochgestelltem Kopfteil. Eine Sauerstoffmaske bedeckt seine untere Gesichtshälfte, doch er ist nicht an ein Beatmungsgerät angeschlossen. Nico legt eine verhüllte Hand auf die Schulter des Mannes. Auf den ersten Blick glaubt Alana, ihn nach Luft ringen zu sehen, erkennt dann jedoch, dass er lacht. Genauso wie Nico.

»Was ist denn hier so witzig?«, fragt Alana.

Nico sieht zu ihr. »Claudio hat mir erzählt, dass seine Ex-Frau ihm bis heute die Schuld an jedem Schnupfen und jeder Grippe gibt und behauptet, er hätte es aus der Klinik angeschleppt. Deshalb hat er mich eben gebeten, sie herzurufen.«

Alana tritt näher. »Versteht Claudio Englisch?«

»Kaum. Wenn du langsam sprichst und sehr, sehr kurze Sätze benutzt ...«

»Ich spreche besser Englisch als dieser Clown!«, sagt Claudio heiser. »Auch besser Italienisch. Und Französisch, Deutsch, Spanisch und Portugiesisch. Sogar Latein, wenn wir schon mal aufzählen.«

»Freut mich, Claudio. Ich bin Alana Vaughn.«

Claudio schaut zu seinem Freund. »*Nico, questa è lei? La Alana?*«

Nico winkt verlegen ab, doch Alana empfindet einen Anflug von Freude bei der Vorstellung, dass er von ihr als »DIE Alana« spricht.

»Und das ist mein Kollege Dr. Claudio Dora«, sagt Nico. »Na ja, eigentlich nicht so ganz, denn er ist bloß Arzt in der Notaufnahme. Er war eben keine Leuchte auf der Hochschule.«

»Und warum hast du dann bei allen Prüfungen von mir abgeschrieben?«

»Von dir abgeschrieben? Was für eine schwachsinnige ...«

Er verstummt, als sein Kollege einen Hustenanfall bekommt. Claudio reißt beide Hände vors Gesicht, um die Sauerstoffmaske festzuhalten, was nichts nützt. Als er die Hände wieder heruntemimmt, ist das durchsichtige Plastik blutbespritzt.

Nico drückt seinen Arm. »Geht es, Claudio?«

»Nein.« Er räuspert sich laut. »Ich fühle mich mieser als das letzte Mal, als ich mit dir Auto gefahren bin.« Er sieht zu Alana. »Mein Leben zieht jedes Mal an meinem inneren Auge vorüber, wenn ich in seinen Wagen steige.«

»Im Ernst, Claudio!«, sagt Nico verärgert. »Keine Witze mehr. Wie fühlst du dich?«

»Mir tut alles weh. Der Schüttelfrost kommt und geht, und ohne Sauerstoff bin ich sehr kurzatmig. Der Husten ist übler als alles, was ich je erlebt habe. Aber ich bin froh, dass ich noch sprechen kann ... und sei es nur mit dir.«

Alana wird die Kehle eng. »Besteht kein Zweifel, dass es die Lungenpest ist?«

»Keiner. Die Pathologin hat sich mein Sputum unterm Mikroskop angesehen. Sie ist sich sicher, dass es *Yersinia* ist.«

»Bei wem hast du dich angesteckt?«, fragt Nico.

»Bei Sonia Poletti.«

»Nicht bei der Bauarbeiterin?«, hakt Alana nach.

»Der bin ich nie begegnet. Aber ich war Sonias Arzt in der *Pronto soccorso* – der Notaufnahme.« Claudios Stimme bricht. »Und ich habe die letzten sieben Jahre mit ihr zusammengearbeitet. Jede Woche hat sie mir ein neues Foto von ihrer *Bambina* gezeigt. Florianna. Sie hat das kleine Mädchen so geliebt. Der Vater war weg. Es gab nur Sonia.«

»Das arme Kind«, sagt Alana, obwohl sie im Moment mehr an das Risiko des Kindes denkt, sich mit der Pest angesteckt zu haben, weniger an dessen Zukunft als Waise. »Claudio, hast du eine Maske getragen, als du Sonia behandelt hast?«

»Natürlich. Wir waren uns alle der Gefahr bewusst, als sie in die Notaufnahme kam. Ich war genauso geschützt wie ihr jetzt.«

»Und wie ...«

Claudio wird rot. »An dem Tag vorher haben wir ... gleichzeitig unsere Schicht beendet. Wir sind zusammen gegangen. Und sie hat gehustet, zweimal vielleicht. Sie hat mir erzählt, dass sie wohl eine Bronchitis bekommt. Es war schon spät, ich war müde, und ich bin gar nicht auf die Idee gekommen ...«

Nico klopft ihm auf die Schulter. »Woher hättest du es wissen sollen?«

»Wann hast du die ersten Symptome bemerkt?«, fragt Alana.

»Heute Morgen. Da bin ich schweißgebadet aufgewacht«, antwortet Claudio. »Sobald der Husten losging ... wusste ich Bescheid.«

»Also keine achtundvierzig Stunden nachdem du mit Sonia gemeinsam das Krankenhaus verlassen hattest?«, fragt Alana. Die Zahlen machen ihr Sorge.

»Eher sechsunddreißig. Es war eine Abendschicht.«

»Hattest du gestern keine Antibiotika genommen?«, fragt Nico. »Ich dachte, die bekommen alle, die Kontakt zu Sonia gehabt haben.«

»Du weißt, wie empfindlich ich bei Antibiotika bin, Nico. Multiple Allergien. Außerdem habe ich gestern in der Notaufnahme sämtliche Vorsichtsmaßnahmen getroffen. Ich habe nie gedacht, dass ich gefährdet bin.«

»*Idiota*«, murmelt Nico, dessen Mitgefühl verpufft zu sein scheint. »Du hättest es besser wissen müssen!«

»Ich nehme jetzt welche. Und wollte mich diese Pest töten, hätte sie es schon getan.« Doch Claudios Blick sagt etwas anderes.

»Was ist mit deiner Familie?«, fragt Alana.

»Ich bin geschieden. Keine Kinder. Es gibt nur mich und die Pest.« Claudio ringt sich ein Lachen ab. »Ehrlich, die ist keine schlimmere Gesellschaft als meine Ex.«

Jemand kommt ins Zimmer, und Alana braucht einen Moment, ehe sie Byron Menke hinter der Kapuze und Maske erkennt. »Dr. Oliva, Dr. Vaughn, dürfte ich Sie kurz sprechen?«

Nico rührt sich nicht vom Fleck. »Wir können hier reden. Claudio ist ein Kollege.«

»Ich weiß.« Byron nickt Claudio zu und sieht wieder Nico an. »Aber dies ist nur für die Mitglieder der Task Force.«

»Reden Sie mit Alana. Ich höre es mir später an. Jetzt bleibe ich bei diesem Idioten.«

Alana folgt Byron aus der Notaufnahme. Sie ziehen ihre PSAs in der Dekontaminationszone aus. Während sie sich zum dritten Mal die Hände waschen, fragt Alana: »Haben Sie schon mal einen vergleichbaren Pestausbruch gesehen?«

»Größer«, antwortet Byron. »In Madagaskar, vor drei Jahren. Da waren zehnmal so viele Patienten ...«

»Das habe ich nicht gemeint. Ich spreche von der Übertragung bei minimalem Kontakt. Patienten sterben trotz Antibiotika. Und alle an einer heftigen Lungenpest.«

»Denken Sie, es könnte etwas anderes sein?«

»Wäre möglich.«

»Bioterrorismus?«

»Ich weiß nicht, was das hier ist, Byron. Und Sie auch nicht.«

»Ich schätze, wenn man nur einen Hammer hat, sieht man überall Nägel.«

»Blödsinn! Ich sage, dass wir alles in Betracht ziehen müssen.

Einschließlich der Möglichkeit, dass es etwas Menschengemachtes ist. Immerhin haben die Sowjets in den Siebzigern und Achtzigern die Pest als Waffe eingesetzt. Genau wie die US-Regierung. Vielleicht ist einer jener *Yersinia*-Stämme freigesetzt worden.«

»Wie soll das passiert sein?«

»Kann ich noch nicht sagen«, gesteht sie.

Byron beäugt sie skeptisch. »Wir behalten die Möglichkeit im Kopf. Doch zuerst muss ich mir die Baustelle ansehen, auf der Vittoria Fornero gearbeitet hat.«

»Dann fahren Sie hin.«

»Würde ich, aber ich will auch mit Marcello Zanetti sprechen, und er ruft mich nicht zurück.« Er zögert. »Wie ich höre, ist Nico mit ihm befreundet.«

»Okay, ich frage ihn, ob er ein gutes Wort für Sie einlegen kann.«

Er sieht aus, als wollte er mehr sagen, nickt aber nur. »Danke!«

»Byron, der andere Patient eben in der Notaufnahme, bei dem die Herzmassage gemacht wurde …«

»Er ist gestorben.«

Sie nickt. Es überrascht sie nicht. »Wo hat er gearbeitet?«

»Wissen wir bisher nicht. Er war bewusstlos, als er eingeliefert wurde.«

»Er ist nicht aus dem Krankenhaus?« Sie verkrampft sich.

»Nein, er war Sonia Polettis Nachbar.«

Es trifft sie wie eine Ohrfeige. »Oh Gott, es breitet sich schon in der Stadt aus.«

Kapitel 13

Heute, an diesem vierten Tag des Februars, bin ich, Rafael Pasqua, durch die Hölle gegangen. Was ich dort sah, hatte keinerlei Ähnlichkeit mit dem Inferno, wie es die großen Meister auf ihren Wandgemälden in der prächtigen Kathedrale darstellen. Nein, so wahr Gott mein Zeuge ist, es war weit schlimmer.

Seit zehn Tagen war ich nicht mehr auf dem Marktplatz gewesen. Heute Morgen bin ich hin, weil ich Essen und Vorräte brauchte. Schon aus einer Entfernung von hundert Schritten war die Luft schwer von einem Fäulnisgeruch, der übler stank als jedes Schlachthaus. Männer und Frauen lagen auf der Straße, manche bereits tot, andere noch an ihrem Blut und unheiligen Sekreten erstickend. Nicht einmal die Kinder blieben verschont. Viele von ihnen starben allein, von ihren Eltern aus Feigheit oder durch den Tod verlassen und anscheinend auch von Gott. Und derweil mühten sich ausgehungerte Wildhunde ab, Leichen aus offenen Gruben oder zu flachen Massengräbern zu zerren.

Noch schlimmer als dieses Spektakel war etwas, das gar nicht zu sehen war. Zunächst nahm ich es als ein Heulen wahr, als hätten sich Wölfe mitten in Genua versammelt. Doch dann begriff ich, was das für ein Lärm war. Stimmen, junge, alte, männliche, weibliche und kindliche, verschmolzen zu einer entsetzlichen Dissonanz. Und sie kamen aus den Häusern am Nordrand des Marktplatzes.

Der Markt selbst war immun gegen das ihn umgebende Grauen. Die Händler riefen ihre Waren aus, priesen ihr Fleisch, ihr Leder, ihr Rauchwerk, ihre Weine und ihre Gewürze wie immer an, und Kunden feilschten um die Preise, als wäre es ein Tag wie jeder andere.

Ich hielt einen Mann an, dessen hoher Rang an seiner edlen violetten Tunika erkennbar war. Er stellte sich als einer der Ratsherren vor.

»Guter Mann«, sagte ich, »woher kommen diese entsetzlichen Rufe?«

»Haben Sie es nicht gehört?« Der Ratsherr sah mich an, als müsste ich schwachsinnig sein. Er schwenkte einen Arm in Richtung der klapprigen Häuser. »Jene Unterkünfte sind alle verpestet.«

»Welcher Teil von Genua ist es nicht?«, fragte ich.

»Mag sein, doch man hat herausgefunden, dass sich die Krankheit von jenen Häusern her ausbreitet.«

»Wer hat das herausgefunden?«

»Na, der Erzbischof höchstselbst!«

Mir wurde flau. Ich fragte den hohen Herrn nicht, warum oder wie der Erzbischof entschieden hatte, dass eine einzelne Hausreihe für eine Pestilenz verantwortlich sein könne, von der bekannt war, dass sie sich überall verbreitete. Stattdessen erkundigte ich mich, warum die Leute in den Häusern so außer sich waren.

»Ist es nicht offensichtlich? Die Türen und Fenster, Mann!«

Als ich genauer hinschaute, sah ich die Bretter, die sämtliche Öffnungen verdeckten. Alle Türen und Fenster waren vernagelt worden, das Schicksal der Bewohner so dicht verschlossen wie die Öffnungen.

»Der Rat hat sie zum Sterben eingesperrt? Ob sie infiziert sind oder nicht?«

»Welche Wahl haben wir denn?«, fragte der Ratsherr. »Es ist Gottes Wille.«

»Sind Sie so närrisch zu glauben, dass Holz und Nägel eine Pestilenz aufhalten, die immun gegen Luft, Feuer und Wasser ist?«

»Ich glaube an Gottes Wort, mein Herr.«

»Sie meinen, an das des Erzbischofs, nicht wahr?«

»Hier in Genua spricht er für Gott.«

Mit diesen Worten ging der Ratsherr davon.

Ich beeilte mich, die wichtigsten meiner Einkäufe zu machen. Doch ich kehrte nicht direkt nach Hause zurück. Stattdessen ging ich den schmalen Weg zum Palast des Erzbischofs hinauf. Ohne Eskorte oder Einladung klopfte ich an die imposanten Türen. Als niemand öffnete, hämmerte ich fest mit der Faust dagegen.

Die Tür ging knarzend auf, und ein Soldat mit gezogenem Schwert erschien. Er trat vor und schwang seine Klinge so dicht an meinen Kopf, dass ich den Lufthauch auf meiner Wange fühlte und rückwärtsstolperte.

»Was wollen Sie hier?«, rief der Soldat und bewegte sein Schwert in Höhe meines Herzens vor und zurück.

»Ich muss den Erzbischof sprechen.«

»Seine Exzellenz empfängt niemanden ohne Termin!«, erwiderte er in seinem groben Straßendialekt. »Wer weiß, wer die Pestilenz in seiner Brust oder an seinen Schuhen trägt?«

»Ich trage keine Pest. Ich bin Rafael Pasqua, der Bader. Seine Exzellenz hatte mich schon gerufen.«

Die große Tür knallte fest genug zu, um in den Angeln zu erbeben. Ich stand wie ein Narr auf der Straße, unsicher, ob ich bleiben oder mich zurückziehen solle. Wenig später ging die Tür wieder auf, und derselbe Soldat trat heraus. Er sah so wenig freundlich aus wie vorher, doch sein Schwert steckte nun in der Scheide. »Kommen Sie!«, befahl er.

Stumm folgte ich ihm durch den Palast und in das Zimmer des Erzbischofs. Wieder brannte ein Feuer, das den Raum unangenehm warm machte. Der Erzbischof saß auf seinem erhobenen Stuhl und las abermals in einem Pergament.

»Warum stören Sie mich in meiner Zeit der Besinnung?«, fragte er. Er sprach ruhig, dennoch fühlte es sich an, als würde er brüllen.

»Eure Exzellenz, ich komme wegen der Häuser.«

»Welcher Häuser?«

»Die unten nahe dem Markt, die vernagelt wurden.«

»Was ist mit ihnen?«

»Man machte mich glauben, Exzellenz, dass Ihr eine Verriegelung der Häuser angeordnet habt.«

»Das ist eine zivile Angelegenheit.«

»Ein Ratsherr erzählte mir, dass Ihr dem Rat in dieser besonderen Angelegenheit eine Empfehlung gegeben habt.«

»Selbstverständlich habe ich das«, sagte er ohne jeden Anklang von Reue.

Ich öffnete den Mund, doch er bedeutete mir mit einem ausgestreckten Finger, zu schweigen. In seinem juwelenbesetzten Ring spiegelten sich die Flammen. »Meine Bittsteller haben mich informiert, wie rasch sich der Tod in der Nähe dieser Häuser ausbreitet«, sagte er. »So sehr, dass weder Zeit noch Raum bleibt, die Leichen zu begraben oder einzusegnen.«

»Aber, Exzellenz, es ist gewiss nicht jedermann in den Häusern befallen.«

»Dies sind katastrophale Zeiten. Vielleicht sogar das Ende aller Tage. Gerade Sie sollten es wissen.«

»Warum ein Gebäude vernageln, Exzellenz, wenn Ihr wisst, dass sich diese Krankheit durch Mensch und Tier gleichermaßen überträgt? Sie verbreitet sich über die Luft und vergiftet unsere Brunnen. Zweifellos sickert sie auch aus dem Boden und fällt mit dem Regen vom Himmel.«

»Eine bedeutende Quelle einzudämmen, heißt, das Leiden vieler zu verhindern. Mein persönlicher Arzt Doktor Volaro hält diesen Schritt für klug. Wollen wir ihn vielleicht zu diesem Diskurs hinzubitten?«

Der Erzbischof nahm eine kleine Glocke auf und läutete sie. Ein Diener kam an seine Seite geeilt, und der Erzbischof raunte seine Anweisungen. Innerhalb weniger Minuten humpelte ein gebeugter alter Mann herein, der Hals krumm und eine Schulter höher als die andere. Ich hätte Doktor Volaro für einen Bauern gehalten, wäre sein brauner Umhang mit der Goldstickerei nicht gewesen.

Der Erzbischof berichtete dem alten Arzt von unserer Diskussion.

»Herr Pasqua«, sagte Volaro. »Ich gebe nicht vor, all die primitiven Methoden von euch Badern zu kennen, doch es gibt nur sehr weniges, was ich nicht in meinen vielen Jahren über die Methoden der Ärzte studiert hätte.«

»Mich ehrt sehr, in Ihrer Gegenwart zu sein, Doktor«, sagte ich mit einer kleinen Verneigung.

»Gewiss wird sogar Euch, einem gemeinen Bader, aufgefallen sein, wie schnell sich die Pestilenz von einem Menschen auf den anderen überträgt?«, fragte Volaro. Seine Stimme raspelte, wie es nur die von Greisen kann.

»Fürwahr, mein Herr, ich sehe es jeden Tag.«

»Dann müssen Sie verstehen, wie wichtig es ist, den Kontakt zwischen Kranken und Gesunden zu unterbinden.«

»Ich könnte Ihnen gar nicht mehr zustimmen«, sagte ich. »Dennoch, Doktor Volaro, selbst wenn die Pest in diesen Häusern ihren Ursprung nahm, hat sie sich längst über sie hinaus ausgebreitet. Die dort gefangenen Leute sind wenig mehr als ein Tropfen in einem Eimer.«

»Eimer werden Tropfen für Tropfen gefüllt«, sagte Volaro.

Ich erkannte, dass ich ein überzeugenderes Argument brauchte, wollte ich darauf hoffen, die gefangenen Bewohner zu befreien. »Was ist mit den Mäusen, den Ratten und anderem Ungeziefer?«

»Was soll mit ihnen sein?«, fragte der Bischof.

»Keine Bretter werden dicht genug sein, dass sie nicht in die Häuser hinein- und wieder herausgelangen«, sagte ich.

»Ich muss diesen gelehrten Herren nicht erklären, dass die verwesenden Leichen in Bälde eine Nahrungsquelle wären, die Nager befallen und für eine weitere Ausbreitung sorgen würden.«

Noch bevor Volaro sprach, konnte ich an seiner Haltung ablesen, dass es vergebens war. »Wenn sie auf der Straße sterben, hat das Ungeziefer noch leichteren Zugriff auf sie«, sagte er.

»Das ist unstrittig«, stimmte der Erzbischof zu. Er blickte mich lange an, und seine Augen verdunkelten sich vor Misstrauen. »Einzig Sie, Doktor Pasqua, scheinen immun gegen diese Infektion, trotz Ihres ständigen Kontakts mit den Leidenden.«

Plötzlich ahnte ich, dass ich um meine eigene Freiheit kämpfen müsste. »Aber, Exzellenz, wie ich schon sagte, bin ich nicht der Einzige, den diese Pest gemieden hat.«

»Wen noch?«

»Die Ratten der Abtei San Giovanni.«

»Ratten? Wovon in aller Welt reden Sie?«

Ich erzählte ihm von den Ratten und dass Don Marco bestätigte, sie wären seit Neuem gesund. Ich schlug vor, dass die Tiere eine Form von natürlichem Schutz entwickelt haben könnten, der sich vielleicht mit menschlichen Befallenen teilen ließe.

»Man kann sich nur auf zwei Weisen vor dieser Plage schützen«, sagte der Erzbischof. »Die erste ist der Segen Gottes, und die zweite ist Hexerei. Wollen Sie behaupten, Gott hätte entschieden, dieses Ungeziefer zu segnen, nicht aber all die leidenden Männer, Frauen und Kinder?«

»Niemals würde ich mir anmaßen, seinen Willen zu kennen, Exzellenz.«

»Und desgleichen frage ich mich, warum Gott sich entschieden hat, Sie vor allen anderen zu schützen«, ergänzte der Erzbischof boshaft.

Kapitel 14

Alana verlässt das Hospital, vor dem sich noch mehr Reporter und Kameras scharen als bei ihrer Ankunft. Gierig auf Neuigkeiten, rufen sie ihre Fragen jedem zu, der sich ihnen nähert. Alana kann sich gut vorstellen, was geschieht, wenn bekannt wird, dass es heute Morgen weitere Opfer gab. Ohne Zweifel würden die italienischen Senderlogos auf den Übertragungswagen bald denen riesiger internationaler Anstalten wie CNN und BBC weichen.

Mit gesenktem Kopf drängt sie sich durch die Menge und ignoriert die Fragen. Zwei Blocks weiter biegt sie in eine schmale Seitenstraße ein, in der sie endlich einen Moment Ruhe findet, Monique Olin in Brüssel anzurufen.

»Ich habe heute Vormittag in Ihrem Büro vorbeigeschaut«, sagt ihre Chefin frostig. »Sie müssen in einem Meeting gewesen sein.«

»Ich konnte nicht weg, Monique«, antwortet Alana.

»Mir war nicht bewusst, dass Bleiben eine Option war.«

»Es ist schlimmer geworden.« Hastig fasst Alana die jüngsten Entwicklungen zusammen.

»Na schön«, sagt Olin schließlich. »Bleiben Sie. Seien Sie unser offizieller Kontakt dort. Aber, Alana, wir können uns keinen Unfrieden erlauben.«

»Wie soll ich das verstehen?«

»Die WHO. Wir müssen mit denen zusammenarbeiten. Seien Sie vorsichtig. Gerade Sie wissen, wie die sein können.«

»Oh ja.«

»Das ist Geschichte, Alana«, sagt Olin. »Lernen Sie aus ihr, aber reiten Sie nicht auf ihr herum. Das ist nicht konstruktiv.«

Sie haben gut reden. Sie waren nicht in Westafrika. »Ich halte mich zurück.«

»Und Sie verärgern die auch nicht.«

»Nein, versprochen. Aber, Monique, wir müssen herausbekommen, womit genau wir es hier zu tun haben.«

Es entsteht eine kurze Pause, und Alana stellt sich vor, wie ihre Chefin genervt über ihre Lesebrille sieht. »Was wollen Sie, Alana?«

»Wir müssen unsere Muster dem WHO-Labor Level Five in Genf zur Verfügung stellen.«

Olin holt hörbar Luft. »Schlagen Sie allen Ernstes vor, dass wir einfach mal Muster von Pestbakterien rausgeben, die die Sowjets als Waffen entwickelt haben?«

»Ja.«

»Wir sprechen hier über einen der gefährlichsten Krankheitserreger der Welt, oder? Gleichauf mit Pocken und Milzbrand oder schlimmer ...«

»Es müssen keine Lebendproben sein. Geben Sie der WHO nur eine Karte vom Genom des Bakteriums – den genetischen Fingerabdruck – zum Abgleich. Und nicht nur die sowjetischen Biowaffen, auch die amerikanischen.«

»Ist das klug, Alana?«

»Monique, was wir hier haben, ist anders als jede andere Pestform, die wir in den letzten fünfzig Jahren oder länger zurück gesehen haben.«

»Was nicht heißen muss, dass es sich um eine Biowaffe handelt.«

»Kann sein. Aber wie wollen wir wissen, dass wir es *nicht* mit Bioterrorismus zu tun haben, wenn wir die genetischen Fingerabdrücke nicht vergleichen können? Wir müssen, Monique, und das wissen Sie.«

»Ist gut. Ich spreche mit dem Generalsekretär. Und natürlich muss ich auch die Amerikaner konsultieren.«

Alana dankt Olin und verspricht, ihr bald wieder ein Update zu geben. Kurz nachdem sie aufgelegt hat, hält ein dunkelblauer Wagen neben ihr. Byron sitzt am Steuer und Justine Williams neben ihm auf dem Beifahrersitz. Alana steigt hinten ein.

»Also, warum die NATO?«, fragt Justine unvermittelt, als der Wagen weiterfährt.

»Wie warum die NATO?«, entgegnet Alana.

»Sie waren doch früher in unserem Team, oder? Der WHO. Sie wissen schon, das Gewinnerteam.«

»Ich bin mir nicht sicher, ob die WHO immer gewinnt.«

»Und Sie glauben, die NATO tut es?« Justine lacht. »Kommen Sie, Sie müssen zugeben, dass es ein komischer Wechsel ist von öffentlicher Gesundheit zu dem quasimilitärischen Kram.«

Alana will ganz sicher nicht das Debakel ihres letzten WHO-Einsatzes in Westafrika diskutieren. »Ich komme aus einer Militärfamilie«, sagt sie stattdessen. »Und ich war in der Army, bevor ich zur WHO gegangen bin.«

Justine zielt mit einer imaginären Waffe auf sie. »Richtig wie im Kampf?«

»Ja, in Afghanistan. Ich habe eine Ausbildung in Traumachirurgie gemacht.«

»Und warum sind Sie geflogen?«

Alana blickt Justine schweigend an und entscheidet, nicht nach dem Köder zu schnappen. »Ich wurde verletzt«, sagt sie.

»Oh! In einem Hinterhalt? Ein Sprengsatz? Oder friendly fire?«

»Lass es gut sein, Justine«, mischt Byron sich ein.

Sie sieht übertrieben erschrocken zu ihm. »Und das von dir? Dem König des Takts?«

»Was ist mit Ihnen, Justine? Warum Nagetiere?«, fragt Alana.

Justine zuckt mit den Schultern. »Die sind im Allgemeinen vertrauenswürdiger als Menschen.«

»Ich wette, den Satz haben Sie schon einige Male gesagt«, kontert Alana. »Aber er ist keine Antwort.«

»Ich bin auf einer Farm in Kansas aufgewachsen. Meine Eltern sind echte Hinterwäldler«, sagt Justine mit einem liebevollen Unterton. »Wenn ich es recht bedenke, gilt das wahrscheinlich auch für meine biologischen Eltern in China. Wer weiß! Ich habe sie nie kennengelernt.« Sie zuckt mit den Schultern. »Ständig war ich bei den Tieren, war fasziniert von ihnen. Sehr viel mehr als von Menschen. Zoologie war die natürliche Wahl, als ich zum Studium in die Großstadt Manhattan zog – das Manhattan in Kansas, nicht in New York –, und einer meiner Professoren hat mich für Nagetiere begeistert. Der Rest ist Geschichte.«

»Keiner ist besser darin, zoologische Überträger und deren Verbreitung aufzuspüren«, sagt Byron.

»Schmier mir ruhig Honig ums Maul, Boss«, sagt Justine. »Allerdings wäre mir eine Gehaltserhöhung lieber.«

Das Lachen ist ansteckend, und für den Rest der Fahrt machen sie Small Talk.

Byron biegt auf den Sandweg ein und parkt zwischen den Baufahrzeugen auf demselben Kiesplatz wie Nico zuvor. Alana bemerkt, dass der Dieselgestank heute noch stärker ist. Seit gestern sind neue Rahmen aus Holz und Betonrippenstahl in der klaffenden Baugrube errichtet worden. Zahlreiche Arbeiter sind auf der Baustelle unterwegs, doch Alana kann keine Spur von dem alten Mönch entdecken, von dem Zanetti sagte, er sei immer hier.

Zanetti begrüßt sie alle vor dem Containerbüro. Er trägt wieder einen dunklen Anzug, und seine Sonnenbrille mit dem Silbergestell passt zur Farbe seines sorgsam nach hinten gekämmten Haars. Er schüttelt Byron und Justine die Hände und küsst Alana auf beide Wangen. »Was für eine Freude, dieses umwerfende Gesicht so bald wiederzusehen!«

Alana unterdrückt den Impuls, die Augen zu verdrehen. »Hallo, Marcello!«

»Jetzt interessiert sich also die Weltgesundheitsorganisation für meine Wohnanlage?«, fragt er.

»Mr Zanetti, die WHO interessiert sich für die Frau, die wir für den Indexfall bei diesem Pestausbruch halten«, antwortet Byron.

»Ah, Vittoria. Was für ein schrecklicher Verlust.« Zanetti seufzt tief. »Mir wurde gesagt, sie hat sich diese ... Sache in Äthiopien geholt.«

»Dafür haben wir noch keine Bestätigung«, sagt Byron.

»Die werden Sie gewiss noch bekommen«, beteuert Zanetti.

Justine meldet sich zu Wort. »Was ist mit Ratten?«

»Ich verstehe Ihre Frage nicht, Signora.«

»Nagetiere.« Justine deutet mit zwei Fingern ein schnelles Trippeln an. »Gibt es hier in der Gegend Ratten, Mäuse, Eichhörnchen und so weiter?«

»Nicht, dass ich wüsste, nein.«

»Was ist mit Kadavern oder kleinen Skeletten? Haben Sie die gesehen?«

»Hier war einst ein altes Kloster. Es könnten Ratten im Keller gewesen sein, schätze ich. Sind sie ja meistens.«

»Nicht meistens. Immer.«

»Mr Zanetti«, sagt Byron. »Wie wir hören, haben Sie Vittoria Fornero zu einer Zeit gesehen, als sie am ansteckendsten gewesen sein könnte.«

»Ich nehme die Medizin, die mir die Leute vom Gesundheitsamt für uns alle hier gegeben haben.« Zanetti wendet sich mit ausgebreiteten Händen zu Alana um. »Wir haben das doch besprochen, Alana«, sagt er und klingt wie ein erschöpfter Vater. »Haben Sie es Ihren Freunden nicht erzählt?«

»Die Infektion hat sich von Vittoria auf andere übertragen, Marcello. Es sind zwei weitere Menschen gestorben. Wir möchten uns vergewissern, dass sie sich hier nicht auch verbreitet.«

Zanetti zeigt zu den Arbeitern in der Nähe. »Sehen diese Männer aus, als hätten sie die Pest?«

Byron lächelt. »Sah Vittoria vor ihrem Zusammenbruch so aus?«

Zanetti sieht ihn kühl an, sagt aber nichts.

Da sie auf seine Kooperation angewiesen sind, schlägt Alana einen versöhnlicheren Ton an. »Marcello, sicher treiben wir Sie mit immer denselben Fragen in den Wahnsinn, aber können Sie uns sagen, ob heute alle zur Arbeit erschienen sind?«

»Das überprüfe ich nicht jeden Tag. Das müsste ich Paolo fragen.«

»Würden Sie es bitte?« Alana legt eine Hand an Zanettis Ellbogen und drückt sanft. »Und vielleicht könnten Sie uns über die Baustelle führen?«

Zanetti neigt den Kopf ein wenig. »*Si, certo*. Ist mir ein Vergnügen.«

Er ruft einigen Arbeitern etwas zu. Kurz darauf kommt Paolo, der bullige Vorarbeiter, den Alana schon am Vortag gesehen hatte, mit drei Schutzhelmen zu ihnen gelaufen. Paolo und Zanetti wechseln einige Worte, bevor Letzterer sich wieder zu den anderen umdreht. »Es hat sich niemand krankgemeldet. Alle sind hier.«

»Danke, Marcello«, sagt Alana.

»Kommen Sie mit.« Zanetti streckt stolz eine Hand zur Grube aus. »Sehen Sie sich *il futuro die Genova costruita sul suo passato* an!«

»Und das heißt?«, fragt Byron.

»Es ist unser Werbeslogan. Wie sagt man das auf Englisch? ›Die Zukunft Genuas, auf seiner Vergangenheit errichtet‹.«

Zanetti führt sie eine Holztreppe hinunter in die Grube. Sie wandern zwischen Baggern, Bulldozern und Holzrahmen hindurch, in denen der Zement noch trocknen muss. Irgendwann seilt sich Justine ab. Zanetti scheint es nicht zu bemerken. Er ist ein begeisterter Fremdenführer und behandelt sie eher wie potenzielle Käufer, nicht wie Ärzte, die einen Pestausbruch nachverfolgen. Optimistisch schildert er ihnen die luxuriösen Apartments, die hier bald hoch aufragen sollen.

Minuten später schließt sich Justine ihnen unten an der Treppe wieder an. Sie zieht eine durchsichtige Plastikdose aus ihrer Tasche und zeigt ihnen die dunklen, reiskornförmigen Streusel darin. »Kot«, verkündet sie.

»Von?«, fragt Byron.

»Weiß ich noch nicht genau. Aber der Größe nach würde ich sagen *Rattus*. Unser alter Freund, die Hausratte.«

Byron nickt. »Wo hast du den gefunden?«

Justine zeigt zu einem Haufen aus Schutt und Erde etwa dreißig Meter entfernt.

»Das dürfte ein netter Rattenbau sein«, sagt Byron.

»Ideal. Sehr gemütlich.«

Zanetti verschränkt die Arme vor der Brust. »Zeigen Sie mir eine Baustelle, auf der es keine Ratten gibt.«

»Natürlich, Herr Zanetti«, sagt Byron. »Doch wir müssen den Haufen gründlich durchsuchen. Die gesamte Baustelle, falls nötig. Bis wir diese Ratten finden.«

»Nur zu, suchen Sie.«

»Ich meine mit einem Team. Eine richtige forensische Suche.«

»Und was sollen wir so lange machen?«, fragt Zanetti. Nun ist sein Tonfall genauso kalt wie sein Blick. »Die Arbeit einstellen?«

»Genau genommen, ja. Wir sprechen hier von einer Gefährdung der öffentlichen Gesundheit.«

»Und wir sprechen hier« – Zanetti tippt mit dem Fuß auf den Boden – »über die größte Baustelle in ganze Genua. Jede Verzögerung kostet ein Vermögen.«

»Ihre Regierung hat uns autorisiert, überall zu ermitteln, wo wir es für nötig erachten.« Byron zeigt auf den Rattenkot. »Und nötiger als dies hier wird es nicht.«

»Erzählen Sie das meinen Anwälten!« Zanetti macht auf dem Absatz kehrt und marschiert die Treppe hinauf.

Schweigend gehen sie zu Byrons Wagen zurück. Als Alana die Beifahrertür öffnet, fühlt sie jemanden hinter sich. Sie blickt sich um und sieht einen jungen Mann mit einem Helm auf. Als er von einem Fuß auf den anderen tritt, erkennt sie den nervös wirkenden Jugendlichen wieder, den sie gestern aus dem Container kommen sah. Heute schwitzt er nicht, aber er scheint auch nicht ruhiger.

Er schaut sich um, ehe er flüsternd fragt: »*Sei una dottoressa?*«

»Ich spreche kein Italienisch.«

»Ein Doktor?«

»Ja. Wie kann ich Ihnen helfen?«

Wieder blickt er sich nervös um, bevor er ihr ein klammes Stück Papier zusteckt.

»Was ist das?«, fragt Alana, wobei sie die verknüllte Nachricht schon auseinanderfaltet. Der junge Mann läuft davon. Sie ruft ihm nicht nach, sondern beobachtet, wie er hinter einem Zementmischer verschwindet.

Dann sieht sie zu dem Zettel, auf dem der Name »Emilio« steht und darunter eine Telefonnummer.

Kapitel 15

Wie viel habe ich getrunken?, überlegt Marianna Barsotti, als sie sich im Bett auf die andere Seite rollt. Sie erinnert sich nur an ein Glas Chianti. Kann sein, dass es einige Flaschen waren. Für einen Donnerstagabend wäre es nicht ungewöhnlich. In ihrem Schädel pocht es, als würde jemand darauf herumtrommeln.

Marianna tastet nach der Stelle neben sich. Sie ist noch warm und eingedellt, wo er gelegen hat, doch er ist nirgends zu sehen. Wie hieß er noch gleich? Alberto ... Adamo ... nein, Adriano! Er war witzig gewesen. Und gut aussehend auf sizilianische Art. Aber das Parfüm! Sie kann die Vanille und die Würze noch riechen. Mit dem Duft übertreiben sie es immer.

Sie zieht die Decke fester um sich. In ihrer Wohnung ist es ungewöhnlich kühl für April. Vielleicht muss sie heute die Heizung anstellen.

Ob ihr Gast noch in der Küche oder schon gegangen ist? Es spielt eigentlich keine Rolle. Marianna wird ihn nicht wiedersehen. Tut sie nie. Seit ihrer Scheidung zieht sie es so vor – kurze, intensive Begegnungen. Der erste Blickkontakt und der langsame Paarungstanz, der, wenn alles gut läuft, seinen wilden Höhepunkt in ihrem Schlafzimmer erreicht. Mit ihren fünfunddreißig Jahren hat Marianna kein Problem, Männer anzuziehen, aber ein paar heiße Nächte im Monat sind genug.

Adriano war gut im Bett. Bei ihm ist sie nahezu mühelos zweimal gekommen. Manchmal muss sie ihre gesamte Energie aufbieten, um nur einmal zum Orgasmus zu kommen, wenn die Männer sich linkisch anstellen oder selbstsüchtig sind. Adrianos Rauchen hat sie nicht gestört, aber sein Husten war abstoßend gewesen. Um ein Haar hätte er sie davon abgehalten, ihn mit nach Hause zu nehmen. Doch er hatte ihr versichert, dass es bloß Raucherhusten war. Jetzt kommen ihr Zweifel. Und da ihre Parisreise in nicht mal mehr einem Monat ansteht, kann sie es sich nicht leisten, sich bei der Arbeit krankzumelden.

Mariannas Kopf hämmert, als hätte der imaginierte Drummer seine Sticks weggeworfen und angefangen, mit den flachen Händen auf sie einzuschlagen. *Heilige Muttergottes, sag nicht, dass Adriano mich mit der verfluchten Grippe angesteckt hat!*

Kapitel 16

Alana sieht Nico an, dass er nicht geschlafen hat. Und das nicht nur an den blutunterlaufenen Augen und den dunklen Tränensäcken. Die Schatten auf seinen Wangen und vor allem das zerzauste Haar sprechen Bände. Dieses ungepflegte Aussehen passt überhaupt nicht zu ihm. Sie fragt sich, ob er sich daran erinnert, dass er ihr um 01:37 Uhr und um 02:04 Uhr Textnachrichten geschickt hat. Beide waren voller Tippfehler und italienischer Einschübe, und sie hatten seine betrunkene Furcht ausgedrückt, dass es schon zu spät sein könnte, den Ausbruch einzudämmen. Doch die letzten beiden Zeilen in der zweiten Nachricht hatten sich in ihrem Kopf festgesetzt und sie für ein, zwei Stunden wach gehalten. *Allzu sehr kann ich diese Pest nicht hassen*, schrieb er. *Schließlich hat sie dich zurück in mein Leben gebracht.*

Wieder wird Alana wütend, als sie daran denkt. Nico ist der, der eine Familie hat. Die anbetungswürdigen Kinder. Die liebende Ehefrau. Sie beide hatten ihre Wahl getroffen. Und während sie in jüngeren Jahren nie das Bedürfnis verspürt hatte, fragt Alana sich jetzt, mit Ende dreißig, häufiger, wie das Leben sein könnte, hätte sie geheiratet und Kinder bekommen. Es ist unfair, dass Nico betrunken mit verbalen Granaten um sich schmeißt wie »zurück in mein Leben«. Er hat Dinge, die sie wohl nie haben wird.

Sie weiß, dass sie ihn jetzt nicht auf die Nachrichten ansprechen kann. In dem kleinen Café hinter dem Hospital wimmelt es heute Morgen von Menschen. Überall um sie herum unterhalten sich Leute auf Englisch. Sie vermutet, dass einige, wenn nicht alle, von internationalen Medien sind, die anscheinend letzte Nacht en masse auf den Ausbruch angesprungen sind.

Sie müssen sich über den Tisch beugen und leise reden, um nicht belauscht werden zu können. »Also, hat dieser Emilio nicht auf deine Anrufe reagiert?«, fragt Nico.

»Auch nicht auf meine SMS.«

Seine Stirnfalten werden tiefer. »Wahrscheinlich hat es nichts mit der Pest zu tun.«

»Kann sein«, sagt sie, doch ihr Gefühl sagt ihr etwas anderes. »Wie geht es Claudio heute?«

»Nicht schlechter. Vielleicht ein wenig besser. Die Pest hat ihm jedenfalls nicht den Humor geraubt ... leider.« Er drückt sich mit Daumen und Zeigefinger auf die Nasenwurzel. »Alana, hast du von der letzten Toten gehört?«

»Ja.« Byron hatte sie um halb sechs morgens mit einer Textnachricht geweckt, in der er ihr Details über das vierte bekannte Opfer schrieb. Die junge Frau war anscheinend eine von Sonia Polettis besten Freundinnen gewesen. »Die Infektion gewinnt an Boden.«

»Über Nacht sind mindestens drei neue Fälle hinzugekommen«, sagt Nico. »Einer ist in einem anderen Krankenhaus am anderen Ende der Stadt, dem Ospedale Centralino. Und, Alana ...« Er stockt. »Der Patient hat nur Bubonen in den Achselhöhlen und dem Schritt. Seine Lunge ist nicht befallen.«

»Wie kann das sein?«

»*Mannaggia*, Alana!«, stöhnt er. »Wie kann irgendwas hiervon sein?«

»Du weißt, was ich meine! Die Pest überträgt sich nur über die Lunge von einer Person zur anderen, nicht die Haut.«

»Stimmt.«

»Kann er sich am selben Ort wie Vittoria angesteckt haben?«

»Auf der Baustelle?«

»Wo sonst?«

Nico trinkt seinen letzten Schluck Espresso. »Apropos Baustelle, Marcello war gestern Abend bei uns.«

»Bei dir?«

»Ich war nicht da, aber Isabella sagt, er war außer sich. Er hat sie angefleht, mit mir zu reden. Ich soll ein gutes Wort für ihn bei der WHO einlegen.«

Sie verzieht das Gesicht. »Glaubt Marcello wirklich, deine Frau würde sich einmischen?«

»Er ist ihr Lieblingsonkel.«

Alana ahnt, in welchem Zwiespalt Nico sein muss. Vielleicht hatte ein Streit mit seiner Frau wegen der Bitte ihres Onkels gestern Abend bewirkt, dass er sich betrank. Ihre Wut auf ihn weicht Mitgefühl. Sie legt eine Hand auf seinen Unterarm. Er blickt überrascht auf, zieht den Arm jedoch nicht weg. »Warum ist Marcello so dagegen, dass nach ein paar Ratten gesucht wird?«, fragt sie.

»Er denkt, das treibt ihn in den Bankrott. Die Verzögerung und so.«

»Oder könnte er sich Sorgen darüber machen, dass sie etwas finden?«

»Vielleicht. Marcello sagt, wenn die Presse erfährt, dass die WHO seine Baustelle absucht, ist das Projekt ruiniert. Selbst wenn sie nichts finden, sind die neuen Apartments hinterher wertlos.«

»Könnte sein. Aber seine finanzielle Notlage ist unser geringstes Problem.«

Jetzt zieht er seinen Arm weg. »Nur ein weiteres Opfer der Pest, ja?«

Sie sieht ihn an. »Auch wenn ich nicht weiß, was es bringt, Nico, kann ich Byron bitten, die Suche so diskret wie möglich zu halten.«

»Diskret? Byron? Bist du dem Mann mal begegnet?«

Sie lacht leise. »Stimmt auch wieder.«

»Also, was kommt als Nächstes?«

»Ich habe heute Morgen von meiner Chefin gehört. Die NATO ist bereit, die genetischen Baupläne aller bekannten Biowaffen ans WHO-Labor zu schicken. Die ganzen Genome.«

»Du glaubst doch nicht, dass das die Quelle ist, oder? Bioterrorismus?«

»Es ist mein Job, diese Möglichkeit in Betracht zu ziehen.«

Mitleid spiegelt sich in seinen müden Augen. »Klingt nach einem morbiden Job, Alana. Fehlt dir die klinische Arbeit nicht?«

»Manchmal«, gibt sie zu.

Bei seinem Grinsen wirkt sein Gesicht um Jahre jünger. »Erinnerst du dich an Angola? Während der Choleraepidemie? Wir haben da einiges geleistet, wir zwei.«

Wie könnte ich das vergessen? Doch sie weigert sich, jetzt in Erinnerungen zu schwelgen. »Im Kalten Krieg haben die Sowjets die raffiniertesten Biowaffen entwickelt, die je gesehen wurden.«

»Mit dem Pesterreger?«

»Es gab auch andere Krankheiten, wie Milzbrand oder die Pocken. Jedenfalls haben sie erkannt, was für eine perfekte Waffe *Yersinia* sein kann. Ihre Wissenschaftler hatten einen hoch ansteckenden, durch Flöhe übertragbaren Pesterreger geschaffen und dazu eine über die Luft übertragbare Version. Wir schätzten, eine einzige Freisetzung letzterer Variante über einem dicht besiedelten Stadtzentrum würde bis zu hunderttausend Menschen töten.«

»Hunderttausend?« Er verzieht das Gesicht.

»Und das war eine konservative Schätzung. Sie haben die Waffe natürlich nie eingesetzt, was sie allerdings nicht davon abhielt, in die Massenproduktion zu gehen.«

»Ist das nicht alles Jahrzehnte her?«

»Ja, nur haben die Russen nach dem Zusammenbruch der Sowjetunion den Überblick verloren, wo einiges von ihrem Biowaffenarsenal geblieben ist. Vor allem was die Labore in ihren früheren Satellitenstaaten wie Usbekistan, Kasachstan und die Ukraine betrifft.«

»Wie konnten die das zulassen? Das ist, als würde man eine Atombombe verlieren. Alana, wenn dieser Ausbruch damit zusammenhängt ...«

Den Satz muss er nicht beenden, denn genau diese Angst hegt sie, seit sie die sterbende Vittoria gesehen hat. »Weißt du, wie die Pest im Mittelalter nach Europa gekommen ist?«

»Was hat das Mittelalter mit biologischer Kriegsführung zu tun?«

»Caffa.«

»Was ist Caffa?«

»Eine Hafenstadt in der Ukraine. Am Schwarzen Meer. Heute heißt sie Feodossia. Doch im vierzehnten Jahrhundert war Caffa der Haupthandelshafen zwischen Ost und West. Und du errätst nie, welche große Seehandelsmacht damals Caffa kolonisierte.«

»Genua?«

Sie nickt. »1347 belagerten die Mongolen Caffa. Wahrscheinlich hätten sie kurzen Prozess mit der Stadt gemacht, wäre die Pest nicht zu jener Zeit von Asien übergeschwappt. Die Mongolen starben in Scharen. Irgendwie hielten sie die Genueser in der Stadt dafür verantwortlich. Also – und das ist vielleicht der erste dokumentierte Fall von biologischer Kriegsführung – fingen die

Mongolen an, Katapulte zu bauen, mit denen sie die verwesenden Leichen ihrer eigenen Soldaten über die Stadtmauern von Caffa schleuderten. Bald wurden auch die Genueser krank. Es löste eine Massenpanik aus, und viele von ihnen flohen nach Hause.«

»Und brachten die Pest mit nach Europa?«

»Genau. Auf den sogenannten Pestschiffen. Nach Sizilien, Venedig und letztlich natürlich auch nach Genua.«

Beide verfallen in nachdenkliches Schweigen. Dann spürt Alana, dass ihr Handy vibriert. Dankbar für die Ablenkung, greift sie danach. Ihr Puls beschleunigt sich, sobald sie die Handynummer von Emilio erkennt. Und der Text lautet: »*Via Capodistria e Via Vincenzo Bellini. Un'ora.*«

Alana zeigt Nico das Display. »Emilio will sich mit mir treffen!«

Er nickt. »In einer Stunde. Ich kenne die Gegend. Cornigliano. Ich fahre mit dir hin.«

»Soll ich Byron Bescheid sagen?«

»Der hat schon genug zu tun.«

Alana hadert für einen Moment mit sich. Wenn sie mit zu vielen Leuten dort ankommen, ist er vielleicht zu verängstigt, um zu reden, oder lässt sich gar nicht erst blicken. Sie antwortet Emilio mit einem Wort: »*Si.*«

Nico fährt weniger halsbrecherisch als beim letzten Mal. Alanas Handy klingelt, und als sie Byrons Namen auf dem Display sieht, drückt sie auf Lautsprecher.

»Wo sind Sie?«, fragt Byron.

Sie blickt zu Nico, der den Kopf schüttelt. »Beschäftigt. NATO-Kram.«

»Schön zu wissen, dass die NATO Dringlicheres hat, während hier die Hölle los ist.«

»Was ist passiert?«

»Mehrere neue Patienten. Schlimmer, es sind zwei Fälle am anderen Ende der Stadt, bei denen es sich eindeutig um Beulenpest handelt. Keiner hat irgendeine Verbindung zu Vittoria Fornero oder Sonia Poletti. Wir können nicht mal mehr mit Sicherheit sagen, dass Vittoria Patient Null war.«

»Wenn sich das über die Haut und nicht die Lunge überträgt ...«

»Muss es irgendein tierisches Reservoir geben. Es muss in Ratten oder anderen Nagern ausgebrütet werden, bevor es auf Flöhe übertragen wird.«

»Es sei denn, wir reden über Bioterrorismus.«

»Selbstverständlich. Bei Ihnen muss es ja zwangsläufig darauf hinauslaufen.«

Sie holt tief Luft. »Byron, Brüssel ist gewillt, die DNS-Entwürfe der Biowaffen aus dem Kalten Krieg rauszugeben.«

Nach einer kurzen Pause sagt er: »Okay, vergleichen wir die. Ich bin an einem Punkt, an dem ich alles versuche.«

»Wie sieht es mit dem Impfstoff aus?«, fragt Alana.

»Wir haben keinen. Und solange Sie Ihre Regierung nicht überreden können ...«

»Ich arbeite für die NATO, nicht die Amerikaner.«

»Tja, solange nicht irgendwer das US-Militär überreden kann, seine Vorräte rauszurücken – und zwar gestern –, nützt uns der Impfstoff nichts. Und selbst wenn sie genug hätten, um uns welchen abzugeben – und das ist ein großes *Wenn* –, haben wir keine Ahnung, wie wirksam er wäre.«

Nico stimmt wortlos zu.

»Was ist mit einer Massenprophylaxe?«, schlägt Alana vor. »Wenn jeder in den Vierteln und den Krankenhäusern präventiv mit Antibiotika behandelt wird?«

»Damit haben wir schon angefangen«, antwortet Byron. »Aber Sie wissen, was zwangsläufig passieren wird, wenn wir jeden wahllos auf Antibiotika setzen.«

»Resistenzen«, gibt sie zu.

»Eben. Wir werden unversehens einen extrem antibiotikaresistenten *Yersinia*-Stamm züchten. Und dann haben wir keine Behandlungsmethoden für die am schwersten erkrankten Patienten übrig.«

»Es ist eine Zwickmühle.«

»Auf jeden Fall eine Gratwanderung. Wenn wir jeden mit Antibiotika eindecken, riskieren wir einen noch übleren Ausbruch. Aber wir müssen die Verwundbarsten schützen.«

Alana sieht Nico an, der nicht minder ratlos scheint. »Was ist mit dem Flughafen und den Bahnhöfen?«, fragt sie.

»Wir haben angefangen, alle Abreisenden zu testen, wie wir es auch bei Ebola gemacht haben«, sagt Byron. »Aber es muss tausend Wege aus Genua geben, über Land, übers Wasser oder per Flugzeug. Außerdem könnte jemand in einen Flieger gestiegen sein, der nicht mal wusste, dass er infiziert ist.«

»Und was sind Ihre nächsten Schritte?«

»Epidemiologie-Grundkurs. Kontaktjagd. Wir suchen nach allen, die Kontakt zu den infizierten Patienten hatten. Das ist immerhin eine Sache, bei der uns der Medienrummel helfen kann.« Er stockt einen Moment und murmelt jemand anderem etwas Unverständliches zu. »Oh, hoffentlich bekommen wir unseren Durchsuchungsbefehl für die Baustelle bis heute Nachmittag. Es würde helfen, wenn Ihr Freund Nico seinen Onkel überreden könnte, uns jetzt gleich anfangen zu lassen.«

»Ich frage ihn«, sagt Alana.

Nico schüttelt vehement den Kopf.

»Eines noch«, sagt Byron. »Das Labor in Genf bestätigt, dass dieser Bakterienstamm nicht derselbe Subtyp ist, der gegenwärtig in Äthiopien aktiv ist. Also hat Vittoria sich definitiv nicht dort angesteckt. Bisher passt dieses Virus sogar zu gar keiner bekannten *Yersinia*.«

Nichts hiervon passt! Alana möchte schreien. »Byron, es ist wichtiger denn je, dass wir einen genetisch veränderten Stamm in Betracht ziehen ...« Doch die Leitung ist tot, bevor sie den Gedanken auch nur beenden kann.

»Ich dachte, die Kanadier sind berühmt für ihre Höflichkeit«, sagt Nico.

»Tja, anscheinend versucht er, diesen Ruf im Alleingang zu torpedieren.« Sie fährt sich mit der Hand durchs Haar. »Keine bekannten Übereinstimmungen, Nico.«

Sein Schweigen ist besorgniserregend. Und bald versinkt sie in ihren eigenen Gedanken.

Auf der Fahrt nach Osten verwandelt sich die Stadt vor Alanas Augen. Genuas hohe Mauern und Prachtbauten mit den leuchtenden Farben und den raffinierten Akzenten weichen Arbeitervierteln. Eine Straße beginnt der nächsten zu ähneln, gesäumt von deprimierenden niedrigen Wohnblocks undefinierbaren Alters, zwischen deren Fenstern Wäscheleinen gespannt sind.

Irgendwann fährt Nico kurz vor einer Kreuzung an den Straßenrand. Alana sieht auf ihre Uhr und stellt fest, dass sie einige Minuten zu früh sind. Sie blickt sich auf der engen Straße um. Eine alte Frau fegt den Gehsteig vor einem Café. Vier lärmende Jungen jagen einem Fußball nach. Zwei junge schwarze Frauen mit Kopftüchern schieben Kinderwagen vorbei. Doch nirgends eine Spur von jemandem, der Emilio sein könnte.

»Da drüben«, sagt Nico. Alana folgt seinem Blick und muss blinzeln, um die Gestalt zu entdecken.

Jemand steht in einem dunklen Gang zwischen zwei Gebäuden und bedeutet ihnen mit einem Handschwenk dicht vor seiner Brust, ihm zu folgen. Sie kommen näher, und er verschwindet aus ihrem Sichtfeld.

Sie finden Emilio in einem Hauseingang mit dem Rücken an die Tür gedrückt. Irgendwo hinter ihm klappert Geschirr. Ein leichter Müllgestank geht über sie hinweg. Emilio ist merklich nervös und blickt sich immer wieder auf der Straße um, sodass Alana sich fragt, ob er high sein könnte.

Schließlich deutet er mit dem Kinn auf Nico, während er weiter Alana ansieht. »Wer ist das?«, fragt er mit einem starken italienischen Akzent.

»Dr. Oliva. Ein Arzt, wie ich. Er ist Facharzt am Ospedale San Martino. Vittoria war eine Patientin von ihm.«

Nico spricht Emilio auf Italienisch an, was so schnell geht, dass Alana nichts versteht. »Bitte«, unterbricht sie schließlich. »Englisch.«

»Entschuldige«, sagt Nico. »Emilio sagt, dass irgendwas an der Baustelle komisch war. Als wäre sie …« Er sieht Emilio an und sagt: »*Maledetto*.« Hier nickt der junge Mann energisch. »Verflucht. Anscheinend hatte der alte Mönch – der, den wir gesehen haben, als er von der Baustelle geführt wurde – Emilio gewarnt. Es geht irgendwie um geweihte Erde, die nicht gestört werden darf.«

»Si, *si*!« Emilio wischt sich die verschwitzte Stirn. »Schlecht, sehr schlecht. Sobald er krank wird! Bruder Silvio sagt die Wahrheit. *Terribili segreti*.«

»Schreckliche Geheimnisse«, dolmetscht Nico.

»Und dann ist weg!«, ruft Emilio. »*Andato!*«

»Er?«, fragt Alana. »Vittoria ist nicht verschwunden, Emilio. *Sie* ist tot.«

»Vittoria?« Emilio verzieht das Gesicht. »Nein, nein. Nein. Nicht Vittoria. Yas!«

Alana sieht Nico an, der den Kopf schüttelt. Er ist genauso verblüfft wie sie. »Wer ist Yas?«, fragt sie.

»Mein Freund Yas«, sagt Emilio, als müsste sie es schon wissen. »Yasin Ahmed. Er arbeitet wie ich. Auf San Giovanni. Yas ist vor Vittoria krank geworden!«

Kapitel 17

Heute ist der siebzehnte Tag des Februars. Drei Tage sind seit meiner Audienz beim Erzbischof vergangen, und seine Soldaten haben mich nicht geholt. Ich erwarte sie immer noch. Der Erzbischof hat in seiner unfehlbaren Art angedeutet, ich wäre der Hexerei verdächtig. In diesen unruhigen Zeiten gibt es kaum einen schlimmeren Vorwurf.

Heute Morgen kam ich mit Essen und Vorräten vom Markt zurück. Eine Stille war über alles gefallen, die noch beunruhigender war als der Lärm bei meinem letzten Besuch dort. Es waren nur wenige Händler und Käufer dort, und es gab wenig zu erstehen. Die Stände waren so karg wie nach der letzten großen Dürre.

Auf meinem Heimweg passierte ich eines der Häuser, die zuletzt Opfer dieser schweren Prüfung wurden. Die Türen und Fenster waren noch vernagelt. Von drinnen klang kein Laut. Doch der entsetzliche Gestank, der durch die Ritzen drang, verriet mir alles, was ich über das Los der Bewohner wissen musste.

Es ist mir ein Trost, dass meine Camilla all dies Leid nicht mehr bezeugen muss. Für sie wäre der Verlust von Anstand und Menschlichkeit noch beängstigender gewesen als der allgegenwärtige Tod.

Bisweilen, zweifellos in Momenten der Schwäche, denke ich, dass ich ein rasches Ende diesem Leben vorziehen würde, die Chance, mit Camilla wiedervereint zu sein, und sei es nur unter der

Erde. Doch ich weiß, dass es ein feiger Weg wäre, den ich wählte. Mich hält meine Pflicht hier. Meine Dienste sind nötiger denn je.

Unter den vielen, die heute um meine Hilfe baten, war der am wenigsten erwartete mein alter Kollege Jacob ben Moses. Seine jüngste Tochter Gabriella brachte ihn in meine Praxis. Jacob hätte nicht allein kommen können. Er konnte kaum stehen. Auf den ersten Blick glaubte ich, er hätte sich mit der Pest angesteckt. Doch dann sah ich, dass er zwei blaue Augen hatte; das rechte war zugeschwollen. Mir fiel auf, dass er seinen linken Arm vor der Brust hielt. Ich schaute genauer hin und erkannte den deformierten Ellbogen, von dem sich der Unterarm in einem unnatürlichen Winkel abspreizte. Die Knochen waren eindeutig ausgerenkt. Mit Hilfe seiner Tochter setzte ich ihn auf einen Hocker und stützte seinen Arm mit meinem. Er gab nicht mal ein Stöhnen von sich, als ich kräftig zog, bis sich die Knochen mit einem lauten Knacken wieder einrenkten.

Jacob lachte vor Erleichterung. Er beugte und streckte den Arm, um sich zu beweisen, dass er es wieder konnte. »So oft man die eigenen Patienten leiden gesehen hat«, sagte er, »versteht man den Schmerz eines anderen doch nie, ehe man ihn nicht selbst erfahren hat.«

»Wer hat dir das angetan?«, fragte ich.

»Was geschehen ist, ist geschehen«, sagte er. »Und du hast den Schaden wieder behoben. Ich danke dir, Rafael.«

Ich wandte mich an seine Tochter und wiederholte die Frage. Bisher war ich Gabriella erst einmal begegnet, vor dem Tod ihres Mannes im letzten Winter. Ich wusste, dass sie das mit großem Abstand jüngste von Jacobs drei lebenden Kindern war, sein unerwarteter Segen, wie er es einst beschrieb. Sie besaß ein freundliches Gesicht, und ihr pechschwarzes Haar bildete einen erstaunlichen Kontrast zu ihren Augen, die so blau wie der Sommerhimmel waren. Jene Augen blickten traurig, aber auch entschlossen.

»Unsere Nachbarn haben meinen Vater verprügelt«, sagte Gabriella. »Dieselben Christen, die mitten in der Nacht zu ihm gelaufen kommen, wenn ihre Frauen oder Kinder krank sind, obwohl ihre eigene Kirche es ihnen verbietet.«

»Genug, Tochter«, sagte Jacob.

»Es ist doch wahr, Vater. Sie leihen sich unser Geld, feilschen um unsere Waren und nehmen sich alles, was sie sonst noch von uns brauchen. Doch sobald sie ein Unglück befällt, geben sie uns die Schuld.«

»Wir haben Glück, Tochter. Andere Königreiche zwingen Juden, in abgegrenzten Vierteln zu leben. Oder verbannen sie ganz. Hier in Genua behandeln die Nichtjuden uns gut.«

»Dein Gesicht sagt etwas anderes«, wandte ich ein.

»Sie beschuldigen uns, wenn ihre Ernte schlecht ausfällt, ihr Vieh nicht gedeiht oder das Wetter zu heiß oder zu kalt ist«, sagte Gabriella. »Am schlimmsten ist es, wenn sie betrunken aus der Taverne kommen und dort viel beim Spielen verloren haben. Das ist dann irgendwie auch die Schuld des Juden.«

»Vergib meiner Tochter«, sagte Jacob.

Gabriella war zu aufgebracht, um zu schweigen. »Ihr Christen werdet den Juden auf ewig den Tod eures Messias vorwerfen. Ich wünschte nur, ihr würdet anerkennen, dass Gesù Cristo selbst einer von uns war.«

»Das reicht, Tochter.«

Angst verdunkelte Gabriellas Augen. »Doktor Pasqua, die Nachbarn haben Vater beschuldigt, irgendwie für die Ausbreitung der Pestilenz verantwortlich zu sein. Einer von ihnen hat sogar behauptet, er könnte den Brunnen vergiftet haben.«

»Sie fürchten sich«, sagte Jacob. »Sie suchen verzweifelt nach einer Erklärung für etwas, das sich nicht erklären lässt.«

»Sie suchen nach einem Prügelknaben, Vater.«

»Vielleicht ist es das Beste, wenn ihr für eine Weile aus Genua fortgeht«, schlug ich vor.

Jacob schüttelte den Kopf. »Sie mögen uns beschimpfen, ja, vielleicht sogar uns schlagen aus lauter Enttäuschung. Doch ich weiß, dass diese Nachbarn anständige Leute sind. Sie werden nichts Übleres tun. Und es geht vorbei. Tut es immer.«

Ich konnte Jacob ansehen, dass er seinen Entschluss gefasst hatte, also sagte ich nichts mehr.

Doch während ich dies jetzt niederschreibe, denke ich abermals an jene Verdammten, die per Ratsbeschluss praktisch lebendig begraben wurden, weil man lediglich annahm, die Pestilenz könnte sich von ihren Heimen aus verbreiten. Nein, mein gelehrter Kollege irrt sich. Und es ist gefährlich für ihn. Sie werden Übleres tun. Und dies hier geht nicht vorbei.

Kapitel 18

Alana wappnet sich, als sie Byrons vorübergehendes Büro im Rathaus betritt. Es ist so unordentlich, wie sie erwartet hat. Überall türmen sich Kartons, Papiere sind auf seinem Schreibtisch verstreut, und ein Jackett liegt hinter seinem Stuhl auf dem Fußboden.

»Damit ich das richtig verstehe, Alana«, sagt Byron freundlich und lehnt sich auf seinem Stuhl zurück. »Die NATO ermittelt jetzt parallel zu uns?«

»Nein. Emilio, der junge Bauarbeiter, von dem ich Ihnen geschrieben habe, hat mich kontaktiert. Ich hatte keine Ahnung, worum es ging, ehe ich ihn getroffen habe.«

Sein Grinsen wird noch breiter. »Natürlich nicht. Es hätte alles Erdenkliche sein können, nicht? Die vielen Staus in Genua, die Erderwärmung, der Isolationseffekt der sozialen Medien auf die Millennials ...«

Sie fühlte, wie ihre Wangen heiß wurden. »Er wollte mich dringend treffen.«

»Und Sie haben entschieden, dass Sie mich nicht mit einbeziehen müssen?«

»Ich bin qualifiziert, das allein zu handhaben. Und außerdem arbeite ich nicht mehr für die WHO. Meine Funktion in dieser Ermittlung ist nun offiziell. Und getrennt von Ihrer.«

»Alana, ich habe Sie von Anfang an mit einbezogen. Ich habe Sie über jede Entwicklung auf dem Laufenden gehalten, als ich es nicht musste, und nichts verborgen.«

Byrons beharrliches Lächeln verrät Alana, wie angefressen er ist, und sie windet sich innerlich. Es erinnert sie daran, wie ihr Vater, der für einen Army-Chirurgen ein erstaunlich sanftmütiger Mann war, früher reagierte, wenn er sehr enttäuscht von ihr war. Einmal, als sie bei einer unerlaubten Spritztour eine Beule in seinen Wagen gefahren hatte, sprach er eine Woche lang kein Wort mit ihr und lächelte sie bloß grimmig an. Es war schlimmer als Hausarrest und das Gebrüll ihrer Mutter.

»Sie haben recht.« Sie räuspert sich. »Ich hätte Sie anrufen sollen, Byron. Es tut mir leid.«

Er akzeptiert ihre Entschuldigung mit einem halben Schulterzucken. »Unser Labor in Genua hat die Genomdaten erhalten, die uns die NATO zu diesen Pest-Biowaffen geschickt hat«, sagt er und setzt sich gerader hin. »In achtundvierzig Stunden oder weniger werden wir erfahren, ob es eine Übereinstimmung gibt.«

»Gut.« Zwei Tage kommen ihr viel zu lang vor.

»Also nehmen wir mal für einen Moment an, dass Terroristen ins Biowaffengeschäft eingestiegen sind. Wie können die diese Erreger in die Finger bekommen haben?«

»Zentralasien wäre die beste Adresse«, sagt Alana. »Wir beobachten die Region schon seit Jahren, weil dort mal die größten sowjetischen Programme für biologische Kriegsführung liefen.«

»Das ist mindestens dreißig Jahre her.«

»Mag sein, aber als die Sowjetunion zerbrach, waren die Russen nachlässig, was die Beseitigung des Chaos anging. Es gibt diese einstige Insel Wosroschdenija im Aralsee an der Grenze zwischen Usbekistan und Kasachstan. Man nennt sie die Insel der Wiedergeburt. Die sollten Sie mal sehen.«

»Haben Sie?«

»Ja, letztes Jahr. Wir waren von der kasachischen Regierung eingeladen, aber die mussten uns dorthin schmuggeln, weil die Usbeken uns da nicht haben wollten. Die Insel war das Zentrum des alten sowjetischen Biowaffenprogramms zur Entwicklung von Milzbrand und Pest. Die Russen haben sie in den frühen Neunzigern mit minimalen Sicherheitsvorkehrungen verlassen. Da ist immer noch Ausrüstung, stehen Kanister herum – ich habe sogar einen mit Warnaufkleber gesehen. Einiges hochsensibles Material haben sie keine anderthalb Meter tief vergraben. Und was sie überhaupt an Beton darübergeschüttet haben, ist bestenfalls zehn Zentimeter dick.«

»Sie haben vermutlich gedacht, dass es nicht mehr ihr Problem ist.«

»Das Schlimmste ist, dass die Insel keine mehr ist.«

»Haben die Russen das Wasser mitgenommen?«

»Ursprünglich hatten sie Wosroschdenija gewählt, weil die Insel so nahe am Festland lag. Ungefähr zur selben Zeit fingen sie an, die Flüsse, die den Aralsee speisen, mit Dämmen zu versehen. Folglich fiel der Wasserpegel im See, und schließlich entstand eine natürliche Verbindung zwischen Insel und Festland.«

»So was fällt einem nicht mal im Traum ein.«

»Vielleicht haben die Russen gedacht, das Wasser würde eine permanente natürliche Barriere darstellen. Wer weiß! Aber zehn Jahre später, puff!« Sie schnippt mit den Fingern. »Trocknet der See aus. Und die Labortiere, die frei herumlaufen, schwärmen direkt aufs Festland aus. Gerüchten zufolge traten bald danach seltsame Krankheiten auf. Ich habe mit einem der Ärzte dort geredet, der schwor, dass es einen Ausbruch einer ungewöhnlichen Atemwegsinfektion gab, die gegen jedwede Behandlung resistent war.«

»Und sind irgendwelche islamistischen Extremisten in der Nähe dieser ... dieser Nichtinsel aktiv?«

»Offiziell nicht. Zumindest laut der usbekischen und der kasachischen Regierungen nicht.«

»Aber?«

»Wir wissen, dass es aktive Splittergruppen in der Gegend gibt. Meine Quellen vor Ort haben es bestätigt. Deshalb wurde ich übrigens auch hingeschickt. Um das Risiko einzuschätzen, ob Biowaffen gefunden und gestohlen wurden.«

»Dieser Yasin Ahmed, der verschwunden ist. Ich nehme an, Sie haben seinen Background schon überprüft?«

»Brüssel hat nichts über ihn. Interpol genauso wenig. Soweit wir wissen, ist er keiner nationalen Sicherheitsbehörde bekannt.«

»Kommt er zufällig aus Zentralasien?«

»Nein, er ist hier in Genua geboren. Seine Eltern sind tunesische Immigranten. Er ist neunzehn Jahre alt, nicht vorbestraft. Keine verdächtigen Aktivitäten.«

»Religiös?«

»Emilio hat uns erzählt, das Yasin gläubiger Sunnit ist.«

»Und er ist einfach ... was ... verschwunden?«

»Er ist seit über sechs Tagen nicht mehr zur Arbeit gekommen«, antwortet Alana. »Wie Emilio sagt, hat er seitdem auch keine Textnachrichten oder Anrufe mehr beantwortet.«

»Sind Sie bei der Polizei gewesen?«

»Nein, noch nicht.«

»Dann wird es Zeit, finden Sie nicht?«

»Es ist eventuell nicht nötig«, sagt Alana, die ihn davon abhalten will. Der NATO-Maxime zufolge zieht eine Einbeziehung der örtlichen Behörden grundsätzlich unkontrollierbare Variablen nach sich. Falls und wenn eine Fahndung nach Yasin erforderlich ist, würde Alana die lieber von den Geheimdiensten leiten lassen.

»Ich habe die Adresse von Yasins Eltern. Wir sollten zuerst mit ihnen sprechen.«

»Fahren wir hin.« Byron steht auf. »Allerdings brauchen wir eine Sicherheitseskorte. Ich rede mit dem Bürgermeister.«

»Lassen Sie mich das regeln, Byron. Ich kann es über Brüssel veranlassen. Das geht schneller und ist sicherer.«

Er beäugt sie misstrauisch, widerspricht aber nicht.

»Wir wissen nicht, ob Yasin überhaupt mit dem Ausbruch zu tun hat, geschweige denn, dass er ein Terrorist ist. Und wenn wir da mit einer Polizeiflotte, mit Blaulicht und Sirenen anrücken, verschrecken wir nur alle. Und es kommt in sämtlichen Nachrichten.« Er sagt immer noch nichts, also ergänzt sie: »Lassen Sie mich das regeln, Byron. Das ist jetzt mein Job.«

Nach kurzem Zögern kommt: »In Ordnung.«

»Ich rufe Nico an. Er sollte auch mitkommen.«

Nun schüttelte Byron den Kopf. »Nico mag Ihr Freund sein, aber er ist nicht Teil dieser Ermittlung.«

»Er kennt die Stadt, versteht die Leute. Und wir sind überhaupt nur hier, weil Nico Alarm geschlagen hat.«

Byron sieht sie streng an.

»Wir sind es ihm schuldig«, sagt sie. »Und wie gut ist Ihr Arabisch? Denn ich bin mir ziemlich sicher, dass Sie kein Italienisch sprechen, und Yasins Eltern sprechen wahrscheinlich kein Englisch.«

Alana ruft Monique Olin an, die sagt, dass sie ihnen eine Eskorte durch die Agenzia Informazioni e Sicurezza Interna sichert, besser bekannt als AISI, italienischer Inlandsnachrichtendienst.

Zwei Stunden später erscheint ein Beamter in Byrons Büro. Er stellt sich als Sergio Fassino vor, Leiter für taktische Operationen bei der AISI, und erklärt, dass er direkt aus Rom hergeflogen ist.

Allein sein Rang bestätigt, wie ernst die italienische Regierung eine mögliche Bedrohung durch Bioterrorismus nimmt.

Mit seinem guten Aussehen und seiner teilnahmslosen Art erinnert er Alana an den Hauptdarsteller einer Krimiserie, auf dessen Namen sie nicht kommt. Sein Englisch ist tadellos, doch er ist detailversessen. Sie muss über dreißig Minuten mit Sergio verhandeln, bevor sie sich endlich auf einen Kompromiss geeinigt haben, was die Größe und Rolle der AISI-Unterstützung angeht: insgesamt sechs Zivilbeamte, von denen sie nur zwei in das Gebäude begleiten werden, während die anderen vier draußen alles sichern.

Alana und Byron fahren in Byrons Mietwagen los, während das AISI-Team in sicherer Entfernung in Zivil-SUVs folgt. Auf Nicos Bitte hin sammelt Byron ihn eine halbe Meile vom Krankenhaus entfernt ein.

»Es ist ein Desaster«, sind Nicos erste Worte, als er hinten ins Auto einsteigt.

Byron blickt sich zu ihm um. »Hat es in den letzten zwei Stunden neue Fälle gegeben?«

»Mindestens drei neue, zwei von ihnen in kritischem Zustand. Das Hospital wird von den Medien belagert. Und die Notaufnahme wird überlaufen von Besorgten und Neurotikern. Für die ist auf einmal jede Erkältung und jeder Schnupfen die Pest.«

»Das ist immer so«, sagt Byron. »Als Nächstes werden einige Mitarbeiter aus Angst nicht mehr zum Dienst kommen.«

»Ja, das ist schon passiert. Wir mussten zwei Stationen wegen Personalmangels schließen.«

»Wartet, bis die Leute hören, dass die Ausbreitung gewollt sein könnte«, sagt Alana. »Dann bricht echte Panik aus.«

Sie verstummen. Alana vermutet, dass die beiden dasselbe befürchten wie sie: Auch wenn die Zahl der Todesopfer bei dieser

Epidemie noch relativ niedrig sein mag, nähert sie sich rasant der kritischen Masse – dem Punkt bei jedem neuen Ausbruch, an dem genug Fälle gleichzeitig an unterschiedlichen Orten für eine weitere Verbreitung sorgen. Wenn das geschieht, schießt die Zahl der Toten in die Höhe. Sie könnte in die Zehntausende und höher gehen.

Das Navi führt sie immer tiefer nach Cornigliano hinein, demselben Arbeiterviertel, in dem sie sich mit Emilio getroffen hatten. Sobald es meldet, dass sie ihren Zielort erreicht haben, biegt Byron halb auf den Gehweg und hält an. Einer der schwarzen SUVs parkt hinter ihnen, während der andere mit den vier Agenten, die draußen alles im Blick behalten sollen, weiterfährt.

Alana ist angespannt, als sie zwischen Byron und Nico auf das Haus zugeht. Sergio und sein jüngerer Partner, beide in dunklen Anzügen mit Krawatte, folgen ihnen in wenigen Metern Abstand. Obwohl die beiden vollkommen still sind, ist Alana die Präsenz der Männer nur zu deutlich bewusst, als sie in die dunkle Seitengasse einbiegen.

Auf halbem Weg die Gasse hinunter erreichen sie ein unscheinbares Wohnhaus mit der Adresse, die Brüssel geschickt hat. Die Haustür unten steht offen. Alana riecht gebratenes Fleisch und Gewürze. Zwei Männer in traditionellen nordafrikanischen Tuniken gehen vorbei, und einer blickt Alana misstrauisch an. Sie fragt sich, ob es daran liegt, dass ihr Kopf nicht bedeckt ist.

Sergio öffnet die Tür zum Treppenhaus. Alana will schon hinter ihm hergehen, da fühlt sie Nicos Hand an ihrem Ellbogen und dreht sich zu ihm um. Sein aufmunterndes Nicken übertönt die Sorge in seinen Augen nicht. Alana lächelt ihm zu. Dieser kleine, wortlose Austausch ist so schmerzlich vertraut, dass sie den Blickkontakt lösen muss.

Als sie im dritten Stock ankommen, hört Alana einen Mann

und eine Frau wütend hinter einer der nahen Wohnungstüren schreien. Sie bemerkt, dass Sergio und sein Partner ihre Jacketts aufknöpfen, um leichter an ihre Waffen in den Holstern zu kommen.

Sie gehen den Flur hinunter und bleiben vor der vorletzten Wohnung stehen. Sergio und der Agent treten vor die Tür, während sich die anderen hinter ihnen aufreihen. Dann klopft Sergio energisch an. Momente vergehen, bevor die Tür einen Spalt geöffnet wird. Alana sieht, wie der jüngere AISI-Agent instinktiv eine Hand in sein Jackett schiebt. Ihre Schulter schmerzt vor Nervosität.

Sergio spricht durch den Türspalt. Eine schüchterne Stimme antwortet von der anderen Seite. Der zweite Agent entspannt seine Hand. Nach einem längeren Austausch auf Italienisch wird die Tür weiter geöffnet.

Eine dünne schwarze Frau mit einem weißen Kopftuch steht an der Schwelle, wippt auf ihren Füßen und hält den Kopf gesenkt. Sie spricht leise, aber sehr eindringlich.

»Was sagt sie?«, fragt Byron.

Sergio hebt eine Hand, um die Frau zu unterbrechen.

»Dies ist Yasins Mutter, Thewhida Ahmed«, erklärt Sergio. Es überrascht Alana, denn die Frau sieht nicht älter aus als sie. »Sie ist verwitwet. Sie gibt zu, dass Yasin hier wohnt, schwört jedoch, ihn seit fast einer Woche nicht gesehen und nichts von ihm gehört zu haben. Sie sagt, dass sie sich große Sorgen um ihn macht.«

»Hat Yasin ihr nicht erzählt, wohin er wollte?«, fragt Byron.

Sergio schüttelt den Kopf.

Nico drängt sich zwischen die beiden Agenten und spricht mit Thewhida. Wenig später dreht er sich zu Alana um. »Sie sagt, als sie ihren Sohn das letzte Mal gesehen hat – vor sechs Tagen –, hat er über Fieber geklagt. Dann ist er zur Arbeit gegangen und nicht mehr zurückgekommen.«

»Hat er gehustet?«, fragt Byron.

Nico verneint stumm.

»Was ist mit Ausschlag oder Bubonen?«, fragt Alana.

Ehe Nico fragen kann, spricht Sergio wieder. Die Frau hebt beide Hände und weicht stolpernd zurück, als hätte er eine Waffe gezogen.

»Was hat er zu ihr gesagt?«, fragt Byron.

»Er hat gefragt, ob ihr Sohn mit Radikalen oder Islamisten verkehrt«, erklärt Nico.

Sergios Tonfall wird beruhigender, scheint Thewhida jedoch noch ängstlicher zu machen. Sie redet schneller.

Nico dolmetscht für Alana und Byron in Satzfetzen: »Yasin ist ein guter Junge ... Gläubig, ja ... Nicht politisch ... Hat nichts mit Radikalen zu tun ... Sie verbietet das.«

Sergio fragt noch etwas. Thewhida beginnt zu antworten, doch ihre Stimme bricht, und ihre Worte lösen sich in unverständlichem Schluchzen auf. Nico streckt eine Hand aus, um sie zu trösten, aber sie weicht weiter zurück und bedeckt ihr Gesicht. Flüsternd murmelt sie etwas.

»Die Al-Halique-Moschee«, übersetzt Nico.

Sergio blickt sich zu ihnen um. »Die Moschee kenne ich.«

»Woher?«, fragt Alana.

»Dort habe ich letztes Jahr den Imam befragt, nachdem drei Teenager aus der Moschee bei dem Versuch geschnappt wurden, nach Syrien zu kommen.« Er stockt. »Um sich dem IS anzuschließen.«

Kapitel 19

Heute ist der achte Tag des Februars. Es ist auch der Tag, an dem ich von der Pest heimgesucht wurde.

Genau genommen überkam mich das erste Frösteln gestern, als Jacob ben Moses und seine Tochter noch hier waren. Als es aufhörte und zunächst ausblieb, redete ich mir ein, dass es an dem kühlen Abend und meiner leichten Kleidung gelegen hätte. Als ich mich schlafen legte, kehrte es wieder. Nicht einmal die zusätzliche Decke konnte mich wärmen. Sobald das Fieber und das starke Zittern einsetzten, die wir Heiler als Rigor bezeichnen, war ich mir sicher, dass es die Pest sein musste.

Heute Morgen erwachte ich in solch schweißgetränkter Nachtwäsche, dass ich mich fühlte, als hätte ich in einem Teich geschlafen. Alles schmerzte, als wäre ich von demselben Pöbel verprügelt worden wie Jacob. Das Schlimmste war der Schmerz in meiner rechten Leiste. Am Umriss der harten Schwellung dort erkannte ich den Bubo.

Trotz der Beschwerden, des Schwitzens und einer Müdigkeit, wie ich sie noch nie erlebt habe, war meine erste Reaktion nicht Furcht. Im Gegenteil, ich empfand Erleichterung. Meine Mühsal würde ein Ende haben, meine Einsamkeit in Bälde vorüber sein. Ich würde mit Camilla wiedervereint. Der Gedanke brachte mir Frieden. Und ich erlaubte mir einen Luxus wie seit Jahren nicht mehr. Ich blieb im Bett, während das Tageslicht in mein Zimmer drang.

Nach mehreren Minuten ließ der Schmerz in meinen Knochen nach oder stumpfte ich vielleicht nur ab. Letztlich war es Pflichtgefühl, nicht Überlebenswille, was mich aus dem Bett trieb.

Sogar durch den Nebel von Fieber und Schweiß erkenne ich, dass mir die außerordentliche Möglichkeit geschenkt ist, das Pestleiden aus erster Hand und mit dem Blick des erfahrenen Baders zu dokumentieren. Dasselbe Pflichtgefühl gegenüber der Nachwelt, das mich bewegte, mit meinen Aufzeichnungen zu beginnen, lastet nun noch schwerer auf mir. Doch so stark meine Überzeugung bleibt, könnte Entschlossenheit allein nicht genügen, um diese Vorhaben zu Ende zu bringen. Ein ausgeprägtes Zittern hat sich in meine Handschrift geschlichen, und die Pestilenz raubt mir minütlich mehr Kraft. Gott allein weiß, wie viele Einträge mir noch zu verfassen bleiben.

Nach dem Aufstehen zwang ich mich, ein wenig Wasser zu trinken und etwas Brot zu essen. Nach dieser minimalen Anstrengung musste ich mich ausruhen. Die Schwellung in meiner Leiste war noch hinderlicher als die Erschöpfung. Jeder Schritt war eine Qual. Als ich meine Hose anzog, war der Druck des Wolltuchs an dem geschwollenen Bubo unerträglich.

Mir blieb keine andere Wahl, als die Geschwulst selbst zu punktieren, doch schon bei der Aussicht darauf brach mir der Schweiß aus. Das Prozedere selbst stellte eine einzigartige Herausforderung dar. Am Ende musste ich einen Spiegel an den Bettpfosten binden, damit ich liegen und dabei sehen konnte, was meine Hände taten.

Meine Finger zitterten, als ich die geschärfte Klinge in die Mitte der Pestbeule bohrte. Der Schmerz war von einer Intensität, dass ich auf einen Lederstreifen beißen musste, um nicht zu schreien. In einer kleinen Fontäne schoss dicker gelblicher Eiter hervor, dessen Gestank noch schrecklicher als der Anblick war. Doch die Erleichterung war überaus wohltuend. Es war, als hätte sich ein schwerer Stiefel von meinem Oberschenkel gehoben.

Während ich dalag und einen Lumpen auf meine Leiste presste, um die Blutung zu stoppen, schweiften meine Gedanken wieder zu den Ratten in der Abtei San Giovanni ab. Konnte es wahr sein? Konnte dieses gottlose Ungeziefer wirklich immun gegen die Pest geworden sein?

Mein alter Mentor Antonio Calvi hatte mich gelehrt, dass kein Werkzeug in der Medizin mächtiger ist als die Beobachtung. »Gott schuf den Menschen«, hatte Antonio gesagt, »doch er überließ es uns, einander zu heilen, ohne uns die Geheimnisse seiner Schöpfung zu enthüllen. Zumeist wirken wir im Dunkeln, tasten umher wie Blinde. Und stoßen wir zufällig auf eine Behandlung, die einem Patienten hilft, wird sie wahrscheinlich auch anderen helfen.«

Anders als Don Marco, weigerte ich mich zu glauben, dass Gott entschieden hat, Ratten vor allen anderen Kreaturen von dieser Pestilenz zu verschonen. Es musste ein irdisches Geheimnis ihrer Rettung geben. Etwas musste in den Körperflüssigkeiten der Nager sein. Vielleicht könnte dieser Schutz geteilt werden, überlegte ich. Und ich fühlte mich gefordert, es herauszufinden.

Ich wartete mehrere Stunden, in denen ich meinen sich sträubenden Magen zwang, mehr Wasser und sogar etwas Wein aufzunehmen, um hoffentlich ein gewisses Maß an Kraft zu erlangen. Doch es nützte nichts. Ich erkannte, dass ich nur schwächer wurde. Es gäbe keine bessere Zeit, San Giovanni zu besuchen.

Der Weg zu Fuß den Hügel hinauf zur Abtei war der beschwerlichste meines Lebens. Alle zehn Meter etwa verlangten meine Beine und meine Lunge eine Rast. Einmal sank ich auf den Weg, als mir eine Bauernfamilie entgegenkam. Der Vater lenkte seinen Karren zur Seite, um mir auszuweichen, und die Mutter hielt ihren Kindern Tücher vor die Gesichter. Schließlich sammelte ich hinreichend Kraft, um wieder aufzustehen und den Rest des Weges zu bewältigen. Auf der nassen Erde vor den Abteitoren brach ich abermals zusammen. Dort fand mich Don Marco persönlich.

Obwohl er auf den ersten Blick erkannt haben musste, dass ich befallen war, setzte Don Marco sich neben mich und belebte mich mit kleinen Schlucken warmen Cidres aus seinem Weinschlauch. Ohne Furcht vor einer Ansteckung half er mir auf und stützte mich mit seinem Körper. Ich lehnte mich auf ihn, schleppte mich in die Abtei und sank dort auf den ersten Stuhl, den ich erreichte.

Es war noch Tag, und der Raum war von einem Feuer gewärmt. Zum ersten Mal sah ich die schwarz gewandeten Mönche anderes tun, als Kranke zu versorgen oder selbst zu sterben.

Don Marco schien so wohlauf wie eh und je. Seine Stimmung war, sofern möglich, noch überschwänglicher als vorher.

»Unser bescheidenes Heim ist gesegnet worden!«, sagte er. »Wir haben seit beinahe zwei Tagen keinen Bruder mehr verloren. Und seit fast vieren ist niemand mehr erkrankt. Es scheint, dass dieses verfluchte Leiden unserer Abtei überdrüssig geworden ist und von dannen gezogen.«

»Das ist beachtlich«, sagte ich.

»Und Sie, guter Doktor! Ihre Besuche waren beinahe so heilsam wie die Intervention unseres Heilands. Aber jetzt sind Sie offenbar befallen.«

»Ja, seit heute Morgen.«

»Dann ist das Mindeste, was wir tun können, für Sie zu sorgen, wie Sie es für uns taten.«

»Nein, Don Marco, ich bleibe nicht.«

»Warum sind Sie dann, krank, wie Sie sind, den weiten Weg gekommen?«

»Die Ratten.«

»Natürlich!«, rief er aus. »Jene gesegneten Geschöpfe.«

»Scheinen sie Ihnen immer noch so gesund wie bei meinem letzten Besuch?«

»Wir sehen mehr denn je von ihnen. Nicht eine einzige ist befallen. Sie sind die wahren Vorboten unserer Rettung gewesen.«

Ich wollte ihn mit meiner Skepsis nicht beleidigen, und vor allem fehlte mir die Kraft zu streiten. »Mit Ihrem Segen, Don Marco, würde ich gern einige dieser Ratten mit zu mir nach Hause nehmen.«

»Sie meinen, um von ihren heilbringenden Kräften umgeben zu sein?«

»Ich habe vor, sie zu untersuchen.«

»Sie untersuchen, Doktor Pasqua? Wie wollen Sie das anstellen?«

»Indem ich sie seziere, natürlich.«

Don Marco schrak zurück, als hätte ich Blasphemie begangen. »Sie wollen diese heiligen Kreaturen töten?«

»Das müsste ich, ja.«

»Aber, Doktor, sie sind von Gott auserwählt worden. Diese gesalbten Tiere zu opfern wie heidnische Gaben ist nicht richtig.«

»Nein, nicht opfern! Irgendwie schützen ihre Körpersäfte sie vor dieser Pestilenz. Wenn ich diesen Zauber entschlüsseln kann, werde ich nicht nur mich selbst heilen können, sondern könnte vielen anderen helfen.«

»Aber jene töten, die Gott verschont hat?«

»Ich brauche sie nicht alle. Lediglich eine Handvoll. Dies sind Ratten. Kein lebendes Tier vermehrt sich so schnell. Niemand wird ihr Fehlen bemerken. Nicht einmal Gott selbst.«

Don Marco wog die Bitte eine Weile ab. Schließlich lächelte er und sagte: »Ich würde sie keinem anderen überlassen. Aber wir Brüder stehen tief in Ihrer Schuld, guter Doktor. Und ich würde alles in meiner Macht Stehende tun, Sie gesunden zu sehen.«

»Danke«, sagte ich. »Dürfte ich Sie um noch einen weiteren Gefallen bitten?«

»Jeden, mein Sohn.«

»Ich glaube nicht, dass ich die Kraft habe, die Kreaturen einzufangen. Könnten einige der Brüder helfen?«

»Das wird nicht nötig sein.«

»Wie das?«

»Wir haben sie in speziellen Käfigen untergebracht. Und wir haben sogar einen Bruder ausgewählt, der sie versorgt.«

»Sie haben einen Bruder gefunden, der gewillt ist, die Rolle des Rattenhegers zu spielen?«, fragte ich ungläubig.

»Gewillt, Gottes Ratten zu hegen? Mir fiel schwer, mich zwischen den vielen Brüdern zu entscheiden, die um diese Ehre baten.«

Kapitel 20

Nach wenigen Stunden unruhigen Schlafs wird Alana vom Summen ihres Handys auf dem Nachttisch geweckt. Oben auf dem Display ist 05:23 angezeigt, und die Textnachricht von Byron darunter besteht aus nur drei Worten: *Sechzehn neue Fälle.* Sie reichen, dass Alana aus dem Bett schießt, als hätte ihr jemand einen Eimer kaltes Wasser über den Kopf gekippt. Die Ausbreitung ist weit schlimmer als befürchtet. Keine epidemiologische Simulation, kein Modell hätte jemals vorhergesagt, dass sich die Zahl der Pestfälle an einem einzigen Tag mehr als verdoppelt. Jedenfalls nicht auf natürliche Weise.

Sie putzt sich die Zähne, duscht gerade mal lange genug, um sich einzuseifen und abzubrausen, und zieht die gleichen Sachen an wie vor zwei Tagen. Sie hat nur genug Kleidung für drei Tage eingepackt, weil sie nicht erwartet hat, länger zu bleiben. Gar nichts hiervon hat sie erwartet.

Draußen wartet ein Taxi am Eingang. Alana steigt ein, und der junge Fahrer grinst ihr zur Begrüßung zu. Seine Miene wechselt jedoch von freundlich zu wachsam, als sie ihm sagt, dass sie zum Ospedale San Martino will. Erst nachdem sie ihm vermitteln konnte, dass sie eine *dottoressa* ist, keine potenzielle Patientin, ist er bereit, sie zu fahren.

Sobald das Taxi losfährt, ruft Alana bei Sergio Fassino an.

Gestern hat sie noch den größten Teil des Tages mit dem Nachrichtendienstmann verbracht, nachdem die Suche nach dem vermissten Yasin Ahmed intensiviert wurde. Abends hatten sie ihn immer noch nicht gefunden, aber die AISI-Agenten hatten den Imam der Al-Halique-Moschee zusammen mit zwei anderen Männern verhaftet, die auf der italienischen Terrorverdachtsliste standen.

Trotz der frühen Stunde nimmt Sergio nach dem zweiten Klingeln ab und klingt, als wäre er schon ewig auf. Alana ist sich sicher, dass sein Jackett zugeknöpft und seine Krawatte ordentlich gebunden ist. »Der Imam und die beiden anderen aus der Moschee behaupten, nichts über Yasin Ahmeds Aufenthaltsort oder seine jüngsten Aktivitäten zu wissen«, sagt Sergio, ehe Alana fragen kann. »Der Imam hat als Einziger zugegeben, Yasin überhaupt zu kennen.«

»Glauben Sie ihnen?«

»Nicht unbedingt«, antwortet Sergio. »Wir haben über Nacht ihre Wohnungen durchsucht und militante Propaganda auf einem der Computer gefunden. Aber nichts, was sie irgendwie mit Yasin oder diesem Ausbruch in Verbindung bringt. Trotzdem behalten wir sie im Auge.«

»Sonst keine Spuren?«

»Wir befragen mehr Freunde und Verwandte, aber bisher nichts«, sagt Sergio. »Sein Handy ist seit über einer Woche nicht mehr aktiv. Das letzte Signal, das wir zurückverfolgen konnten, kam von der Baustelle, auf der er zuletzt gesehen wurde.«

»Seine Mutter und Emilio sagen beide, dass Yasin an dem Tag schon krank war«, überlegt Alana laut. »Aber er hat noch dort gearbeitet?«

»Scheint so.«

»Warum sollte jemand einen Tag schwere körperliche Arbeit

leisten, wenn er vorhat, eine Infektion als Massenvernichtungswaffe zu verbreiten?«

»Um so viele Leute wie möglich anzustecken?«, schlägt Sergio vor.

»Ja, aber warum dann nicht irgendwohin gehen, wo mehr Leute sind? In ein Konzert? Zu einem Fußballspiel? Oder einfach in ein Flugzeug steigen?«

»Vielleicht wollte er keine Aufmerksamkeit erregen.«

»Ist das nicht eigentlich der Sinn und Zweck von Terrorismus?« Es war eine der vielen Unstimmigkeiten, die schon die Nacht an ihr genagt hatten. »Falls Yasin unser Patient Null ist – unser ›Selbstmordattentäter‹ –, kann er nichts davon ohne Hilfe getan haben. Eine Menge Hilfe. Und sollten andere Terroristen beteiligt sein, warum hat sich die Gruppe dann noch nicht öffentlich dazu bekannt?«

»Weil sie eventuell warten, bis der Schaden noch größer ist? Bis die Zahl der Toten hoch genug ist, um noch mehr Aufmerksamkeit zu erregen?«

»Kann sein«, sagt sie, aber etwas stört Alana.

Sie legt auf, als der Fahrer rechts ranfährt. Er zeigt durch die Windschutzscheibe nach vorn zum Krankenhaus, das noch mindestens zwei Blocks entfernt ist. Sie akzeptiert den frühen Halt mit einem simplen »*Grazie*« und zahlt in bar.

Sie kann dem Fahrer seine Reserviertheit nicht verübeln. Die Furcht vor dem Unbekannten ist ein menschlicher Instinkt und dürfte in diesem Fall gesund sein. Sie hat die Nachrichten im Fernsehen und online so gut verfolgt, wie sie konnte. Die Pestangst hat sich bereits ins öffentliche Bewusstsein geschlichen. Die Cafés sind weniger voll, und die Leute gehen auffallend seltener auf Tuchfühlung als sonst, umarmen und küssen sich nicht mehr dauernd, schütteln sich nicht mehr so oft die Hände.

Das aussagekräftigste Indiz dürfte jedoch sein, dass manche Menschen in der Öffentlichkeit einen Mundschutz tragen – ein alltäglicher Anblick in Shanghai, allerdings ein extrem ungewöhnlicher in Italien. Wenn erst der neue Anstieg der Fallzahlen durchsickert, dürfte es schwierig werden, einen Taxifahrer zu finden, der sie auch nur in den Zwei-Meilen-Radius des Krankenhauses fährt.

Die übliche Medienmeute steht vor dem Hospital, und ihre nervöse Energie manifestiert sich in dem lauten Geplauder und der Note von Zigarettenqualm und Körpergeruch in der Luft. Alana bahnt sich ihren Weg durch die Menge, ohne irgendwelche Fragen zu beantworten.

Die Sicherheitsmaßnahmen im Krankenhaus sind verstärkt worden. Am Eingang prüft ein Wachmann ihren Ausweis und zieht ihn durch einen Scanner. Zwei junge Polizisten mit Gewehren über der Schulter und grimmigem Blick sichern den Checkpoint. Einer von ihnen hat eine Hand an seiner Waffe, während er seine Umgebung beobachtet. Alana vermutet, dass die Behörden bereits vor einer möglichen Terrorbedrohung gewarnt wurden.

Im Krankenhaus geht es ähnlich rigoros zu. Unter dem wachsamen Blick einer molligen Krankenschwester zieht Alana sich die Schutzkleidung an, und die Frau beobachtet alles genauestens, ob auch ja nicht gegen das Protokoll verstoßen wird.

Als Alana den Korridor zur Intensivstation hinuntergeht, fühlt sich ihr PSA einengender denn je an. Auf der Station ist es die Stille, die sie am meisten beunruhigt. Das Personal bewegt sich zielstrebig, doch niemand spricht. Es erinnert Alana an Liberia auf dem Höhepunkt der Ebolakrise. Die hoffnungslose Ruhe in jenen Kliniken war ebenfalls geradezu greifbar gewesen.

Byron erwartet sie am Schwesterntresen und hält einen Probenbeutel in der verhüllten Hand. Alana zeigt auf die Zimmer. »Wie viele von denen sind Pestopfer?«

»Sechs.« Er nickt nach rechts. »Sie haben die Station geteilt, so gut es möglich war, um Ansteckungen vorzubeugen. Alle Patienten auf dieser Seite haben die Pest, und sämtliche Räume haben eine Unterdruckbelüftung.« Es bedeutet, dass die Luft aus den potenziell kontaminierten Zimmern gesogen und durch Filterrohre aus dem Gebäude gepustet wird.

Alana sieht durch das Fenster ins Zimmer neben sich. Drinnen liegt eine Frau reglos auf dem Bett und hat einen Beatmungsschlauch zwischen den Lippen. Ihr Gesicht ist aschfahl, und ihre entblößten Beine sind violett gesprenkelt, was auf schweren Schock hinweist. Zwei biegsame Kunststoffröhren von der Größe eines gängigen Gartenschlauchs und angeschwollen vom Blut verlaufen von ihrer Leiste zu einer großen Maschine am Kopfende des Bettes. Alana erkennt den ECMO – den extrakorporalen Membranoxygenerator, mit dem das Blut außerhalb des Körpers mit Sauerstoff angereichert wird. Es heißt, das Herz der Patienten versagt so sehr, dass die Ärzte sie an einen extrakorporalen Herz-Lungen-Kreislauf anschließen mussten. Dennoch ist ihr Blutdruck laut dem Monitor über ihr so niedrig, dass sie kaum noch leben kann.

»Sechs von sechzehn neuen Fällen sind schon auf der Intensiv?«, fragt Alana.

»Fünf weitere sind bereits über Nacht gestorben«, antwortet Byron.

»Fünf weitere? Schon?«

»Wahrscheinlich sogar mehr, seit ich mich vor einer Stunde erkundigt habe. In der Notaufnahme herrscht Chaos, und das nicht nur hier. Auch in den anderen Krankenhäusern der Stadt. Sie haben sehr viele echte Fälle, werden aber auch überschwemmt mit panischen Erkältungs- und Grippefällen.«

»Wir müssen von der Pest ausgehen, bis wir das Gegenteil bestätigt haben.«

»Wir empfehlen den Ärzten, alle Patienten mit Fieber als potenzielle Pestfälle zu behandeln, egal wie unwahrscheinlich.«

»Wie sieht es mit der Antibiotikaversorgung aus?«

»Bislang haben wir genug. Was wir nicht genügend haben, ist Zeit. Dieser Stamm bringt die Leute schneller um als alles, was ich je gesehen habe. In manchen Fällen schneller, als die Antibiotika wirken können.«

»Sogar schneller als nekrotisierende Fasziitis?« Sie bezieht sich auf die extrem aggressive Infektion der Unterhaut und der Faszien. »Ich habe mal eine Frau gesehen, die ihren ganzen Arm innerhalb von zwölf Stunden verlor, nachdem sie sich mit Papier in einen Finger geschnitten hatte.«

»Ja, schneller.«

»Können wir diese neuen Fälle zu Vittoria zurückverfolgen?«

»Nein. Wir haben eine extensive Kontaktprüfung durchgeführt. Die beiden Fälle gestern aus dem Osten der Stadt haben keine Verbindung zu Vittoria oder deren Kontaktpersonen.«

Alana atmet so schwer aus, dass ihre Gesichtsmaske für einen Moment beschlägt. »Also ist Vittoria nicht unsere Patientin Null.«

»Wahrscheinlich nicht, nein.« Byron sieht sie prüfend an. »Können wir dasselbe von Yasin Ahmed sagen?«

»Wie wollen wir das wissen? Er ist verschwunden.«

»Wir müssen seinen Namen und sein Foto an die Medien geben.«

»Das ist zu früh, Byron. Sogar Sergio stimmt mir zu. Und er ist der leitende italienische Agent hier.«

»Wozu noch warten?«

»Zum einen wissen wir nach wie vor nicht, ob Yasin darin verwickelt ist. Zum anderen wären er und sein Netzwerk, sollte er die

Quelle sein, umso schwerer aufzuspüren, wenn wir seinen Namen veröffentlichen und ihn so warnen.«

»Wir müssen ja nicht sagen, dass er ein Terrorist ist. Nur, dass er infiziert sein könnte.«

»Die Leute werden es sich zusammenreimen. Stellen Sie sich die Auswirkungen vor.«

»Die Auswirkungen sind mir verdammt egal!« Sein plötzliches Aufbrausen ist eine komische Abweichung von seiner üblichen gefassten Sturheit. »Es werden mehr Leute sterben. Viel mehr. Das wissen Sie genauso gut wie ich, Alana. Wenn uns irgendjemand helfen kann, Yasin zu finden …«

Sie versteht sein Argument. Und es ist ein rares Durchschimmern der Leidenschaft hinter dem kühlen, bisweilen arroganten Auftreten. »Okay. Geben Sie mir ein paar Stunden, es mit Brüssel und Rom zu besprechen. Bitte, Byron.«

»Einverstanden«, sagt er und bemüht sich merklich, sich zu beruhigen. »Ich kann Ihr Argument nachvollziehen.«

»Danke!«

Seine Schultern sacken ein. »Ich habe noch schlechtere Neuigkeiten, Alana.«

Sie wappnet sich. »Welche?«

Er zeigt zu der Patientin am ECMO hinter dem Fenster. »Marianna Barsotti.«

»Wer ist sie?«

»Sie ist nicht nur ein weiteres Pestopfer.« Er greift in den Beutel und nimmt einen kleinen, schalenförmigen Behälter heraus. Es ist eine Petrischale, wie Labore sie für ihre Arbeit benutzen. Hier wurden offensichtlich Bakterienproben auf Antibiotikaresistenz getestet. Das Behältnis ist grau vor Bakterienwachstum. Kleine weiße Punkte markieren die Stellen am Rand, an denen Antibiotikaproben aufgetragen wurden. Sie ähneln den Ziffern auf einem Uhrblatt. Alana weiß, dass bei einer normalen Kultur hier und da dunkle Ringe sein müssten, wo ein Antibiotikum Bakterien abgetötet hat. Doch hier sind gar keine.

Eine dunkle Ahnung kriecht ihr kalt den Rücken hinauf. »Ist das ihre *Yersinia*-Kultur?«

Byron nickt. »Frau Barsotti könnte der allererste Fall einer multiresistenten Pest sein.«

»Mein Gott!«

»Ich bin mir nicht sicher, ob der uns helfen kann.«

»Aber irgendwie ergibt es Sinn, Byron.«

»Wie das?«

»Wenn wir es mit einer genmanipulierten Biowaffe zu tun haben, wäre sie programmiert, Resistenzen zu entwickeln.«

»Egal, woher es kommt, wenn sich der antibiotikaresistente Stamm der Pest über das Krankenhaus hinaus weiterverbreitet …«

Diesen Gedanken muss er nicht beenden. Alana weiß allzu gut, dass eine Eindämmung, sollte es geschehen, unmöglich wäre.

Kapitel 21

Heute ist der neunte Tag des Februars. Und es wird wohl auch mein letzter auf dieser Erde sein.

In der Zeit, die mir noch verbleibt, will ich versuchen, meine letzten Kämpfe in den Klauen dieser Pestilenz aufzuzeichnen. Leider ist meine Schrift so zittrig geworden, dass diese letzten Seiten vielleicht für niemanden mehr lesbar sein werden, der sie zufällig findet.

Die Fieberschübe brechen über mich herein wie nichts, was ich mir jemals vorgestellt hätte. Erst wird mir eiskalt, und die Schauer sind kälter als Schnee. Meine Zähne klappern, und meine Knochen zittern auf ähnliche Weise wie die der schweren Trinker aus der Taverne, wenn sie zu lange ohne Bier oder Wein waren, nur dass ich, anders als sie, während dieser Krämpfe bei Sinnen bin. Ich lechze nach der Wärme, die mir nicht einmal mehrere Schichten von Decken geben können. Ausnahmslos folgt darauf das Fieber. Es ist so stark, dass ich es nur mit dem heißesten Schmiedeofen vergleichen kann. Meine Elixiere und Salben bieten keine Linderung, und keine nassen Umschläge oder entblößte Haut mindern das Feuer, das in mir wütet.

Welch dämonische Kraft dieser Pestilenz innewohnen muss, dass sie einen Mann von der eisigsten Kälte binnen Momenten in die erbarmungsloseste Hitze versetzen kann! Sie trotzt jeder mir begreiflichen Wissenschaft.

In meinen Achselhöhlen haben sich neue Bubonen gebildet. Sie machen es mir unmöglich, meine Arme weiter als bis zu meinen Hüften nach unten zu strecken. Es ist ausgeschlossen, dass ich diese Geschwüre selbst auflasse, selbst wenn ich die nötige Kraft und Entschlossenheit aufböte.

Seit die Brüder der Abtei sechs lebende Ratten für mich in einen Sack gesteckt und mich auf einem Esel nach Hause geführt haben, ist ein Tag vergangen. Bei der Heimkehr musste ich ruhen, und als ich genügend Kraft geschöpft hatte, nahm ich mir die größte Ratte. Ich ertrug ihr Kratzen und Beißen, denn es war nötig, dass ihr Herz noch schlug, als ich sie zu mir drehte und ihre Kehle aufschlitzte. Das warme, faulige Blut sprühte mir pulsierend in den Mund. Ich trank es wie der niederste aller Wilden. Es bedurfte aller verbliebenen Stärke in mir, es in meinem Magen zu behalten. Doch wie sehr ich es auch versuchte, ich konnte das rohe Fleisch nicht herunterbringen. Nach zwei Bissen erbrach ich mich mehrmals und war bald ungewiss, ob es das Rattenblut oder meines war, was ich ausspie.

Ich spülte mir den Mund mit Wein und wartete mehrere Minuten, ehe ich die barbarische Prozedur mit einer zweiten Ratte wiederholte. Diesmal beließ ich es dabei, das Blut zu trinken. Mit großer Mühe verhinderte ich ein Erbrechen.

Mehrere Minuten vergingen, ehe ich mich an den Tisch setzen und die zweite Ratte sezieren konnte. Meine Studie bestätigte, was Don Marco mir erzählt hatte. Die Organe der Kreatur, von ihrem Herzen bis zu ihren Gedärmen, waren von den Verwüstungen der Pest verschont geblieben. Doch das Geheimnis ihrer Unempfänglichkeit blieb unsichtbar für mich. Ich konnte nur hoffen, dass sich diese schützenden Säfte nun, da ich ihr Blut getrunken hatte, unsichtbar auf mich übertragen würden.

Und heute Morgen wachte ich mit der Erkenntnis auf, dass es nicht sein sollte. Es beutelte mich ärger denn je, und ich war kaum imstande, aus dem Bett zu steigen. Im Namen des Experimentes tötete ich eine dritte Ratte und trank ihr Blut. Abgesehen von ihm und zwei oder drei Schlucken Wasser, ist mir seither nichts über die Lippen gekommen.

Der Tod ist nahe. Fieber und Kälte greifen mich abwechselnd an, ohne jede Entlastung dazwischen. Mein Körper schmerzt bis in die Knochen, gleich ob ich koche oder erfriere. Meine Atmung wird mühsamer. Zuvor hatte ich lediglich um Atem gerungen, wenn ich mich bewegte, jetzt fällt mir das Atmen schwer, wenn ich nur liege.

Mein letzter Wunsch und mein Gebet ist, dass diese Aufzeichnungen überleben und jenen von Nutzen sein mögen, die folgen, so es denn welche gibt, um zu verstehen, welcher Todeshauch unsere große Stadt und vielleicht auch die gesamte Zivilisation heimsuchte.

Heiligstes Herz Jesu, aus deinen Händen nehme ich, welchen Tod auch immer mir zu schicken dir gefällt, mit all seinem Schmerz, seinen Strafen und seinem Kummer, als Wiedergutmachung meiner Sünden, um der Seelen im Fegefeuer willen, um all jener willen, die heute sterben, und um deiner größeren Gnade willen. Amen.

Dein demütiger Diener Rafael Pasqua

Kapitel 22

In dem Moment, in dem Alana in Claudio Doras Krankenzimmer tritt, erkennt sie, dass es Nicos Freund besser geht. Eine Sauerstoff-Nasenbrille hat die große Atemmaske ersetzt, die er das letzte Mal trug. Sein Haar ist nach hinten gekämmt, und er hat einen dunkelblauen Morgenmantel aus Seide über seinem Krankenhaushemd an. Seine Wangen sind noch immer eingefallen, und seine Augen wirken in die Höhlen eingesunken. Zudem hat er merklich Mühe, sich auf der Bettkante aufzusetzen, um sie zu begrüßen.

»Jetzt haben wir es also mit einer antibiotikaresistenten Pest zu tun?«, fragt Claudio.

»Hat Nico dir das erzählt?« Alana steht in PSA neben seinem Bett. »Diese Pest tötet schon so schnell genug. Wenn sie auch noch antibiotikaresistent ist …«

»*Dio mio!* Dies könnte der richtige Augenblick für einen Berufswechsel sein. Für uns beide, Alana.«

»Im Grunde war eine Resistenz unvermeidlich«, sagt sie und widersteht dem Impuls, ihm von der möglichen genetischen Manipulation des Erregers zu erzählen. »Bei all den unterschiedlichen Bakterien im Krankenhaus, die ihre DNS untereinander austauschen.«

»Ah ja, Krankenhäuser! Der Brutkasten für Antibiotikaresistenzen. All die Kranken auf einem Haufen. Es ist nicht anders, als würde man ein Planschbecken mit Piranhas füllen.« Er verlagert seine Position im Bett. »Aber wie soll das *so* schnell gehen?«

»Dieser Peststamm macht alles sehr schnell.«

»Was mich an einen anderen Stamm erinnert.« Claudio greift nach einem Buch auf seinem Nachtschrank und hebt es hoch. Auf dem Einband sind lauter mittelalterliche Darstellungen des Sensenmanns mit der bedrohlich erhobenen Sense. In blutroten, triefenden Lettern steht auf dem Titel: *La Grande Mortalità d'Italia*.

Alana versucht es mit einer Übersetzung. »*Das große Sterben in Italien?*«

»Ja, kommt dem nahe. Es handelt von der Schwarzen Pest in Italien, einschließlich Genua. Aus irgendeinem irrwitzigen Grund hat dein Freund Nico gedacht, es wäre eine angenehme Genesungslektüre für mich.«

Alana lacht. »Wie einfühlsam von ihm!«

»Ehrlich gesagt ist es faszinierend. Und Furcht einflößend. Die Beschreibung der Ausbreitung … wie schnell die Pest von Stadt zu Stadt und von Land zu Land gewandert ist in einer Zeit, in der so wenig gereist wurde.« Er legt das Buch wieder hin.

»Was ist mit dir, Claudio? Geht es dir besser?«

»Ich bin fast vollständig genesen«, antwortet er, was sich wenig mit seiner Blässe verträgt. »Die Antibiotika wirken bei mir, Gott sei Dank. Ich wäre schon entlassen, würden sie mich nicht immer noch als eine Art moderne Typhoid Mary sehen – diese Frau, die Anfang des 20. Jahrhunderts in den USA Dutzende Menschen mit Typhus infiziert hat.«

»Du hast Glück gehabt.«

»Auf diese Art Glück kann ich verzichten.«

»Neun Menschen sind schon gestorben, sechs weitere auf lebenserhaltende Maßnahmen angewiesen und schaffen es vielleicht nicht.«

»Und das war, bevor sich die Antibiotikaresistenz auftat.«

»Daran muss ich wahrlich nicht erinnert werden.«

»Alana, wenn dies hier die kritische Masse erreicht, einen Tipping Point …« Wieder hebt er das Buch an. »Genau wie das, was im Mittelalter war.«

»Das war eine primitive Zeit. Lange vor der modernen Medizin.«

»Mag sein, aber … ein Drittel oder halb Europa wurde innerhalb von nur drei Jahren ausgelöscht. Die schwerste Naturkatastrophe in der aufgezeichneten Geschichte. Es hat fünfhundert Jahre gedauert, um wieder dieselbe Bevölkerungszahl zu erreichen wie vor der Pest. Kannst du dir das vorstellen?«

»Wir lassen es nicht so weit kommen«, sagt sie, obwohl ihr bewusst ist, wie leer diese Worte klingen.

Claudio nickt. »Nico sagt, es gibt andere Fälle in Genua, die keinerlei Bezug zu unserem ursprünglichen Fall haben.«

»Stimmt. Vittoria war nicht der Indexfall.«

»Wer dann?«

»Wissen wir noch nicht genau.«

»Aber ihr habt jemanden im Sinn?«

Sie vertraut Claudio intuitiv. Zudem weiß sie, dass Yasin Ahmeds Name bald öffentlich gemacht wird, doch bis dahin ist diese Information streng geheim. Sie tritt einen Schritt vom Bett weg. »Ich sollte dich schlafen lassen.«

»Ach, manchmal vergesse ich, dass du ja eine echte Jane Bond bist.«

»Nicht ganz.«

»Sag mal, wie kommt eine Spezialistin für Infektionskrankheiten dazu, die NATO zu leiten?«

»Leiten? Wohl kaum. Ich bin bloß eine Arbeitssklavin«, kontert sie spöttisch lachend. »Ich bin zufällig bei der NATO gelandet. Wie eigentlich immer schon überall.«

Claudio sieht sie abwartend an. Bei aller Lässigkeit ist da eine Intensität, die Alana reizvoll findet. »Ich war auf dem besten Wege, eine Traumachirurgin in der Army zu werden, so wie meine Eltern, aber dann wurde mir in Afghanistan die Schulter zerfetzt. Meine Arbeit als Chirurgin war vorbei, bevor sie überhaupt angefangen hatte. Und von meiner Tenniskarriere rede ich gar nicht erst.« Sie überrascht sich selbst damit, wie offen sie ihm gegenüber ist. So ist sie selten, nicht mal gegenüber guten Freunden.

»Tennis, mein Lieblingssport. Spielst du?«

»Habe ich. Für die Uni. Und ich habe es geliebt. Es war mein Lieblingsventil. Aber heute kann ich keinen Ball mehr aufschlagen, ohne mir die Schulter auszukugeln.«

»Ein Jammer. Wir hätten sonst gegeneinander spielen können. Ich bin nur so lala, aber ein Weltklasseschummler.« Sein Grinsen schwindet. »Und als du nicht mehr operieren konntest ...«

»Da wusste ich nicht, was ich mit mir anfangen sollte. Eines Tages traf ich zufällig einen meiner Lieblingsprofessoren von der Medizinischen Fakultät. Einen Mikrobiologen. Dr. Crawford. Er war uralt und wahnsinnig exzentrisch, aber er konnte uns sein Fachgebiet der Infektionskrankheiten als spannend und überaus wichtig vermitteln. Er hat sie früher immer als mikroskopisches Schlachtfeld dargestellt, so ausschlaggebend wie jeder Krieg. Dr. Crawford hat mich überredet, es mal in dem Bereich zu versuchen. Und nach meinem Praktikum bin ich bei der WHO gelandet, weil diese Organisation für mich irgendwie auch ein Schlachtschiff verkörpert.« Sie lacht verlegen. »Vielleicht war es eher, dass ich gerne gereist bin. Mein Leben lang war ich nie fest an irgendeinem Ort. Schon als Kind bin ich mit meinen Eltern von einer Stationierung zur nächsten gezogen, einem Land zum nächsten.«

»Und warum jetzt die NATO?«

»Mein letzter Einsatz für die WHO in Liberia ... hat mich desillusioniert. Außerdem bin ich furchtbar störrisch, frag mal meinen Vater! Ich bin aus Prinzip da weg. Oder aus einem Impuls heraus? Auf dem Weg nach Genf, am Flughafen, traf ich wieder zufällig jemanden, einen alten Freund der Familie, der bei der NATO arbeitet. Er hat mir gesagt, ich solle mal mit seiner Kollegin reden, Monique Olin, die zufällig stellvertretende Generalsekretärin ist. Mein medizinischer und militärischer Background passten zu dem, was Monique gesucht hat. Eins führte zum anderen, und nun bin ich hier ...« Sie streicht über ihren Schutzanzug. »In diesem Kammerjägerdress.«

»Steht dir. Du siehst wie eine sexy Imkerin aus. Jetzt verstehe ich, warum du Nico so umgehauen hast.«

»Er ist verheiratet, Claudio.«

»Rein theoretisch, ja.«

Alana blinzelt verwirrt. »Was soll das heißen?«

»Hat er dir nichts von Isabella erzählt?«

»Sehr wenig. Was ist mit ihr?«

»Da gab es einen anderen Mann«, antwortet Claudio achselzuckend. »Nico und Isabella waren schon getrennt, als er erfuhr, dass sie mit Simona schwanger war. Er hielt es für eine gute Idee, zu bleiben und es noch einmal zu versuchen. Ich fand das nicht. Tue ich bis heute nicht. Es läuft nicht gut bei den beiden.«

Alana sagt nichts. Sie weiß nicht mal, wie sie diese Information aufnimmt. Und sie fragt sich, warum ihr Nico nichts erzählt hat. Während sie es noch verdaut, vibriert ihr Handy in der Tasche unter ihrem PSA. Das kurze, dreifache Surren verrät ihr, dass es Byron ist.

Rasch verabschiedet sie sich von Claudio und geht raus. Sobald sie ihre Schutzkleidung abgelegt und die letzten Sicherheitshürden hinter sich hat, ruft sie Byron zurück und vereinbart ein Treffen auf der Straße gegenüber dem Hospital.

Draußen drängt sich Alana durch die Medientraube am Haupteingang und geht über die Kreuzung auf die andere Seite, wo Byron und Justine auf sie warten.

Als sie sich nähert, wedelt Justine mit einem Finger vor ihr. »Dein Freund hat es tatsächlich getan!«

»Welcher Freund?«

»Der Bauunternehmer. Zanetti!«

»Er ist nicht mein Freund.«

»Ihr zwei schient euch aber ziemlich nahezustehen.«

Alana verschränkt die Arme vor der Brust. »Wovon redest du denn, Justine? Was hat er getan?«

»Er hat die Baustelle gesäubert. Sämtliche Spuren beseitigt.«

»Was? Konntet ihr keine Ratten finden?«

»Welche finden? Es ist, als hätte es in ganz Genua nie Ratten gegeben. Bei unserem ersten Besuch habe ich binnen fünf Minuten zwei Kothaufen gefunden. Diesmal konnte ich nach Stunden nicht mal ein einzelnes Haar entdecken.«

Byron schüttelt den Kopf. »Zanetti hat uns mit einer einstweiligen Verfügung lange genug hingehalten, dass sein Team die Baustelle reinigen konnte.«

»Warum sollte er das tun?«, fragt Alana.

»Weil er total korrupt ist!«, schreit Justine.

»Und wenn schon«, sagt Alana. »Falls Yasin Ahmed wirklich die Pest auf der Baustelle und an anderen Orten in der Stadt verbreitet hat, warum soll Zanetti das vertuschen wollen?«

»Höchstwahrscheinlich hat er die Reinigung angeordnet, bevor er von den anderen Fällen erfahren hat«, antwortet Byron.

»Außerdem machen sich Tatorte nicht gut in Verkaufsbroschüren«, ergänzt Justine. »Versuch mal ein Haus zu verkaufen, nachdem im Schlafzimmer jemand kaltgemacht wurde.«

Alana ignoriert den morbiden Scherz. »Demnach geht ihr nicht davon aus, irgendwelche lebenden Ratten auf der Baustelle zu finden?«

»Eher laufe ich da einem putzmunteren Brontosaurus über den Weg«, antwortet Justine. »Sie sind sehr gründlich gewesen.«

»Könnt ihr beweisen, dass es Zanetti war?«, fragt Alana.

»Wie beweist man denn etwas, das nicht mehr da ist? Jemand hat die Spuren beseitigt, so viel steht fest.«

Alana erinnert sich an ihren ersten Besuch auf der Baustelle. »Da war dieser Mönch aus der alten Abtei. Den habe ich an meinem ersten Tag gesehen. Und Zanetti hat uns erzählt, dass er auf der Baustelle herumlungert. Emilio hat ihn auch erwähnt. Wie hieß er noch? Bruder ...« Sie überlegt. »Bruder Silvio. Ja, das ist es ... Silvio.«

»Wie soll der uns helfen?«, fragt Justine.

»Weiß ich nicht genau«, gesteht Alana. »Ich nehme an, dass er lange dort gelebt hat. Außerdem könnte er Dinge über die Baustelle wissen. Und es klingt, als hätte er viel mit Emilio geredet. Vielleicht hat er auch mit Yasin gesprochen.«

Justine verdreht die Augen. »Oh, das hört sich ja vielversprechend an.«

»Habt ihr eine bessere Idee?«, fragt Alana.

Ehe Justine antworten kann, vibriert Alanas Telefon wieder. Diesmal verrät das langsame Brummen, dass es ihre Chefin ist. Sie nimmt das Handy in die Hand und sieht aufs Display. Die Nachricht von Olin ist ein einzelner Link ohne irgendwelche Kommentare. Alana klickt ihn an und landet bei einem Online-Artikel. Die Schlagzeile schreit: *Pestausbruch mit Terrorismus in Verbindung gebracht!* Darunter steht in Fettdruck: *Polizei sucht flüchtigen Yasin Ahmed*

Alana hält den anderen beiden das Display hin. »Im Ernst, Byron?«

Kapitel 23

Mamma sagt Rosa, dass Papà jetzt bei den Engeln wohnt. Rosa versteht nicht, was sie meint. Warum will Papà bei den Engeln wohnen, wo sie mit Nonna in so ein schönes Haus gezogen sind? Und außerdem hat Papà versprochen, am Samstag mit ihr in den Park zu gehen. Zu den großen Schaukeln. Und Papà hält immer, was er verspricht.

»Alles wird gut, mein Schatz«, sagt Mamma, als sie sich hinter Rosa setzt und ihr Zöpfe flechtet.

Aber wenn das stimmt, warum weint Mamma dann so sehr?

»Papà bleibt nicht lange bei den Engeln, Mamma«, sagt Rosa. »Er vermisst uns zu doll.«

Das Lachen macht Mammas Schluchzen nur noch lauter. Rosa weiß nicht, wie sie Mamma sonst trösten soll. Und sie schämt sich, weil sie gelogen hat. Sie hat ihr erzählt, dass sie die ganze eklige Medizin getrunken hat, die der Arzt ihr gegeben und gesagt hat, sie schützt sie vor dem, was mit Papà passiert ist. Aber Rosa konnte sie nicht trinken. Sie war schlimmer als das Fischöl, das ihre Tante kocht. Deshalb hat Rosa nur so getan, als würde sie die Medizin schlucken, und hat sie danach in ein Papiertuch gespuckt. Jeden Löffel voll.

Rosa ist kalt. Einen Moment lang fragt sie sich, ob Nonna oder Papà ein Fenster aufgemacht haben. Aber Nonna ist nicht zu

Hause, und Papà ist ja bei den Engeln. »Mamma, du willst doch nicht bei den Engeln wohnen, oder?«

Ihre Mutter küsst sie auf den Kopf und schlingt einen Arm fest um Rosa. »Nein, Schatz. Ich verlasse dich nie.«

Rosa drückt die Hand ihrer Mutter. »Versprochen, Mamma?«

»Versprochen, Schatz!« Mamma nimmt Rosas Hand und hält sie fest. »Ich lasse dich nie los.«

Rosa versteht nicht, warum es so kalt wird. Sie drückt sich näher an Mamma, aber das hilft nicht. »Mamma, darf ich Schleifen an meinen Zöpfen haben?«, fragt Rosa.

»Natürlich, Schatz. Welche Farbe?«

Rosa zögert. »Ich mag Rosa oder Blau.«

Mamma lacht, obwohl sie wieder weint. »Warum dann nicht beide?«

»Ja, warum nicht, Mamma?« Rosas Arme und Beine fangen an zu zittern vor Kälte.

Kapitel 24

Seit er sich hinters Steuer gesetzt hat, hat Nico erst drei Worte gesagt. Alana erinnert sich nicht, ihn jemals so wütend gesehen zu haben. Sie wollte ihm ausreden, sich Zanetti vorzuknöpfen, hat aber schnell erkannt, dass es sinnlos ist. Deshalb hat sie darauf bestanden, mit ihm zu Zanetti zu fahren.

Sie fahren im Süden der Stadt an der ligurischen Küste entlang. Nachmittagsverkehr verstopft die zweispurige Autobahn. Nico fährt aggressiv, hupt viel und weicht auf die Gegenspur aus, um zu sehen, ob er zwischen den Wagen vor ihnen eine Lücke entdeckt.

Schließlich bricht Alana das Schweigen. »Heute Nachmittag war ich bei Claudio. Es geht ihm besser.«

Nico nickt.

»Und er hat mir einiges erzählt.« Sie räuspert sich. »Über dich und Isabella.«

Nico sieht kurz zu ihr. »Was?«

»Er hat gesagt, dass ihr ... in der Zeit vor Simonas Geburt eine schwierige Phase durchgemacht habt.«

»Eine schwierige Phase?« Nico schnaubt verächtlich. »Ja, so könnte man es wohl auch nennen.«

»Wie würdest du es nennen?«

»Isabella fand, dass ich distanziert war. Und dass ich zu viel gearbeitet habe.« Er zuckt mit den Schultern. »Wer weiß! Vielleicht hatte sie recht.«

»Zu so etwas gehören normalerweise zwei.«

»Andererseits fand ich, dass sie zu viele andere Männer gebumst hat.«

Alana senkt den Blick. »Das tut mir leid, Nico.«

»Ihren Boss. In der Bank. Unglaublich, oder? Was für ein Klischee! Und ich soll derjenige gewesen sein, der es ›auf andere Frauen abgesehen‹ hatte. Isabella war so eifersüchtig.« Alana sagt nichts, und er fährt fort: »Nicht ein einziges Mal, Alana. Weder bei Isabella noch bei dir oder irgendwem sonst habe ich je diese Grenze überschritten.«

»Ich glaube dir, Nico.«

»Wir hatten Probleme. In welcher Ehe gibt es die nicht? Aber mit Roberto ins Bett zu gehen? Was soll das für eine Lösung sein?«

»Hat sie die denn gesucht? Eine Lösung?«

»Sie hat mir gesagt, dass sie einsam war und sich vernachlässigt gefühlt hat.« Er atmet pustend aus. »Ich arbeite zu viel, ich weiß. Und, ja, wahrscheinlich trinke ich auch zu viel Wein. Aber wir alle müssen irgendwie abschalten, nicht wahr?«

Alana schätzt, dass Nico seiner Argumentation genauso wenig glaubt wie sie, doch das ist jetzt nicht von Bedeutung.

»Manchmal sehe ich die kleine Simona an, *mia bambina preziosa*«, sagt er kopfschüttelnd, »und ich frage mich, ob sie überhaupt meine Tochter ist.«

»Selbstverständlich ist sie das! Ungeachtet der Umstände.«

»Was Isabella getan hat ... Ich bin mir nicht sicher, ob ich jemals darüber hinwegkomme.«

»Das sagst du jetzt. Mit der Zeit können sich deine Gefühle ändern.«

Nicos einzige Antwort ist, nach links auszuscheren und Gas

zu geben, um den Wagen vor ihnen zu überholen. Ein Motorrad kommt ihnen entgegen, und Alana klammert sich an die Armlehne. »Nico …«

Er schwenkt wieder auf die rechte Spur und verfehlt den Motorradfahrer nur um wenige Zentimeter. Der hupt und hebt erbost den Arm.

»Nico! Ist es das wert, jemanden umzubringen?«

»So fahren wir hier.«

»So fährst *du*!«

Seine Schultern wippen auf und ab.

»Na, selbst wenn du mich nicht auf der Straße umbringst, wird es Byron später tun.«

»Warum?«, fragt Nico.

»Weil ich ohne ihn zu Marcello gehe.«

»Marcello ist nicht Byrons Onkel.«

»Mag sein, aber nach der Sache mit Emilio habe ich ihm geschworen, von jetzt an mit ihm zu kooperieren.«

Ohne darauf einzugehen, zeigt Nico aus dem Fenster zu den farbenprächtigen Villen am Fuße eines Hügels mit Blick auf die Küste. »Das hier heißt bei den Einheimischen Golfo Paradiso. Diese schönen alten Küstenorte, die Vororte von Genua.« Er bremst kaum, als er von der Autobahn abfährt. »Hier wohnt Marcello, in Bogliasco.«

Die Fahrbahn weicht einer engen Kopfsteinpflasterstraße, der sie einige Zeit folgen, bevor Nico in die Auffahrt einer Villa mit roter Gipsputzfassade einbiegt. Das Haus hat zwar einen schönen Blick aufs Meer, ist allerdings nicht größer als die benachbarten Villen und sehr viel bescheidener, als Alana es von dem Bauunternehmer erwartet hätte.

Während Nico den Wagen parkt, vibriert Alanas Handy. Sie

blickt aufs Display, erkennt Sergios Nummer und stellt auf Lautsprecher.

»Wo sind Sie?«, fragt der AISI-Agent.

»Ein Stück außerhalb der Stadt, warum?«

»Wir brauchen Sie hier.«

Alana blickt zu Nico, der einen Finger hebt und stumm *Eine Stunde* sagt.

»Wir können in einer Stunde wieder da sein«, sagt Alana.

»Aber nicht länger. Wir stellen das Team jetzt zusammen und sind in einer Stunde bereit. Und, Alana, niemand sonst. Nur Sie.«

»Das Team?« Sie sieht zum Telefon. »Was ist los, Sergio?«

»Ibrahim Hussein.«

»Wer ist das?«

»Einer der Männer aus der Al-Halique-Moschee, die wir befragt haben.«

»Was ist mit ihm?«

»Wir haben alle drei Männer aus der Moschee nach der Freilassung observiert. Der Imam und der zweite Mann sind nach Hause gegangen. Ibrahim Hussein nicht. Er ist zu einer Wohnung in Cornigliano gefahren.«

»Und was ist daran so verdächtig?«

»Hussein ist nicht auf direktem Weg dorthin, Alana. Er hat drei Busse und ein Taxi genommen.«

»Als wollte er Verfolger abschütteln?«

»Was ihm beinahe gelungen ist«, sagt Sergio. »Die Wohnung ist keine Meile von der entfernt, in der Yasins Familie lebt.«

»Ist er noch da?«

»Im Moment, ja.«

»Was wissen Sie sonst noch über ihn, Sergio?«

»Die Fensterläden sind geschlossen, aber wir konnten vom

Dach aus ein Mikro nach unten lassen. Da sind mindestens zwei weitere Männer neben Hussein.«

Alanas Puls pocht in ihren Schläfen. »Was haben Sie bisher gehört?«

»Hussein hat den anderen beiden erzählt, dass die Behörden ihnen auf der Spur sind«, antwortet Sergio kryptisch. »Und er sagt immer wieder, dass sie sofort handeln oder untertauchen müssen.«

Kapitel 25

Marcello Zanetti richtet den Knoten seiner dunkelblauen Krawatte, als er aus dem Haus kommt, um seinen angeheirateten Neffen und die Frau von der NATO zu begrüßen, die auf seiner Baustelle war.

Zanetti umarmt Nico, der ungewöhnlich steif ist, und küsst Alana auf beide Wangen. Dann tritt er zurück und mustert sie wieder für einen Moment. Sie ist ohne Frage attraktiv, hat langes rotbraunes Haar, schmale Wangen und einen hübschen Mund. Ihre dunkelgrünen Augen sind auffallend; die Farbe erinnert Marcello an das Meer bei Sturm. Doch sie ist ihm zu dünn. Und er traut ihr nicht; erst recht jetzt nicht, denn sie scheint genauso angespannt wie Nico.

Zanetti verbirgt sein Misstrauen hinter einem freundlichen Lächeln. »Nico, was würde meine Nichte sagen?« Er zwinkert verschwörerisch. »Du allein mit dieser Schönheit? Auf einer romantischen Spazierfahrt an der Küste entlang?«

Nico ignoriert den Scherz. »Ist Anna zu Hause?«

Zanetti wird ihnen gewiss nicht erzählen, dass seine Frau ihn verlassen hat. »Sie ist nie zu Hause. Dauernd in diesem oder jenem Vorstand.« Er lacht. »Anscheinend gäbe es in Genua keine Kunst, keine Oper oder irgendwelche Kultur, wenn meine Frau nicht in den Gremien wäre.«

Nico geht ungebeten ins Haus. Zanetti und Alana folgen ihm. Sie steigen die Stufen hinunter in den Wohnbereich, von dem Zanetti weiß, dass er jedem erstmaligen Besucher die verborgene Pracht der Villa enthüllt. Der helle offene Bereich ist ganz in Weiß gehalten, Polstermöbel und Stühle mit feinstem italienischen Leder bespannt. Eine moderne, elegante Küche mit Marmorarbeitsplatten und eine Glasschiebewand, durch die man auf die Mahagoniveranda gelangt. Jetzt ist sie offen, und die warme Brise weht in den Raum.

Zanetti zeigt zur Ledercouch gegenüber der Veranda, und Alana und Nico setzen sich. Zanetti bleibt stehen und schwenkt einen Arm. »Nun, gefällt es Ihnen, Alana?«

»Es ist ziemlich eindrucksvoll.«

»Wir haben letztes Jahr renoviert. Es war alles Anna, jedes einzelne Detail, bis hin zum Schrankpapier für die Schubladen.« Zanetti lächelt wieder, während er sich fragt, ob seine Frau überhaupt noch in der Stadt ist. Könnte sie krank sein? Er hat seit Tagen nichts von ihr gehört. »Was möchtet ihr trinken? Grappa? Wein? Ich habe einen Barolo aus dem Norden von Genua, der recht gut ist.«

»Für mich nichts, danke«, antwortet Alana. »Wir sind ein bisschen in Eile, Marcello.«

»Nico?«, fragt Zanetti.

Er schüttelt den Kopf.

»Nico, seit wann lehnst du ein Glas Barolo ab?«

»Dies ist kein Freundschaftsbesuch.«

Unbekümmert setzt Zanetti sich in den Sessel ihnen gegenüber. »Die sind bei dir selten geworden in letzter Zeit.«

Nico beäugt ihn mit einer Strenge, die er bei seinem Neffen bisher nicht kennt. »Was hast du getan, Marcello?«

»Getan?« Zanettis Nackenhaare stellen sich auf. »Wo?«

»Auf der Baustelle.«

»Nicht so viel, wie ich gern hätte. Dieses unsinnige Theater – die Baustelle absuchen und meine Arbeiter ausfragen – hat mich schon zwei Tage gekostet. In meinem Geschäft ist das ein Vermögen.« Zanetti holt langsam Luft und schluckt seinen Ärger herunter. »Und wofür?«

»Du hast Spuren vernichtet, oder?«, fragt Nico barsch.

Zanetti blinzelt, als wäre er wirklich überrascht von dieser Anschuldigung. »Was redest du denn, Nico?«

»Die Ratten! Du hast sämtliche Spuren von ihnen beseitigt.«

»*Chi vi ha detto ...*«

»Englisch, Marcello, bitte!«

»Wer hat euch das erzählt? Diese Chinesin?«

»Justine ist eine weltweit anerkannte Expertin«, sagt Alana. »Sie behauptet, auf der Baustelle sind alle Spuren von Nagern eliminiert worden.«

»Warum sollte ich das tun?«

»Um die Quelle der Pest zu vertuschen«, antwortet Nico.

Zanetti springt auf. »Es war dieser Arbeiter, Yasin Ahmed! Es ist in allen Nachrichten. Er hat die Pest auf meine Baustelle gebracht. Und die arme Vittoria angesteckt. Sie sagen, es ist Terrorismus!«

»Vielleicht, vielleicht auch nicht.« Nico steht ebenfalls auf. »So oder so hat jemand die Baustelle gesäubert.«

»Ich nicht!«

Nico hebt einen Finger. »Zuerst erzählst du uns, dass außer Vittoria keiner auf der Baustelle krank war, obwohl es dieser verschwundene Arbeiter schon war ...«

»Von Yasin habe ich erst später erfahren!«

»Und dann weigerst du dich, bei der WHO-Suche zu kooperieren«, fährt Nico fort. »Und bis die einen Gerichtsbeschluss haben – presto! –, sind die Ratten weg.«

Zanetti funkelt Nico wütend an, während er eilig überlegt, was seine Optionen sind.

Alana legt eine Hand an Nicos Arm und wendet sich zu Zanetti. »Marcello, ist es möglich, dass jemand anders das ohne Ihr Wissen getan hat?«

Sorgsam wägt Zanetti seine Worte ab. »Ich glaube nicht, dass mein Team etwas ohne meine Erlaubnis machen würde.«

»Jemand hat es getan, Marcello«, sagt Nico. »Und ich bezweifle, dass es ohne deine Erlaubnis passiert ist.«

»*E tu devi sempre saperne più degli altri …*«, murmelt Zanetti.

»Ich wünschte, ich würde es immer besser wissen, Marcello«, erwidert Nico frostig. »Vor allem, wenn es um dich und deine Familie geht.«

»Gehen wir lieber, Nico«, sagt Alana. »Sergio wartet.«

Nico und Alana erheben sich ohne ein weiteres Wort und gehen zur Tür, und Zanetti blickt ihnen regungslos nach.

Was genau wisst ihr?, denkt er mit wachsender Sorge.

Kapitel 26

Heute ist der siebzehnte Tag des Februars. Und ich, Rafael Pasqua, lebe bereits acht Tage länger, als ich erwartete.

Es ist auch der erste Tag, an dem ich genug Kraft habe, um wieder zu schreiben. Meine Hand, die die Feder hält, ist noch schwach, und jedes Wort ist mühsam. Doch ich fühle mich verpflichtet, meine Erfahrung niederzuschreiben, solange sie mir noch frisch im Gedächtnis ist. An die ersten drei der letzten acht Tage habe ich keine Erinnerung, da ich im Delirium war. Was sie betrifft, muss ich mich auf die Erzählungen anderer verlassen.

Vor einer Woche, nach meinem letzten Eintrag, kroch ich ins Bett, schloss meine Augen und wartete auf den Tod. Die letzte Erinnerung, die ich an jenen Tag habe, ist der himmlische Klang von Camillas Singen. Ich kann die Intensität meiner Freude nicht ausdrücken, als ich diese Schlummerfantasie irrtümlich für meinen Abschied von allem Irdischen hielt. Ebenso wenig das Ausmaß meiner Enttäuschung, als ich beim Erwachen in ein Gesicht blickte, das nicht das meiner Frau war.

In meinem Fieberwahn brauchte ich einige Zeit, bis ich die Frau, die sich über mich beugte, als Jacobs Tochter Gabriella erkannte. Sie tupfte mir die Stirn mit einem feuchten Tuch. Und das Wasser, das mir auf die Lippen tropfte, schmeckte köstlicher als das beste Bier.

»Lebe ich?«, fragte ich sie ungläubig.

»Ich glaube, ja«, sagte sie mit einem freundlichen Lächeln. Sie schöpfte mir einen kleinen Löffel voll Wasser in den Mund, und ich schluckte ihn durstig.

»Wie ist es möglich?«, fragte ich. Trotz der willkommenen Flüssigkeit war meine Stimme nur ein heiseres Krächzen.

Gabriella erklärte mir, ihr Vater und sie wären am selben Tag, an dem ich ohnmächtig wurde, zu mir gekommen, um mir zum Dank für meine Hilfe ein Stück Fleisch zu bringen. Sie fanden meine Tür offen vor. Ich lag im Bett, vollkommen von Sinnen, glühte vor Fieber und murmelte unverständliche Worte vor mich hin.

»Es klang, als würdest du glauben, mit deiner Frau zu reden«, sagte Gabriella.

Ich versuchte, meinen Kopf von der Matratze zu heben, hatte jedoch nicht die Kraft. »Hast du die letzten drei Tage für mich gesorgt?«

»Nicht nur ich.« Sie erklärte mir, dass ihr Vater und ihre ältere Schwester sich bei meiner Pflege mit ihr abgewechselt hätten.

»Aber die Gefahr für euch alle«, sagte ich.

Gabriella sah mich an, als wäre ich immer noch im Delirium. »Die Pestilenz ist überall, Doktor Pasqua. So wie die Gefahr auch.«

»Mag sein. Doch für euch ist es ohne Frage sehr gefährlich, meinen eiternden Wunden so nahe zu sein.«

»Mein Vater hat beobachtet, dass diejenigen, die für die von Lungenpest Befallenen sorgen, in weit höherer Gefahr schweben, selbst krank zu werden, als jene, die für Kranke mit Bubonen sorgen. Und du hast in meiner Gegenwart kein einziges Mal gehustet.«

Mir wurde klar, dass sie recht hatte. Ich hatte lediglich das Hautleiden, nicht die Brustpest. Gewiss war dies der einzige Grund, weshalb ich verschont geblieben war.

Gabriella gab mir noch zwei Löffel Wasser. Dann blickte sie auf ihre Hände. »Darf ich dich etwas fragen, Dr. Pasqua?«

»Ja, natürlich.«

»Als wir herkamen, fanden wir mehrere Ratten«, sagte sie. »Manche waren noch am Leben, andere in verschiedenen Stadien einer Sektion. Waren sie Teil eines Heilmittels?«

»Ja, eines fehlgeschlagenen«, sagte ich. Ich beschrieb ihr die Ratten aus der Abtei San Giovanni und meine Hoffnung, ihre schützenden Körpersäfte auf mich zu übertragen.

»Aber warum nimmst du an, dass das Heilmittel fehlgeschlagen ist, wenn du noch lebst?«

»Ich wäre gewiss gestorben, hättet ihr mir nicht geholfen.«

»Dessen bin ich mir nicht so sicher. Ja, wir haben uns bemüht, dein Fieber zu senken und dich mit Wasser und Suppe zu füttern. Aber dieselbe Behandlung haben wir auch vielen von Vaters Patienten zuteilwerden lassen, und von ihnen hat kaum einer überlebt.«

»Dasselbe habe ich bei meiner Arbeit beobachtet. Ist es möglich, dass das Blut dieser Ratten uns schützen kann?«

Unser kurzes Gespräch erschöpfte mich, und wie sehr ich mich auch sträubte, sank ich bald wieder in den Schlaf.

Die letzten fünf Tage habe ich Gabriella oft gesehen. Sie erzählt mir, dass sie seit dem Tod ihres Mannes niemanden als ihren Vater hat, um den sie sich kümmert, während ihre Schwester und ihr Bruder eigene Familien haben.

Gabriella ist wie keine andere Frau, die ich kenne. Hinter der scheuen und freundlichen Haltung verbirgt sich eine Intelligenz und eine resolute Prinzipientreue, wie sie einem Priester oder Rechtsgelehrten gut anstünde. Doch ihre Passion ist die Wissenschaft. Sie hat mir erzählt, dass sie mit dem Segen ihres Vaters dessen medizinische Texte studiert hat. Ihr Wissen über die Medizin ist größer als das mancher meiner Kollegen. Ich hege keinen Zweifel, dass sie, wäre sie ein Mann, ein Doktor wäre.

Überdies besitzt sie die Fähigkeit, meine Zunge zu lösen, wie es niemand außer Camilla konnte. Wir teilen sogar Erinnerungen an unsere verstorbenen Gatten. Ich habe gelernt, Isaac für seine stoische Hingabe an sie zu bewundern, und Gabriella scheint meine Erzählungen von Camilla zu genießen. Sie lacht herzlich über die Geschichten von Camilla, die mich schalt, sündhaft stolz zu sein, was ich oft nicht abstreiten konnte. Gabriella erzählt mir, dass sie überzeugt ist, Camilla und sie hätten gute Freundinnen sein können.

Ich entsinne mich nicht, je schlimmere Tage als die letzten verbracht zu haben. Und dennoch habe ich die Gesellschaft dieser Familie genossen, trotz ihrer fremden Religion und meiner Krankheit. Ich habe auch wieder Appetit. Indes war meine Genesung nicht ohne Rückschläge. Vor drei Tagen musste Jacob die wachsenden Bubonen in meinen beiden Achselhöhlen auflassen. Ich ertrug die Prozedur mit Hilfe des Lederstreifens, wobei ich fürchtete, einen Zahn abzubrechen. Nach dem zweiten Schnitt schoss das Blut gleich einer Fontäne aus der Wunde unter meinem rechten Arm, wie es nur bei einem verletzten Gefäß geschieht. Vom Blutverlust wurde ich ohnmächtig. Jacob musste die Wunde so fest mit einem Tuch abdrücken, dass ich sehen konnte, wie seine Hand blau wurde, als ich wieder zu Bewusstsein kam.

Nachdem die Blutung endlich gestillt war, entschuldigte Jacob sich und wirkte beschämt. »Ich bin nicht mehr der Doktor, der ich einst war, Rafael«, sagte er. »Diese alten Augen und knorrigen Hände wollen nicht mehr so, wie sie sollten.«

»Du und deine Tochter habt mir das Leben gerettet«, sagte ich. »Wie viele Doktoren können in dieser dunklen Zeit dasselbe von sich behaupten, alter Freund?«

Meine Versicherung und mein Dank stießen auf taube Ohren. Und in dem Augenblick begriff ich, dass Jacob sich noch wegen etwas anderes sorgte. »Was ist?«, fragte ich.

»Dieses Leiden scheint nicht enden zu wollen. Ich habe gehört, dass jeder dritte Bewohner von Genua gestorben ist. Sie begraben die Toten karrenweise, werfen die Leichen oft direkt ins Ligurische Meer.«

»Hattest du etwas anderes erwartet?«

»Die Trauer und der Kummer sind zu erwarten. Die Furcht und Hilflosigkeit auch. Womit ich nicht gerechnet habe, ist der Zorn. Ich sehe ihn in den Gesichtern der Männer auf der Straße. Sie brauchen jemanden, dem sie die Schuld an all dem Verlust und dem Leid geben können. Meine Tochter hatte recht, Rafael. Ihr Gott und ihre Kirche werden nicht als Prügelknabe reichen.«

»Sorgst du dich, dass sie sich gegen die Juden wenden?«

»Ich sorge mich nicht, ich weiß es.«

Kapitel 27

Der schwarze SUV wartet mit laufendem Motor vor dem Hotel auf Alana. Die hintere Tür geht auf, und ein Mann in einer schwarzen Einsatzuniform, den sie nicht kennt, winkt sie hinein. Die beiden Männer auf den Vordersitzen sind genauso gekleidet. Der Wagen fährt los, sobald die Tür geschlossen ist.

»Keine Neuigkeiten von Hussein? Oder Yasin?«, fragt Alana.

Der Agent neben ihr schüttelt nur den Kopf, sodass sie unsicher ist, ob er überhaupt Englisch versteht. Niemand sonst spricht, und abgesehen vom Brummen des Motors ist es verstörend still im Wagen.

Minuten später biegt der Wagen in eine Tiefgarageneinfahrt mitten in Cornigliano. Der Fahrer lenkt den SUV eine Rampe hinab und zwei Stockwerke tiefer, bis sie auf eine Ebene voller Fahrzeuge und Uniformierter kommen. Sie halten neben einem anderen SUV. Sobald Alana Sergio sieht, der gleichfalls eine schwarze Uniform trägt, springt sie aus dem Wagen und läuft zu ihm.

In der Garage riecht es vage nach Urin und Zigaretten. Fünfzehn oder mehr uniformierte AISI-Agenten versammeln sich neben vier schwarzen Vans mit dunkel getönten Scheiben. Alana steht bei Sergio und stellt Augenkontakt zur einzigen anderen Frau in der Gruppe her, einer Agentin mit einem Zopf, der unter ihrer Kappe hervorschaut, und einem Sturmgewehr über der Schulter. Die Frau nickt ihr mit versteinerter Miene zu, ehe sie sich abwendet.

»Hussein und die anderen sind seit Stunden da drinnen«, sagt Sergio. »Sie könnten sich jeden Moment bewegen. Verstehen Sie?«

Alana nickt.

»Sobald alles gesichert ist, müssen Sie uns erzählen, womit wir es zu tun haben könnten und wie wir mit irgendwelchem Material umgehen, das womöglich ansteckend ist.«

»Ja, natürlich.« Unbewusst hat sie angefangen, ihre Schulter zu kneten.

Sergio führt sie zur Seite eines offenen Vans. Drinnen ist Ausrüstung aufgehäuft. Er greift nach einem umluftunabhängigen Atemschutzgerät, das Alana an der Kapuze und dem Tank erkennt. Hinter dem Van kommt ein anderer Agent hervor, der bereits vollständig in Schutzkleidung ist.

Sergio zeigt zur Ausrüstung. »Wird das meine Agenten schützen, wenn da drinnen aktive Keime sind?«

»Sollte es. Solange sie sich hinterher richtig dekontaminieren. Ich zeige es ihnen.«

Sergio steigt in seinen PSA, als würde er in einen Taucheranzug schlüpfen.

»Wo ist meiner?«, fragt Alana.

Sergio nickt zum Van. »Sie müssen ihn noch nicht anziehen. Nicht ehe wir die Gegend gesichert haben.«

Alana tritt an den Van und nimmt sich einen Anzug. »Ich komme mit Ihnen.«

Er schüttelt den Kopf. »Wir dürfen keine Leben riskieren. Weder Ihres noch unseres.«

»Ich bin Ex-Soldatin, Sergio.«

»Nein!«

»Was ist, wenn bei der Erstürmung etwas freigesetzt wird? Sie können es sich nicht leisten zu warten. Sie brauchen jemanden vor Ort, der sich mit Biowaffen auskennt. In Echtzeit. Nicht danach, wenn es schon zu spät ist.«

Sergio zögert. Schließlich sagt er: »Sie bleiben hinter uns.«

»Selbstverständlich.«

Schweigend ziehen sie ihre restliche Schutzkleidung an. Sergio holt noch etwas aus dem Van. Er hält Alana eine Waffe mit dem Knauf zu ihr hin. Sie nimmt sie und wiegt sie in ihrer Hand. Sie ist leichter als erwartet.

»Beretta«, sagt Sergio. »Neun Millimeter. Kennen Sie sich damit aus?«

Alana nickt. Seit ihrem Abschied aus der Army war sie auf keinem Schießstand mehr, aber sie war immer eine gute Schützin und hat beim Training hohe Punktzahlen erreicht.

Nur vier weitere Leute in der Tiefgarage tragen Atemgeräte, doch alle Agenten sind bewaffnet. Die meisten von ihnen, einschließlich Sergio, haben Schnellfeuerwaffen. Sie versammeln sich vor den Fahrzeugen, wo ein Agent, ein glatzköpfiger Mann mit Stiernacken und Baritonstimme, ihnen eine kurze Anweisung auf Italienisch gibt, die Sergio nicht übersetzt. Als er fertig ist, dirigiert Sergio Alana und den Rest der Truppe in Schutzkleidung zurück zu einem der Vans.

Im Konvoi verlassen die Wagen die Garage. Niemand spricht. Die angespannte Atmosphäre erinnert Alana an ihre Zeit in einem afghanischen Feldlazarett, kurz bevor die Verwundeten gebracht wurden. Ihr Puls dröhnt in ihren Ohren, genau wie damals.

Sergio richtet seinen Ohrhörer und setzt die Kapuze auf. Alana tut es ihm gleich, als der Van halb auf den Gehweg fährt und ruckartig vor einem unscheinbaren Wohnhaus hält. Sergio murmelt seinem Team einige Worte zu, als die Türen aufgleiten und sie aus dem Fahrzeug springen. Alana läuft mit den anderen mit und durch die aufgestemmte Haustür des Gebäudes. Sie steigen eine Treppe hoch und treten auf den Gang. Sergio hält einen Finger an seine Lippen und zeigt den schmalen Korridor hinunter.

Vor der vorletzten Wohnung bleiben sie stehen. Sergio blickt hinüber zu Alana und hebt seine Waffe an. Alana nickt und entsichert ihre Waffe. Ihre Hände sind ruhig, ihre Atmung ist regelmäßig, aber ihre Nervosität wächst.

Sergio weist mit zwei Fingern auf die Tür. Ein Agent tritt vor und hebt eine Ramme mit beiden Händen an. Zwei weitere Männer flankieren ihn, ihre Schnellfeuerwaffen auf die Tür gerichtet. Der Agent schlägt die Ramme gegen die Tür, die mit einem metallischen Kreischen aus den Angeln kracht.

Mit klopfendem Herzen stürmt Alana hinter den anderen her in die Wohnung. Es wird gerufen, und Glas klirrt. Trampelnde Schritte. Chaos. Zwei bärtige Männer knien auf dem Boden, die Hände über dem Kopf verschränkt. Zwischen ihnen stapeln sich Schnüre, Schläuche und Kabel auf einem Esstisch.

Plötzlich fliegt die Schlafzimmertür auf. Alana sieht ein Mündungsfeuer aufblitzen, ehe sie den Knall hört. Eine Kugel pfeift an ihrem Kopf vorbei. Der Agent vor ihr schreit auf und geht zu Boden. Alana reißt ihre Waffe in Richtung des Schützen herum. Bevor sie abdrücken kann, kippt der Mann nach hinten, wobei er weiterfeuert, sodass seine Kugeln in die Decke gehen. Mehr Schüsse folgen. Einer der beiden Verdächtigen am Tisch fällt um, während der andere schreit und mit den Händen über seinem Kopf fuchtelt.

Die nächste Minute kommt ihr wie eine Stunde vor. Alana nimmt ihre Waffe herunter, kniet sich hin und drückt auf die rechte Brustseite des Agenten vor ihr. Sie fühlt Blut und Luft zwischen ihren Fingern, als sich sein Brustkorb schwach hebt und senkt.

Sergio beugt sich über ihre Schulter und spricht mit dem Verwundeten, der nicht antwortet. »Lebt er?«, fragt er Alana.

»Ja, aber sein rechter Lungenflügel ist kollabiert«, sagt sie. »Seine Brust ist voller Blut und Luft. Er braucht eine Drainage, *sofort!* Wo sind die Sanitäter?«

Sergio brüllt etwas in sein Headset und sagt dann: »Sind unterwegs!«

Der verwundete Agent atmet unregelmäßig, und bei jedem Atemzug faucht es in seiner Brust. Alana drückt die Hand, so fest sie kann, auf seine Rippen, um die Wunde zu versiegeln. Der Mann sieht sie mit jenem glasigen Blick an, der typisch für einen hämorrhagischen Schock ist.

Es katapultiert sie in ihre Zeit als Traumapraktikantin zurück. Hätte sie einen Brustschlauch und ein Skalpell, könnte sie es in zwei Minuten oder weniger richten. Aber das einzige Instrument, das sie zur Verfügung hat, ist ihre Hand, also presst sie die weiter auf seine Brust.

»Langsam tief einatmen«, sagt sie so ruhig, wie sie kann. »Es wird wieder. Die Sanitäter sind gleich hier.«

Er murmelt etwas Unverständliches.

Alana weiß nicht, ob er Englisch versteht, geschweige denn klar genug ist, um sie zu hören. Doch sie wiederholt ihre Worte trotzdem.

Sergio tippt ihr auf die Schulter und zeigt zu dem Tisch, neben dem andere Agenten den dritten Verdächtigen bäuchlings auf den Boden drücken. »Hier ist kein Labor«, sagt er. »Jedenfalls nicht für Krankheitserreger. Das ist alles Bombenmaterial.«

Kapitel 28

Das Bad ist nicht sauberer als der Rest des schäbigen Motelzimmers. Dreck ekelt ihn an, ist aber nur eine Belastung mehr neben der Einsamkeit und Isolation, mit denen er fertigwerden muss. Nichts davon sind echte Opfer; nicht verglichen mit der Ehre, Gottes Werk zu tun.

Er reiht die Medikamentenfläschchen in alphabetischer Reihenfolge auf dem Waschbeckenrand auf. Ihm ist gesagt worden, dass es keine Rolle spielt, welches Mittel er zuerst nimmt, doch ihm gefällt die Ordnung. Er liest jedes Etikett, einschließlich der Dosierungsanweisung, obwohl er sie im Schlaf aufsagen könnte. Dann nimmt er je eine Tablette aus dem Fläschchen mit den Aufschriften DOXYCYCLIN und CIPROFLOXACIN – den beiden Medikamenten, die ihn schützen sollen – und schluckt sie mit etwas bitterem Wasser aus dem Hahn. Die anderen Fläschchen rührt er nicht an.

Ein Quieken ist aus dem Zimmer zu hören. Sie scheinen zu wissen, wann Essenszeit ist. Am besten lässt er sie nicht zu lange ohne Futter. Obwohl sie sehr intelligent und sozial sind, würden sie am Ende, wenn der Hunger nur groß genug wäre, die Jüngsten und Schwächsten verschlingen.

Er geht zurück ins Zimmer und angelt die große Tasche unterm Bett hervor. Die Tasche bewegt sich in seiner Hand, und das

Quieken nimmt zu. Ein Anflug von Schuldgefühlen regt sich in ihm, als er den Reißverschluss öffnet, aber er zwingt sich, jeden Zweifel zu verbannen.

Er hat nie ein eigenes Haustier gehabt, doch der Kasten erinnert ihn an den Rattenkäfig, den er früher einmal im Schaufenster einer Zoohandlung gesehen hat. Er streut einige Futterpellets zwischen die wimmelnden grauen Gestalten und beobachtet sie eine Weile beim Fressen. Dann streicht er die Bettdecke glatt, bevor er sich hinsetzt, um die Lokalnachrichten zu sehen.

»Die Behörde sagt nicht, ob die Erstürmung des Terroristenverstecks mit dem Pestausbruch zusammenhängt. Allerdings sucht die Weltgesundheitsorganisation nach einem Yasin Ahmed.« Die Nachrichtensprecherin blickt und spricht ernst, trägt aber eine unanständig tief ausgeschnittene Bluse und knallroten Lippenstift, um ihre Reize zur Schau zu stellen. »Es heißt lediglich, dass Ahmed ein mögliches Pestopfer ist. Er wurde in Genua geboren, und die Eltern kommen beide aus Tunesien.« Ihre Worte triefen vor unausgesprochenen Unterstellungen. »Offizielle Stellen kommentieren oder leugnen eine mögliche terroristische Verbindung nicht.«

»Woher haben die solche Informationen?«, fragt er die Ratten. Aber die Tiere sind zu sehr mit Fressen beschäftigt, um ihn zu beachten.

Die Nachrichtensprecherin wechselt zu anderen Pestnachrichten, beschreibt neue Infektionen und Todesfälle. Der Gedanke an all das Leid schmerzt ihn. Wieder beschleichen ihn Zweifel wie ein kalter Schauer.

Gäbe es irgendeinen anderen Weg …

Doch es gibt keinen, erinnert er sich. Er ist auserwählt worden. Zu zweifeln wäre Gotteslästerung.

Trotz seiner Reue empfindet er auch Genugtuung. Schließlich

hat er einen Grundstein gelegt. Der erste Schritt der Mission ist vollbracht.

Er blickt nach unten zu seinen Ratten. Cacio quetscht sich an Grappino vorbei und nähert sich schleichend Fresca, dem dicksten Weibchen. Cacio bleibt kurz stehen, um zu ihm aufzuschauen, und reckt seine lange Schnauze in die Höhe. Seine Schnurrhaare zucken, als er schnuppert. Er ist nicht die größte der neun verbliebenen Ratten, aber eindeutig das Alphamännchen.

»Du zweifelst nie, oder, mein Freund?«, fragt er die Hausratte.

Cacio starrt ihn bloß mit seinen dunklen, furchtlosen Augen an.

Als er eine Männerstimme hört, wendet er sich wieder dem Fernseher zu. Ein Reporter erscheint vor einem Krankenhauseingang. Polizisten, Sanitäter und Reporter füllen das Bild. Ein Krankenwagen rast mit blinkendem Blaulicht und heulender Sirene vorbei. Die Hölle.

Da er nicht mehr hinsehen und -hören kann, drückt er die Taste auf der Fernbedienung. »Hier richtet sich zu viel Aufmerksamkeit auf uns«, teilt er den desinteressierten Tieren mit.

Kapitel 29

»Wo in Ihrer Stellenbeschreibung ist ›Leiten eines bewaffneten Einsatzes‹ erwähnt?«, fragt Monique unheimlich ruhig über die sichere Leitung.

»Ich habe den Einsatz nicht geleitet.« Alana sitzt auf ihrer Bettkante, ein Handtuch um ihr nasses Haar gewickelt. »Sie haben mich dort gebraucht, um mögliche Biowaffen zu identifizieren und zu sichern.«

»Das konnten Sie vielleicht dem AISI-Team einreden, aber mir machen Sie nichts vor.«

Alana reibt sich Nacken und Schulter. Das heiße Bad hat nicht geholfen, die Verspannung vom fünfzehnminütigen Drücken auf die blutende Brustwunde zu lockern. »Ich habe mich weit hinter dem Einsatzteam gehalten und war zu keinem Zeitpunkt in Gefahr.«

»Sie waren in keiner Gefahr, aber der Agent, der direkt neben Ihnen stand, ist schwer verwundet worden?«

»Er war vor mir«, widerspricht Alana. Es ist sinnlos, aber sie gibt trotzdem nicht auf. »Und nach der OP ist sein Zustand wieder stabil.«

»Benutzen Sie Ihren Kopf! Sie vertreten die NATO und sind nicht da, um bei Schießereien mitzumischen. Ihre Dickköpfigkeit hätte Sie das Leben kosten oder, schlimmer noch, einen internationalen Zwischenfall auslösen können.«

Ein Zwischenfall wäre schlimmer als mein Tod? Doch Alana lenkt beschwichtigend ein. »Ich werde künftig vorsichtiger sein, versprochen.«

»Wie heißt es noch so schön? Die Hoffnung stirbt zuletzt.« Olin seufzt. »Was hat man sonst noch über diese Radikalen erfahren?«

»Ich bin eben vom Debriefing mit dem AISI-Team zurück.« Alana fühlt, wie ihr Adrenalinpegel sinkt, und hat Mühe, die Augen offen zu halten. »Die Forensiker haben bestätigt, was wir schon wussten: Es gibt keine Verbindung zwischen dem Bombenbastlerversteck und der Pest. Oder zu Yasin Ahmed.«

»Hat man immer noch keine Spur von ihm?«

»Er ist verschwunden. Sein Handy und seine Kreditkarten wurden seit über einer Woche nicht benutzt. Alles, was sie auf seinem Computer zu Hause gefunden haben, waren einige versteckte Pornos. Nichts, was ihn mit den Radikalen zusammenbringt, geschweige denn diesem Ausbruch.«

»Sein Verschwinden allein ist verdächtig genug, oder nicht?«

»Kann sein, aber allen Aussagen nach ist er ein normaler Teenager.«

»Er wäre nicht der Erste von denen, die radikalisiert wurden. Was ist mit Ibrahim Hussein?«

»Hussein ist ein waschechter Fanatiker. Alle drei Männer in der Wohnung. Sie hatten einen Anschlag mit selbst gebastelten Sprengkörpern geplant. Wie es aussieht, sollte die Petruskirche in Banchi das Ziel sein. Aber Hussein ist der Einzige, der den Einsatz überlebt hat, und er redet nicht.«

»Damit scheint er allein auf weiter Flur zu sein. Wir haben hier ohne Ende Anrufe von den nationalen Sicherheitsdiensten, einschließlich Ihrer National Security Agency. Die Amerikaner wollen ihr eigenes Team nach Genua schicken.«

»Das würde die Dinge nur verkomplizieren«, sagt Alana und versucht, nicht zu defensiv zu klingen.

»Vielleicht ist es Zeit, dass ich selbst mal hinkomme?«

»Wir brauchen Sie als Unterstützung in Brüssel, Monique. Auf politischer und diplomatischer Ebene.«

»Sie meinen wohl eher, ich soll Ihnen nicht im Weg sein. Ich erwarte das nächste Update morgen früh.« Mit diesen Worten legt sie auf.

Alana hört ihre Mailbox ab. Da ist noch eine Nachricht von Nico, die dritte heute Abend. Er klingt erschrocken. Sie rührt seine echte Sorge um sie, doch sie bemerkt auch ein leichtes Lallen in seinen Worten. Und als er ihre romantische Reise nach Palermo vor vielen Jahren erwähnt, beschließt sie, nicht zurückzurufen.

Sie schließt die Augen, sobald ihr Kopf das Kissen berührt.

Der Wecker reißt sie um kurz vor sechs aus einem tiefen, traumlosen Schlaf. Als sie erschöpft auf dem Nachttisch herumtastet, hört sie ein lautes Knacken, noch ehe sie den stechenden Schmerz in ihrer Schulter fühlt. Sie unterdrückt einen Aufschrei, packt ihr Handgelenk und dreht den Arm fest von ihrem Körper weg, bis das Gelenk wieder in die Pfanne springt. Die prompte Erleichterung ist willkommen, doch sie wünschte, der höllische Schmerz bei jedem Auskugeln würde nach so vielen Malen weniger.

Ihr Atem geht noch schwer, als sie aus dem Bett steigt. Sie schaltet den Fernseher ein und hört nur halb zu, während sie sich anzieht. Die internationale Berichterstattung über den Antiterroreinsatz wetteifert mit dem Update zur Pestausbreitung in Genua um die Sendezeit. Nichts hiervon ist Alana neu, bis ein Reporter vor einer Moschee eingeblendet wird. Eine der Mauern ist mit triefenden roten Lettern beschmiert, und mehrere der Bogenfenster wurden eingeworfen. Frustriert schaltet sie den Fernseher aus und geht nach unten.

Byron sitzt an einem hohen Tisch im Café. Alana macht sich auf einen weiteren Anpfiff gefasst, doch falls er verärgert ist, weil er bei dem Gespräch mit Zanetti und der AISI-Razzia ausgeschlossen wurde, lässt er es sich nicht anmerken. Er schenkt ihr sogar ein kleines Grinsen, als Alana sich zu ihm setzt. »Ich schätze, dein Abend war ereignisreicher als meiner«, sagt er.

»Kann sein.« Sie schluckt. »Byron, es ging alles so schnell, und Sergio hat darauf bestanden, dass niemand sonst ...«

Er hebt eine Hand. »Erzähl mir einfach, was passiert ist.«

Sie blickt sich kurz um. Abgesehen von einem Kellner, der sie nicht beachtet, ist hier niemand, also kann sie frei sprechen. Nachdem sie ihm von dem Einsatz erzählt hat, sagt sie: »Hast du das von der Moschee gehört?«

»Ja. Mir wurde erzählt, dass sie sogar versucht haben, sie in Brand zu setzen, als noch Leute drinnen waren.«

»Es ist unsere Schuld, Byron. Hätte ich nicht so sehr auf Yasin gepocht ... und wäre sein Name nicht an die Medien gegeben worden ...«

Er schüttelt den Kopf, kein bisschen reumütig. »Es wäre so oder so passiert. Sowie die Schießerei mit diesen Terroristen in die News gekommen wäre. Jeder hätte es sich zusammengereimt. Die Leute sind angespannt. Und sie suchen nach etwas oder jemandem, das oder den sie beschuldigen können.«

»Es wird nur noch schlimmer.«

»Kann sein, muss aber nicht«, sagt er abgelenkt. »Ich habe heute Morgen Nachricht aus Genf bekommen. Dieser *Yersinia*-Ausbruch hier stimmt genetisch mit keiner bekannten Biowaffe überein.«

Einerseits ist sie froh, es zu hören, andererseits empfindet sie eine seltsame Enttäuschung, als wäre ihnen der Wind aus den Segeln genommen. »Wenn es keine Übereinstimmung mit einer Biowaffe oder irgendeiner dokumentierten natürlichen Pestform gibt, haben wir es mit einer neuen spontanen Mutation zu tun?«

»Möglich wäre es. Aber auch die muss irgendwo herkommen.«

»Eben. Und wir finden lieber heraus, woher. Schnell.«

»Im Moment müssen wir die Ausbreitung in den Griff bekommen«, sagt er. »Seit gestern gibt es neunzehn neue Fälle, vier davon Kinder. Eins war die Freundin von Sonia Polettis Tochter.«

»War?«

»Das kleine Mädchen – sechs Jahre alt – ist gestorben. Fünf andere Patienten sind auch gestorben, einschließlich der Frau mit dem antibiotikaresistenten Stamm, Marianna Barsotti.« Er reibt sich die Augen. »Und noch ein Kind.«

»Oh Mist!«, stöhnt Alana. Im Laufe der Jahre hat sie aus purer Notwendigkeit gelernt, sich emotional vom Leid der Opfer abzukoppeln. Was jedoch fast unmöglich ist, wenn es Kinder trifft. Die Vorstellung, hilflos zuzusehen, wenn Kinder hier in Italien sterben, wie sie es auch in Liberia musste, ist weit mehr als entmutigend. »Die Zahl der Toten, Byron ... wir nähern uns der kritischen Masse.«

»Es wird mehr Tote geben. Viel mehr. Unser Job ist es, die Zahl so klein wie möglich zu halten.«

»Und wie stellen wir das an?«

»Die meisten der anderen Patienten – sogar die auf den Intensivstationen – erholen sich mit Antibiotika. Das größte Problem ist, wie schnell die Leute an dieser Pest sterben. Wenn wir sie vierundzwanzig bis achtundvierzig Stunden am Leben erhalten, scheint die Medikation zu wirken.«

»Nicht bei Marianna Barsotti. Und sollte ihre antibiotikaresistente Version freigesetzt werden …«

»Wir haben noch keine anderen Fälle gesehen.«

»Werden wir. Es muss andere Optionen geben. Irgendwelche Fortschritte beim Impfstoff?«

»Eher nicht. Und selbst wenn wir ihn rechtzeitig genug bekommen, gibt es keinen Beweis, dass er die Lungenpest wirksam verhindert.«

»Was ist mit einem Antiserum?«, fragt Alana. Sie denkt an die Technik, frisch infizierte Patienten passiv zu immunisieren, indem man ihnen Antikörper von jüngsten Pestüberlebenden verabreicht. »Es ist ziemlich alte Schule, aber wir hatten es bei Ebola mit einigem Erfolg versucht.«

»Auch daran arbeiten wir. Wir haben Antikörper von Claudio Dora und einigen anderen Überlebenden geerntet. Doch es könnte Wochen, vielleicht Monate dauern, um daraus genügend Antikörper zu entwickeln, sodass wir mehr als eine Handvoll Patienten behandeln können.«

»Also sind wir wieder beim Epidemiologie-Grundkurs?«

»Wenn alles andere versagt …«, sagt er leise.

Hat es bisher. Doch den Gedanken behält sie für sich.

»Ich möchte dir etwas zeigen, Alana.« Er schiebt seinen Stuhl auf ihre Seite des Tisches, holt einen dünnen Laptop aus seiner Tasche und klappt ihn auf. Auf dem Monitor erscheint eine detaillierte Karte von Genua. »Dies ist eine zeitsynchronisierte Karte von der Ausbreitung der Infektion.« Ein roter Fleck leuchtet schwach im Nordwesten der Innenstadt. Byron tippt ihn an. »Das hier ist Zanettis Baustelle an dem, was wir ›Tag eins‹ nennen – dem Tag, an dem Vittoria Fornero auf der Baustelle zusammenbrach. Es ist möglich – sogar wahrscheinlich –, dass Yasin Ahmed vor ihr krank war, aber da wir es nicht mit Sicherheit wissen …« Ein Punkt im südöstlichen Stadtzentrum wird rot. »Das ist das Ospedale San Martino. Tag drei, als das zweite bestätigte Opfer, Sonia Poletti, mit der Pest eingeliefert wurde.« Er tippt auf eine Taste, und mehr rote Punkte erscheinen, die sich hauptsächlich um das Krankenhaus bündeln. »Dies ist die Ausbreitung an Tag fünf. All diese Fälle können bisher direkt oder indirekt zu Vittoria zurückverfolgt werden.«

»Okay …«

»Aber jetzt kommt Tag sechs«, sagt Byron, und ein grüner Punkt erscheint im äußeren östlichen Teil der Stadt. »Ein neuer Pestfall ganz hier drüben, mindestens sechs Meilen von den anderen beiden Clustern entfernt. Er kann nicht mit Vittoria in Verbindung gebracht werden. Und außerdem ist es eine Hautinfektion mit Bubonen.«

»Also ist es keine Ansteckung von Mensch zu Mensch.«

»Genau. Diese Ansteckung muss über einen infizierten Flohbiss erfolgt sein.«

Alana berührt den grünen Punkt auf dem Bildschirm. »Demnach haben Vittoria und Yasin sich ursprünglich hier im östlichen Randbereich infiziert« – sie lässt ihren Finger zum roten Punkt an der Baustelle wandern und malt eine Linie zurück zum grünen – »*oder* ein Tier mit infizierten Flöhen ist die sechs Meilen von der Baustelle nach Osten gewandert, ohne zwischendurch irgendjemanden anzustecken.« Sie stockt. »Natürlich gibt es noch eine dritte Möglichkeit.«

»Welche?«

»Es gab an beiden Orten infizierte tierische Überträger.«

»Gleichzeitig?« Er schüttelt den Kopf. »Kann nicht sein. Jedenfalls nicht auf natürliche Art.«

»Nicht ohne menschliches Zutun, stimmt.«

Byron sieht sie nachdenklich an. »Wir können davon ausgehen, dass eines, wenn nicht beide Infektionscluster irgendwo in dieser Gegend im Osten anfingen.« Er tippt mit seinem Finger neben ihren, und beide ziehen ihre Hände zurück, als sie sich berühren. Byron räuspert sich. »Da ist ein großer Park, der Parco Serra Gropallo. Justine sucht ihn nach Nagern ab. Sie hofft, einige zu fangen und auf *Yersinia* testen zu können.«

Alanas Blick wechselt wieder zu dem größten roten Leuchtpunkt nahe der Stelle, wo einst die Abtei San Giovanni stand. »Aber wenn die Infektion tatsächlich vom Ostende Genuas kommt, warum hat sich dann jemand die Mühe gemacht, die Baustelle von sämtlichen Ratten zu befreien?«

Byron zuckt mit den Schultern.

Ein vertrautes Summen dringt aus Alanas Handy. Es ist eine Textnachricht von Sergio, in der er ihr einen Namen und eine Adresse schickt, die sie ihn aufzutreiben gebeten hatte. Sie steht auf. »Suchen wir unseren Mönch.«

Byron fährt sie zum Seminario Arcivescovile di Genova im Stadtzentrum. Alana rechnet mit einem weiteren Renaissance- oder Barockbauwerk, doch das Navi des Mietwagens führt sie zu einem relativ modernen Gebäude auf einem Hügelhang und mit Panoramablick auf die Altstadt und den Hafen unten.

Am Eingang des Seminars kommt ihnen ein junger südamerikanischer Priester entgegen, dessen Absichten besser sind als sein Englisch, wie Alana schnell erkennt. »Arturo Corcione«, wiederholt sie langsam, und in Ermangelung eines passenden Handzeichens bekreuzigt sie sich. »Der Abt von San Giovanni. Don Arturo.«

Ein Geistlicher mittleren Alters mit tief liegenden Augen und einem spitzen Haaransatz erscheint hinter dem Priester. »Ich bringe Sie zu ihm.«

»Danke«, sagt Alana.

»Ich bin Bruder Samuel«, sagt er, als er sie einen langen Gang hinunterführt. »Erwartet der Vater Abt Sie?«

»Nein«, antwortet Byron. »Wir sind von der Weltgesundheitsorganisation.«

»Aha«, sagt Samuel, ohne eine Miene zu verziehen.

Am Ende des Korridors bringt er sie in eine Bibliothek mit holzvertäfelten Wänden. Die einzige Person im Raum ist ein grauhaariger Mann in einer schlichten schwarzen Tunika, der von einer aufgeschlagenen Zeitung aufblickt. Samuel spricht leise mit ihm. Der ältere Mann nickt, legt die Zeitung beiseite und steht auf. »Sie suchen nach mir?« Verwundert runzelt er die Stirn.

»Sind Sie Don Arturo?«, fragt Alana. »Von der Abtei San Giovanni?«

Er lächelt ironisch. »Es gibt keine Abtei mehr«, sagt er in fehlerfreiem Englisch.

»Aber Sie waren dort früher Abt?«

»Zwölf Jahre lang, ja. Kommen Sie, nehmen Sie bitte Platz.« Er streckt eine Hand aus, um ihnen zu bedeuten, dass sie sich zu ihm setzen mögen, und Alana nimmt eine ruhige Autorität in seinen freundlichen braunen Augen wahr.

Als sie sitzen, erklärt Alana ihm absichtlich vage, dass Byron und sie Teil eines internationalen Teams sind, das dem Pestausbruch nachgeht.

»Ärzte.« Don Arturo nickt beeindruckt. »Wie sollte ich Ihnen helfen können?«

»Waren Sie noch einmal vor Ort, nachdem die Abtei abgerissen wurde?«, fragt Byron.

»Nein.« Nun huscht ein gequälter Ausdruck über Don Arturos

Züge. »Es fällt mir zu schwer. Als würde man die Überreste seines Zuhauses ansehen, nachdem es von einem Feuer zerstört wurde. Es war allerdings nur eine Frage der Zeit. Das alte Gemäuer war nicht mehr sicher. Ein kleines Erdbeben ... Zumindest haben sie das gesagt.«

»Haben Sie ihnen nicht geglaubt?«, fragt Alana.

»Der Bauunternehmer – unser früherer Bürgermeister Signore Zanetti – hatte detaillierte Berichte von Ingenieuren.« Don Arturo zögert. »Signore Zanetti ... hat große Ambitionen. Wie dem auch sei, die Kirche hat mir gesagt, die Berichte wären korrekt, obwohl ich mich nie unsicher gefühlt habe.« Er zuckt mit den Schultern. »Natürlich tut man das nicht, bis einem das Dach über dem Kopf einstürzt.«

»Also sind Sie Vittoria Fornero nie begegnet?«, fragt Byron, um das Gespräch aufs Wesentliche zurückzulenken. »Der Bauarbeiterin, die pestkrank auf der Baustelle zusammenbrach?«

»Nein, niemals.«

»Was ist mit einem jungen Tischler namens Yasin Ahmed?«

»Ah, der junge Mann, von dem in der Zeitung steht, dass die Polizei nach ihm sucht? Nein, ich bin gar keinem der Arbeiter je begegnet. Ich bin nicht mehr dort gewesen, seit wir ausgezogen sind. Es ist nicht mehr ... mein Ort.«

»Was ist mit Bruder Silvio?«, fragt Alana.

»Bruder Silvio?« Don Arturo lacht überrascht. »Ist er ins Baugeschäft eingestiegen?«

»Er hat eine Menge Zeit auf der Baustelle verbracht«, antwortet Alana. »Ich habe ihn selbst dort gesehen.«

»Wenn Bruder Silvio eines ist, dann verbissen«, sagt Don Arturo belustigt. »Er ist sogar noch älter als ich und ein wenig – wie sagt man das ...«

»Dement?«, schlägt Byron vor.

»Da wäre ich mir nicht sicher«, sagt Arturo. »Er ist exzentrisch, um es milde auszudrücken. Manchmal frage ich mich, ob er ein bisschen den Bezug zur Realität verloren hat, verstehen Sie?«

»Ja«, antwortet Alana. »Wohnt Silvio auch hier?«

»Im Seminar? Nein, nein. Die Kirche hat ihn in einer Wohnung untergebracht, wo er seine nächste Entsendung abwartet.«

»Hier in Genua?«, fragt sie.

»Ich glaube, ja.«

»Können Sie uns seine Adresse geben?«

»Bruder Silvio ist ein recht eigener Charakter. Wie er jemals das Klosterleben für sich wählen konnte, ist mir ein Rätsel. Er liebt es, sehr viel zu reden.«

»Wissen Sie, wo er wohnt?«, beharrte Byron.

»Ich denke, das kann ich herausfinden. Allerdings wüsste ich wirklich nicht, wie Bruder Silvio Ihnen behilflich sein könnte.«

»Wir würden ihn gern befragen«, sagt Byron.

»Si. Ich hoffe nur, dass Sie am Ende keine wertvolle Zeit vergeuden, während mehr Menschen leiden.«

Kapitel 30

Er hatte damit gerechnet, die ganze Nacht wach zu bleiben, aber die hypnotischen Bewegungen des Nachtzugs hatten ihn binnen Minuten nach der Abfahrt in den Schlaf gelullt, und er wachte erst auf, als sie fast in den Bahnhof von Neapel einfuhren.

Am Hauptbahnhof wimmelt es von Pendlern und Reisenden. Geschäftsleute eilen in Anzügen und Kostümen in alle Richtungen an ihm vorbei. Viele sprechen in ihre Handys. Andere haben die Köpfe gesenkt und gehen fast blind, während sie auf ihren Telefonen tippen. Jeder scheint dieser Tage immerzu Kontakt zu jemandem haben zu wollen. Niemand ist für sich, mit Ausnahme von ihm. Es gab auch Einsamkeit in seinem früheren Leben, keine Frage, doch nie von der Art, wie er sie erlebt, seit er zu seiner Mission aufgebrochen ist.

Neben den Geschäftsleuten füllen noch Rucksack- und andere Touristen den Bahnhof. Er muss die Augen von einigen der Frauen mit ihren freizügigen Oberteilen, den nackten Bäuchen und den Hintern abwenden, die aus ihren winzigen Shorts ragen. *O Herr, das hast du gewiss NIE gewollt!*

Als ihm klar wird, dass es Zeit für seine Morgenpillen ist, sucht er den nächsten Waschraum auf und schließt sich in einer Kabine ein. Sie ist sogar noch schmutziger als der Rest des Bahnhofs.

In seinem Rucksack bebt es leicht, als er ihn auf den Boden stellt und die Fläschchen aus der Seitentasche holt. Er schluckt ein Antibiotikum nur mit Speichel herunter. Dann nimmt er die anderen vollen Fläschchen hervor und fragt sich, warum er sie überhaupt mitgenommen hat. Wieder liest er die Etiketten: Lithium, Olanzapin und Sertralin.

»Stimmungskongruente Psychose zusätzlich zu schizoaffektiver Störung«, hatte Dr. Lonzo gesagt.

Er stellte Dr. Lonzos hochtrabende Diagnosen grundsätzlich nicht infrage. Vor Medizinern hat er großen Respekt, ganz besonders vor Dr. Lonzo. Aber warum sollte er die Medikamente nehmen? Seine Stimmung ist stabil, und seine Gedanken sind nie klarer gewesen. Außerdem fand er es, wenn er diese Mittel nahm, so schwer, mit dem Allmächtigen zu reden. Die Stimme verstummte dann beinahe, sodass er ohne Anleitung war. Und noch nie hat er dringender göttlichen Rat gebraucht.

Jetzt ist die Stimme wieder da. »Lust, Völlerei, Gier, Faulheit, Zorn, Neid, Stolz.« Jede der sieben Todsünden wird leise in seinem Kopf aufgezählt, in kaum mehr als einem Flüstern, doch die Kraft hinter ihnen könnte Berge versetzen. »Der Mensch hat sich gegen den Menschen gewandt. Er ist zu Satan geworden. Der Mensch hat sich gegen MICH gewandt.«

Ich verstehe, o Herr, aber was du verlangst …

»Die Rache ist mein; ich will vergelten!«, befiehlt die Stimme. »Zu seiner Zeit soll ihr Fuß gleiten; denn die Zeit ihres Unglücks ist nahe, und was über sie kommen soll, eilt herzu.«

Er erkennt den Vers aus dem Deuteronomium, dem fünften Buch Mose, und wagt nicht zu widersprechen.

Als er die Fläschchen wieder einsteckt, kommt ein gedämpftes Quieken von tief unten in seinem Rucksack. Die Ratten müssen bald gefüttert werden. Zumindest die, die mit ihm weiterreisen sollen. Er hat noch nicht entschieden, ob er Cacio oder Grappino zurücklässt. Beide sind geborene Überlebenskünstler und würden gut zwischen all dem Abfall und weggeworfenen Essen auf dem Bahnhof zurechtkommen.

»*Dies* ist der erwählte Ort«, befiehlt die Stimme.

Als er aus dem Waschraum und zurück in den Mahlstrom von Reisenden tritt, fragt er sich, warum er nicht früher darauf gekommen ist. *Warum die Geißel selbst verbreiten, wenn diese gottlosen Sünder die Arbeit für mich verrichten können?*

Er schlendert durch den Bahnhof, gibt vor, auf einen Zug zu warten, und sieht sich nach der besten Stelle um, eines der Männchen freizulassen. Er tendiert zu Cacio.

Er wandert einen Bahnsteig entlang, an dem ein Zug beladen wird. Am hinteren Ende, versteckt hinter einer Säule, entdeckt er einen überquellenden gelben Müllsack neben einem Metallabfalleimer.

Hier greift er nach seiner Tasche und blickt sich abermals um. Ihm fällt eine Gruppe junger Mädchen in Schuluniformen auf, die darauf warten, in einen Zug zu steigen. Sie sehen aus, als wären sie vielleicht sieben oder acht Jahre alt, reihen sich jeweils zu zweit auf und halten sich an den Händen. Eines der kleinen Mädchen hat rötliches Haar, das zu einem Pferdeschwanz gebunden ist. Es sieht hinüber zu ihm und grinst. Er kann nicht sagen, ob es ihn anlächelt oder nicht, aber das spielt keine Rolle. Der Gesichtsausdruck ist der Inbegriff der Unschuld.

Nein, nicht hier. Unwillkürlich weicht er von dem Abfalleimer zurück.

»Dies ist die erwählte Stelle!«, brüllt die Stimme in seinem Kopf.

Das Mädchen sieht wieder weg und lacht mit seiner Freundin.

Überall, nur nicht hier, o Herr. Bitte nicht hier.

Kapitel 31

Alana ist noch nie im Istituto Giannina Gaslini gewesen, Genuas renommiertem Kinderkrankenhaus, doch sie wünschte, sie hätte heute nicht herkommen müssen, schon gar nicht auf die Kinderintensivstation. Sie steht mit Nico und ihrer Gastgeberin Dr. Lina Montaldo nahe dem Schwesterntresen neben einer Wand, die in einer ironisch heiteren Pastellfarbe gestrichen ist. Mit ihrem sommersprossigen, faltenfreien Gesicht sieht Montaldo selbst nicht viel älter als ein Kind aus, doch laut Nico ist sie bereits eine der angesehensten Pädiatrie-Spezialistinnen für Infektionskrankheiten in der Stadt.

Auch heute fühlt sich Alanas PSA zu eng an, und Schweißperlen treten auf ihre Oberlippe. Die wärmeren Temperaturen allein sind nicht schuld an ihrem überwältigenden Drang davonzulaufen, ebenso wenig wie die Kinder auf dieser Station, die sich mit Hilfe von Beatmungsgeräten an ihr Leben klammern. Nein, es sind die Eltern, die ihr so zusetzen. Sie möchte sich deren Angst und Hilflosigkeit gar nicht ausmalen, wenn sie neben den Betten stehen und ihnen der direkte Kontakt zu ihren sterbenskranken Kindern von Schichten aus Gummi und Latex verwehrt ist.

Montaldo führt sie zum ersten Zimmer, wo sie vor der Glastür stehen bleiben. »Rosa ist erst dreieinhalb«, sagt Montaldo.

Drinnen sind zwei Krankenschwestern mit den Kabeln und

Schläuchen beschäftigt, die an ein kleines Mädchen auf dem Bett angeschlossen sind. Die Haut der Kleinen ist so blass, dass sie grau aussieht. Ihr langes dunkles Haar ist zu Zöpfen geflochten und an den Enden mit blauen und rosa Schleifen gebunden. Ihre Mutter sitzt auf einem Hocker neben dem Bett, vorgebeugt und reglos. Mit ihrer verhüllten Hand hält sie die ihrer Tochter, als gälte es ihr Leben.

»Rosa hat die Infektion von ihrem Vater«, erklärt Montaldo. »Wir haben Gentamicin als drittes Antibiotikum mit in den Behandlungsplan aufgenommen. Sie hat erst gestern angefangen zu husten. Nur Stunden nachdem ihr Vater gestorben ist. Und jetzt ist Rosa am schwersten krank von allen Patienten.«

Alana sieht wieder zu der Mutter. Deren gebeugte Schultern signalisieren eine Hoffnungslosigkeit, dass Alana Mühe hat, den Blick von der Frau abzuwenden, als Montaldo zur nächsten Tür geht.

In dem Zimmer liegt ein Junge, dessen Arme in einer beinahe biblischen Pose seitlich ausgestreckt sind. Auch er ist an ein Beatmungsgerät angeschlossen, und aus seinem Körper ragen noch mehr Kabel und Schläuche als aus Rosas. Eine Krankenschwester stellt die Infusion auf einer Seite von ihm ein. Auf der anderen Seite ist die Mutter des Jungen und streicht ihm übers Haar, während der Vater in dem engen Raum neben dem Bett auf und ab geht.

»Das ist Angelo, acht Jahre alt.« Montaldo dreht sich zu Nico um. »Er ist der Grund, weshalb ich Sie konsultiere, Dr. Oliva.«

»Die Sputumkulturen?«, fragt Nico.

»Ja. Die vorläufigen Ergebnisse der Bakterienkulturen sind besorgniserregend, sehr sogar. Es ist natürlich *Yersinia*, aber bisher resistent gegen alle Antibiotika, mit denen wir es versucht haben.«

»Nicht noch einer«, murmelt Alana.

Montaldo steht der Mund offen. »Gibt es andere Fälle von Antibiotikaresistenz?«

»Mindestens einen im Ospedale San Martini«, antwortet Nico. »Eine meiner Patientinnen.«

»Wie kann ein neuer Bakterienstamm so schnell Antibiotikaresistenzen entwickeln?«

»Wissen wir nicht genau«, gesteht Alana. »Der Erreger muss durch genetische Mutation eine besondere Neigung zur Resistenzentwicklung besitzen oder indem er sich DNS von anderen resistenten Bakterien im Krankenhaus ›borgt‹.«

»Vielleicht«, sagt Montaldo merklich unzufrieden, bevor sie sich wieder an Nico wendet. »Wie haben Sie Ihre Patientin mit Antibiotikaresistenz behandelt, Dr. Oliva?«

»Konnten wir nicht, Lina. Sie ist gestorben.«

Montaldo dreht sich wortlos von dem Fenster weg und geht zum nächsten Raum, bleibt aber abrupt stehen, als ein Alarm schrillt. Sie sieht zum Schwesterntresen und ruft: »*Quale stanza?*«

»*Il primo!*«, antwortet jemand.

Montaldo läuft zurück zum ersten Zimmer und stürmt durch die Tür. Alana und Nico folgen ihr. Die Krankenschwester ist bereits über Rosas Bett gebeugt und pumpt mit verschränkten Händen auf der Brust des Mädchens. Der Monitor über dem Bett heult, und die roten Lichter blinken wild.

Mehr Personal in Schutzanzügen kommt in den Raum gelaufen. Alana zieht sich an die Glaswand zurück, weil ihr bewusst ist, dass sie wenig zur Wiederbelebung des Kindes beitragen kann. Sie blickt hinüber zur Mutter, die kerzengerade dasitzt und immer noch die Hand ihrer Tochter hält. Eine der Schwestern redet beruhigend auf sie ein, während sie versucht, den Arm des Mädchens aus dem Griff der Mutter zu befreien. Aber die Mutter weigert sich, ihre Tochter loszulassen. Sie murmelt nur immer wieder: »Rosa, Rosa, Rosa ...«

Nico sagt ein paar Worte zu der Schwester, und sie geht auf Abstand. Dann kniet er sich neben den Hocker der Mutter und legt wortlos einen Arm um ihre Schultern. Sie hält immer noch die Hand ihrer Tochter, dreht aber den Kopf weg und vergräbt ihn in der Kapuze an Nicos Hals, während sie in heftiges Schluchzen ausbricht.

Die Stille in Nicos Wagen wird nur von der knarzenden italienischen Stimme aus dem Radio unterbrochen. Alana versucht, sich auf die Situation insgesamt zu konzentrieren, in welchem Stadium dieser Ausbruch jetzt ist und was ihnen noch bevorsteht – doch sie wird das Bild der kleinen Rosa nicht los. Immer noch hört sie das leise Knacken bei jeder Brustkompression, begleitet vom verzweifelten Schluchzen der Mutter, als das Intensivteam sich hektisch, aber vergeblich bemühte, das Herz der Kleinen wieder zum Schlagen zu bringen.

»*La stronzata!*«, knurrt Nico und reißt damit Alana aus ihren trüben Gedanken. »Was für ein Scheiß!«

»Was?«

Nico zeigt auf das Radio. »So ein Idiot! Dieser Tommaso Crispi!«

»Wer ist das?«

»Ein Politiker von der Lega Nord, der Antiflüchtlingspartei hier in Ligurien. Crispi ist der Schlimmste von denen. Er verteidigt den Vandalismus bei der Moschee, nennt ihn Selbstverteidigung.«

»Das ist nicht dein Ernst!«

»Crispi beschuldigt nicht bloß Yasin Ahmed, die Pest zu verbreiten, nein, er sagt, *alle* Muslime sind schuld. Und dass sie deportiert gehören. Die Lega Nord hält später noch eine Veranstaltung ab. Und sie erwarten Tausende.«

»Tausende? Die Pestbedrohung verwandelt Genua in eine Geisterstadt, aber Tausende sind bereit, sich nach draußen zu begeben, um gegen eine imaginierte Quelle zu protestieren?«

»Dummheit.«

Alana bekommt ein schlechtes Gewissen, weil sie nicht mehr getan hat, um die Veröffentlichung von Yasins Namen zu verhindern. Die hatte all diesen rassistischen Aufruhr hochgepeitscht. Aber das behält sie für sich.

Sie fahren einige Meilen, bis Nico langsamer wird und vor einem baumgesäumten Park anhält. »Parco Serra Gropallo«, sagt er. »Letzte Woche war ich mit dem kleinen Enzo hier. Er liebt die große Rutsche auf dem Spielplatz.«

Alana kann sich Nico vorstellen, wie er mit seinem Sohn auf dem Spielplatz herumalbert. Zweifellos ist er ein toller Vater, so liebevoll und verspielt, wie er manchmal war. Und es erinnert sie daran, was hätte sein können.

Sobald sie die Rasenfläche betreten, bemerkt Alana eine Unruhe zwischen den Bäumen. Dort stehen Leute um ein gelbes Absperrband, das an den Baumstämmen befestigt ist. Bewaffnete Polizisten sichern den Bereich. Als Alana auf den Bereich zugeht, erkennt sie, dass es kein gewöhnlicher Tatort ist. Byron und Justine tragen Masken, Anzüge und Handschuhe. Und Justine hält einen Ast in der Hand. Zu ihren Füßen liegt ein gräulich-schwarzer Klumpen von der Größe eines Brotlaibs. Erst als sie noch näher an die Absperrung kommen, sieht Alana, dass es sich um eine teils verweste Ratte handelt, die halb von einer schwarzen Plastiktüte bedeckt ist.

»Noch ein sinnloses Opfer von Bandenkriminalität«, scherzt Justine, als sie fast bei ihr sind.

Alana beugt sich über das Absperrband, ist aber nicht so dumm, unter ihm hindurchzutauchen. »Was habt ihr?«, fragt sie und fürchtet sich vor der Antwort.

Justine zeigt mit dem Ast auf die spitze Rattenschnauze, die von dunklem Blut verkrustet ist. »Hämorrhagischer Schock.« Sie fährt mit der Astspitze zu den Hinterbeinen des Tiers. »Bubonen. Dieser kleine Kerl ist an der Pest gestorben.«

»Wer hat ihn gefunden?«, fragt Nico.

»Was glauben Sie denn? Das war ich, weil es mein Job ist.«

Nico weist auf ihre Maske und ihren Anzug. »Ist das der einzige Schutz, den Sie getragen haben?«

»Klar.«

»Dann müssen Sie mit einer prophylaktischen Antibiotikabehandlung anfangen. Sofort.« Nico sieht Byron an. »Und jeder sonst, der dieser Ratte ausgesetzt war, bevor sie bedeckt wurde.«

»Dies ist nicht unser erster Außeneinsatz, Nico. Wir alle haben schon mit Doxycyclin und Cipro angefangen, ehe wir hergekommen sind.«

»Ist das die einzige Ratte, die ihr gefunden habt?«, fragt Alana.

»Die einzige tote«, antwortet Justine.

»Habt ihr auch lebende gefangen?«

»Ja, zwei.«

»Gesund?«

»Na ja, ich hab ihr Cholesterin und ihren Blutdruck noch nicht gemessen ...« Justine tippt den Kadaver an. »Aber im Gegensatz zu diesem kleinen Burschen hier sehen sie nicht aus, als hätten sie sich die Pest eingefangen.«

»Ihr untersucht die aber?«, fragt Nico.

»Noch mehr hilfreiche Tipps?«, sagt Byron.

Nico bedenkt ihn mit einem vernichtenden Blick, hält aber den Mund.

»Mich interessieren die Flöhe weit mehr, die ich auf denen gefunden habe«, sagt Justine.

»Bist du dir sicher, dass sie Flöhe haben?«, fragt Alana.

»Hundertprozentig. Das Männchen, das wir gefangen haben – ein aggressiver kleiner Kerl, totales Alphamännchen – hat sich gekratzt, als gäb's kein Morgen.«

»Justine kennt sich aus«, sagt Byron mit einem Hauch von Stolz und sieht Alana an. »Ich habe von Don Arturo gehört. Er hat mir die Adresse von diesem Mönch geschickt, mit dem du sprechen willst.«

»Dann fahren wir zu ihm.«

»Sobald ich mich dekontaminiert habe.«

Nico blickt von Byron zu Alana. »Ich fahre lieber zurück ins Krankenhaus«, sagt er und dreht sich weg.

Minuten später treffen Byron und Alana sich außerhalb der Absperrung, und sie überqueren die Straße zu seinem Mietwagen, einer schlichten dunklen Limousine. Er gibt die Adresse ins Navi ein, das sie tief ins Arbeiterviertel Sestri Ponente schickt. Dort parkt Byron vor einem düsteren, gelbgrauen viergeschossigen Haus. Sie steigen eine Treppe hinauf zur Wohnung im ersten Stock.

Der winzige Mönch von der Baustelle öffnet ihnen in traditioneller schwarzer Kutte. Seine Lider sind schwer, und die Haut auf seinem kahlen Kopf ist fleckig von zu viel Sonneneinstrahlung. Er könnte irgendwas zwischen siebzig und neunzig sein.

Alana stellt sich vor. Bruder Silvio bittet sie in seine kleine Wohnung. Sein Englisch klingt fast wie ein Singsang. Der vanillige Moderduft von alten Büchern erfüllt den Raum und erinnert Alana an die alte College-Bibliothek, in der sie während des Medizinstudiums so gerne gelernt hat. Es sind kaum Möbel in der Wohnung, nur einige Stühle, auf denen Papiere lagern, und ein kleiner Holzschreibtisch, auf dem ein Laptop steht. Ledergebundene Buchbände füllen die Bücherregale und stapeln sich auf dem Fußboden.

»Zu früh für einen Grappa?«, fragt Silvio fröhlich.

»Für mich ja, leider«, antwortet Alana lächelnd, und Byron schüttelt den Kopf.

Silvio räumt die Papiere von zwei Stühlen und besteht darauf, dass sie sich setzen. Als sie sitzt, zeigt Alana um sich. »Eine beeindruckende Sammlung, Bruder Silvio.«

»Si, si. Meine kleine Passion. In unserer Abtei war ich der Bibliothekar. Wir Mönche lieben es, Schriften zu sammeln! Man könnte uns Messies nennen.« Er lacht glucksend. »Die Diözese hat die kostbarsten Bände abgeholt, aber der Bischof hat mir anvertraut, den Rest zu ordnen und zu katalogisieren.«

»Wie lange haben Sie in der Abtei gelebt?«, fragt Alana.

»Mehr Jahre, als Sie beide auf dieser Erde wandeln. Ich hatte einen guten Lauf – so sagt ihr in Amerika doch, nicht? So wie San Giovanni. Noch sechs Jahre, und sie hätte ihren achthundertsten Geburtstag erlebt.«

»Mich wundert, dass die Kirche den Abriss erlaubt hat«, sagt Alana.

»Ja, aber wie ich war auch San Giovanni in keiner guten Verfassung.« Silvio lächelt. »Im Krieg wurde sie von einer verirrten Bombe getroffen, und ein Teil des Klostergangs brach ein. Außerdem war sie von jeher eine schlichte Abtei ohne die charmante Architektur von, sagen wir, der Abbazia della Cervara oben im Norden. Oder der alten Abtei San Fruttuoso in Camogli.« Seine Augen leuchten. »Sind Sie mal dort gewesen? Also, das ist ein Bau, der Gott wahrhaft Ehre erweist in der ...«

»Bruder Silvio«, unterbricht Byron ihn. »Erinnern Sie sich an einen jungen Tischler auf der Baustelle? Sein Name ist Emilio.«

»Mit der schlimmen Haut? Ein nervöser Junge, aber sehr wohlerzogen?«

»Genau«, bestätigt Alana. »Er hat uns erzählt, dass Sie ihn vor dem Baugrund gewarnt haben.«

»Mag sein« – Silvio lächelt amüsiert – »Emilio übertreibt ein wenig, ja? Ich habe ihm gesagt, dass der Boden geheiligt ist. Und das glaube ich immer noch.«

»Im Sinne von ›verflucht‘?«

»Ich bin ein einfacher Mann der Kirche«, antwortet Silvio ausweichend. »Und als solcher bin ich recht abergläubisch.«

»Das heißt?«

»Ich glaube nicht, dass es gut sein kann, einen Andachtsort abzureißen, um ein Hochhaus zu bauen.« Sein Lächeln schwindet für einen Moment. »Kann das wirklich Gottes Wille sein?«

Auf eine theologische Debatte möchte Alana sich nicht einlassen. »Was ist mit Nagetieren? Waren die jemals ein Problem in San Giovanni?«

»Ein Problem? Wie meinen Sie das?«

»Eine Mäuse- oder Rattenplage? Erinnern Sie sich, viele in der Abtei oder auf dem Gelände gesehen zu haben?«

»Ich habe hin und wieder eine Maus trippeln gehört. Aber ich entsinne mich keiner Ratten.«

»Da gab es einen anderen Bauarbeiter, Yasin Ahmed«, sagt Byron. »Erinnern Sie sich an ihn?«

»Ich glaube nicht«, antwortet Silvio.

»Ein Junge ungefähr in Emilios Alter«, hakt Alana nach. »Nordafrikaner. Seine Eltern sind aus Tunesien.«

»Sì! An den erinnere ich mich. Er kam mit Emilio zusammen. Der Junge hat nichts gesagt. Aber seine Hautfarbe war nicht gut. Er hat geschwitzt. Ja, er sah nicht gesund aus, gar nicht gesund.

Ich habe ihm sogar ein Aspirin angeboten, aber das wollte er nicht.«

»Wann war das?«, fragt Byron.

»Letzte Woche.« Silvio überlegt. »Ich weiß nicht mehr genau wann, aber es war zwei oder drei Tage bevor die Frau zusammengebrochen ist. Dieser Junge, Yasin? Er hat so ausgesehen wie sie. Es war bei beiden die Pest, nicht?«

Byron wirft Alana einen warnenden Blick zu. »Bei der Frau, ja«, antwortet sie. »Bei Yasin wissen wir es noch nicht.«

Ernst schüttelt Silvio den Kopf. »Die Pest hat Genua schon einmal heimgesucht. Und sie hinterließ ihre Spuren auch in San Giovanni.«

»Meinen Sie den Schwarzen Tod?«, fragt Alana.

Silvio nickt. »1348 war das. Sie hat die Abtei damals beinahe ausgelöscht.«

Alana merkt auf. »San Giovanni? Ihre Abtei?«

»Si. Lange vor den Bulldozern und den Kränen.« Silvio zeigt zu den Bänden, die dicht an dicht im Bücherregal stehen. »Es ist alles dort dokumentiert. In den Geschichtsbüchern und Journalen. Manches ist sogar von Augenzeugen geschrieben.«

Alana denkt über das Gesagte nach, als sie sich von Silvio verabschiedet haben. Draußen im Treppenhaus packt sie Byrons Arm. »Das ist ein ziemlicher Zufall, findest du nicht?«

»Meinst du, dass die Pest schon mal in Genua war?«

»Nicht bloß in Genua, Byron, sondern in der Abtei San Giovanni.«

»Damals war der Schwarze Tod überall, Alana.«

»Kann sein.«

»Du denkst doch nicht ...«

»Auf der ganzen Welt gibt es keine Lebendprobe des *Yersi-*

nia-Stamms, der den Schwarzen Tod ausgelöst hat. Nicht mal in einem Level-Five-Labor. Ich habe es überprüft.«

»Aber …«

»Wissenschaftler in England haben das uralte Genom aus Knochenmark rekonstruiert, das sie auf einem Friedhof in Hereford gefunden haben. Sie haben den vollständigen genetischen Code geknackt, Byron.«

»Und du willst, dass wir die DNS unseres gegenwärtigen Erregers mit dem Stamm vergleichen, der den Schwarzen Tod verursacht hat? So wie bei den Biowaffen?«

Die Implikationen dessen, was sie vorschlägt, werden ihr plötzlich bewusst, und fast erschaudert sie. »Ich denke, wir müssen.«

Einen Moment lang sieht er sie an, als wollte er widersprechen, doch dann nickt er. »Ja, denke ich auch.«

Kapitel 32

Heute ist der zwanzigste Tag des Februars. Elf Tage sind vergangen, seit mich die Pest befiel. Mein Fieber ist fort, die Wunden heilen, und meine Kraft nimmt mit jedem Tag ein wenig zu. Jedoch bin ich so dünn geworden, dass die Haut zwischen meinen Rippen einfällt, und allein die Anstrengung, aus dem Bett zu steigen und an den Tisch zu gehen, ermüdet mich.

Eine grausame Eigenart dieser Heimsuchung ist, dass diejenigen, die überleben, oft an Schwäche und Vernachlässigung eingehen, weil andere Familienmitglieder entweder tot sind oder zu ängstlich, um sie zu versorgen. Ohne Zweifel wäre ich unter jenen Opfern, wäre die Fürsorge von Jacob ben Moses' Familie nicht.

Gabriella kommt jeden Morgen. Sie bringt frisches Wasser vom Brunnen und mehr als genug Essen für einen Tag. Ich bin so hungrig, dass ich wohl jede Nahrung köstlich fände, und doch habe ich eine Vorliebe für das hebräische Essen entwickelt, das sie koscher nennen. Bei dem Duft läuft mir das Wasser im Mund zusammen.

Obendrein ist Gabriella zu meinen Augen und Ohren für die Welt außerhalb meines Zimmers geworden. Die Neuigkeiten, die sie bringt, sind nicht, was ich gern hören würde, aber auch nicht weniger, als ich erwartet habe. Die Geißel setzt unserer einst stolzen Stadt weiterhin auf eine Weise zu, wie es keine feindlichen Eroberer könnten. Gabriella erzählt mir, dass der Markt leer ist und die öffent-

liche Ordnung im Stadtzentrum in einem Maße verfallen, dass sie gezwungen ist, andere Wege zu mir zu gehen, um die Gefahr zu meiden. Taugenichtse marodieren hemmungslos, stehlen aus den Häusern der Sterbenden und Toten. Sie trinken und spielen zügellos auf den Straßen, wie es der Stadtrat und die Kirche nie zuvor geduldet hätten. Die wenigen verbliebenen Totengräber fordern solch groteske Preise, dass sich nur noch die Reichsten christliche Begräbnisse für ihre Lieben leisten können. Mehr und mehr Pestopfer werden ins Meer geworfen oder, trauriger noch, verwesend liegen gelassen, wo sie zusammengebrochen sind.

Den Schrecken dieser Enthüllungen kann einzig die Anmut und Freundlichkeit der Botin lindern. Gabriella zuzuhören erinnert mich an die düsteren Märchen, die meine Mutter mir erzählte, als ich ein Kind war, und die mir nie echte Furcht einjagen konnten, weil ihre Stimme die sanfteste auf der Welt war.

Hätte mir früher jemand gesagt, ich könnte so viele Gemeinsamkeiten mit einer verwitweten Jüdin teilen, hätte ich es nicht geglaubt. Und doch verbringe ich mehr Zeit mit Gabriella als mit irgendjemand anderem seit Camillas Tod. Stunden vergehen im angeregten Gespräch. Ihre Leidenschaft für die Kunst des Heilens übertrifft selbst meine noch. Ihr Wissen über die Schriften von Galen, dem römischen Vater der Medizin, ist außerordentlich.

Uns verbindet mehr als das gemeinsame Interesse an der Medizin. Ich hatte immer angenommen, dass Gabriella und ihr Ehemann so kinderlos gewesen sind, wie Camilla und ich es waren. Gestern erzählte ich ihr von unserer Verzweiflung ob der vielen Fehlgeburten und der einen Totgeburt, die Camilla erlitt. Dann gestand ich ihr, was ich noch niemandem gesagt hatte, nicht einmal einem Priester in der Beichte: Meine Frau gab sich die Schuld an unserem Schicksal. Camilla glaubte, sie müsse eine Sünderin sein, dass sie so unfruchtbar blieb. Als ich hastig erklärte, ich wolle nicht andeuten, Gabriella wäre in irgendeiner Form für ihre Kinderlosigkeit verantwortlich, unterbrach sie mich.

»Ich war nicht kinderlos, Dr. Pasqua. Ich hatte Ester.«

»Du hattest eine Tochter?«

»Ester war vier, als Jehovah sie zu sich nahm.«

»Das tut mir sehr leid. Was war geschehen?«

»Sie wurde von einem Hund gebissen.«

»Ein Streuner hat sie angegriffen?«

»Nein, es war der Hund des Nachbarn. Ester hat den alten Hund geliebt, obwohl er dem Tode nah und von Rheuma geplagt war. Sie rieb ihm den Bauch und kraulte ihn hinter den Ohren. Eines Tages war sein Ohr geschwollen, und als Ester es berührte, hat er nach ihrem Finger geschnappt. Es war kaum mehr als ein Kratzer. Ich dachte mir nichts dabei, bis Ester eine Woche später hohes Fieber bekam. Und dann begannen ihre Glieder steif zu werden.«

»Wundstarrkrampf?«

»Ja. Nach dem ersten Krampf hat sie keinen Tag mehr gelebt.«

Mir fehlten die Worte. Schon vor dieser Pestilenz habe ich zu viele Kinder an allen erdenklichen Krankheiten oder bei Unfällen sterben sehen. Doch besonders schmerzte mich zu erfahren, dass Gabriella ihr einziges Kind durch eine solch grausame und beiläufige Laune des Schicksals verloren hatte. Beinahe hätte ich ihre Hand ergriffen, hielt jedoch an mich, ehe ich so etwas Unangemessenes tat.

Tränen stiegen ihr in die Augen, aber zu meiner Überraschung formten ihre Lippen ein melancholisches und doch fast freudiges Lächeln. »Jeder Tag, den ich mit Ester hatte, war ein Segen«, sagte sie. »Ich bin dankbar für jeden einzelnen von ihnen. Gott hat sie mir nicht genommen, um mich für meine Sünden zu bestrafen, ebenso wenig wie Camillas Unfruchtbarkeit eine Strafe war.«

»Dem stimme ich zu«, sagte ich. »Ich wünschte nur, Camilla hätte es geglaubt.«

»Es tut mir für euch beide leid, dass sie sich die Schuld gegeben hat«, sagte Gabriella. »Ich denke, ich habe Glück gehabt, verglichen mit den Müttern, denen die Pest Kinder genommen hat. Isaac und ich hatten zumindest die Möglichkeit, unsere Ester in guter jüdischer Tradition zu beerdigen und um sie zu trauern. Ich mag mir nicht vorstellen, das kostbarste Geschöpf in meinem Leben ins Meer werfen zu müssen oder Schlimmeres.«

Vielleicht hatten wir beide mehr preisgegeben als beabsichtigt, denn nach dieser Unterhaltung verstummten wir schüchtern, und Gabriella ging früher als an den vorherigen Tagen.

Heute Morgen kam sie wieder her, doch bald nach ihrer Ankunft erschienen zwei andere Besucher. An dem schweren Klopfen erkannte ich, dass sie von der weniger erfreulichen Sorte waren. Dieselben beiden Priester, die mich schon einmal geholt hatten, standen misstrauisch vor meiner Tür, bedeckten ihre Münder mit ihren Ärmeln und sagten, seine Exzellenz wolle mich sehen.

Gabriella erwiderte, ich sei viel zu schwach, um den Weg zu bewältigen.

Der größere Priester sah sie an, als hätte er etwas Unangenehmes gerochen. »Ist diese Frau eine Jüdin?«, fragte er mich.

Ich sagte ihnen, dass Gabriella die Tochter eines Kollegen sei, die mir mein Essen und Trinken bringe. Gleichzeitig versuchte ich, sie mit einem Blick zu warnen, doch sie wollte nicht schweigen.

»Er ist nicht gesund genug, das Haus zu verlassen«, insistierte sie.

Der zweite Priester bedachte sie mit einem zornigen Blick. »Wir lassen uns von keiner Frau etwas vorschreiben«, sagte er, »erst recht nicht von einer Jüdin.«

Ich täuschte einen Hustenanfall vor, und die Priester sprangen zurück, als hätte sie ein Donner erschreckt. Ich keuchte, gab vor, Mühe mit dem Atmen zu haben. »Diese Pest«, sagte ich. »Ich habe weder die Lunge noch die Kraft, zum Palast des Erzbischofs zu gehen. Vielleicht in einer Woche.«

»Wir haben ein Pferd für Sie«, entgegnete der größere Priester.

Ich wandte ein, dass ich nicht in der Verfassung für eine Audienz beim Bischof sei, da ich mich nicht rasiert und seit zwei Wochen nicht die Kleidung gewechselt hätte. Doch sie stellten sich taub für all meine Ausflüchte.

Die Priester ritten gemeinsam auf dem einen Pferd, und ich trottete gemäß Anweisung auf dem anderen zehn Schritte hinter ihnen her. Im Palast wurde ich zu den Gemächern des Erzbischofs geführt, wo man mich vor der Tür warten ließ, während die Priester hineingingen. Nach einer Weile kamen sie wieder heraus, und der größere befahl mir einzutreten.

Der Erzbischof saß auf demselben erhöhten Stuhl wie vorher, und das Feuer brannte noch lodernder im Kamin hinter ihm. Er hielt sich ein Taschentuch vor Mund und Nase. »Nicht weiter!«, rief er, sowie ich über die Schwelle war.

Ich blieb stehen und verneigte mich.

»Sind Sie also doch befallen worden, Doktor Pasqua«, sagte er durch das Tuch.

»Ja, Exzellenz.«

»Und dennoch sind Sie hier. Anscheinend sind meine Gebete für Sie erhört worden, anders als die für so viele andere meiner Schäfchen.«

»Ich danke Euch, Exzellenz. Ich habe mehr Glück gehabt als die meisten.«

»Ja, es scheint so. Möchten Sie mir das Geheimnis Ihrer Genesung verraten?«

»Da gibt es kein Geheimnis, Exzellenz«, antwortete ich und erklärte, dass ich an der Pestform erkrankt war, die nur die Haut befiel, meine Lunge indes verschonte. Ich beschrieb ihm, wie ich die altbewährten Traditionen befolgt hätte, etwa das Ausgleichen der Körpersäfte und das Auftragen von Salben, erwähnte jedoch Jacob und seine Familie nicht.

Der Erzbischof wurde ungeduldig. »Dann verraten Sie mir, wer diese Jüdin war, die an Ihrem Bett wachte, als meine Priester Sie holen kamen.«

»Sie ist niemand. Ein Mädchen, das für mich einkauft. Ihr Vater ist ein Kollege.«

»Ein Doktor? Ein jüdischer Doktor?«

»Ein Arzt, ja. Doktor ben Moses. Aber er ist lediglich ein alter Bekannter.«

»Gewiss ist Ihnen bekannt, dass es jüdischen Doktoren gesetzlich verboten ist, Christen zu behandeln«, sagte der Erzbischof.

»Ist es, und er hat mich nicht behandelt.«

»Es ist nicht bloß ungesetzlich. Es ist Blasphemie!«

»Eure Exzellenz, ich habe mich auch mit einem äußerst ungewöhnlichen Mittel behandelt«, sagte ich, um ihn von Jacob und seiner Familie abzulenken.

»Und welchem?«

»Dem Blut von Ratten. Aus der Abtei San Giovanni.«

»Sie haben Rattenblut getrunken?«, fragte er und stand empört auf. »Was für ein heidnisches Ritual ist das? Es stinkt nach Teufelsanbetung!«

»Dies sind keine gewöhnlichen Ratten. Es sind die Kreaturen, die ich Euch und Doktor Volaro beschrieben hatte. Die mit der Fähigkeit gesegnet wurden, die Pestilenz abzuwehren.«

»Kein Tier ist gesegnet, von diesem niederen Ungeziefer ganz zu schweigen!«

»Natürlich nicht von Gott gesegnet. Doch sie besitzen die Fähigkeit, dieser Krankheit wie keine andere lebende Kreatur zu trotzen. Fragt Don Marco. Er wird Euch dasselbe erzählen.«

Der Erzbischof setzte sich und hielt das Taschentuch wieder vor seinen Mund, während er überlegte. »Ist mehr von diesem Ungeziefer in der Abtei?«, fragte er.

»Ich glaube, ja«, sagte ich. Mir war nicht wohl dabei, das Vertrauen eines Freundes verraten zu haben.

»Das ist höchst ungewöhnlich. Ich werde mit Don Marco sprechen.«

Meine Beine wurden schwach vom Stehen, doch der Erzbischof schien es nicht eilig zu haben, mich zu entlassen.

»Was ist mit den Juden, Doktor Pasqua?«, fragte er.

»Was soll mit ihnen sein, Exzellenz?«

»Sie haben gesagt, die Ratten von San Giovanni wären die einzigen Kreaturen, die der Pest entgehen, und doch sind es dieser jüdische Arzt und seine Brut eindeutig auch. Was ist mit anderen Juden?«

»Sie sind genauso anfällig wie jeder andere. Wie ich höre, sind die Verluste in ihrer Gemeinschaft so groß wie unsere eigenen.«

»Ihre Verluste?«, höhnte der Erzbischof. »Diese Ungläubigen leben von unserer Gnade. Dank unserem Schutz. Und was geben Sie uns dafür? Tragen sie zu unseren Ernten bei? Bauen sie unsere Häuser? Ehren sie unseren Gott? Nein! Bestenfalls leihen sie uns ihr Geld und verlangen Wucherzins im Tausch gegen unsere christliche Wohltätigkeit.«

Ich musste mir auf die Zunge beißen, um ihn nicht darauf hinzuweisen, dass die Juden aus den Gilden verbannt und ihnen die meisten anderen Formen des Handels untersagt waren.

Der Erzbischof zeigte um sich. »Noch heute bezahle ich David ben Solomon für den exorbitanten Kredit, den er mir geben musste, damit ich dieses Haus fertigstellen konnte. Dieser bescheidene Schrein zu Ehren des Herrn, erbaut mit Geld von einem Israeliten. Eine Schuld, die meine Schäfchen vielleicht nie zurückzahlen können.«

»Wie betrüblich, Exzellenz«, sagte ich.

»Manche glauben, dass die Juden diese Pestilenz überhaupt erst zu uns gebracht haben. Ich habe Gerüchte gehört, die Rabbis, diese heidnischen Priester der Juden, vergiften die Brunnen.«

»Aber, Exzellenz, wie kann das möglich sein, wenn sich diese Krankheit über die Luft ausbreitet wie ein Dunst?«

Der Erzbischof schien mich nicht zu hören. Als er wieder sprach, blickte er direkt durch mich hindurch. »Doktor Pasqua, ist es nicht meine Pflicht als spiritueller Führer, alles zu unternehmen, was ich kann, um die Gläubigen zu schützen?«

Wieder dachte ich an jene armen Menschen, deren Häuser man verbarrikadiert hatte, um sie drinnen elend sterben zu lassen. Und zum ersten Mal seit Tagen überkam mich ein Frösteln.

Kapitel 33

Es sind erst dreieinhalb Tage vergangen, seit Alana am selben langen Konferenztisch gesessen hat, doch die fühlen sich eher wie ein Monat an. Zur Abwechslung schmerzt ihre gesunde Schulter, weil sie vor wenigen Minuten geimpft wurde. Heute ist der begrenzte Vorrat am Pestimpfstoff vom amerikanischen Militär eingetroffen, und die Teilnehmer dieses Meetings sind unter den Ersten gewesen, die eine Dosis erhalten haben.

Sonnenlicht strömt durch die dünnen Rollos vor den Fenstern im obersten Stockwerk des Rathauses herein und taucht den Konferenzraum in einen grellen Schein. Es sind so viele am Tisch wie letztes Mal, doch viele Gesichter haben sich verändert. Die italienische Gesundheitsministerin Laura Pivetti hat sich zu ihrem Vertreter mit dem teigigen Gesicht gesellt. Pivetti ist eine gut aussehende Frau mit dunklem Teint, ungefähr in Alanas Alter, und strahlt aus, dass sie es gewohnt ist zu bekommen, was sie will. Mehrere andere Amtsinhaber sind ebenfalls anwesend, einschließlich Sergio Fassino, Genuas Bürgermeister, und dem gesamten WHO-Team.

In den ersten zehn Minuten bringt Byron alle auf den neuesten Stand. Er projiziert auf die Leinwand, was er Alana schon gezeigt hat: Grafiken, Karten und Tabellen, um das geografische und chronologische Ausmaß zu veranschaulichen.

»Wir haben sechsundfünfzig Infizierte und zweiundzwanzig Tote bisher.« Byron verstummt, und der ganze Raum wird sehr still. »Und dies ist ohne Frage erst die Spitze des Eisbergs.«

»Um das richtig zu verstehen, Dr. Menke«, sagt Pivetti in einem Ton, der die bereits angespannte Atmosphäre noch verschärft, »diese Epidemie hat sich in der Zeit, seit die WHO sich eingeschaltet hat, von zwei auf beinahe sechzig Fälle ausgeweitet?«

»Das ist richtig, Frau Ministerin.« Byrons Lächeln ist purer Trotz. »Natürlich war beinahe die Hälfte dieser Fälle bereits in der Inkubationsphase, bevor wir eintrafen. Und im selben Zeitraum haben wir die Letalität von hundert auf grob geschätzt vierzig Prozent fallen gesehen. Es gab keine weiteren Übertragungen in den Krankenhäusern und bislang auch keine Ausbreitung über Genua hinaus.«

Pivetti sieht ihn eisig an. »Trotzdem würde ich nicht sagen, dass die Situation unter Kontrolle ist. Sie?«

»Ganz und gar nicht, Frau Ministerin. Wie gesagt, es wird schlimmer werden. Wir haben eine Ansammlung von infizierten Tieren und Flöhen in einem Park im Stadtzentrum gefunden. Diese Infektion tötet schneller als fast jede andere, von der ich weiß. Die Verbreitung nimmt zu. Und das Besorgniserregendste ist, dass wir bereits zwei Fälle von Multiresistenz gesehen haben. Dieses Bakterium hat das Potenzial, zu einer internationalen Epidemie oder gar einer Pandemie zu werden.«

»Resistenz? Was heißt das?«, fragt der Bürgermeister unglücklich.

»Dieses Bakterium besitzt die unheimliche Fähigkeit, schnell Resistenzen gegen Antibiotika aufzubauen.«

Dem Bürgermeister weicht sämtliche Farbe aus dem Gesicht.

»Wollen Sie sagen, wir könnten bald gar keine Behandlungsmöglichkeiten mehr haben?«

»Es wäre möglich, ja.«

»Und wie kontrollieren wir es dann?«, fragt der Bürgermeister und greift sich an den Oberarm. »Was ist mit dem Impfstoff?«

Byron sieht zu dem bärtigen schwedischen Impfexperten. »Dr. Larsen, möchten Sie etwas dazu sagen?«

Larsen nimmt seine Brille ab und klopft damit auf den Tisch. »Der Impfstoff des amerikanischen Militärs bietet bestenfalls eine siebzigprozentige Immunität. Außerdem gibt es nur genug für einige Tausend Leute, nicht die ganze Stadt.«

»Das ist alles, was wir haben?« Der Bürgermeister sieht aus, als wollte er aufspringen.

Larsen tippt noch schneller mit seiner Brille auf den Tisch. »Unser Genfer Labor arbeitet bereits an der Entwicklung eines Impfstoffs gegen diesen besonderen *Yersinia*-Erreger, doch es dauert mindestens vier Monate, bis er verfügbar sein kann.«

Byron blickt zu Alana. »Wir entwickeln außerdem ein Antiserum mit den Antikörpern aus dem Blut von Überlebenden. Doch dessen Verfügbarkeit ist auch noch Wochen, wenn nicht Monate entfernt.«

»Und bis dahin?«, fragt Pivetti.

»Machen wir weiter, was wir jetzt auch schon tun, Frau Ministerin«, antwortet Byron. »Wir behandeln jeden Pestverdachtsfall mit Antibiotika, isolieren bekannte Opfer und überprüfen alle Kontaktpersonen. Wir achten auf den Flughäfen, Häfen und Bahnhöfen auf symptomatische Leute. Wir wenden aggressive Maßnahmen zur Kontrolle der hiesigen Rattenpopulation an, insbesondere in den Parks.«

»Viel Spaß dabei!«, meldet sich Justine zu Wort. »Aber vielleicht übernimmt die Pest das mit der Eindämmung für uns.«

»Wir sind im Begriff, mit einer Ring-Prophylaxe zu beginnen.«

»Was bedeutet das?«, fragt Pivetti.

»In den Sechzigern konnte die WHO mit demselben Ansatz erfolgreich die Pocken auslöschen«, sagt Byron. »Sie haben alle Dörfer und Städte mit Pockenopfern ausfindig gemacht und dann jeden im Umkreis des Ausbruchs immunisiert.« Mit einem Infrarot-Laserpointer kreist er auf der Karte die Bereiche um die Baustelle, das Krankenhaus und den Parco Serra Gropallo ein. »Dasselbe werden wir mit diesen drei Ausbruchsbereichen hier in Genua tun. Wir haben vor, jeden in einem Radius von einer Meile von diesen Hotspots mit Antibiotika zu behandeln, selbst wenn sie keinen bekannten Kontakt zu irgendwelchen Opfern hatten.«

»Wie wollen Sie diesen ... diesen Organismus aufhalten, wenn Sie nicht einmal wissen, woher er kommt?«, fragt Pivetti.

»Ich habe nicht gesagt, dass wir erwarten, ihn aufhalten zu können«, sagt Byron mit einem freundlichen Lächeln, das nicht zu seinem Ton passt. »Jedenfalls noch nicht. Zum gegenwärtigen Zeitpunkt konzentrieren wir uns auf Eindämmung oder, genauer gesagt, auf eine Verlangsamung.«

Die Ministerin sieht Alana mit stechendem Blick an. »Dr. Vaughn, was hat die NATO zu sagen? Haben Sie schon entschieden, ob es sich hier um einen Terrorakt handelt oder nicht?«

»Nein, nicht mit Sicherheit. Dieser Mikroorganismus stimmt mit keiner bekannten Form von Biowaffe überein. Aber wir können noch nicht ausschließen, dass er absichtlich verbreitet wurde.«

»Wie erklären Sie Yasin Ahmed?«, fragt Pivetti. »Und sein Verschwinden?«

»Kann ich nicht«, gesteht Alana. »Noch nicht.«

»Es gibt seit über einer Woche keine Spur von ihm, Frau Ministerin.« Erstmals äußert Sergio sich. »Allerdings haben wir keine

Hinweise gefunden, die ihn mit islamischem Extremismus in Verbindung bringen. Die Terroristen, die wir gestern verhaftet haben, hatten an einem Anschlag gearbeitet, der nichts mit der Pest zu tun hat.«

Die Ministerin verschränkt die Arme vor der Brust. »Also, zusammengefasst: Wir wissen nicht, woher der Erreger kommt, wie er sich verbreitet, wer ihn verbreitet oder wie er zu stoppen ist.« Sie blickt sich am Tisch um. »Hat *irgendjemand* irgendwas Hilfreiches hinzuzufügen?«

In der allgemeinen Anspannung reden schlagartig alle durcheinander. Byron beendet es mit einem gellenden Pfiff, und die hitzige Diskussion schrumpft zu einem Wiederkäuen widersprüchlicher Ideen. Pivetti platzt der Kragen. Sie beendet die Sitzung und beruft eine weitere zur gleichen Zeit am nächsten Tag ein. Als sie aufsteht, sieht sie Byron an. »Bis dahin haben wir hoffentlich einige echte Antworten.«

»Frau Ministerin, bei allem Respekt, was Ihre Expertise im Management von aufkommenden Epidemien angeht« – sein Lächeln ist pures Eis –, »meiner Erfahrung nach ist dieser Ausbruch einzigartig. Eventuell finden wir über Wochen, wenn nicht länger, keine konkrete Antwort.«

Alana und Byron verlassen das Rathaus gemeinsam und treten hinaus in den Sonnenschein. Sobald sie außer Hörweite von den anderen sind, fragt sie ihn: »Warum hast du das getan?«

»Was getan?«

»Die Leute so gegen dich aufgebracht. Vor allem die Ministerin.«

Er rümpft die Nase. »Findest du nicht, dass sie mich provoziert hat?«

»Okay, sie ist vielleicht nicht das beste Beispiel. Aber du hast diese Art, Leute mit deinem Lächeln auf die Palme zu bringen. Wie du es auch mit Nico machst.«

»Ah.« Da ist das Grinsen wieder. »Darum geht es also.«

»Er ist nur einer von vielen, mit denen du das machst«, sagt sie vielleicht ein wenig zu schnell.

Er sieht sie interessiert an. »Du beschützt ihn ja sehr. Ihr zwei habt eine ... Beziehung, die über das Berufliche hinausreicht.«

Jetzt ist es Alana, die ihre Arme verschränkt. »Das geht dich nichts an.«

»Es war nicht beleidigend gemeint.« Er wendet den Blick ab. »Abgesehen von deinen ... ähm ... Qualifikationen weiß ich nicht sehr viel über dich.«

Auf einmal wirkt Byron verlegen. Alana wird bewusst, dass sie auch nicht viel über ihn weiß, abgesehen von seinem beruflichen Status. Sie ist sich nicht mal sicher, ob er in einer Beziehung ist oder Kinder hat.

Bevor sie antworten kann, kommt Sergio Fassino zu ihnen. »Sie müssen mit mir kommen. Sie beide.«

»Wohin?«, fragt Alana.

»Ins Hospital.«

Byron reckt sein Kinn. »Was ist los, Sergio?«

»Yasin Ahmed.«

Alanas Kehle wird eng. »Er ist im Krankenhaus?«

Sergio geht weiter, ohne zu antworten.

Keine halbe Stunde später stehen Alana, Byron, Nico und Sergio – der sich in seinem Schutzanzug sichtlich unwohl fühlt – an einem Krankenbett im fünften Stock des Ospedale San Martino. Der Mann in dem Bett schaut hinter seiner Krankenhausmaske mit weit aufgerissenen Augen zu ihnen auf.

Alana braucht einen Moment, ehe sie erkennt, dass es sich bei dem Patienten um Paolo handelt, den Vorarbeiter von der San-Giovanni-Baustelle. »Paolo hat die Pest?«, fragt sie.

Sergio schüttelt den Kopf. »Er ist vor einer Stunde in die Notaufnahme gekommen, weil er dachte, er hätte sie.«

»Er hatte entsetzliche Angst«, übernimmt Nico. »Doch das Blutbild und die Röntgenaufnahmen haben eine Bronchitis bestätigt.«

»In seiner Panik hat Paolo allerdings ein Rätsel für uns gelöst«, sagt Sergio.

»Und das wäre?«, fragt Alana.

»Yasin Ahmed.«

Bis auf gelegentliches Husten atmet Paolo normal, scheint jedoch sekündlich nervöser zu werden, als Sergio ihn befragt. Nico dolmetscht für die anderen.

»Paolo schwört, an dem Morgen, als sie Yasin auf der Baustelle gefunden haben, war der Junge schon tot«, sagt Nico.

»Wer ist ›sie‘?«, fragt Byron.

»Paolo und Vittoria.« Nico hört weiter zu. »Vittoria war als Erste da ... Sie hat Yasin unten in der Grube gefunden. Der Junge muss in der Nacht hineingestürzt sein ... Er war den Tag vorher krank gewesen, ja, aber sie haben nicht gewusst, dass er über Nacht auf der Baustelle geblieben war.« Wieder wartet er. »Paolo sagt, sie haben Panik bekommen ... Sie waren schon im Verzug ... unter solch engen Zeit- und Geldvorgaben ... Vittoria hat ihn daran erinnert, dass INAIL schon mal eine Baustelle für eine Woche stillgelegt hatte, nachdem ein Arbeiter bei einem Kranunfall gestorben war.«

»INAIL?«, fragt Alana.

»Das Istituo nazionale Asscurazione Infortuni sul Lavoro, das Nationalinstitut für Arbeitsunfallversicherung«, erklärt Nico. »Paolo sagt, Vittoria hat ihm gesagt, das dürfen sie nicht riskieren … Und es würde unnötige Aufmerksamkeit auf die Baustelle lenken.«

Sergios Tonfall wird schärfer, und Paolo schüttelt panisch den Kopf.

Nico verzieht das Gesicht hinter seiner transparenten Maske. »Paolo sagt, sie haben Yasins Leiche in einen der Schalungsrahmen gelegt und einbetoniert.«

»Damit dürfte er ziemlich schwer zu finden sein«, murmelt Byron.

Nico stellt Paolo eine Frage. Der Bauleiter wedelt hektisch mit den Händen vor seiner Brust, als er seine Antwort heraussprudelt.

»Paolo schwört, dass Marcello nichts von Yasin gewusst hat«, sagt Nico. »Dass er und Vittoria alleine beschlossen haben, die Leiche zu verstecken.«

»Glaubst du ihm?«, fragt Alana.

Nico zuckt mit den Schultern. »Wer kann das bei diesem Chaos schon wissen?«

Viel mehr erfahren sie nicht. Laut Paolo hatte niemand Yasin nach seiner Krankheit gefragt. Anscheinend hatte Vittoria angenommen, der Junge wäre bloß verkatert, und hatte sich geweigert, ihn früher gehen zu lassen. Das nächste Mal sahen sie Yasin tot in der Grube und haben spontan den Plan gefasst, die Leiche verschwinden zu lassen, ehe die Behörden anfangen herumzuschnüffeln. Paolo bietet sogar an, Sergio zu der Betonplatte zu führen, in die sie Yasin eingegossen haben, gibt jedoch zu, dass es wenig Zweck hat, weil sie schon verbaut wurde.

Zusammen verlassen sie die Station. Nico und Alana kommen beinahe gleichzeitig aus der Dekontamination, müssen aber noch einige Minuten in der Eingangshalle auf Byron warten. Als er endlich erscheint, ist seine Miene düster.

»Was ist?«, fragt Alana.

»Ich hatte eben einen Anruf aus Genf«, sagt Byron. »Sie haben endlich eine Übereinstimmung mit diesem Pesterreger gefunden.«

»Und was ist es?«

»*Yersinia pestis orientalis.*«

Nico schüttelt den Kopf. »Von dem habe ich noch nie gehört.«

»Weil er seit Jahrhunderten nicht gesehen wurde«, sagt Byron. »Seit dem Mittelalter nicht mehr.«

»Nein …«, murmelt Alana.

Byron sieht sie an. »Es ist eine der einzigen beiden bekannten Varianten der Mittelalterpest.«

Ihr wird eiskalt. »Der Schwarze Tod ist zurück.«

Kapitel 34

Armageddon. Vielleicht hat es schon ohne irgendeine göttliche Intervention begonnen.

Allein hier zu sein, gibt ihm das Gefühl, er wäre schmutzig. Er hat schon von Scampia gelesen, dem berüchtigten Viertel im Norden Neapels, doch erst vor Ort spürt er die Gottlosigkeit richtig. Ein modernes Sodom und Gomorrha. Die verfallenen Gebäude sind von Maschendrahtzäunen und verschlossenen Toren abgeriegelt. Die Straßen sind voller Unrat, vieles davon in Gestalt von Menschen. Trinker und Süchtige torkeln umher, einige schieben ihre Habe in Einkaufswagen mit sich herum. Es stinkt nach Sünde – Körpergeruch, Tabak und verrottender Müll.

Er überquert eine Kreuzung und kommt an zwei jungen Frauen vorbei, die auf hohen Schuhen im bläulichen Licht einer Straßenlaterne stehen. Beide sind in enge Schlauchtops und winzige Röcke gezwängt. Die eine ist größer als er und breitschultrig. Und die andere mit dem lila gefärbten Haar, die nicht älter als fünfzehn oder sechzehn aussieht, kann nicht aufhören zu kichern. Offensichtlich sind beide high. Er fragt sich, ob Kokain oder sogar Amphetamine – dieses Crystal Meth, von dem er gelesen hat, dass es in dieser Gegend um sich greift – schuld sind.

»Hey, Süßer«, ruft die Größere ihn mit tiefer Stimme. »Willst du spielen?«

Ihn schockiert, dass sie mal ein Mann gewesen sein muss – oder womöglich noch ist. Er schüttelt den Kopf und geht weiter, aber die Mädchen holen ihn ein und gehen neben ihm her, eines auf jeder Seite.

»Für fünfundsiebzig Euro blas ich dir einen«, bietet die Lilahaarige an.

»Und für hundertfünfzig kriegst du uns beide«, sagt die Maskuline. »Ich wette, du hast noch nie einen Dreier gehabt, Süßer. Jedenfalls nicht so einen besonderen wie mit uns beiden.«

O Herr, was ist aus dieser Welt geworden?

»Sei nicht schüchtern, Süßer.«

»Hüte deine Kranken, o Herr«, murmelt er vor sich hin. »Lass deine Müden ruhen, segne deine Sterbenden. Tröste deine Leidenden.«

»Ooh, wir haben hier einen Frommen!« Die Größere klatscht begeistert in die Hände. »Mit denen bin ich am allerliebsten versaut!«

»Wie es aussieht, sagt deine Hose Ja«, ruft die Lilahaarige und zeigt auf seinen Schritt.

Zu seinem Entsetzen hat sich sein Glied aufgerichtet. Scham und Schuld überwältigen ihn. Er hat so hart gearbeitet, diese Triebe zu verbannen. Er will kotzen, will weglaufen. Stattdessen murmelt er nur: »Ich habe kein Geld.«

Die Huren scheinen das Interesse an ihm zu verlieren und bleiben zurück. Er geht noch drei, vier Straßen weiter, bis er sich sicher ist, dass sie ihm nicht mehr folgen. Dann kehrt er um und zu der Straßenlaterne zurück, unter der sie gestanden haben. Die beiden sind nirgends zu sehen.

Er mustert seine Umgebung. Drei oder vier Meter rechts von ihm liegt ein Mann an einem Maschendrahtzaun, entweder bewusstlos oder tot. Die Frau, die bei ihm sitzt, ignoriert ihn. Sie sticht sich eine Nadel in ihre Ellbogenbeuge.

O Herr, das ist so viel besser als der Bahnsteig, denkt er. *Bitte vergib mir, dass ich deinen Befehl vorhin nicht ausgeführt habe.*

Doch wie alle seine Gebete, seit er den Bahnhof verlassen hat, bleibt auch dieses unbeantwortet.

Trotzdem zieht er sich in den Schatten zurück, weg von der Laterne. Dann holt er einen Handschuh aus seiner Tasche, nimmt seinen Rucksack ab und stellt ihn auf den Boden. Nachdem er den Handschuh übergestreift hat, greift er in den Rucksack und tastet darin herum, bis er einen kabelähnlichen Schwanz fühlt. Als er daran zieht, quiekt die Ratte empört. Er kann den Druck von Zähnen an seinem Finger spüren, doch sie durchdringen den Handschuh nicht. Am Schwanz zieht er Cacio heraus.

Die Ratte erstarrt vor Angst, als sie vor seinem Gesicht baumelt.

Mitleid mit dem versteinerten Tier regt sich in ihm. »Keine Sorge, Cacio. Es wird dir hier gefallen. So viel zu fressen. So viele Verstecke.«

Die Ratte starrt ihn mit ausdruckslosen schwarzen Augen an.

Dann wiederholt er denselben Satz, den sein Mentor manchmal zu ihm sagt. »Du solltest dich geehrt fühlen. Immerhin wirst du hier Gottes Werk verrichten.«

Kapitel 35

Der zweite Wodka schmeckt besser als der erste. Alana findet den leichten Nebel nach diesem ernüchternden Tag angenehm. Byron ist noch bei seinem ersten Bier, während sie schon über einen dritten Drink nachdenkt, als sie mit dem Strohhalm in ihrem Glas spielt.

Sie kann sich nicht mal daran erinnern, wer von ihnen vorgeschlagen hat, dass sie noch etwas trinken. Byron hatte sie mit zurück zum Hotel genommen, und sie hatten ihre Unterhaltung über mögliche Eindämmungsstrategien bis in die Lobby und hinauf in die Bar fortgeführt. Jetzt, nach Mitternacht, sitzen sie an einem Tisch und haben die ganze Bar für sich. *Keine Wunder*, denkt Alana wieder. *Wer will diese verdammte Stadt schon besuchen?*

»Damals im Mittelalter hieß es noch nicht Schwarzer Tod«, sagt sie unvermittelt. »Der Ausdruck wurde erst Jahrhunderte später geprägt.«

»Und wie wurde es genannt?«, fragt Byron.

»Das große Sterben.«

Byron betrachtet den Rand seiner Bierflasche. »Passt irgendwie.«

»Findest du?« Alana ist bewusst, dass Alkohol sie manchmal gereizt macht, aber sie bemüht sich, es zu unterdrücken. »Tatsächlich war ›Das große Sterben‹ noch eine massive Untertreibung.«

»Aber es erklärt eine Menge. Zum Beispiel warum dieser Ausbruch so viel tödlicher als alles ist, was wir an moderner Beulenpest kennen.«

»Das ist so ziemlich das *Einzige*, was es erklärt.«

»Es ist, als wäre es nicht mal derselbe Erreger. Als würde man ein Erkältungsvirus mit Ebola vergleichen.«

»Du willst mir etwas von Ebola erzählen?« Sie tippt sich an die Brust. »Ich bin da gewesen. In Westafrika.«

»Ja, habe ich gehört.« Seine Augen blitzen.

»Andererseits hat die Pest einen großen epidemiologischen Vorteil gegenüber Ebola, der sie weit tödlicher macht.«

»Und der ist?«

»Ebola tötet die meisten Befallenen. Es ist verflucht letal. Die Ebolakranken sterben so schnell, dass sie keine anderen infizieren können. Der Erreger bremst sich selbst aus, weil er nicht an frische Opfer gelangt. Aber wenn die Hälfte oder zwei Drittel der Infizierten überleben, kann die Pest sich einfach immer weiter verbreiten.«

Er nickt. »Und die Pest hat Tierwirte – Ratten und Flöhe –, während Ebola nur Primaten infiziert.«

»Ja. Der Schwarze Tod könnte heute ein genauso großer Killer sein wie im Mittelalter. Halb Europa wurde innerhalb von drei Jahren ausgerottet. Und wir reden hier über Tote im zweistelligen Millionenbereich. Vielleicht mehr.« Sie summt die Melodie der amerikanischen Ringelreigen-Version, lässt ihren Strohhalm auf den Tisch kippen und murmelt »Ashes, ashes. We all fall down – wir alle gehen nieder.«

»Hör auf, Alana. Du übertreibst ein bisschen.«

»Tue ich das?« Sie hebt ihr leeres Glas an und schüttelt es in

Richtung des Kellners. »Diesmal könnten wir richtig im Eimer sein, Byron.«

»So bist du also nach zwei Drinks drauf, ja?«

Alana lacht. »Ja, aber das waren doppelte.«

»Ich bin gespannt, was der dritte aus dir macht.«

»Der lässt mich hoffentlich einschlafen.«

Sein Lächeln verschwindet. »Erzähl mir von Westafrika, Alana. Im Ernst.«

»Was willst du wissen?«

»Ich habe gehört, dass du deshalb die WHO verlassen hast.«

»Stimmt.«

Er beugt sich näher. »Was ist so schiefgegangen?«

»Ich habe schon eine Menge sinnloses Sterben gesehen und war an einigen der hoffnungslosesten Flecken, die diese Welt zu bieten hat. Vor der WHO war ich vier Monate in Afghanistan stationiert. Mann, da bin ich fast gestorben. Aber Liberia ...« Sie schließt die Augen. »Das war übler. Viel übler.«

»Inwiefern?«

»Die WHO hat uns unbewaffnet und unvorbereitet hingeschickt. Wir waren so unnütz wie ein Rettungsboot ohne Schwimmwesten ... oder Seil ... oder ein beknacktes Ruder oder einen Kompass.« Sie blickt ihn an. »In meinem Team waren wir nur zu dritt. Es war so schlimm, so viel schlimmer, als wir erwartet hatten. Jeden Tag habe ich Genf gewarnt. Und die haben einfach meine Berichte ignoriert. Wir wollten nichts weiter tun, als die Ärzte und Schwestern vor Ort schützen, die sich um die Kranken und Sterbenden kümmerten. Sie haben uns angebettelt um simple Sachen wie sterile Handschuhe und Masken, Leichensäcke für die Toten. Die billigste Ausrüstung gegen Infektionen. Und alles, was Genf tat, war, mich hinzuhalten.«

»Das überrascht dich? Du weißt, wie extrem langsam die Bürokraten bei der WHO sind. Man braucht eine spezielle Task Force, wenn man neues Druckerpapier haben will.«

»Sag das mal Moses Conteh.«

»Wem?«

»Einem Arzt, der eine Klinik in Ganta leitete, oben im Norden. Eventuell der mutigste Kerl, dem ich je begegnet bin. Moses hat Tag und Nacht mit Ebolaopfern gearbeitet. Er hat mich angefleht, ihm Schutzausrüstung für seine Mitarbeiter zu besorgen. Bis zu dem Tag, an dem das Virus ihn tötete.« Sie schüttelt den Kopf. »Moses war vierunddreißig Jahre alt.«

Der Kellner bringt einen neuen Wodka und räumt das leere Glas mit einem raschen *»Prego«* ab.

»Okay, jetzt bin ich dran mit Trinken und du mit Reden«, verkündet Alana. »Erzähl mir deine Geschichte.«

»Ich bin nie in Westafrika gewesen.«

Sie verdreht die Augen. »Warum die WHO?«

»Warst du je im Februar in Montreal?«

Sie nimmt solch einen großen Schluck, dass ihr Hals brennt. »Quatsch.«

»Du wärst erstaunt, wozu einen der Winter in Quebec treiben kann.«

»Ernsthaft, Byron.«

Er sieht auf das Etikett seiner Bierflasche. »Ich war sieben Jahre an der McGill University – auf dem Weg zur Professur –, aber mir hing das Akademikerleben zum Hals raus. Zu viel Konkurrenzdruck, sogar für mich. Außerdem habe ich die Feldforschung schon immer vorgezogen. Vor drei Jahren dann machte mir eines Tages ein Kollege bei der WHO ein Angebot, das ich leicht hätte ablehnen können. Die Bezahlung war noch schlechter als an der Uni. Doch ich nahm an.« Er stockt kurz. »Ich habe eine Veränderung gebraucht.«

»Was ist mit Frau und Kindern?«

»Keine Kinder. Dana und ich haben es eine Weile probiert, aber … es sollte eben nicht sein. Vielleicht besser so, denn es wäre so oder so nicht von Dauer gewesen.« Er blickt wieder nach unten. »Anscheinend bin ich kein Typ, mit dem man leicht auskommt.«

»Nicht?« Alana gibt sich übertrieben schockiert. »Kann ich mir gar nicht vorstellen.«

Byron grinst verlegen. »Dana und ich waren immer noch Kollegen an der Universität. Es war hart, nachdem wir uns getrennt hatten. Vor allem das hat mich nach Genf getrieben. Ich brauchte einen Neuanfang, einen Tapetenwechsel oder wie immer man es nennen will.«

»Aha! Du liebst sie noch!« Alana wedelt mit dem Zeigefinger. Sie weiß, dass ihr morgen ihr Benehmen peinlich sein wird, aber das ist ihr jetzt egal. »Gib's zu!«

Er rollt die Schultern. »Veränderungen fallen mir nicht leicht. Außerdem ist es dir vielleicht noch nicht aufgefallen, doch ich bin irgendwie stur.«

»Nein! Die schockierenden Enthüllungen prasseln ja geradezu auf mich ein!«

»Okay, okay.« Er lacht. »Dieses Herzausschütten ist anstrengend. Du bist dran. Was ist das mit dir und Nico?«

»Da gibt es nicht viel zu sagen.«

Sein Grinsen wird breiter. »Das ist richtig niedlich.«

»Was?«

»Wie dein Auge zuckt, wenn du lügst.«

Sie leugnet es nicht einmal. »Ich habe Nico kennengelernt, als ich bei der WHO anfing. Wir waren circa ein Jahr lang immer mal zusammen, was allerdings auch acht Jahre her ist.«

»Es ist nie ganz vorbei, oder?«

»Doch, ist es. Er ist verheiratet und hat Kinder.«

»Was nicht immer entscheidend ist.«

»Tja, für mich ist es das aber!« Sie knallt ihr Glas hin, sodass der Wodka überschwappt.

Er streckt den Arm aus und berührt sie am Handgelenk so flüchtig, dass sie sich fragt, ob sie es sich nur eingebildet hat. »Ich weiß, wie es sich anfühlt, Alana.«

Ihr Gesicht wird heiß, und plötzlich ist sie fast nüchtern.

Vor allem ist sie froh, als er das Thema wechselt. »Es ist recht offensichtlich, dass Yasin Ahmed kein Terrorist war«, sagt er.

»Ja, und es sieht mehr und mehr so aus, als wäre der arme Junge unser eigentlicher Patient Null gewesen.«

»Nur wo hat er sich angesteckt?«, fragt Byron. »Der Schwarze Tod hat jahrhundertelang nicht existiert. Nicht mal in einem Labor.«

»Es muss die Baustelle gewesen sein. Da ist eine achthundert Jahre alte Abtei abgerissen worden. Eine, die Bruder Silvio zufolge nur knapp den Schwarzen Tod überlebt hat. Gott weiß, in was sie da reingebaggert haben.«

»Angenommen das ist wahr. Wie würde das Bakterium über sechshundert Jahre unter der Erde überleben?«

»Wer weiß! Vielleicht hat es in einer Art Sporenform überlebt? Andere Bakterien können das. Beispielsweise kann *Clostridioides difficile* in dieser Form Jahre überstehen. Eine Art Scheintod.«

»Sechshundert Jahre? Das scheint mir sehr extrem.« Er runzelt die Stirn. »Selbst wenn wir unterstellen, dass der Keim irgendwie aus der Abtei stammt, wie ist er quer durch die Stadt in den Parco Serra Gropallo gelangt und hat sich dort in der Rattenpopulation angesiedelt?«

Alana blickt ihn stumm an, denn ihr fällt keine plausible Erklärung ein.

Die Stille wird von einer lauten Stimme unterbrochen. »Hier

seid ihr!«

Alana dreht sich um und sieht Justine Williams auf sie zukommen.

»Endlich. Das ist ja wie zwei Nadeln in einem Heuhaufen zu suchen! Hey, Boss«, sagt sie zu Byron, »ich bitte dich ja nicht um eine deiner Nieren oder so, aber wie wäre es, wenn du ab und zu mal auf dein Telefon guckst?«

»Was gibt es, Justine?«, fragt er gelassen.

Sie zeigt auf das Glas und die Flasche. »Da ich nicht zu dieser Kneipentour eingeladen wurde, habe ich ein bisschen daran gearbeitet, die nächste Apokalypse zu verhindern.«

»Kommst du bitte zur Sache?«, sagt Alana.

»Werde ich. Ich bin noch nicht ganz fertig damit, euch beiden ein schlechtes Gewissen einzureden, weil ihr während der Arbeit trinkt. Und, schlimmer noch, ohne mich!« Justine greift sich einen Stuhl und zieht ihn an den Tisch. »Okay, wir haben gerade die Ergebnisse für die Ratten im Park bekommen.«

»Und?«, fragt Alana.

»Wir haben *Xenopsylla cheopis* gefunden, den klassischen Rattenfloh. In rauen Mengen. Und ein schneller PCR-Screen von ihrem Speichel hat ergeben, dass die kleinen Biester *Yersinia* tragen.«

»Aber das ist doch keine große Überraschung«, sagt Byron. »Wir wussten doch, dass die Ratte an der Pest gestorben ist.«

Justine zuckt mit den Schultern. »Wer hat irgendwas von der toten Ratte gesagt?«

»Moment mal«, sagt Alana, die glaubt, sich verhört zu haben. »Soll das heißen, dass ihr infizierte Flöhe auf lebenden Ratten gefunden habt?«

»Auf allen Ratten! Einschließlich den lebenden. Die auf dem großen aggressiven Männchen waren randvoll mit Pest.«

»Das gesunde Männchen?«, fragt Alana und stemmt sich vom Tisch hoch.

»Das kerngesunde. Na ja ... nicht mehr ganz so, nachdem wir ihn eingeschläfert haben. Wir untersuchen ihn natürlich noch gründlich, aber es gibt keine Anzeichen, dass er jemals die Pest hatte.«

»Dann muss er sich von ihr erholt haben«, mutmaßt Byron.

»Nee.« Justine verneint so energisch, dass ihr Haar hin und her fliegt. »Es gibt null Anzeichen, dass er irgendwann mal die Pest hatte.«

Alana ist angespannt und schlagartig stocknüchtern.

»Justine, willst du uns erzählen, dass diese Ratte ein asymptomatischer Träger von pestinfizierten Flöhen war?«, fragt Byron.

»Für einen Kanadier schaltest du ganz schön schnell.«

Alana massiert sich die Schläfen. »Also haben wir jetzt Ratten, die immun gegen die Pest sind, aber immer noch den verfluchten Schwarzen Tod verbreiten können.«

Kapitel 36

Kemal Attila raucht nicht, leistet seinem kleinen Bruder Basim aber gern Gesellschaft, und sei es nur, um der stickigen Hitze im kleinen Lebensmittelladen ihres Vaters zu entkommen. Es sind sowieso keine Kunden da. Diese Woche läuft das Geschäft schlecht. Seit in den Nachrichten von der Pest die Rede ist. Kemal versteht die Aufregung nicht, aber da er sehr viel für die Uni zu tun hat, freut er sich über die Ruhe.

»Hey, Basim, CFC wird Fiorentina morgen Abend plattmachen«, sagt Kemal. Beide sind Fans des Fußballvereins CFC Genua.

»Bei einem Heimspiel, klar.« Basim sitzt neben Kemal auf den Steinstufen und nimmt einen langen Zug von seiner Zigarette. »Aber auswärts? Da würde ich nicht auf sie wetten.«

»Ach was, die packen das, wirst schon sehen. Morgen bei Padano?«

»Da sind wir vielleicht die Einzigen in der Bar, Bruder.« Basim lacht. »Das hier ist eine Geisterstadt geworden.«

»Die Leute lassen sich zu leicht Angst machen.«

Basim zwinkert ihm zu. »Hoffentlich verscheucht die Pest nicht alle Frauen.«

»Mann, du denkst aber auch nur mit deinem …«

Eine fremde Stimme unterbricht die beiden. »Was macht ihr zwei hier?«

Kemal blickt hinüber und sieht vier junge Männer näher kommen. Einer von ihnen hat einen Schnauzbart, ein anderer einen rasierten Schädel, und alle sind in weißen T-Shirts, Jeans und Stiefeln. Der mit dem Schnauzbart trägt ein umgekehrtes Plakat, und Kemal braucht ein bisschen, um die Aufschrift kopfüber zu lesen: *ITALIEN DEN ITALIENERN!* Ihm wird klar, dass sie von der Anti-Islam-Kundgebung der Lega Nord kommen müssen, bei der laut seinem Twitter-Feed einige seiner Freunde eine Gegendemonstration geplant hatten.

Basim ist schon auf den Beinen. »Wir sind Italiener«, sagt er. »Und was ist eure Entschuldigung?«

»Von wegen!«, höhnt der Glatzköpfige. »Was seid ihr Kanaken wirklich? Syrer? Irakis? Pakis?«

Kemal kennt seinen kleinen Bruder. Sie sind nur ein Jahr auseinander, doch in puncto Temperament unterscheiden sie sich wie Tag und Nacht. Sollte Basim die Beherrschung verlieren, wird es nicht gut ausgehen. Kemal packt seinen Ellbogen und zieht ihn zurück. »Gehen wir wieder rein.«

»Ja, und nehmt eure dreckige Pest gleich mit!«, ruft einer der anderen.

Basim reißt sich los. »Verpisst euch, ihr Idioten!«

Der Glatzköpfige tritt auf ihn zu. »Sonst was, Kanake? Steckst du uns dann an?«

»So etwas in der Art.« Basim schmettert dem Glatzkopf aus dem Nichts die Faust gegen das Kinn. Der stolpert rückwärts und hält sich mit beiden Händen die blutige Lippe. Bevor Basim wieder ausholen kann, stürzen sich die anderen drei auf ihn. Einer ringt Basim zu Boden, ein anderer tritt ihm mehrmals in den

Bauch. Der Glatzkopf stürmt wieder hinzu und fängt an, wild auf Basims Brust zu stampfen, als würde er Glas zertreten.

Kemal wirft sich auf ihn und umklammert ihn fest.

»Ich bring dich um, du Kamelficker!«, schreit der Mann, wobei Kemal Speichel, Blut und Biergestank ins Gesicht sprühen.

Ein stechender Schmerz schießt Kemal über den Schädel, und alles wird schwarz. Er fühlt, dass er fällt, kann aber nichts dagegen tun. Erst als er die Augen öffnet, wird ihm klar, dass er rücklings auf dem Boden liegt. Er blickt in die hasserfüllten Augen des Schnauzbärtigen auf, der nun einen Ziegelstein in der Hand hält. »So weit hättest du es nie kommen lassen dürfen!«, schreit er und schwingt seinen Arm nach unten.

Kemal hört den Knall, bevor der Schmerz in seinem Kopf explodiert. Dann wird es wieder dunkel.

Kapitel 37

Heute ist der einundzwanzigste Tag des Februars. Während meine Kraft mit jedem Tag wächst, kann man dasselbe nicht von meinen Lebensgeistern behaupten.

Letzte Nacht habe ich nicht geschlafen. Es waren nicht das Fieber oder die Bubonen, die mich wach hielten, sondern die bedrohlichen Worte des Erzbischofs. Sie wurden noch verstärkt durch das beängstigende Schauspiel, das ich bei meiner Rückkehr von seinem Palast bezeugte.

Die beiden Priester hatten mich zu Pferd zurückgeführt, jedoch nicht den ganzen Weg. Stattdessen setzten sie mich ohne jede Erklärung vor den Türen ihrer Kirche ab, eine halbe Meile oder mehr von meinem Zuhause entfernt. Die Straßen waren nicht so leer wie bei meinem Aufbruch. Im Gegenteil, sie waren noch belebter als an einem typischen Tag vor Ausbruch der Pest. So wie die Leute die Straße säumten, nahm ich an, dass sie irgendeine Prozession erwarteten.

Und es gab eine Prozession, indes keine, wie ich sie jemals zuvor gesehen hätte oder je wieder sehen möchte. Die teilnehmenden Männer waren schon zu hören, bevor man sie sah, auch wenn man ihre Worte nicht verstand. Nicht bloß war ihre Sprache meinen Ohren fremd, sie riefen auch noch alle durcheinander, und viele heulten oder stöhnten nur.

Ihr Anblick aber war noch erschreckender. Es mussten an die zwanzig oder mehr Männer sein. Sie wankten in einer losen Formation die Straße entlang, gleich Trinkern nach einem Abend in der Taverne. Gekleidet waren sie in Umhänge oder Togas, größtenteils so zerrissen, dass sie Brüste und Rücken entblößten. Einst mussten sie weiß gewesen sein; jetzt waren sie über und über von Blut, Schmutz und Schweiß befleckt. Einigen der Männer saßen Dornkronen so fest auf dem Kopf, dass ihnen Blut über die Stirn rann. Der Mann ganz vorn in der Prozession schleppte ein großes Holzkreuz mit sich, dessen Ende er hinter sich her über die Straße schleifen musste.

Auf ihren Weg blieben sie immer wieder stehen, um sich mit Peitschen zu geißeln, an deren Ende scharfe Objekte befestigt waren. Viele der abscheulichen Hiebe verursachten blutende Wunden. Und die ganze Zeit sangen, schrien und stöhnten sie wie in Ekstase. In willkürlichen Abständen fiel jeder von ihnen auf die Knie und murmelte ein wirres Gebet. Manche hatten Schaum vor dem Mund, während andere sich die Gesichter mit ihrem eigenen Blut beschmierten wie Barbaren, die sich vor der Schlacht Farben auftrugen.

Sie zu sehen reichte aus, dass man an seinem Verstand zweifelte. Doch als ich zu den anderen Zuschauern blickte, schienen die wenigsten so abgestoßen wie ich. Einige wirkten belustigt. Andere beobachteten alles fasziniert, als hätten sie eine Erleuchtung. Viele spornten die Männer sogar in ihrem exzentrischen Gebaren an.

Ich erkannte einen Nachbarn in der Menge, Giacomo, den Schuster, und fragte ihn, ob er wisse, wer diese Fremden seien. Er sagte, es seien Deutsche, die aus den Bergen im Norden gekommen waren.

»Was für ein Irrsinn ist das?«, fragte ich ihn.

»Sie sagen, dass die Sünden der Menschen die Pest über uns gebracht haben«, antwortete er. »Gesù Cristo ist für diese Sünden gestorben. Und nur indem sie die letzte Buße tun und sich selbst so geißeln wie jetzt, wird Gott diese Pest von uns nehmen.«

»Das kannst du nicht glauben.«

»Ich weiß nicht, was ich noch glauben soll, Rafael. Diese Pestilenz hat mir die Frau und zwei meiner Kinder genommen. Die Priester und ihr Doktoren wart machtlos, sie aufzuhalten. Vielleicht haben diese Geißler recht, dass nur solch extreme Maßnahmen den Rest von uns vor derselben Plage bewahren«.

Ich war zu entsetzt, um zu streiten. Dieses barbarische Ritual hatte etwas so Gottloses, dass ich es keinen Moment länger ansehen konnte. Außerdem ermüdete ich rasch, denn ich war seit über zwei Wochen nicht mehr so lange auf den Beinen gewesen.

Schweren Herzens kehrte ich nach Hause zurück. Nicht mal in der Dunkelheit meines Zimmers konnte ich den Bildern der Geißler in meinem Kopf entkommen. Seit Beginn der Pest habe ich viele Abscheulichkeiten und Grausamkeiten gesehen, aber nichts hat meinen Glauben an die Menschheit so sehr erschüttert wie diese Exzentriker, die sich selbst verstümmelten, während die Leute in der Stadt sie anfeuerten. Es verleitete mich zu dem Schluss, dass den Brutalitäten und der Verderbtheit, zu denen sich unsere einst noble Gesellschaft herablassen konnte, keine Grenzen mehr gesetzt waren.

Die ganze Nacht grübelte ich über diese Erkenntnis nach. Als Gabriella am nächsten Morgen mit einem Korb voller himmlisch duftender Köstlichkeiten kam, fehlte mir der Appetit. Ich setzte mich mit ihr an den Tisch und beschönigte nichts, als ich von meiner Audienz beim Erzbischof berichtete.

Gabriella zeigte weder Schrecken noch Angst.

»Aber du musst doch erkennen, wie gefährlich es wäre, sollte der Erzbischof die Anschuldigung, die Juden würden die Brunnen vergiften, bekräftigen«, sagte ich.

»Es ist nichts anderes als das, was ihr von jeher tut«, antwortete sie.

»Was meinst du?«

»Ihr verbietet uns Juden, Mitglieder in euren Gilden zu werden, Land zu besitzen oder in den meisten Gewerken zu arbeiten. Ihr leiht nur deshalb Geld von uns, weil es nach der Bibel eine Sünde für Christen ist, von jemandem desselben Glaubens Zinsen zu verlangen. Ihr habt niemanden sonst, an den ihr euch wenden könnt, wenn ihr Geld braucht. Doch kaum ist der Kredit gewährt, hasst ihr denjenigen, der ihn euch gegeben hat, noch mehr, weil er den einzigen Handel treibt, der ihm erlaubt ist.«

»Das mag alles so sein, aber jetzt ist die Gefahr für euch Juden noch größer.«

»Stimmt«, sagte sie. »Der Erzbischof wird nicht der Erste sein, der seine Schuld zu begleichen versucht, indem er seine Kreditgeber auslöscht.«

Ich war so in meinen Gedanken gefangen, dass ich unüberlegt den Arm ausstreckte und ihre Hand in meine nahm. Ihre Finger versteiften sich, und sie senkte den Blick zu Boden, zog ihre Hand jedoch nicht zurück.

Ich muss gestehen, dass diese Berührung ein unerwartetes Glücksgefühl in mir hervorrief, wiewohl es mit Schuld einherging. Camilla war noch keine Jahreszeit begraben, und hier saß ich Hand in Hand mit einer verwitweten Jüdin. Zugleich wusste ich, dass Gabriellas Anwesenheit in meinem Haus nicht mehr viel länger andauern würde und dürfte.

»Du und deine Familie müsst Genua umgehend verlassen«, sagte ich.

»Wohin sollen wir denn gehen?«, fragte sie, ohne mich anzusehen.

»Nach Süden gen Neapel oder nach Westen gen Venedig. Irgendwohin, wo ihr außer Reichweite des Erzbischofs seid.«

»Vater ist zu alt für solche weiten Reisen.«

»Es ist viel gefährlicher für ihn hierzubleiben! Du musst mir glauben!«

Gabriella drückte meine Hand ein wenig fester. »Ich glaube dir«, sagte sie. »Aber ich möchte das einzige Zuhause, das ich je gekannt habe, nicht verlassen. Und, Rafael, ich möchte dich nicht verlassen.«

Kapitel 38

Alanas Kopf scheint lauter zu schrillen als ihr Handy. *Was habe ich mir nur dabei gedacht?* Im Nachhinein fühlten sich die drei doppelten Wodkas mehr wie drei dreifache an. Vielleicht wäre es besser gewesen, gar nicht erst ins Bett zu gehen. Ihr Handy zeigt 4.47 Uhr an, und natürlich ist es Monique Olin, die anruft.

»Es gibt noch einen neuen Fall«, begrüßt Olin sie.

»Es müssen über Nacht mehrere gewesen sein«, murmelt Alana müde. »Das ist jedenfalls bisher das Muster.«

»Nur ist dieser in Rom.«

Unwillkürlich setzt Alana sich auf. »Was?«

»Ein sechsunddreißig Jahre alter Mann erschien im Krankenhaus und hustete Blut. Er hängt jetzt an lebenserhaltenden Apparaten, wie mir gesagt wurde.«

»Hat er irgendeine Verbindung nach Genua?«

»Er ist aus Genua. Arbeitet im Textilgewerbe. Er ist am Tag zuvor wegen einer Messe nach Rom gekommen. Auf die ging er dann nicht, sondern auf die Intensivstation.«

»Ein Glück«, murmelt Alana und fällt auf ihr Kissen zurück.

»Ich glaube, Sie und ich haben unterschiedliche Vorstellungen von Glück.«

»Monique, das heißt, dass er seine Infektion aus Genua mitgebracht hat und wir folglich nicht von einer Ansteckungswelle in Rom ausgehen müssen.«

»Kann sein, Alana, aber wie viele andere kann er allein auf dem Flug angesteckt haben?«

»Kommt drauf an. Er wäre nur ansteckend gewesen, wenn er auf dem Flug krank war und gehustet hat.«

»Das finden wir lieber heraus. Wie wäre es, wenn Sie nach Rom fahren?«

»Mal sehen.« Aber Alana will noch nicht weg aus Genua. Nicht, solange die Pest hier unkontrolliert wütet und sie noch das Rätsel der nicht geografischen Verbreitung knacken müssen. Es fehlt noch mindestens ein wichtiges Puzzlestück, und man kann sie stur nennen, aber sie will es unbedingt finden.

»Ihre letzte E-Mail habe ich nicht ganz verstanden«, sagt Olin. »Wieso ist diese Ratte aus dem Park von Bedeutung? Die, die immun gegen die Pest zu sein scheint.«

»Es ist ein Problem. Ein riesiges. Diese Ratte verrät uns, dass die Tiere asymptomatische Träger dieses Mittelalterstamms der Pest sein können. Anders ausgedrückt, sie werden selbst nicht krank und können unbegrenzt infizierte Flöhe bewirten.«

»Und so die Ausbreitung unendlich fortsetzen?«

»Genau. Es wurde nachgewiesen, dass ein kleiner Prozentsatz von Ratten immun gegen diese neue Beulenpest ist. Und es gibt Nachweise, dass manche Leute im Mittelalter durch eine vergleichbare genetische Mutation in ihrem Immunsystem geschützt waren. Doch ein moderner Träger des Schwarzen Tods? Der wird sehr viel schwerer auszurotten sein.«

Olin schweigt zunächst. »Ja, ich stimme Ihnen zu.«

»In welchem Punkt?«

»Was Sie vorher über die Sicherheitsbedrohung gesagt hatten«, antwortet Olin. »Keine Frage, das erneute Auftauchen der

Mittelalterpest in Europa stellt eine potenzielle Bedrohung der NATO-Allianz dar.«

»Auch wenn kein Terrorismus im Spiel ist?«

»Dessen ungeachtet.«

»Tut mir leid, dass ich Alarm geschlagen habe« sagt Alana. »Wäre nicht solcher Druck wegen Yasin Ahmeds Verschwinden gemacht worden ...«

»Würden noch drei Terroristen frei herumlaufen, die Genua in die Luft sprengen wollten.«

Diese Rechtfertigung reicht Alana nicht. »Aber Yasin war unschuldig. Und die Auswirkungen auf die muslimische Gemeinde hier sind real, Monique. Jemand hat versucht, eine Moschee in Brand zu stecken. Und es gibt Leute, sogar Politiker, die Muslime vertreiben wollen.«

»Angst macht Menschen irrational. Immer. Am besten bekämpft man sie, indem man die Pest ausrottet.«

»Ja, wahrscheinlich.« Doch Alana ist sich nicht so sicher.

»Was wissen wir noch über diese Baustelle?«

»Abgesehen von der Tatsache, dass Zanettis Arbeiter das wahrscheinlich erste Pestopfer dort heimlich einbetoniert haben?«

»Ja.«

»Nicht viel. Aber, Monique, diese alte Abtei, die abgerissen wurde, die hat irgendwie mit dem ersten Ausbruch zu tun.«

»Dann finden Sie lieber raus, wie.«

»Netter Tipp. Irgendwelche konstruktiven Vorschläge?«

»Alana, ich habe Sie aus einem Grund ausgewählt.«

Nachdem sie aufgelegt hat, schreibt Alana eine Textnachricht an Byron zu der neuesten Entwicklung. Obwohl es nicht mal fünf Uhr morgens ist, schreibt er sofort zurück. Er weiß von dem Fall in Rom und bittet sie, ihn im Ospedale San Martino zu treffen.

Zwei Stunden später stehen Alana und Byron mit einer Gruppe von Ärzten, Pflegepersonal und Vertretern der Gesundheitsbehörde auf der Intensivstation zusammen. Jedes Zimmer auf der Station ist mit mindestens einem Patienten belegt, der beatmet werden muss, in einigen liegen zwei. Dass auf der Intensivstation mehrere Patienten in einem Zimmer untergebracht werden, ist in Krankenhäusern wirtschaftlich führender Nationen extrem selten und zeigt, wie überlastet das Gesundheitssystem ist.

Trotz der relativen Stille ist die Atmosphäre aufgeladen. Alana spürt, dass das Personal an seine Grenzen stößt. Ganz gleich, wie viele Patienten sich erholen oder sterben, es kommen stündlich mehr. Für die Mitarbeiter hier muss es sich so endlos und überwältigend anfühlen wie für die Ärzte und Schwestern in Westafrika auf dem Höhepunkt der Ebolakrise.

Ein Alarm schrillt aus dem Zimmer gegenüber. Alana beobachtet durchs Fenster, wie jemand Defibrillator-Paddles auf die Brust des Patienten drückt. Der Körper des Mannes ruckt unter dem Elektroschock in die Höhe, doch es bringt nichts, und jemand anders beginnt mit einer Herzmassage. Einer der Ärzte löst sich aus der Gruppe, um zu helfen, doch die anderen ignorieren den Alarm. Selbst Alana ist abgestumpft gegen den Anblick eines weiteren pestbedingten Herzstillstands. *So weit ist es gekommen?*, denkt sie.

Byron greift nach Alanas Ellbogen und zieht sie sanft von den anderen weg, bis sie außer Hörweite sind. In dem Zimmer neben ihnen sieht Alana noch einen Patienten an einem Beatmungsgerät, doch er hat einen großen Kopfverband und einen Arm von den Fingern bis zum Oberarm in Gips.

»Seit gestern gibt es einundzwanzig neue Pestfälle in Genua, und es ist noch nicht mal Frühstückszeit. Wir haben acht neue Todesfälle, sind also insgesamt bei dreißig.« Byron räuspert sich.

»Einschließlich Angelo, dem Achtjährigen mit der antibiotikaresistenten Infektion.«

In Gedanken sieht sie den schwer kranken Jungen vor sich – dessen Mutter ihm übers Haar streicht, während der Vater panisch neben dem Bett auf und ab geht. Und sie denkt an Rosa, das kleine Mädchen mit den bunten Haarschleifen. Aber es bleibt keine Zeit für Mitleid oder Trauer. Alana verdrängt die Erinnerungen und fragt: »In Rom gibt es nach wie vor nur den einen Fall, oder?«

»Bisher. Ich habe den Leiter des dortigen Gesundheitsamtes gesprochen. Sie spüren alle Passagiere von seinem Flug auf, schicken sie in Quarantäne und fangen mit einer Antibiotika-Prophylaxe an.«

»Gut. Und wie sieht es mit der Ring-Prophylaxe hier in Genua aus?«

»Ist im Zeitplan. Über hundert Mitarbeiter vom Gesundheitsamt sind heute Vormittag in den Vierteln unterwegs, die als Hotspots identifiziert wurden. Wir haben genug Antibiotika, um notfalls bei zehntausend Leuten mit der Prophylaxe anzufangen.«

»Es wird nötig sein, Byron.«

Sie sehen einander an. »Wir könnten am Ende eine Menge mehr Antibiotikaresistenzen züchten«, warnt er. »Vor allem wenn Leute die Einnahme vorzeitig abbrechen.«

»Du rennst offene Türen ein.« Alana weiß, dass die Ärzte eine große Mitschuld an der weltweiten Antibiotikaresistenz tragen, weil sie die Mittel viel zu oft verschrieben haben. Doch bei einer Massenprophylaxe wie dieser ist es unvermeidbar, dass einige Patienten ihre Tabletten nicht bis zum Ende nehmen und dadurch Bakterien überleben, die dann »lernen«, resistent zu werden.

Sie sieht wieder zu dem Patienten mit dem eingegipsten Arm. »Er sieht nicht wie ein Infizierter aus.«

»Anscheinend ist er einer von den Jugendlichen, die gestern so furchtbar zusammengeschlagen wurden.«

»Welche Jugendlichen?«

»Hast du es nicht gehört? Zwei türkische Teenager wurden vor dem Laden ihres Vaters angegriffen. Ihm hat man einen Ziegelstein auf den Kopf geschlagen.«

»War es ein rassistischer Angriff?«

»Ja. Ein Haufen Schlägertypen hat sich von irgendeiner antimuslimischen Kundgebung aufstacheln lassen. Er und sein Bruder waren zur falschen Zeit am falschen Ort.«

»Mein Gott«, murmelt Alana, bremst sich jedoch, bevor sie hinzufügt, *das ist meine Schuld*.

Kapitel 39

Letizia Profumo sitzt mit ihrem Mann Francesco am selben Tisch, an dem er ihr vor nicht ganz drei Jahren den Antrag gemacht hat. An jenem erinnerungswürdigen Tag war das kleine, familiengeführte Restaurant rappelvoll gewesen, doch heute Abend ist nur ein anderer Tisch besetzt. Und obwohl heute ihr zweiter Hochzeitstag ist, wäre Letizia lieber zu Hause. Sie ist erschöpft, und ihre Übelkeit hält sich hartnäckig.

Sie schiebt die *Cima ripiena*, die Spezialität des Hauses, auf ihrem Teller herum. Ihr fehlt der Appetit auf das Kalbsgericht, das sie sonst so gern isst. Bei dem Gedanken an einen weiteren Bissen rebelliert ihr Magen. Nie hätte sie gedacht, sich so früh in ihrer Schwangerschaft so überhitzt und mies zu fühlen.

Francesco ist zu sehr mit der hellen Soße seiner Penne beschäftigt, um es gleich zu bemerken. Aber sobald er es mitbekommt, umfängt er ihr Handgelenk mit seiner großen Hand. »Was ist denn, Leti?«

»Mein Magen ist nicht ganz in Ordnung.«

»Ist dir schlecht?«

»Irgendwie ja.«

Er sieht sie besorgt an.

Letizia lächelt und greift nach ihrer Handtasche. Aus der holt sie den benutzten Schwangerschaftstest, auf dem das pinke Pluszeichen ist, und zeigt ihn Francesco.

»*Amore!*« Seine Augen leuchten vor Freude. »Bist du wirklich?«

»Ja, bin ich wirklich. Alles Gute zum Hochzeitstag!« Sie schlingt die Arme um seine breiten Schultern und drückt ihn an sich.

Letizia ist sich nicht sicher, ob es die Hormone oder bloß Glücksgefühle sind, doch auf einmal hat sie einen dicken Kloß im Hals und Tränen laufen ihr über die Wangen. Es dauert einen Moment, ehe ihr klar wird, dass die Enge in ihrer Kehle nicht weggeht.

Würgend löst sie sich aus der Umarmung ihres Mannes, hustet fest, um das Hindernis loszuwerden. Sie fühlt, wie sich wirklich etwas löst, doch ihre Hand schafft es nicht rechtzeitig zu ihrem Mund. Blut und Sputum spritzen auf den Teller ihres Mannes und färben die helle Soße rosa.

Kapitel 40

Alana braucht dringend frische Luft, deshalb verlässt sie das Krankenhaus, ohne Byron oder Nico Bescheid zu sagen.

Die Sonne steht hoch am Himmel, und ein leichter Wind trägt den Duft frischer Blüten herbei. Aber nicht einmal das perfekte Frühlingswetter kann etwas gegen Alanas finstere Gedanken ausrichten. Während sie den relativ verlassenen Gehweg entlangwandert, sagt sie sich, dass sie nichts mit dem Angriff auf die türkischen Teenager zu tun hat. Ihre nagenden Schuldgefühle bleiben trotzdem. Sie versucht, sich stattdessen auf die jüngsten Entwicklungen zu konzentrieren: die steigenden Todeszahlen, die zunehmende Antibiotikaresistenz und die Entdeckung gesunder Wirtsratten. Sie fragt sich, ob ähnlich schaurige Faktoren vor Jahrhunderten den ersten Schwarzen Tod auf die kritische Masse katapultiert hatten.

Wieder denkt sie an Zanettis Baustelle, auf der Yasin starb. Sie ist überzeugter denn je, dass die alte Abtei die Verbindung zwischen dem gegenwärtigen Ausbruch und dem im Mittelalter ist. *Aber, wenn ja, wo kann sich die Pest all die Jahre versteckt haben?*

Spontan winkt sie sich ein Taxi heran, das sie zehn Minuten später vor Bruder Silvios schäbigem Wohnblock absetzt. Ein oder zwei Minuten vergehen, bis der kleine Mönch seine Wohnungstür öffnet, doch er strahlt und bittet sie sofort in sein vollgeräumtes

Zuhause. Heute scheint der Geruch alter Bücher noch ausgeprägter.

»Ich hoffe, ich störe nicht«, sagt Alana.

»Ganz und gar nicht. Ich freue mich über Gesellschaft. Viele glauben, ein Mönchsleben wäre einsam, aber für mich war es immer genau das Gegenteil, weil ich unter meinen Brüdern lebte. Jetzt fehlt mir das Zwischenmenschliche.«

Sie kann nicht anders, als sein Lächeln zu erwidern. »Bruder Silvio, ich würde gern etwas mehr über die Abtei erfahren.«

»Si. Was kann ich Ihnen erzählen?«

»Gab es jemals irgendwelche ungeklärten Krankheiten unter den Brüdern, die dort gelebt haben?«

»Ungeklärt?« Er verzieht das Gesicht. »Ich habe sehr lange in San Giovanni gelebt, über vierzig Jahre. Lange genug, um mehrere Brüder dahinscheiden zu sehen.«

»Natürlich. Aber gab es plötzliche Erkrankungen? Fieber? Hautausschläge? Böse Atemwegsinfektionen? Solche Sachen.«

Er runzelt die Stirn vor Konzentration. »Bruder Simone starb vor wenigen Jahren an einer Lungenentzündung. Aber er war fast so alt wie ich, und er hatte Krebs. Die Ärzte sagten damals, es wäre ein Segen.«

»Sonst fällt Ihnen niemand ein?«

Blinzelnd sieht er sie an. »Glauben Sie, die Pest kommt von San Giovanni?«

»Die Vermutung liegt nahe«, gesteht sie. »Die ersten beiden bekannten Opfer haben auf der Baustelle gearbeitet. Und sie sind an derselben Infektion gestorben, die das Kloster im Mittelalter beinahe ausgerottet hatte.«

Silvio tippt sich an die geaderte Nase, sagt aber nichts.

Alana nickt zu den Bücherregalen. »Letztes Mal haben Sie gesagt, dass Sie historische Aufzeichnungen über den Schwarzen Tod in Genua haben.«

»Habe ich.«

»Könnten Sie mir die zeigen?«

Er deutet mit geöffneter Hand auf sie. »Können Sie Latein lesen?«

»Nein, aber ich kann es gegebenenfalls übersetzen lassen.«

»Natürlich.« Silvio schlurft zum Bücherregal und geht die Bände in einem der Fächer durch. Dann nimmt er einen Band heraus und hält ihn in die Höhe. »Dieses hier. Geschrieben vom Genueser Historiker Ugo Cavotti im fünfzehnten Jahrhundert. Er schildert, wie fast halb Genua an der Pest starb.«

»Fünfzehntes Jahrhundert? Also wurde er nach der Pest geboren?«

»Ja.«

»Erwähnten Sie nicht Augenzeugenberichte?«

Silvio schwankt einen Moment, dann stellt er das Buch zurück und greift nach oben zu einem anderen Band. Er ist schmaler und sieht noch älter als der vorherige aus. »Dies ist das Tagebuch eines Genueser Doktors. Rafael Pasqua.«

Alana streckt die Hand aus. »Darf ich?«

Silvio reicht es ihr so vorsichtig, als handelte es sich um ein rohes Ei.

Sie nimmt es in beide Hände. Der schlichte braune Einband ist zerkratzt und steif, als sie die erste Seite aufschlägt, die in Latein verfasst ist.

»Es ist ein besonderes Buch«, sagt Silvio. »Andere Historiker wie Cavotti haben über die großen Geschehnisse und Tragödien geschrieben, aber Doktor Pasqua schildert seine eigenen Erfahrungen. Sie sind sehr … bewegend.«

»Meinen Sie, ich könnte es mir leihen?«

Wieder scheint er zu zögern, sagt aber: »Ja, natürlich.« Er nimmt ihr den Band wieder ab und stellt ihn behutsam zurück ins Regal, ehe er zu dem Laptop auf dem Schreibtisch geht, den Alana vor lauter Papierstapeln drum herum gar nicht bemerkt hatte.

Als sie ihn verwundert ansieht, lacht er. »Sogar wir Mönche müssen mit der Zeit gehen. Wir transkribieren nicht mehr mit Feder und Pergament, Dr. Vaughn. Ich habe den Text eingescannt und als PDF-Datei gespeichert. Die schicke ich Ihnen per E-Mail.«

Alana gibt ihm ihre E-Mail-Adresse, dankt Silvio und verabschiedet sich. Unten winkt sie sich wieder ein Taxi heran und fährt zurück zum Hospital. Dort zieht sie sich erneut ihre Schutzkleidung an und geht direkt zu Claudio Doras Zimmer auf der Isolierstation.

Er sitzt seitlich auf seinem Bett. Zwar sind seine Wangen noch eingefallen, aber er bekommt keinen zusätzlichen Sauerstoff mehr, und in seinem dunkelblauen Morgenmantel wirkt er eher wie ein Spa-Besucher als ein Pestopfer.

»Du siehst viel besser aus, Claudio«, sagt sie. »Weniger blass.«

Er zeigt auf ihren PSA. »Und du siehst immer noch wie eine schicke Imkerin aus.«

»Das ist diese Saison angeblich total angesagt, wird in Mailand erzählt.«

»In Genua auf jeden Fall. Ich sehe gar keinen anderen Look mehr.«

»Wie geht es dir, Claudio?«

»Besser. Ich bin allerdings immer noch sehr müde. Dieser Schwarze Tod schafft einen echt.«

Sie ringt sich ein Lächeln ab. »Hat Nico es dir erzählt?«

»Über den Schwarzen Tod? Ja.« Claudio verstummt kurz. »Und andere Sachen auch.«

»Welche?«

Er sieht gen Zimmerdecke. »Er kämpft, unser Freund Nico. Noch mehr, seit du hier bist.«

»Er trinkt zu viel, Claudio.« Sie kommt sich ein bisschen heuchlerisch vor, weil sie an ihren gestrigen Abend denken muss. Dennoch treibt sie die Sorge um.

»Stimmt. Sogar für italienische Verhältnisse.« Claudio wird ernst. »Es ging ihm besser. Viel besser. Jahrelang. Und dann Isabella ... und die Affäre ... Es ist hart für ihn gewesen.«

»Das ist nur eine Ausrede, Claudio.«

»Aber manchmal brauchen wir die.« Wieder schweigt er einen Moment und atmete langsam aus. »Es ist unglaublich.«

»Was?«

»Ein Pechvogel von Bauarbeiter schaufelt im falschen Erdhaufen, und presto, fällt er tot um, dahingerafft von der Pest. Hätten seine Kollegen Yasins Tod gemeldet, anstatt ihn zu vertuschen ...« Er schüttelt den Kopf. »Dann wäre er vielleicht der einzige Fall geblieben und nicht die Spitze des Eisbergs geworden.«

»Ja, vielleicht«, murmelt sie, ist in Gedanken jedoch woanders. »Es sei denn ...«

»Es sei denn was?«

»Das erklärt das zweite Cluster.«

»Wovon redest du, Alana?«

»Von dem anderen Infektionsherd im Parco Serra Gropallo. Wir haben gerätselt, wie die Pest den weiten Weg von der alten Abtei quer durch die Stadt überwinden und die Ratten im Park infizieren konnte.«

»Wandern Ratten nicht?«

»Nicht so weit in so kurzer Zeit. Nicht mal ein gesunder Träger.«

»Und wie erklärt das, was ich gesagt habe, irgendwas?«

»Die Vertuschung auf der Baustelle. Wir wissen bereits, dass sie Yasins Leiche dort versteckt haben. Und später haben sie alle Ratten entfernt, damit es so aussieht, als hätte die Pest nie dort angefangen.«

»Ja? Und?«

»Was ist, wenn sie noch einen Schritt weitergegangen sind? Wenn sie die Ratten irgendwo anders ausgesetzt haben, um den Verdacht von der Baustelle abzulenken?«

»Würde jemand so etwas tun?«

Sie denkt an die Bombenmaterialien auf dem Tisch in der Extremistenwohnung. »Du würdest staunen, wie weit Menschen zu gehen bereit sind.«

Er greift nach dem Buch auf seinem Nachttisch mit dem Sensenmann auf dem Cover und hebt es hoch. »Während der Pest – also der letzten Runde jedenfalls – waren sie ebenfalls auf extreme Maßnahmen verfallen.«

»Ja, habe ich gehört.«

»Irgendwie zynisch, nicht?«

»Was?«

Er schwenkt das Buch. »Dass der Schwarze Tod zurückgekommen ist, nach Genua. Immerhin waren es Seeleute aus Genua, die ihn von Asien nach Europa gebracht haben.«

Alana nimmt ihm das Buch ab und betrachtet das Cover. »Ich habe auch einen Text über den Schwarzen Tod in Genua. Einen Augenzeugenbericht.« Sie erzählt ihm von dem Tagebuch des Mittelalter-Arztes, das Silvio ihr gemailt hat, und fügt hinzu: »Es ist natürlich in Latein verfasst. Ich lasse es mir in Brüssel übersetzen, aber das kann eine Weile dauern.« Sie beißt sich auf die Unterlippe. »Hast du nicht mal damit geprahlt, dass du Latein kannst?«

»Ich bin viel zu kultiviert, um mit irgendwas zu prahlen«, sagt er mit einem flüchtigen Grinsen. »Aber, ja, ich kann Latein lesen.«

»Würdest du dann vielleicht …?«

»Mail es mir.«

»Bist du sicher?«

»Ich werde hier irre vor Langeweile, Alana. Und es sind noch mindestens zwei Tage, bis ich aus der Quarantäne entlassen werde. Meinetwegen kann es gar nicht schnell genug sein.«

Irgendwie war er jetzt schon wie ein alter Freund. »Ich bin ehrlich froh, dass du dieses Ding besiegt hast, Claudio.«

»Ich bin selbst relativ erfreut.« Sein Lächeln erstirbt. »Wie viele andere werden es nicht schaffen?«

Hierauf hat sie keine Antwort. Also klopft sie ihm auf die Schulter und sagt: »Hör mal, Claudio, ich muss los. Es steht schon wieder ein Meeting an.«

»Ja, natürlich, Miss Bond. Wahrscheinlich in einer verlassenen Seilbahngondel auf einem tückischen Berggipfel.«

»So was in der Art.« Sie grinst und wendet sich zur Tür. »Bis bald, Claudio! Und danke!«

Alana verlässt das Krankenhaus und begibt sich zum Biologiegebäude der Universität von Genua, wo sie mit Justine verabredet ist. Die Nagetierexpertin ist schon in Schutzkleidung und erwartet Alana im Korridor des Untergeschosses, wo sie ihr eine passende Ausrüstung reicht.

»Und?« Justine sieht sie erwartungsvoll an. »Hast du heute Abend wieder ein Tinder-Date?«

»Byron und ich hatten kein Date!«, kontert Alana und ärgert sich sofort über ihre Reaktion.

»Wenn du es sagst.«

Sie reißt sich zusammen und schüttelt den zusammengefalteten Kittel aus, zieht ihn über ihren Kopf und schiebt die Hand in den Ärmel. Ihre Schulter wird ausgekugelt, und sie ächzt vor Schmerz.

»Was ist?«

Alana biegt ihren Arm nach hinten und ist erleichtert, als ihre Schulter sich wieder einrenkt. »Eine alte Verletzung«, sagt sie, während sie vorsichtig die restliche Schutzkleidung anlegt.

»Aus Afghanistan, stimmt's?«

»Ja. Eine Wand ist auf mich gefallen, nachdem unser Hospital bombardiert wurde. Mein Arm war eingeklemmt. Die Sehnen in der Rotatorenmanschette sind alle gerissen. Seitdem ist meine Schulter instabil.«

»Autsch! Und das haben die nicht wieder hinbekommen?«, fragt Justine, und es klingt aufrichtig besorgt.

»Ich lag oft genug auf dem OP-Tisch.«

»Wie du meinst. Er ist übrigens nicht so übel.«

»Wer?«

»Byron. Bei ihm gibt es nichts, was ein paar Martinis und eventuell ein Baseballschläger nicht richten könnten. Du könntest es erheblich schlechter treffen.« Sie lacht. »Er auch, wenn man es recht bedenkt.«

Alana seufzt nur. »Was ist mit dir, Justine? Bist du verheiratet?«

»Leider. Ich habe einen Mann in Atlanta. Auch noch einen richtigen Laborfreak. Er nervt gewaltig.«

Alana nimmt die Zuneigung in den flapsigen Worten wahr. »Kinder?«

»Nein, noch nicht. Ich mag den Außendienst zu gern.«

»Ah, tja, warte nicht zu lange.«

Justine sieht sie mit einem wissenden Lächeln an, schweigt aber. Dann öffnet sie die Tür neben sich mit ihrer verhüllten Hand.

Alana folgt ihr in ein steril wirkendes Labor. In der Raummitte ist ein hoher Tisch, umgeben von Holzhockern. Auf dem Tisch liegt eine graue Ratte auf einem grünen Tuch, umgeben von einer Reihe chirurgischer Instrumente.

Justine nimmt ein Skalpell auf und tippt mit dem stumpfen Ende auf das eine Hinterbein des Tiers. »Dies ist die größte Ratte, die wir im Parco Serra Gropallo gefunden haben. Ich nenne ihn Vin Diesel.«

»Warum?«

»Ich gebe all meinen Tieren Namen, ob lebendig oder tot. Und er hier erinnert mich irgendwie an den Actiondarsteller, findest du nicht? Scharfes Alphamännchen. Ich wette, der war ein echter Ladykiller.«

»Oh Gott!« Alana muss kichern.

Justine dreht das Skalpell mit der Schneide nach unten. Mit einer langen Pinzette greift sie die Haut am unteren Bauch und macht mit dem Skalpell einen kleinen Schnitt. Dann fährt sie mit einer Schere nach oben und klappt Fell und Haut zu beiden Seiten weg, als würde sie eine Jacke öffnen. Nun liegt das glänzende innere Gewebe frei, das Peritoneum oder Bauchfell. Justine schneidet es mit derselben Technik auf, und die Gedärme und die Leber quellen aus der Öffnung. Schließlich trennt sie mit der Schere das Brustbein auf, unter dem Herz und Lunge zum Vorschein kommen.

Justine sagt nichts, als sie sich vorbeugt und die Organe mit Hilfe zweier dünner Metallstifte untersucht. Hin und wieder benutzt sie die Fingerspitze. Schließlich legt sie die Stifte auf den Stapel benutzter Instrumente. »Nada.«

»Das heißt?«

»Keine Lungenschäden. Keine veränderten Lymphknoten. Keine Bubonen. Nichts. Dieses Tier hat nie die Pest gehabt.«

»Aber du bist dir sicher, dass er die Flöhe hatte, die die Pest übertragen?«

»Vollkommen sicher.«

»Super.« Obwohl es nur bestätigt, was sie bereits vermutet hatten, ist Alana frustriert. »Wie stoppt man einen Ausbruch, wenn die Überträger als Einzige immun sind?«

Justine antwortet nicht. Stattdessen klappt sie die Bauchhaut des Tieres wieder zu und zeigt auf die weißen Flecken auf dem Fell. »Ein sehr ungewöhnliches Muster.«

»Wie ungewöhnlich?«

»Solche Zeichnungen habe ich noch nie bei einer Hausratte gesehen. Und schau mal.« Sie dreht die Ratte um, öffnet die Schnauze und entblößt je zwei lange gelbe Zähne oben und unten. »Fällt dir die Größe seiner oberen und unteren Schneidezähne auf?«

»Die sehen für mich ungefähr gleich groß aus.«

»Eben! Normalerweise sind die unteren Schneidezähne bei Ratten doppelt so lang wie die oberen.«

»Warte mal, Justine, willst du mir erzählen, dass diese Ratte im Parco Serra Gropallo nicht heimisch ist?«

»Vergiss den Park. Ich kenne gar keine andere Ratte *irgendwo*, die zu dieser besonderen Unterart passt.«

Kapitel 41

Heute ist der vierundzwanzigste Tag des Februars. Ich konnte genügend Kraft aufbringen, um auf den Markt zu gehen, was ich, wie ich gestehe, mit einer gewissen Furcht tat. Umso froher war ich, keinen Geißlern oder Anhängern von ihnen zu begegnen. Die Wahrheit ist, dass ich nur sehr wenige Menschen sah, und der Markt bot ein tristes Bild. Es waren nur drei Händler dort, wo vor der Pestilenz unzählige ihre Waren feilboten. Sogar die Toten und Sterbenden waren merklich weniger. Ich fragte mich, ob es sein könnte, dass der Pest die Opfer ausgegangen waren.

Beim Stand eines Bäckers blieb ich stehen, um mir sein spärliches Angebot anzusehen. Ich war entsetzt, als er für zwei Brotlaibe zwei silberne Denari verlangte, zumal die Laibe unförmig aussahen und die Kruste verbrannt war.

»Vor dem Elend hätte ich für das Geld zehn Laibe bekommen«, sagte ich.

»Vor dem Elend hättet Ihr auch zwischen zehn Bäckern wählen können und nicht nur mich gehabt«, antwortete er dreist.

»Was es nicht rechtens macht, den Rest von uns auszunutzen. Es ist nicht christlich.«

»Christlich?«, sagte er mit einem grimmigen Lachen. »Warum sollte man christliche Skrupel haben, wenn Gott uns so offensichtlich dem Teufel überlassen hat?«

»Deshalb ist es jetzt wichtiger denn je, unseren Mitmenschen gegenüber wohltätig zu sein.«

Er hob einen der Laibe mit seiner schmutzigen Hand hoch. »Vor dem Elend«, sagte er, »hätte meine Frau die geformt, hätte mein ältester Sohn sie zur Vollkommenheit gebacken und mein jüngster Sohn sie zum Markt gebracht. Jetzt bin ich allein. Und ich mache keine ihrer Arbeiten so gut wie sie. Ihr sorgt Euch um zwei kostbare Denari? Ich würde eine Schubkarre voller Goldmünzen geben, um einen meiner Lieben zurückzubekommen.«

Ich schämte mich, so harsch zu dem gramgeplagten Mann gewesen zu sein. Also gab ich ihm die zwei Münzen und drückte ihm mein Beileid aus.

»Gewöhnt Euch lieber an die steigenden Preise, Freund«, sagte er. »Merkt Euch meine Worte. Wenn welche von uns diese Pestilenz überleben, wird sich die Weltordnung verändern.«

»Wie das?«

»Es werden nicht genug Händler oder Arbeiter mehr am Leben sein, dass die Hochwohlgeborenen uns als wertlos erachten können, wie sie es bisher stets getan haben.«

Auf dem Heimweg dachte ich über die Worte des Bäckers nach. Vielleicht hatte er recht. Ich habe gehört, dass in Genua allein an einem einzigen Tag im Januar sechshundert Menschen starben. Vor der Pest beklagten sich die Leute, dass die Straßen in der Stadt zu voll wären und das Land zu rücksichtslos bestellt würde. Ich vermute, dieselbe Klage werden wir über Generationen nicht oder gar nie mehr hören.

Bei meiner Rückkehr fand ich zu meiner Überraschung einen willkommenen Gast vor meiner Tür vor. Don Marco begrüßte mich noch überschwänglicher als üblich. »Es ist also wahr, guter Doktor«, rief der freundliche Abt aus und klopfte mir auf die Schultern. »Gott hat meine Gebete erhört, und hier seid Ihr bei bester Gesundheit!«

»Ich würde meine Gesundheit nicht als beste bezeichnen, doch ich danke Euch für Eure Gebete. Sie können nur geholfen haben.«

Ich bat Don Marco herein und bot ihm Wein und Brot an, die er hungrig verschlang.

»Wie geht es den Brüdern?«, fragte ich.

»Leider sind noch drei von ihnen gestorben. Doch solche Tragödien sind sehr viel seltener als in den Tagen, bevor Gott die Abtei mit diesen unbesiegbaren Kreaturen segnete.«

»Es freut mich, das zu hören.«

Don Marco stellte seinen Becher ab und blickte mich ungewöhnlich ernst an. »Doktor Pasqua, der Erzbischof hat mir erzählt, dass Ihr das Blut unserer Ratten getrunken habt. Kann dem wirklich so sein?«

»Ja, so ist es, Don Marco. Als ich sehr krank war und überzeugt, es gebe keine andere Hoffnung auf Heilung.«

»Und glaubt Ihr, dass es die Körpersäfte unserer Ratten waren, die Euch gerettet haben?«

»Ich kann es nicht mit Sicherheit sagen. Allerdings würde ich sehr gern auf dieselbe Weise mit anderen Befallenen experimentieren, sofern Ihr gewillt wärt, mich mit mehr Ratten zu versorgen.«

Don Marco schüttelte den Kopf. »Der Erzbischof hat dasselbe erbeten, aber ich kann diese Bitten nicht gutheißen«, sagte er. »Außerdem, so gesegnet diese Kreaturen auch sein mögen, tragen sie alle ihre eigene Gefahr in sich.«

»Wie das, Don Marco?«

»Von den drei Brüdern, die wir in den letzten zwei Wochen verloren haben, waren zwei ausgesucht worden, für die Ratten zu sorgen.«

»Seid Ihr Euch sicher, dass es kein Zufall ist?«

»Sie beide wurden binnen Tagen nach Antritt ihres neuen Amtes krank«, sagte er und sah mich sehr verwundert an. »Wie kann es sein, dass dasselbe heilige Tier, das Schutz vor der Pestilenz bietet, auch zu ihrer Verbreitung beiträgt, guter Doktor?«

»Es ist ein Paradoxon«, stimmte ich ihm zu.

»Hinter alldem muss es einen Sinn geben«, sagte Don Marco. »Ich muss glauben, dass der Herr San Giovanni aus einem anderen Grund mit diesen Kreaturen gesegnet hat, als schlicht uns unbedeutsame Brüder zu retten.«

»Welcher könnte das sein?«

Don Marco antwortete mir nicht. »Wir werden die Tiere weiter weg von denen halten, die für sie sorgen«, sagte er. »Aber es widerstrebt mir, Doktor Pasqua, diese heiligen Geschöpfe mit Euch oder dem Erzbischof zu teilen. Das kann es nicht sein, was Gott für sie beabsichtigt hat.«

»Ich verstehe. Vor allem habe ich die Medizin lange genug praktiziert, um zu wissen, dass Glaube eine weit größere Rolle bei der Genesung einnimmt, als es ein einzelnes Heilmittel kann. Dennoch kann ich nicht umhin, mich zu fragen, wie sehr die Körpersäfte dieser Ratten zu meinem Überleben beigetragen haben mögen.« Ich hätte gerne mit anderen Leidenden experimentiert, aber Don Marco schien entschlossen, also beharrte ich nicht darauf. Stattdessen wandte ich mich einem anderen Problem zu, das schwer auf meinem Gemüt lastete.

»Don Marco, Ihr kennt den Erzbischof gut, nicht wahr?«, fragte ich.

»Gut würde ich nicht zwingend sagen, aber so alt, wie ich bin, kenne ich Erzbischof Valente schon sehr lange. Seit er noch ein junger Priester war und unter dem Erzbischof diente, der seinem Vorgänger vorausging. Als sein prächtiger Palast noch allein in seiner Fantasie funkelte.«

»Der Erzbischof ist ein strenger und frommer Mann«, sagte ich sehr vorsichtig.

»Ja, ist er«, bestätigte Don Marco. »Und er ist verschlagen und schonungslos ehrgeizig.«

Die Offenheit des Abtes erstaunte mich. Zugleich ermutigte sie mich, freier zu sprechen. Ich erzählte Don Marco von dem Gerücht, das der Erzbischof angesprochen hatte, die Juden könnten die Pest absichtlich verbreiten.

»Aber unser Heiland war selbst ein Jude«, sagte Don Marco.

»Fürwahr. Ich bin mir nicht sicher, ob der Erzbischof diesen Gerüchten Glauben schenkt.«

Der Abt lächelte vielsagend. »Ich verstehe«, sagte er. »Ihr seid Euch auch nicht sicher, ob die Wahrheit den Erzbischof davon abhalten würde, solche Gerüchte selbst zu verbreiten?«

Ich war versucht, Don Marco von der Verachtung zu erzählen, mit der sich der Erzbischof über Juden äußerte, und seinem Groll wegen seiner Schulden bei einem von ihnen. Doch ich sagte nur: »In solch verzweifelten Zeiten sorgt mich, wie die Leute auf derlei Hörensagen reagieren könnten, erst recht, wenn es aus dem Mund einer Autorität kommt.«

»Doktor Pasqua, wir sind alle Gottes Geschöpfe. Ich verabscheue Grausamkeit und Misshandlung, ganz besonders gegenüber den Hilflosen. Doch bei all dem Leid, das uns umgibt, warum ist Euch das Wohlergehen einiger Juden von Bedeutung?«

»Ich habe einen Kollegen, Jacob ben Moses. Er ist ein ehrbarer Mann mit einer guten Familie. Er ist mein Freund.«

Don Marco dachte eine Weile nach. »Eine sanfte Antwort dämpft die Erregung, eine kränkende Rede reizt den Zorn«, zitierte er aus dem Buch der Sprichwörter. »Ja, ich werde mit dem Erzbischof sprechen. Und Ihr solltet beten, dass er zuhört.«

Kapitel 42

Seit sie vormittags die Universität verlassen hat, ist Alana keine Minute zur Ruhe gekommen, und trotzdem hat sie das Gefühl, ihr würde die Zeit davonlaufen. Ein Seuchenausbruch ist immer ein Wettlauf gegen die Zeit, doch noch nie hat sie den Druck so sehr gespürt. Mit dem bestätigten Fall in Rom ist die Gefahr einer globalen Epidemie realer denn je.

Nico ist fünfzehn Minuten zu spät dran, sie abzuholen, was sie nur noch nervöser macht. Endlich hält sein SUV um kurz nach fünf Uhr nachmittags am Straßenrand, und ein Blick auf Nico lässt sie allen Ärger über seine Verspätung vergessen. Sein Haar ist zerzaust, und die Venen in seinen Tränensäcken sehen aus, als würden sie pulsieren. Er wirkt, als hätte er seit Tagen nicht geschlafen. »Was ist los, Nico?«

»Das Hospital.«

»Ist es so schlimm?«

»Schlimmer.« Er fährt sich mit der Hand durchs Haar. »Es sind so viele gestorben. Ich musste eben der Verlobten eines verstorbenen Patienten die Nachricht überbringen. Sie wollte mir nicht glauben und hat immer wieder gesagt, dass ich lüge. Mich angeschrien.« Er atmet aus. »Morgen sollte die Hochzeit sein.«

Alana berührt seinen Arm.

Sein Schulterzucken verbirgt seinen Schmerz nicht. »Es sind nicht nur die neuen Fälle. Oder die Toten.«

»Was noch?«

»Das Krankenhaus wird belagert. Draußen vermehren sich die Reporter und Kameraleute schneller als die Opfer. Und drinnen ... Ich weiß nicht, was übler ist: die Panik oder die Gewissheit, dass wir verlieren.« Er schluckt. »Auf jeden echten Fall kommen noch zwanzig Hypochonder, die mit nichts aufkreuzen. Und die Mitarbeiter ...« Frustriert schlägt er die Faust aufs Lenkrad. »Alana, die Leute verlieren die Hoffnung.«

Nichts hiervon ist ihr neu, trotzdem ist es niederschmetternd. Sie zieht ihre Hand zurück. »Es ist erst eine Woche, Nico. Mehr nicht.«

»Und jeder Tag ist schlimmer als der vorherige.«

»Das war zu erwarten. So ist es bei einem neuen Ausbruch. Immer. Bis man ihn eindämmt.«

»Bist du dir sicher, dass uns das gelingt?«

Sie zögert vielleicht einen Moment zu lange. »Ja, ich denke schon.«

Nico sieht sie skeptisch an. »Und du? Wie war dein Tag?«

»Es kommt mir vor, als würde ich in einem Hamsterrad rennen. Apropos Nager, ich habe heute Justine bei einer Sektion zugesehen.«

»Von der Ratte, die immun gegen die Pest war?«

»Ja. Justine sagt, diese Ratten, die sie in dem Park gefunden haben, gibt es normalerweise nicht in Italien.«

»Und woher kommen sie?«

Alana schüttelt den Kopf. »Das weiß Justine nicht. Sie kennt diese Unterart überhaupt nicht.«

Der Verkehr stockt. Nico wirft ihr einen unglücklichen Blick zu. »Der Ausbruch ...«

»Ich weiß. Er folgt nicht den epidemiologischen Regeln, oder?«

»Alles daran ist falsch, Alana. Alles.«

Minutenlang schweigen sie, bis Alana schließlich sagt: »Heute Morgen habe ich das WHO-Team bei der Ring-Prophylaxe von Tür zu Tür begleitet, um ein Gefühl für die Logistik zu bekommen.«

»Wie war's?«

»Ähnlich wie deine Erlebnisse im Krankenhaus. Überall Angst und Misstrauen. Einige Leute waren zu verängstigt, um die Tür zu öffnen, dabei konnten wir sehen, dass sie zu Hause waren. Andere haben uns endlos Fragen gestellt. Und an Wut und Schuldzuweisungen fehlte es natürlich auch nicht. Du würdest es nicht glauben!«

»Schuldzuweisungen? Wem geben sie die Schuld?«

»Den Politikern, der Regierung und der WHO, weil sie nicht mehr tun. Vor allem uns Ärzten. Und eine Menge Leute schieben es immer noch auf islamische Extremisten, die sie dann mit allen Muslimen gleichsetzen.«

»*Idioti.*«

»Eine der Schwestern in unserer Gruppe ist hier geboren, aber ethnisch Inderin. Manche Leute haben ihr die Tür vor der Nase zugeknallt. Eine Frau hat sie angeschrien, sie solle aufhören, richtige Italiener zu vergiften!« Alana seufzt. »Wenn das so weitergeht, bekommen wir noch mehr Opfer rassistischer Gewalt wie den türkischen Teenager, der fast umgebracht wurde.«

»Hast du es nicht gehört?«

»Was gehört?«

»Der Junge ist heute Nachmittag an der schweren Kopfverletzung gestorben.«

Die Schuldgefühle sind wie ein Stich in den Bauch. Sie wendet den Blick ab und sieht zur Küstenlinie. Dunkle, tief hängende

Wolken reichen bis zum Horizont und kündigen Regen an. Trotz des Nebelschleiers erinnern sie die Hügel und die felsigen Strände an einen anderen Ort – eine vage Kindheitserinnerung an einen Familienurlaub an der amerikanischen Golfküste in glücklicheren Zeiten.

Sie erreichen Bogliasco, und Nico biegt in Zanettis Einfahrt ein. Diesmal wartet der Bauunternehmer nicht draußen auf sie. Nico muss zweimal klingeln, ehe Zanetti endlich öffnet. Anstelle eines dunklen Anzugs trägt er einen Bademantel über einem Pyjama, obwohl später Nachmittag ist. Und er entschuldigt die Abwesenheit seiner Frau auch nicht, sondern sagt nur, dass sie »weg« ist.

Drinnen in dem tiefergelegten Wohnbereich füllt Zanetti sein stielloses Weinglas aus einer offenen Rotweinflasche auf und gießt zwei weitere Gläser ein. Alanas Magen rebelliert bei dem Anblick. Auch Nico schüttelt den Kopf. Zanetti sinkt auf die Couch gegenüber der Veranda, während sie stehen bleiben.

»Wir müssen über die Baustelle reden, Marcello«, sagt Alana.

»Und zur Abwechslung mal die Wahrheit hören!«, ergänzt Nico.

»*È finita!*« Zanetti sieht Alana an. »Es gibt keine Baustelle mehr. Sie ist total wertlos, so wie ich!«

»Sie sind nicht der Einzige, der leidet, Marcello«, entgegnet Alana. »Und alles weist direkt auf Ihre Baustelle.«

Zanetti schürzt die Lippen. »Wie kommen Sie darauf?«

»Wach auf, Marcello!«, herrscht Nico ihn an. »Der Schwarze Tod! Er war über sechshundert Jahre lang weg, dann reißt du eine Abtei ab, die damals von der Pest überrannt wurde, und wenige Wochen später wütet die Seuche wieder in Genua.«

Zanetti zuckt nur mit den Schultern. Er sieht um Jahre älter aus als noch vor Tagen. »Ich weiß nichts über Seuchen.«

»Ihr Mann auf dem Bau, Paolo, aber schon«, sagt Alana. »Er hat uns erzählt, wie er und Vittoria Yasin Ahmeds Leiche versteckt haben und er später alle Ratten von der Baustelle entfernt hat.«

Zanetti beäugt die beiden kühl. »Hat Paolo euch erzählt, ich hätte irgendwas damit zu tun?«

»Nein«, gesteht Alana.

»Und was wollt ihr dann hier?«, fragt Zanetti und hebt das Glas wieder an seinen Mund.

»Menschen sterben«, antwortet Alana. »Viele. Junge Menschen, auch Kinder. Gestern gab es den ersten Fall in Rom. Und alles hat auf *Ihrer* Baustelle angefangen.«

»Ich …«, beginnt Zanetti, vergräbt jedoch wieder die Nase im Glas.

Nico setzt sich neben ihn und legt einen Arm um den älteren Mann. »Wie kannst du es nicht gewusst haben, Marcello? Du warst die ganze Zeit dort.«

Zanetti leert sein Glas und nimmt es langsam herunter. »*Si, io sapevo*«, sagt er mit brüchiger Stimme.

»Seit wann hast du es gewusst?«, fragt Nico.

»Von Yasin hatte ich keine Ahnung«, sagt Zanetti leise. »Das waren Paolo und Vittoria allein, ich schwöre es. Ich habe es erst erfahren, nachdem Vittoria so krank geworden war.«

»Du hast uns so oft belogen«, sagt Nico ruhig. »Warum sollen wir dir jetzt glauben?«

Zanetti seufzt. »Wir waren im Verzug. Und über dem Budget. Das Geschäft mit Neubauten in Genua läuft nicht so gut. Paolo und Vittoria hatten Angst, dass eine Untersuchung von Yasins Tod noch mehr Verzögerungen bringen könnte und wir vielleicht bankrottgehen. Sie hatten Panik und beschlossen, die Leiche zu verstecken. Paolo hat es mir wenige Minuten vor eurem ersten Besuch erzählt. Ich hatte eben erst erfahren, in was sie mich mit reingezogen hatten ... *una trama criminale.*«

»Eine kriminelle Verschwörung«, übersetzt Nico.

»Ich habe gedacht, ich komme ins Gefängnis, Nico!«

»Also haben Sie geholfen, den Rest zu vertuschen?«, fragt Alana.

Zanetti nickt. »Wir haben die Ratten eingefangen und ihren Dreck weggemacht, weil wir gedacht haben, das könnte nur helfen. Was geschehen war, war geschehen. Was würde das dann noch ändern?«

»Was es ändern würde?« Nico reißt seinen Arm von Zanettis Schultern. »Ich musste eben einer Frau sagen, dass ihr Verlobter tot ist!«

Zanetti sieht Nico flehend an. »Das ist nicht meine Schuld!«

Nico schüttelt den Kopf. »Wir hätten früher reagieren können und besser, hätten wir letzte Woche gewusst, woher die Pest kommt. Wer weiß, was wir auf der Baustelle gefunden hätten, hättet ihr nicht alle Spuren verfälscht? Oder wie viele Menschen noch leben könnten, hättest du deine kostbare Investition nicht über ihr Leben gestellt!«

»Gefängnis, Nico! Ich konnte nicht klar denken ...« Marcello schlägt sich panisch vor die Brust. »Sieh mich an. Ich schlafe nicht. Ich war mal der Bürgermeister, und ich liebe diese Stadt. Die Leute hier sind meine Leute. Wie meine Familie. Ich habe nichts hiervon gewollt ...«

Alana starrt den zitternden Mann an. »Wir müssen alles wissen, Marcello. Haben Sie das verstanden?«

Zanetti schluckt. »Sì.«

»Diese Vertuschung«, sagt sie. »Wie weit geht sie?«

»Was meinen Sie?«

»Wir haben eine infizierte Ratte im Parco Serra Gropallo gefunden, am anderen Ende der Stadt, und wir glauben, dass sie von Ihrer Baustelle stammt. Da kann sie nicht allein hingekommen sein.«

Zanetti ist entsetzt. »Nein! Nein! Wir haben keine Ratten woanders hingebracht. Ich schwöre es! *Sulla tomba di mia madre!* Beim Grab meiner Mutter!«

»Und was haben Sie mit den Ratten angestellt, die Sie gefangen hatten?«

»Wir waren sehr vorsichtig. Wir haben sie gleich da, auf der Baustelle, verbrannt. Jede einzelne von ihnen!«

»Wie viele?«, fragt Alana.

»Nicht viele. Zehn oder zwölf. Wir haben einen Kammerjäger geholt. Ich habe die ganzen Ratten gesehen. Sie lagen tot in den Fallen.«

»Haben Sie vorher schon andere Ratten gefunden? Als sie auf der Baustelle zu graben anfingen?«

Zanetti reibt sich übers Gesicht. »Nein.«

»Keine?«

»Ich habe da nie irgendwelche Tiere gesehen, nicht mal Kot, bis zu dem Tag, an dem die Chinesin mit Ihnen auf die Baustelle gekommen ist.« Zanetti nimmt die Hand herunter. »Obwohl ...«

»Was, Marcello?«, fragt sie.

»Nachdem wir die alte Abtei abgerissen hatten, hat Vittoria mir die Krypta unten gezeigt. Sie ging viel tiefer und weiter, als wir gedacht haben. Und da waren alle diese schmalen ... wie heißen die auf Englisch? ... *cunicoli*«

»Gänge«, sagt Nico.

»Ja. Einige von denen so klein, dass nicht mal das kleinste Kind hindurchpassen würde. Und da waren Knochen. Sehr, sehr viele. Vittoria hat gedacht, dass die Mönche da kleine Tiere gezüchtet haben mussten.«

»Wie Ratten?« Alana sieht Nico an. »Warum sollte jemand Ratten züchten?«

Zanetti hebt ratlos die Hand.

Alana und Nico befragen den Bauunternehmer weiter, doch viel mehr hat er nicht hinzuzufügen. Als sie gehen, hält Zanetti sie an der Tür zurück. »Erzählt ihr es der Polizei?«

»Ja, natürlich«, antwortet Nico matt.

Zanetti packt seine Schulter. »Alles, was ich euch heute gesagt habe, ist wahr! Alles! Ich hätte nichts davon getan, hätte ich geahnt, dass andere krank werden. Du musst mir glauben, Nico, ja?«

Nico blickt zu der Hand auf seiner Schulter. »Du erinnerst mich an Isabella«, erwidert er kühl. »Genau wie bei deiner Nichte ist bei dir unmöglich zu erkennen, wann das Lügen jemals aufhört.«

Auf der Fahrt zurück in die Stadt bietet Nico an, Alana ins »beste Fischrestaurant in ganz Genua« einzuladen. Doch auch wenn sie in den letzten Tagen sehr wenig gegessen hat, steht sie zu sehr unter Strom, um sich zu einem Essen hinzusetzen, von einem intimen Dinner mit Nico ganz zu schweigen. So landen sie letztlich an dem Tisch in der Hotelbar, an dem sie den Abend zuvor mit Byron gesessen hatte. Diesmal bestellt Alana allerdings einen Kamillentee, und Nico trinkt Rotwein.

»Nico, was du vorhin zu Marcello über Isabella gesagt hast ...«

»Er weiß, was ich meine.« Er leert sein Glas. »Genau wie du.«

»Ist es nicht vorbei?«

»Kann sein. Oder zumindest wird das mit uns bald vorbei sein.«

»Ich meinte ihre Affäre mit ihrem Chef.«

Er sieht zum Kellner und hebt sein leeres Glas an. »Das behauptet Isabella.«

»Und du denkst nicht, dass du ihr wieder vertrauen kannst?«

»Ich bin mir nicht sicher, ob ich es versuchen will.«

»Aber deine Kinder sind noch so klein. Bist du es ihnen nicht schuldig?«

»Menschen machen Fehler«, murmelt er. »Immerzu.«

»Eben.«

»Zum Beispiel du und ich.«

»Es war kein Fehler, Nico. Wir waren jung und ehrgeizig. Uns waren unsere Karrieren wichtiger als die Beziehung, schon vergessen?«

»Genau.« Er schluckt. »Zu jung, um es besser zu wissen.«

Seine gequälte Miene weicht ihre Entschlossenheit auf. »Wie hätte es je etwas werden können?«

»Wir haben uns geliebt, Alana. Wir hätten es hinbekommen können. Wir hätten es gemusst.« Er greift über den Tisch nach ihrem Handgelenk und streichelt es sanft. Die Berührung hat weniger Wirkung auf sie, als Alana erwartet hätte. »Vielleicht können wir es noch?«

Der Kellner unterbricht sie, nimmt Nicos Glas auf und ersetzt es durch ein volles. Sobald er weg ist, fragt Alana: »Und das Trinken?«

»Zwei, drei Jahre lang habe ich kaum getrunken«, sagt er mit einem gleichgültigen Achselzucken. »Dann fand ich das mit Isabella und Roberto heraus ... Vielleicht war ich bloß feige und habe mich hinter dem Trinken versteckt.« Er sieht ihr in die Augen. »Und dann bist du zurückgekommen.«

Alana weiß nicht, wie sie reagieren soll. Es fällt ihr schwer, ihr Mitgefühl für ihn von ihren anderen Gefühlen zu trennen.

»Ich habe versucht, dich anzurufen«, sagt eine Stimme hinter ihr. »Mehrmals.«

Ruckartig zieht Alana ihren Arm zurück, schaut über die

Schulter und sieht Byron auf den Tisch zukommen. »Mein Handy ist in meiner Tasche«, antwortet sie. »Ich habe es nicht klingeln gehört.«

Byron sieht von Alana zu Nico und wieder zurück. »Ich wollte nicht stören.«

»Haben Sie aber«, sagt Nico.

Alana ignoriert es. »Was ist los, Byron?«

»Neapel.«

»Neapel?« Sie stutzt. »Was ist mit Neapel?«

»Dort gibt es einen Pestfall.«

Alana wird eiskalt. »Bei einem Reisenden aus Genua? Wie der in Rom?«

Byron verneint. »Sie ist eine einheimische Drogenabhängige und hat Neapel seit Jahren nicht verlassen.«

»Aber wie?«

»Keine Ahnung. Sie hat die Beulen-, nicht die Lungenpest.«

»Dann muss sie sich durch einen Flohbiss angesteckt haben?«, fragt Nico.

»Brillant kombiniert«, sagt Byron.

Der neue Fall trifft Alana wie ein Fausthieb in die Magengrube. »Wie zur Hölle kommt eine infizierte Ratte von Genua nach Neapel?«

Kapitel 43

Rom? Er muss sich verhört haben. Er dreht die Lautstärke am Fernseher auf und konzentriert sich auf die Worte der Nachrichtensprecherin, während er versucht, sie nicht anzusehen. Nein, kein Zweifel. Sie spricht von Rom.

»Der Erkrankte war zwei Tage vor seiner Einlieferung ins Krankenhaus mit dem Flugzeug aus Genua gekommen«, sagt die Sprecherin. »Alle anderen Passagiere der Maschine sind ausfindig gemacht und unter häusliche Quarantäne gestellt worden. Bisher wurden keine weiteren Fälle in Rom gemeldet, aber die Behörden in der Stadt sind in höchster Alarmbereitschaft.«

Also hat es angefangen, sich von allein zu verbreiten, wie prophezeit. Sein Auftrag wird vollendet sein, sobald er in Gottes Plan nicht mehr notwendig ist. Doch als er sich in dem schmuddeligen Motelzimmer umschaut – das noch modriger riecht als das letzte –, empfindet er alles andere als Befriedigung.

Seit er am Bahnhof von Neapel angekommen ist, hat Gott nicht mehr zu ihm gesprochen. Zuerst hat er gedacht, er würde für die Befehlsverweigerung bestraft. Doch inzwischen sind Tage vergangen, und seine Zweifel werden stündlich größer.

Er stützt den Kopf in die Hände und muss an Dr. Lonzos Worte denken: »Die Stimmen, die Sie hören, klingen für Sie so real wie meine jetzt. Aber sie sind es nicht. Sie sind nichts als akustische Halluzinationen. Ein Symptom Ihrer Schizophrenie. Nicht anders als eine laufende Nase bei einer Erkältung.«

Dr. Lonzo ist so ein netter Mann, und man kann gut mit ihm reden. Wäre er kein Arzt, könnte er ein wunderbarer Priester sein. Was ist, wenn Dr. Lonzo die ganze Zeit recht hatte? Vielleicht sind die Stimmen nur Teil von dem »Verfolgungswahn«, wie der Arzt es nennt.

Er wiegt sich auf dem Bett und drückt so fest auf seine Schläfen, wie er kann. *Was ist, wenn ich all den Tod und das Leid umsonst verbreitet habe? Habe ich im Auftrag des Teufels gehandelt, nicht in Gottes?*

Unter seinen Achseln bildet sich Schweiß. Seine Kehle wird eng. Die Wände wollen ihn erdrücken. Seine Schuld ist wie ein Knebel in seinem Mund.

»Hör mich an!«, schreit die Stimme in seinem Kopf lauter und wütender denn je. »An meinem Wort zu zweifeln ist eine Sünde!«

Er nimmt die Hände herunter und setzt sich auf. Sosehr er Dr. Lonzo auch achtet, ist die Stimme reiner als alles, was er jemals gehört hat.

»Wirst du dich mir erneut widersetzen?«, fragt die Stimme.

Nein, Herr. Ich war so schwach.

»Zieh weiter!«, befiehlt die Stimme.

Weiterziehen? Wohin, o Herr?

»Du wirst meinen gerechten Zorn über das Meer hinaus verbreiten.« Die Stimme wird so laut, dass ihm der Schädel pocht. »Bald soll die ganze Menschheit meinen Zorn spüren!«

Kapitel 44

Das verlegene Schweigen hält sich beinahe den ganzen kurzen Flug von Genua nach Neapel. Byron arbeitet an seinem Laptop, seit sie abgehoben haben, und nimmt Alana kaum zur Kenntnis.

Sie sieht auf ihre Uhr. Sie werden erst nach zehn heute Morgen in Neapel landen, weil sich ihr Abflug um fast eine Stunde verzögert hat. Wofür Alana und Byron teils verantwortlich sind. Wie alle Passagiere, die Genua verlassen, mussten auch sie am Sicherheitsgate eine ganze Liste von Fragen beantworten, ob sie der Pest ausgesetzt gewesen sein könnten. Man hatte sogar ihre Temperatur gemessen, zweimal, mit einem digitalen Stirnthermometer. Sobald bekannt wurde, dass sie im Team zur Seucheneindämmung waren, wurden sie in einen abgeteilten Wartebereich gebracht. Und trotz ihrer Diplomatenpässe hatte es eines Anrufs bei der WHO-Zentrale bedurft, ehe man sie an Bord der Maschine gelassen hat.

»Das kann nicht sein, Byron«, sagt Alana.

Byron sieht von seinem Bildschirm auf, sichtlich abgelenkt. »Was?«

»Alles. Klar könnten wir einige wilde Hypothesen aufstellen, wie die Pest zufällig von der Baustelle in einen Park am anderen Ende der Stadt gelangen konnte.«

»Die da wären?«

»Wer weiß! Eine Ratte, die sich im Rucksack eines Bauarbeiters versteckt hatte?«

Byron schnaubt abfällig und wendet sich wieder seinem Bildschirm zu.

»Aber es gibt keine plausible Erklärung dafür, wie eine infizierte Ratte allein vierhundert Meilen von Genua nach Neapel reisen konnte.«

»Dann sind wir wieder bei Bioterrorismus?«

»Der bleibt eine Möglichkeit. Aber das hier ist untypisch. Keiner reklamiert es für sich.«

»Was könnte es sonst sein?«

»Weiß ich nicht«, gibt sie zu und denkt laut nach: »Okay, mal angenommen, die Pest ist zufällig an der Baustelle wiederaufgetaucht, nachdem die Arbeiter dort irgendwas ausgegraben haben, was sie besser nicht getan hätten. Sie könnte dort all die Jahre geschlummert haben – in Form von Sporen oder so –, irgendwo in dem Netzwerk von Gängen oder Schächten unter der Abtei, die Zanetti beschrieben hat.«

»Aber ...«

Sie sieht ihn an. »Seit sich die ersten Fälle direkt mit der Baustelle verbinden ließen, ist die weitere Ausbreitung alles andere als natürlich.«

Er widerspricht nicht. »Also, wenn sie Absicht ist, denkst du, Zanetti hat damit zu tun?«

»Mit der Vertuschung allemal. Aber ... nein ... nicht die Ausbreitung bis Neapel. Was würde ihm das bringen?«

»Wem bringt die Ausbreitung der Pest irgendwas? Abgesehen von Terroristen.«

»Kann ich nicht sagen.« Es knackt in ihren Ohren, als das Flugzeug zur Landung ansetzt. »Wenn wir es nicht bald herausfinden, können wir die weitere Ausbreitung vielleicht nicht stoppen.«

Sie sind gerade am Aeroporto di Napoli-Capodichino gelandet, da bekommt Alana eine Nachricht von Claudio Dora, der sie um Rückruf bittet. Doch sie hat keine Zeit zu antworten, denn Sergio Fassino erwartet sie bereits hinter der Gepäckausgabe. Er ist wieder im schwarzen Anzug und hat sein Haar wie immer formvollendet nach hinten gestrichen.

Alana begrüßt ihn mit Handschlag. »Seit wann sind Sie in Neapel?«

»Seit einigen Stunden«, sagt er, als er sie aus dem Terminal zu einem Zivilwagen mit getönten Scheiben führt. »Ich arbeite mit dem AISI-Büro von Neapel zusammen. Rom hat die Ermittlungen hier übernommen.«

»Also Sie?«

»Ja.«

Im Wagen fragt Byron: »Wurden Ratten in der Nähe des Ortes gefunden, an dem sich die Patientin zuletzt aufgehalten hat?«

Sergio hebt die Schulter. »Die Leute vom Gesundheitsamt suchen das Viertel ab.«

»Wir müssen mit der Patientin sprechen«, sagt Byron.

»Wir sind auf dem Weg zu ihr«, antwortet Sergio.

Keine Viertelstunde später halten sie vor einem modern aussehenden Krankenhaus, über dem ein Schild mit der Aufschrift OSPEDALE MONALDI prangt. Anders als in Genua ist hier keine Pressehorde vor dem Eingang versammelt. *Noch nicht*, denkt Alana. Drinnen jedoch summt auf den Fluren dieselbe unterschwellige Furcht mit, als könnte im Keller eine Bombe versteckt sein.

Die Chefärztin Dr. Debora Orrifini empfängt sie an der Tür und führt sie eilig durchs Hospital. Sie ist eine unruhige Frau mittleren Alters, die wenig Englisch spricht. Sergio übersetzt, als Orrifini erklärt, dass die Patientin eine sechzehnjährige Drogensüchtige ist, die im »unterprivilegierten« Viertel Scampia lebt.

Zehn Minuten darauf sind sie alle in ihrer Schutzkleidung und stehen auf der dritten Intensivstation, die Alana innerhalb einer Woche von drinnen sieht. Durch die Scheibe blickt sie zu dem Pestopfer – vierhundert Meilen weit entfernt von den anderen. Und da diese schrecklich dünne junge Frau mit den violetten Haaren jetzt schon einen Beatmungsschlauch zwischen den Stimmbändern hat, wird sie ihnen keine Fragen beantworten können, wo sie dem Pestbakterium hätte ausgesetzt gewesen sein können. Die Sinnlosigkeit dieses Unterfangens ist erdrückend.

Eine Krankenschwester neben dem Bett der Patientin stellt den Tropf ein, der in den linken Arm führt, doch es ist der andere Arm, der Alana aufmerken lässt. Er ist vom Hals bis zur Hand gerötet, und die Finger sind zur Größe von Würsten angeschwollen. Eiter sickert aus diversen Risswunden an dem Arm, die anscheinend erst durch Überdruck aufgeplatzt sind. Am Ellbogen dehnt ein schwärzlicher Bubo so groß wie ein Golfball die Haut. Selbst wenn das Mädchen die Pest überlebt, bezweifelt Alana ernsthaft, dass der Arm zu retten ist.

Orrifini erklärt, dass die Patientin, Lalia Renzi, den Nachmittag zuvor in die Notaufnahme gekommen war. Das medizinische Personal schob ihre Infektion zunächst auf schmutzige Spritzen, dann bemerkte einer der Ärzte den dunklen Bubo. Bevor sie an das Beatmungsgerät angeschlossen wurde, hatte Lalia geleugnet, Ratten gesehen oder Flohbisse an sich festgestellt zu haben. Allerdings war Lalia, wie Orrifini hinzufügt, high von Crystal Meth und fiebrig, also keine sehr verlässliche Zeugin. Als die Ärzte endlich ihre Mutter aufgespürt hatten, erfuhren sie, dass die Familie seit mehr als einem halben Jahr keinen Kontakt mehr zu dem Mädchen hatte.

Bevor sie das Krankenhaus verlassen, befragen sie noch einige andere Mitarbeiter, die Lalia behandelt haben, erfahren jedoch nichts von offensichtlichem Wert.

Als sie hinaus in den warmen Sonnenschein von Neapel treten, murmelt Alana: »Dieser Arm …«

Byron schüttelt den Kopf. »Wie zur Hölle wollen wir anderen Süchtigen und Anwohnern in einer Gegend wie ihrer eine verlässliche Antibiotika-Prophylaxe anbieten?«

»Am besten holst du sofort das WHO-Team her«, schlägt Alana vor.

»Warum ist Neapel so viel besorgniserregender als Rom?«, fragt Sergio.

»Weil es ein Unterschied wie Tag und Nacht ist«, antwortet Alana. »Der römische Fall war ein Reisender aus Genua, der die Pest mitgebracht hat. Lalia hingegen hat sich durch einen Flohbiss vor Ort angesteckt, also durch einen tierischen Überträger.«

»Und das heißt?«

»Anders als in Rom muss sich die Pest in Neapel schon häuslich eingerichtet haben.«

Sergio öffnet den Mund, um noch eine Frage zu stellen, da kommt eine große Frau in einem engen Rock und hohen Schuhen auf sie zugelaufen. »*Sei un medico?*«, ruft sie mit einer unerwartet tiefen Stimme.

Sergio verscheucht sie mit einer Handbewegung.

»Was will sie?«, fragt Alana.

»Sind Sie Doktor?«, erkundigt sich die Frau auf Englisch.

»Ja«, antwortet Alana. »Stimmt etwas nicht?«

»Lalia!«, schreit die Frau. »Sie ist wie eine kleine Schwester. Die lassen mich nicht rein. Wie können die das tun? Wie geht es ihr?«

»Sie ist krank«, sagt Alana. »Sehr krank. Sie muss operiert werden.«

»Was ist passiert? Gestern war sie noch gesund. Und dann ist ihr Arm so schnell geschwollen!«

»Waren Sie bei ihr?«, fragt Alana. »Als sie herkam?«

»Ich habe sie gebracht. Jetzt lassen die mich nicht rein. *Figli di puttana!*«

»Und Sie?«, fragt Alana. »Geht es Ihnen gut?«

»Ich bin gesund«, antwortet sie trotzig. »Lalia ist krank.«

»War sonst jemand mit Lalia zusammen?«, fragt Alana.

Die Frau verneint stumm.

»Wie heißen Sie?«, fragt Byron.

Sie stemmt die Hände in die Hüften. »Wer will das wissen?«

»Wir möchten Ihnen helfen«, sagt Byron freundlich.

»Juliet.« Sie schürzt die Lippen.

»Ist Lalia in den letzten ein oder zwei Wochen in Genua gewesen?«, fragt Alana.

»Genua? Natürlich nicht!« Juliet lacht spöttisch, doch dann verengt sie die Augen. »Warum fragen Sie das?«

»Lalia hat die Pest.«

»*Dio mio!*« Erschrocken weicht Juliet einige Schritte zurück. »Wie kann sie die haben?«

»Das versuchen wir herauszufinden«, antwortet Alana.

Juliet wirft die Hände in die Höhe. »Das war er, oder?«, schreit sie.

»Wer?«

»*Il lunatico religioso*«, sagt Juliet.

»Ein religiöser Irrer?«

»Ja! Den haben wir in Scampia getroffen. Lalia und ich. Er ist ganz nervös gewesen und hat ausgesehen, als wenn er was ausgefressen hätte. Und er hat irgendein Gebet gemurmelt. Aber das hat sich eher wie ein Fluch angehört!«

»*Un'infirmo di mente?*«, fragt Sergio und dreht sich zu den anderen um. »In der Gegend wohnen viele Geisteskranke.«

»Nein, nein!« Die Frau schüttelt wild den Kopf. »Ich kenne *infirmi di mente*, aber der war keiner. Er hat saubere Sachen angehabt und hatte kurze Haare.«

Sergio unterhält sich auf Italienisch mit ihr, und sie wird zusehends aufgebracht. Schließlich reißt sie wieder die Arme hoch und ruft auf Englisch: »Nein, da war kein Sex! Wir haben ihn nicht wiedergesehen.«

Mit diesen Worten stürmt sie in Richtung Krankenhauseingang. Sergio läuft ihr nach.

Alanas Handy vibriert in ihrer Tasche. Als sie den Namen auf dem Display sieht, nimmt sie das Gespräch an. »Ja, Claudio?«

»Du musst zu mir kommen, Alana.«

»Ich bin in Neapel.«

Claudio lacht. »Und ich dachte, ich hätte schon jede Ausrede gehört!«

Alana ist in Gedanken noch bei dem, was Juliet ihnen eben erzählt hat. »Ich müsste heute Abend wieder in Genua sein.«

»Gut. Bis dahin habe ich das Tagebuch fertig übersetzt.« Er klingt ungewöhnlich ernst. »Wir müssen unbedingt darüber reden.«

Kapitel 45

Heute ist der siebenundzwanzigste Tag des Februars. Während ich dies bei Kerzenschein schreibe, zittert meine Hand, indes nicht vor Unwohlsein oder Fieber, sondern wegen der Schrecken, die ich heute bezeugt habe. In einer Zeit, in der Schock, Leid und Kummer kaum noch zu bewegen vermögen, bin ich immer noch von deren heutigem Ausmaß erschüttert.

Mein Tag begann recht hoffnungsvoll mit dem Besuch von Gabriella, obwohl sie früher als sonst kam. Ich hätte erkennen müssen, dass etwas geschehen ist, weil sie kein Essen brachte. Doch erst als ich ihr Gesicht aus der Nähe sah, erkannte ich, wie unglücklich sie war. Mit bebender Stimme teilte sie mir mit, dass ihr Vater in der Nacht Fieber bekommen hatte. Ich warf meinen Umhang über und nahm meine Instrumente, bevor sie ein weiteres Wort sagte.

Nach einem langen Weg erreichten wir das jüdische Viertel abseits der Via del Campo. Mehrere Holzhäuser mit Strohdächern standen eng zusammen, und man konnte kaum einen Unterschied zwischen den schlichten Behausungen der Juden und denen ihrer christlichen Nachbarn ausmachen.

Gabriella führte mich zu einem Haus weiter hinten, das ihrem Vater gehörte. Drinnen schlug uns die Hitze eines knisternden Feuers entgegen. Jacob lag in seinem Bett, eingehüllt in eine Felldecke. Trotz der Wärme zitterte er stark. Es erinnerte mich an den Schüt-

telfrost, den ich bei der Pestilenz gehabt hatte und den nicht mal die Höllenfeuer hätten vertreiben können.

Gabriella sah mich flehend an. »Er erlaubt nicht, dass ich mich um ihn kümmere«, sagte sie.

»Aus gutem Grund«, entgegnete ich, als Jacob zu husten begann.

Sein feuchter Husten klang wie klappernde Knochen. Und ich wusste, dass es ein solch sicheres Todesurteil war wie eine Henkersschlinge an seinem Hals.

»Lass uns bitte kurz allein, Gabriella«, bat ich sie.

Sie blickte mir für einen Moment in die Augen, ehe sie sich umwandte und das Haus verließ.

Jacob hielt warnend eine Hand in die Höhe, was mich jedoch nicht abhielt, zu ihm zu gehen. »Mein Phlegma ist voll fauligen Blutes«, sagte er. »Gerade du solltest wissen, wie ansteckend es mich macht.«

»Hast du je einen Mann zweimal an der Pest erkranken sehen?«, fragte ich.

»So wenige haben die Erkrankung überlebt«, sagte er. »Aber nein, ich habe nie dieselbe Person zweifach betroffen gesehen.«

Als ich mich näherte, drehte er dennoch den Kopf von mir weg und hielt sich die Decke vor den Mund. Sein Hautton war, soweit ich es sehen konnte, blass. Und er zitterte wie unter einem Krampf. Beim Sprechen bebte seine Stimme so sehr wie sein Körper. Jedes Wort kostete ihn große Kraft.

»Mich wundert, dass ich die Nacht überlebt habe«, sagte er.

»Bist du erst letzte Nacht krank geworden?«

»An dem Fieber, ja. Die Schmerzen überkamen mich schon den Tag vorher. Ich hatte keine Zweifel, dass es die Pest ist, doch ich brachte es nicht übers Herz, es Gabriella zu sagen.«

»Ich könnte zu Don Marco gehen und ihn bitten, dass er mir mehr von seinen besonderen Ratten gibt«, sagte ich.

»Auch wenn diese Säfte dir geholfen haben, und davon bin ich nicht überzeugt, ist es zu spät für mich.«

»Mag sein.«

»Ich schäme mich, es zu gestehen«, sagte Jacob. »Feige, wie ich bin, hatte ich gehofft, der Tod würde mich im Schlaf ereilen.«

»Das ist keine Schande. Ich erinnere mich, gleich empfunden zu haben, als es mir sehr schlecht ging.«

Jacob lachte geschwächt. »Sieh sich einer uns zwei an«, sagte er. »Wir haben unser Leben einem solch unnützen und närrischen Beruf gewidmet.«

»Das kannst du unmöglich glauben, mein Freund.«

»Wenigstens hat der Maurer seine Bauten und der Bauer seine Ernten. Was haben wir? Ebenso gut hätten wir Weissager werden können, bedenkt man den Mangel an Nutzen.«

»Wärst du nicht gewesen, wäre ich seit Langem tot«, erinnerte ich ihn.

»Dessen bin ich mir nicht sicher«, sagte er.

»Und ohne mich könntest du deinen Ellbogen nicht beugen.«

»Das ist wahr. Vielleicht hast du recht. Meine Miriam hat immer gesagt, ich neige zum Pessimismus.«

»Du bist ein guter Doktor, Jacob. Ich bin sehr stolz, dich meinen Kollegen und meinen Freund nennen zu dürfen.«

»Und ich andersherum. Jetzt muss ich dich um einen Gefallen bitten.«

»Alles.«

»Du und Gabriella habt euch in jüngster Zeit angefreundet.«

»Sie hat sich so gut um mich gekümmert, wie es jeder Arzt könnte.«

»Ich bin nicht blind, Rafael. Ich sehe, wie gern ihr einander gewonnen habt, und ich hege darob keinen Groll. Meines Wissens folgt die Zuneigung nicht dem Diktat der Gesellschaft oder der Religion.«

»Es ist wahr, ja.«

»Gabriella hat zwar noch eine Schwester und einen Bruder, Rafael«, sagte er. »Aber die haben ihre eigenen Familien, und sie wird allein auf dieser Welt sein. Versprich mir, sie zu beschützen, als wäre sie deine Angehörige.«

»Werde ich«, antwortete ich, ohne zu zögern. »Mit meinem Leben. Du hast mein Wort.«

»Wenn sie nicht bei jemandem unseres Glaubens sein kann, schenkt es mir Frieden zu wissen, dass sie wenigstens bei einem gelehrten Doktor und freundlichen Mann ist«, sagte er, während er die Augen schloss.

Einige Minuten lang sprachen wir nicht. Einzig das Knistern des Feuers und das Rasseln seines beschwerlichen Atmens füllten die Stille. Irgendwann fragte ich mich, ob Jacob eingeschlummert oder für immer eingeschlafen war, doch da regte er sich.

»Rafael, meine Familie wird mich nie verlassen«, sagte er.

»Natürlich nicht«, versicherte ich ihm.

»Du verstehst mich falsch. Mit jedem Augenblick, den ich atme, setze ich sie der Gefahr aus, diesen Fluch durch meine Dämpfe zu bekommen. Ganz besonders Gabriella will nicht von meiner Seite weichen.«

»Willst du mir sagen, dass du sterben möchtest?«

»Ich werde sterben. Es ist eine Frage von Stunden, höchstens einem Tag. Warum sich mein gebrechlicher Körper noch sträubt, wenn mein Geist und meine Seele bereits mein Schicksal akzeptiert haben, begreife ich nicht.«

Ich streckte eine Hand nach ihm aus, doch er wich zurück. »Es dauert nicht mehr lange, mein Freund«, sagte ich.

»Es sollte jetzt gleich sein«, sagte er und richtete den Blick auf die Tierhaut zu seinen Füßen. »Es wäre so leicht.«

Plötzlich verstand ich, worum er mich bat. Ich schrak einen

Schritt vom Bett zurück. »Nein, Jacob, das kannst du nicht von mir verlangen. Meine Religion würde es nicht erlauben. So wenig wie deine. Es ist eine Sünde höchsten Ranges.«

»Wie kann es eine Sünde sein, das Unvermeidliche zu beschleunigen?«, fragte er. »Ist es nicht unsere Pflicht, das Leid unserer Patienten zu lindern?«

»Bitte, Jacob«, sagte ich. »Verlang das nicht von mir.«

»Hätte ich die Kraft und die Courage, mich selbst zu ersticken, würde ich es tun«, erwiderte er. »Ich bin bereit zu sterben. Ich sollte tot sein. Nur du kannst mir helfen, Rafael. Nur du kannst helfen, Gabriella vor meiner Krankheit zu schützen.«

Ehe ich antworten konnte, flog die Tür auf. Gabriella erschien. »Sie sind hier!«, rief sie. »Die Geißler!«

Ich eilte zu ihr und nahm sie bei den Schultern. »Bleib drinnen, an der Tür, aber nähere dich nicht deinem Vater«, wies ich sie an.

Dann ging ich hinaus auf die Straße. Eine Gruppe jüdischer Männer, zu erkennen an ihren langen Bärten und Roben, stand vor der Häuserreihe, als wollten sie ihre Heime mit ihren Körpern schützen. Ihnen gegenüber waren mindestens zehn oder mehr Geißler an einem Karren voller Heu versammelt. Sie hielten Knüppel, Peitschen und andere Waffen in den Händen. Zwei von ihnen hatten brennende Fackeln bei sich, obgleich die Sonne hoch am Himmel stand. Ich erkannte den Anführer von der letzten Begegnung wieder, als er eine Dornenkrone getragen und ein schweres Kreuz hinter sich hergezogen hatte. Heute behinderte ihn weder das eine noch das andere. Er stand vor der Gruppe, hielt einen dicken Holzknüppel in einer Hand und schwenkte die andere, zur Faust geballt.

»Wo ist David ben Solomon?«, rief er mit einem starken deutschen Akzent.

Die Juden blickten einander ängstlich an, doch niemand antwortete.

»Wo ist David ben Solomon?«, wiederholte der Mann, und die beiden mit den Fackeln bewegten sich drohend vorwärts.

»Wir brennen eure Häuser nieder, mit euren elenden Frauen und eurer Brut darin«, sagte der Anführer. »Ist euch das lieber?«

Ein korpulenter Mann trat zögernd einen Schritt vor. »Ich bin David ben Solomon«, sagte er zittrig.

Der Anführer marschierte ohne ein Wort auf ben Solomon zu. Sobald er in Armeslänge von ihm war, schwang er seinen Knüppel und schmetterte ihn dem Mann auf den Kopf. Ben Solomon sackte zu Boden. Ein jüngerer Mann eilte dem Älteren zu Hilfe, schaffte es jedoch nur wenige Schritte weit, bevor er von derselben Keule niedergestreckt wurde. Die anderen Geißler stürmten vor, und die Juden wichen zurück.

»Wie viele von euch wollen das noch?«, brüllte der Anführer.

Der jüngere Mann, dem Blut von der Stirn lief, kämpfte sich auf die Knie. Abermals hieb der Anführer zu und schlug weiter, selbst als der Mann regungslos am Boden lag.

Drei oder vier Geißler brachten Armladungen voller Heu und warfen sie um und auf die beiden Männer am Boden, bis es kniehoch war.

Gelähmt vor Ekel stand ich da, unfähig, den Blick von der Abscheulichkeit abzuwenden, die ich bereits erahnte.

Die Männer mit den Fackeln schritten um die Haufen herum und zündeten das Heu an mehreren Stellen an. Die anderen Juden raunten untereinander, aber keiner versuchte, die Geißler aufzuhalten.

Bald brannte das Heu richtig. Der jüngere Jude mochte schon tot gewesen sein, denn er rührte sich nicht, als ihn die Flammen verschlangen. Ben Solomon jedoch schrie und konnte sich aufrichten. Seine Kleidung brannte, als er aus der Feuersbrunst torkelte, wo ihn sogleich der Anführer mit dem Knüppel angriff und ihn wieder und wieder prügelte.

Nachdem ben Solomon erneut zusammengebrochen war, drehte sich der Anführer zu den anderen Juden um und schwenkte abermals seine Faust. »Lasst euch das eine Warnung sein!«, schrie er. »Ihr Ketzer, ihr Mörder unseres Heilands! Ihr habt diese verfluchte Pest über uns Gläubige gebracht. Dafür werdet ihr alle noch bestraft!«

Kapitel 46

Den größten Teil des Nachmittags verbringen Byron und Alana mit Dr. Pietro Polese, dem Leiter des neapolitanischen Gesundheitsamtes. Polese ist ein fülliger Mann, der viel lacht und sehr gut Englisch spricht. Er fährt sie in den Vorort Scampia, wo Lalia Renzi gewohnt hat. Dort drückt Alana die Tasche mit ihrem Pass und dem Portemonnaie etwas fester an sich. Obwohl es mitten am Tag ist, fühlt sich diese Gegend unsicherer an als die meisten Rotlichtviertel nach Einbruch der Dunkelheit.

»Scampia wurde in den Sechzigern und Siebzigern gebaut, weil immer mehr Arbeiter in Neapel gebraucht wurden«, erklärt Polese. »Überall schossen Hochhäuser aus dem Boden. Dann schwächelte die Wirtschaft, und besonders betroffen waren die Fabriken. Viele Arbeiter zogen fort. In den letzten zwanzig Jahren wurde Scampia überrannt von Arbeitslosigkeit, Drogen und Kriminalität, vor allem Banden siedelten sich hier an. Es ist sehr traurig. Eine Schande für alle Neapolitaner.«

Als bräuchte es noch einen Beweis, müssen sie in diesem Moment über die ausgestreckten Beine eines Süchtigen steigen, der auf dem Gehweg liegt. Sein Bart ist von Essensresten oder vielleicht getrocknetem Speichel verkrustet, und sein Körpergeruch folgt ihnen noch einige Meter. Ein paar Häuser weiter unterbricht ein Mann sein Wühlen in einem Müllcontainer, um zu ihnen zu sehen und Obszönitäten zu brüllen. Maschendrahtzäune und Tore mit Vorhängeschlössern sichern die Gebäudefronten, und Alana fallen Sicherheitskameras auf, die in gleichmäßigen Abständen hoch an den Mauern montiert sind. Überall sind Graffiti und Müll. Abfallgestank durchzieht die Luft. Alana kommt es wie ein Traumbiotop für Ratten vor. Ihr wird klar, dass es eine gewaltige Herausforderung sein dürfte, unter der zweifellos riesigen Rattenpopulation hier irgendwelche infizierten Tiere zu finden.

Als sie zu seinem Wagen zurückkommen, erhält Polese einen Anruf und spricht einige Minuten lang. Nachdem er aufgelegt hat, ist sein Ton ernst. »Es gibt ein zweites Opfer.«

»Wo?«, fragt Byron.

»Hier in Scampia«, antwortet Polese. »In einem Hinterhof, wenige Straßen von da entfernt, wo wir gerade waren.«

»Gehen wir mit ihm reden«, sagt Byron.

»Das wird leider keinen Zweck haben. Er ist tot.«

»Woher wissen sie, dass es die Pest war?«, fragt Alana.

»Die Polizei hat seine Leiche vor etwa zwei Stunden gefunden. Sie haben angenommen, dass er an einer Heroin- oder Fentanylüberdosis gestorben ist, wie so viele von ihnen. Doch als er in der Leichenhalle ankam, hat der Pathologe Bubonen in seiner Leistenbeuge gefunden und eine Biopsie gemacht. Es ist *Yersinia*, ohne Frage.«

»Großartig«, stöhnt Byron. »Das Gesundheitsamt muss dieses ganze verdammte Viertel unter Quarantäne stellen und abriegeln.«

»Wie sollen wir einen ganzen Vorort isolieren?«, fragt Polese ungläubig.

»Welche Wahl haben Sie?«, entgegnet Byron. »Bei der mangelnden Hygiene und der Selbstvernachlässigung, die wir hier gesehen haben, ist es beinahe so schlimm wie im Mittelalter. Können Sie sich vorstellen, wie schnell sich die Pest unter diesen Bedingungen verbreiten kann? Zumindest braucht jeder in Scampia eine Antibiotika-Prophylaxe.«

»Si, das können wir versuchen. Ich werde alle meine Leute darauf ansetzen.«

»Wir schicken ein WHO-Team zur Unterstützung«, sagt Byron.

Alana bezweifelt, dass diese Maßnahmen ausreichen, doch als sie Byrons niedergeschlagene Miene sieht, behält sie den Gedanken für sich.

Polese setzt sie am Flughafen ab. Kaum ist ihre Maschine in der Luft, öffnet Byron seinen Laptop und schreibt hastig noch mehr Notizen. Alana beobachtet ihn. »Was ist, Byron?«

Er sieht nur halb vom Bildschirm auf. »Was soll womit sein?«

»Was belastet dich so sehr?«

»Alles. Du hast gesehen und gehört, was ich gerade getan habe.«

Sie lässt nicht locker. »Komm schon, Byron, da ist noch etwas, oder?«

Er schüttelt den Kopf und tippt wieder los. Nach einem Moment knallt er den Laptopdeckel zu. »Ich habe das nicht erwartet, okay? Willst du das hören?«

»Was nicht erwartet?«, fragt sie ruhig.

»Irgendwas davon!« Er holt tief Luft und senkt die Stimme, damit niemand mithören kann. »Ich bin gut in dem, was ich tue, Alana. Sehr gut. Als sie mich in Genf gebeten haben, das Einsatzteam zu leiten, habe ich mich für die richtige Wahl gehalten. Die beste. Ich habe nie bezweifelt, dass wir diesen Ausbruch eindämmen.«

Alana erkennt, dass er reden muss, also nickt sie nur.

»Sieh dir an, wo wir eine Woche später sind«, sagt er. »Die Pest hat Genua im Griff, und jetzt hat sie sich nach Rom und Neapel ausgebreitet. Und du hast dieses Desaster Scampia gesehen. Wie zur Hölle wollen wir *das* eindämmen?« Kurz wendet er den Blick ab. Als er wieder spricht, ist es nur noch ein Flüstern. »Die beste Wahl? Ich bin mir nicht mal sicher, ob ich eine kompetente war.«

»Du machst es so gut, wie es nur geht.« Sie legt eine Hand auf sein Bein. »Du warst es, der mir gesagt hat, dass die Minimierung der weiteren Ausbreitung und des Sterbens vorrangig ist. Und genau das tust du.«

»Aber du hast selbst gesagt, dass wir nichts eindämmen können, ehe wir herausgefunden haben, woher es kommt und wie es sich verbreitet.«

»Ganz richtig, wir werden es herausfinden. Bis dahin tun wir, was wir können. Einen Schritt nach dem anderen.« Sie ringt sich ein Lächeln ab. »Epidemiologie-Grundkurs, weißt du noch?«

»Ja, weiß ich.« Er legt seine Hand auf ihre und drückt sie. »Danke!«

Die unerwartete Vertrautheit verwirrt sie. Bis vor wenigen Tagen hatte sie Byron nicht mal sonderlich gemocht. Und sie ist sich nach wie vor nicht sicher, wie sie zu ihm steht. Verlegen zieht sie ihre Hand weg.

Byron lächelt verhalten und sieht nach unten. »Wir sind ein anständiges Team, oder?«

»Vor allem mit Justine, die uns auf Trab hält.«

»Genau.« Er wendet sich wieder seinem Laptop zu.

Bei ihrer Landung in Genua leuchten mehrere Textnachrichten auf Alanas Handy auf, einschließlich zweien von Olin und noch einer von Claudio.

Byron sieht auf sein Handy, als sie den Flughafen verlassen. »Vier weitere Tote in Genua und mehrere neue Fälle«, sagt er kopfschüttelnd. »Ich muss mich mit der Gesundheitsministerin und meinem WHO-Team im Rathaus treffen. Möchtest du dazukommen?«

»Geht nicht«, sagt sie. »Ich muss ins Krankenhaus.«

»Zu Nico?«, fragt er fast zu gelassen.

»Nein. Claudio.«

»Wir können heute Abend eine Einsatzbesprechung machen, einverstanden? Vielleicht sogar einen Happen essen, falls es die Zeit erlaubt.«

»Ja, falls es die Zeit erlaubt«, antwortet sie, womit sie sich selbst überrascht.

Kapitel 47

Heute ist der erste Tag des März. So vieles ist in den zwei Tagen geschehen, seit ich das letzte Mal meine Feder aufnahm, und ich weiß kaum, wo ich anfangen soll. Das Beste wird wohl sein, mit einem Geständnis zu beginnen.

Die Schurken, die sich selbst Geißler nennen, haben mir mit ihrem Akt der Barbarei unabsichtlich einen Gefallen erwiesen. Sie ersparten mir ein Dilemma, für das ich keine akzeptable Lösung hatte. Und sie erlaubten mir, mich feige vor der letzten Bitte meines sterbenden Freundes zu drücken. Als ich wieder in Jacobs Haus zurückkehrte, lebte er nicht mehr. Gabriella weinte wenige Schritte von seinem Bett entfernt. Später erfuhr ich, dass sie seine letzten Worte respektierte, sich ihm nicht einmal nach seinem Ableben zu nähern.

Ohne auf die Regeln des Anstands zu achten, nahm ich sie in meine Arme. Sie weinte so lange an meiner Schulter, dass ich die Zeit aus den Augen verlor. Kein Wort fiel zwischen uns, doch ihr Schmerz war so gegenwärtig wie ein Schrei. Ich dachte an Camilla und wie ich mich in den Stunden nach ihrem Tod fühlte, als hätte man mich lebendig ausgeweidet.

Gabriella begann zu schwanken, daher führte ich sie zu einem Stuhl am Tisch und setzte sie hin. Sie nahm einige Schlucke aus dem Weinschlauch, den ich ihr anbot. Als sie letztlich sprach, war ihre Stimme fest. »Erzähl mir, was mit den Geißlern war«, sagte sie.

»Es ist jetzt vorbei«, antwortete ich nur.

»Ich habe die Schreie gehört, und ich habe Rauch gerochen, wie auch verbranntes Fleisch. Erzähl es mir, Rafael, bitte.«

Ich erzählte ihr von den beiden Männern, die verbrannt worden waren, und von der finsteren Drohung des Anführers, bevor die Geißler wieder gingen.

Gabriella nahm die Neuigkeit ruhig und gefasst auf. »Sie haben namentlich nach David ben Solomon gesucht?«, fragte sie.

»Ja, haben sie.«

»Dann kann es kein Zufall sein.«

»Was nicht?«

»Du hast mir erzählt, dass sich der Erzbischof über seine Schulden bei ben Solomon beklagt hat, nicht wahr?«

»Ja, hat er.«

»Mithin ist der Erzbischof Nutznießer seines Todes?«

»Richtig«, sagte ich. »Aber der Erzbischof kann nicht der Einzige gewesen sein, der ben Solomon Geld geschuldet hat. Immerhin muss er ein erfolgreicher Verleiher gewesen sein, wenn er genug Geld für einen solch prächtigen Bau wie den Bischofspalast verleihen konnte. Andere Schuldner dürften ebenfalls durch ben Solomons Tod gewonnen haben.«

»Mag sein. Aber wer sonst hätte solch einen Einfluss auf die Geißler?«

»Ich bin mir nicht sicher«, gestand ich.

»Ich hoffe, es war der Erzbischof, der sie geschickt hat, ben Solomon zu töten.«

»Wie kannst du das sagen, Gabriella?«

»Verstehst du denn nicht, Rafael? Wenn es dem Erzbischof nur um seine Schuld ging, ist die nun beseitigt. Und er könnte seine Verachtung für den Rest von uns vergessen.«

»Nein«, sagte ich und ergriff ihre Hand. »Der Erzbischof wird nicht vergessen. Genauso wenig wie diese wahnsinnigen Bestien in ihren blutigen Gewändern. Ihr Anführer gibt den Juden die Schuld an dieser Pestilenz. Sie werden wiederkommen, Gabriella.«

Wir wurden von der Ankunft ihres älteren Bruders und ihrer Schwester mit mehreren ihrer Kinder unterbrochen. Durch den Tod des Vaters und den Terror der Geißler war die Familie so aufgebracht, dass keine rationale Diskussion möglich war. Ich nutzte die Ablenkung, um mich zu verabschieden und auf den Weg zu Don Marco zu machen.

Atemloser denn je erreichte ich die Tore der Abtei San Giovanni. Es war die größte Anstrengung, die ich seit meiner Genesung unternommen hatte, und der Weg den Berg hinauf schien mir dreimal so steil wie zuvor.

Zu meiner Verwunderung herrschte große Geschäftigkeit vor dem Kloster. Mönche und Bauern arbeiteten gemeinsam, sägten und nagelten Bretter. Auf der Ostseite der Hauptkirche türmte sich Erde neben einem solch tiefen Graben, dass ich an den Rand treten musste, um bis zum Grund sehen zu können. Unten hackten Männer mit Spaten auf den festen Boden ein. Ein kräftiger Mann, der dem Aussehen nach weder ein Bauer noch ein Mönch war, wanderte umher und rief allen anderen Anweisungen zu.

Don Marco kam zu mir geeilt und schüttelte mir sehr freundlich die Hand. »Ihre Genesung muss vollständig sein, dass Sie den Weg hierher zurücklegen konnten«, sagte er.

»Es geht mir viel besser. Was geschieht hier, Don Marco?«

»Wir bauen ein Sanktuar.«

»Unter der Erde?«, fragte ich verwirrt.

»Nicht für die Brüder. Für die Vorboten, die uns von Gott geschickt wurden.«

»Meinen Sie die Ratten?«

Nun kam der kräftige Mann zu uns, der die Befehle gerufen hatte.

»Ich habe einst edle Bauwerke, Kirchen und Paläste gebaut!«, rief er aus. »Jetzt baue ich unterirdische Krypten für Ratten!«

Don Marco stellte den Mann als Guiseppe vor, einen Meisterhandwerker aus Mailand. »Guiseppe ergänzte rasch, dass alle großen Baumeister aus Mailand kämen.«

»Wozu diese Krypta?«, fragte ich.

»Andere Kirchen bewahren Reliquien von Heiligen und Aposteln in ihren Krypten auf«, sagte Don Marco.

»Diese Ratten sind wohl kaum Reliquien.«

»Nein, sie sind sehr viel wichtiger«, antwortete er ungewöhnlich ernst. »Denn sie tragen die Vergebung des Herrn zusammen mit seinem Zorn.«

»Wie das?«

»Diese göttlichen Geschöpfe besitzen die Macht, zu heilen und zu verdammen. Gott hat sie nicht bloß als Segen für uns unbedeutende Brüder nach San Giovanni geschickt. Nein, ich glaube, der Herr hat sie unserer Obhut anvertraut.«

»Obhut? Aus welchem Grund?«

»Für das nächste Mal.«

Verwundert schüttelte ich den Kopf.

»Doktor Pasqua, die Pestilenz wurde geschickt, um die Menschen für ihre Sünden zu bestrafen«, sagte Don Marco. »Als Sterbliche ist es uns bestimmt, immer wieder zu sündigen. Der Herr hat uns die Aufgabe übertragen, seine Boten zu erhalten für die Zeit, wenn wieder Abbitte erforderlich ist.«

»Ich weiß nichts von diesem abergläubischen Unsinn«, unterbrach Guiseppe. »Doch ich werde den Ratten eine Krypta bauen, die so sicher und undurchdringlich ist, dass sie noch hier sein werden, wenn Gesù Cristo wiederkehrt.«

Ich war versucht zu widersprechen, aber mein Anliegen war weit pressierender als das Schicksal dieses Ungeziefers, ob es nun gesegnet war oder verflucht. Also bat ich Don Marco, ihn allein sprechen zu dürfen.

Er führte mich in die leere Wärmestube, wo er mir einen Platz an dem langen Tisch anbot. Don Marco erklärte, dass alle Brüder, abgesehen von denen, die beim Gebet oder im Skriptorium waren, nun beim Bau mithalfen. Und dass es keine neu erkrankten Mönche gäbe. Seit sieben Tagen hatten sie niemanden mehr begraben.

Ich drückte meine aufrichtige Freude über das gewendete Schicksal des Ordens aus. Dann sprach ich das Thema an, das mich hergeführt hatte, und fragte, ob er Gelegenheit gehabt habe, mit dem Erzbischof zu reden.

»Habe ich, ja«, sagte er.

»Ich kann Ihnen gar nicht genug danken, Don Marco«, sagte ich und verneigte mich tief.

»Ihr Dank ist nicht angebracht, Doktor Pasqua.«

»Nahm er Ihre Intervention nicht gut auf?«

»Der Erzbischof besitzt einen eisernen Willen. Er ist kein Mann, der sich leicht überzeugen lässt. Erst recht nicht von einem alten Mönch.«

»Was hat er über die Juden gesagt?«

»Ich würde seine Meinung von ihnen nicht als hoch beschreiben. Doch hat er mir gegenüber nicht angedeutet, dass er ihnen besonders übel gesonnen wäre.«

»Jemand ist es.«

»Wie das?«

Ich schilderte ihm die Ereignisse im jüdischen Viertel. Während ich sprach, wurde Don Marco zusehends betroffener.

»Dies ist nicht der Weg Gottes«, sagte er schließlich zutiefst betrübt.

»Es scheint jedoch der Weg der Geißler zu sein.«

»Sind Sie sich sicher, dass der Erzbischof überhaupt von den mörderischen Absichten dieser Wilden gewusst hat?«

»Nein, das ist lediglich eine Vermutung.«

»Am besten rede ich noch einmal mit dem Erzbischof.«

»Ich möchte Sie nicht ein zweites Mal darum bitten«, sagte ich. »Außerdem bezweifle ich, dass Sie mehr Erfolg hätten als beim ersten Mal.«

»Nein, vielleicht nicht.«

»Doch es gibt noch einen Gefallen, um den ich Sie hoffentlich bitten darf.«

»Welcher wäre das, guter Doktor?«

»Die Juden von Genua«, sagte ich. »Ich bin in Sorge, dass diese Geißler noch nicht mit ihnen fertig sind. Und ich fürchte um die Sicherheit der Familie meines Freundes.«

Mehr brauchte ich nicht zu sagen. Das Lächeln war wieder da. »Natürlich, mein Sohn«, sagte er. »Unsere bescheidene Kirche ist ein Zufluchtsort für jeden in Not, wie es alle Kirchen sein sollten. Ob Gläubige oder Ungläubige, hier in San Giovanni sind sie alle willkommen.«

Kapitel 48

Alana findet Claudio in seinem Krankenzimmer, wo er neben dem Bett steht und einen Rucksack packt. Er trägt noch den blauen Morgenmantel, ist aber an keine Infusionen mehr angeschlossen.

»Willst du verreisen?«, fragt Alana.

»Ja, Gott sei Dank.« Claudio grinst. »Ich darf aus dem ›Kittchen‹. Ist das nicht der richtige Ausdruck?«

»Falls du zufällig in einem Ganovenfilm aus den Fünfzigern mitspielst, ja.«

»Lieber wäre ich in einem von denen gefangen, als noch eine Minute länger in diesem Zimmer zu bleiben.« Er lacht. »Meine Quarantäne ist heute Abend vorbei.«

»Und du hast dich vollständig erholt?«

»Ich bin wie ein neuer Mann«, sagt er und reckt die Daumen nach oben. »Wie jemand, der eine zweite Chance bekommen hat ... sich sein Leben noch mal von vorne zu versauen. Was meinst du?« Er zwinkert ihr zu. »Wollen wir heiraten?«

Alana lacht. Ihre Stimmung bessert sich durch seine Anwesenheit. »Also, was ist an dem Tagebuch so dringend?«

»Es ist unglaublich. Wirklich unglaublich.« Claudio holt sein Tablet aus der Tasche und zeigt zum Bett. »Komm, setz dich zu mir.«

Sie sitzen nebeneinander, als Claudio eine Liste voller Stichpunkte mit den Augen absucht. »Ich habe es zweimal gelesen«, sagt er. »Eine richtige Übersetzung zu schreiben, habe ich noch nicht geschafft, aber ich habe mir Notizen gemacht. Meinst du, die reichen erst mal?«

»Natürlich.«

»Dieser Doktor, Rafael Pasqua, war ein sehr weiser und nachdenklicher Mann«, sagt Claudio voller Ehrfurcht. »Und mutig! Du kannst dir nicht vorstellen, durch was für eine Hölle er gegangen ist.«

»Erzähl!«

Er blickt in seine Notizen. »Pasqua war ein Bader und Heiler aus Genua. Er war sechsunddreißig Jahre alt, als die Pest im Winter 1348 in Genua ausbrach. Und er hat sein Tagebuch an dem Tag begonnen, an dem er seine Frau beerdigt hat. Er hat nie damit gerechnet, die Pest zu überleben. Pasqua hat seine Beobachtungen einzig für die Wissenschaft und die Geschichte aufgeschrieben.«

»Das nenne ich mal Hingabe.«

»Viel mehr noch, wirklich«, sagt Claudio. »Es ist schon für uns jetzt schlimm genug, aber wir können uns nicht vorstellen, wie es zu Pasquas Zeit gewesen sein muss. So viel Aberglaube und Unwissenheit! Die hatten keinen Schimmer, was die Pest verursachte. Manche schoben es auf die Astrologie, andere auf die Apokalypse. Sogar Pasqua – der für seine Epoche außerordentlich aufgeklärt war –, dachte, sie käme von irgendeinem Miasma oder bösen Dämpfen.« Wieder sieht er in seine Notizen. »Jeden Tag empfing er ein Opfer nach dem anderen in seiner Praxis. Er hat Bubonen aufgestochen, Wunden behandelt und bei allen anderen Symptomen das wenige getan, was er konnte. Dazu das Ausmaß der Epidemie! Pasqua schreibt, dass allein an einem Tag über sechshundert Menschen in Genua gestorben sind. Ich habe es nachgeschlagen. Genua hatte zu der Zeit insgesamt nur knapp über hunderttausend Einwohner. Ihnen ging der Platz aus, um die Toten zu beerdigen. Und es fehlten die Totengräber für die Arbeit. Am Ende haben sie die Leichen einfach im Hafen ins Wasser geworfen.«

»Das ist wirklich faszinierend, Claudio«, sagt Alana, der unter ihrer Kapuze allmählich zu warm wird. »Aber was hat irgendwas davon mit unserer Situation zu tun?«

»Hab Nachsicht mit mir«, antwortet er grinsend. »Ich bin schon zu lange mit meinen Gedanken allein.«

Sie nickt. »Ist gut.«

»Die Menschen waren nicht die einzigen Opfer der Epidemie. Bald verfiel die ganze gesellschaftliche Ordnung. Ohne Arbeiter und Bauern brach die Wirtschaft zusammen. Es kam zu ausufernder Kriminalität. Verwandte verließen ihre geliebten Menschen. Schließlich wandten sich die Leute gegeneinander, suchten nach Prügelknaben.«

»Das tun sie in schlechten Zeiten immer.« Sie denkt wieder an den ermordeten türkischen Teenager. »Auch heute.«

»Pasqua selbst war tief verstrickt.«

»In die Schuldzuweisungen?«

»Nein, im Gegenteil«, sagt Claudio. »Wie zu erwarten war, steckte auch er sich mit der Pest an. Er wurde von einem anderen Arzt und dessen Familie gesund gepflegt. Einer jüdischen Familie. In jenen Tagen war die Kirche alles. Und nicht sehr tolerant Außenseitern gegenüber, besonders nicht Juden.«

»Kann ich mir denken.«

»Aber für Pasqua war es persönlich.« Claudio beschreibt Pasquas Beziehung zu der jüdischen Familie und wie sehr er sich bemühte, sie vor der tödlichen Verfolgung zu schützen. Dann blickt er wieder in seine Notizen und nickt. »Es gibt noch eine große Übereinstimmung zwischen seinen Erlebnissen und unseren.«

»Welche?«

»Pasqua hat eine Menge Zeit in der Abtei San Giovanni verbracht.«

»Schon wieder die Abtei.« Alana schüttelt verwundert den Kopf. »Warum? Was hat er da gemacht?«

»Zuerst war er dort, um sich der kranken Ordensbrüder anzunehmen.«

»Zuerst?«, fragt sie, weil sie ahnt, dass es jetzt wichtig wird. »Was hat sich geändert?«

»Dieser Teil ist ... wie heißt das noch? ... irre! Als Pasqua selbst krank wurde, ist er nach San Giovanni gegangen, um ein Antiserum zu finden.«

»Antiserum? Im vierzehnten Jahrhundert?«

»Anscheinend war den schlauen Mönchen aufgefallen, dass einige der Ratten in der Abtei nicht mehr starben. Als wären sie immun gegen die Pest.«

»*Immun*?« Es durchfährt Alana wie ein Stromschlag.

»Ja«, bestätigt Claudio. »Die Mönche betrachteten diese Ratten als göttliches Zeichen. Sie haben sie verehrt wie die Reliquien von irgendeinem Heiligen. Der Abt, Don Marco, hat ihnen sogar einen Stall bauen lassen und einen Mönch für ihre Pflege eingeteilt. Aber die ersten Rattenheger – oder die *Custodi di ratti*, wie sie genannt wurden – starben an der Pest. Weil diese Tiere noch ansteckend waren. Also haben die Mönche für sie einen besonderen Ort gebaut, an dem sie sicher und ohne Kontakt zu dem Rest der Brüder waren.«

»Sie haben willentlich infizierte Ratten gehalten?«

»Ja.«

»Warum?«

»Aus zwei Gründen. Erstens, weil Don Marco glaubte, dass

ihre Präsens den Brüdern eine Art paradoxen Schutz vor der Pest bot.«

Alana setzt sich gerader hin. »Und zweitens?«

»Um die Ratten für das nächste Mal zu erhalten, wenn Gott den Menschen für seine Sünden bestrafen muss. Oder, wie Don Marco es formulierte ...« Claudio scrollt durch seine Notizen »Wenn wieder Abbitte erforderlich ist.«

»*Abbitte*? Oh Mann!« Ihre Nackenhaare richten sich auf. »Diese Mönche haben die Pest gelagert, wie ein Inkubator in einem Labor? Damit sie wieder freigesetzt werden kann?«

»Ja, aber sie könnten auch das Heilmittel bewahrt haben«, sagt Claudio. »Als Pasqua krank wurde, überlegte er, dass er eventuell gesund werden könnte, indem er das Blut dieser Ratten trank. Anscheinend hat es bei ihm funktioniert. Verstehst du? Eine primitive Form eines Antiserums.«

Alana klopft das Herz im Hals. Sie denkt allerdings nicht an Flüche oder ein Antiserum. »Wo hatten die Mönche diesen Rattenschutzraum gebaut?«

»Unter der Abtei.«

»Wie eine Krypta?«

»Genau! Und sie wurde versiegelt. Die Brüder hatten eine Öffnung eingebaut, um die Ratten zu füttern, aber die Krypta war tief genug, um sie vom Rest der Abtei zu isolieren und so die Tiere und die Mönche zu schützen.«

»Und die Pest zu erhalten«, murmelt sie. »Oh mein Gott!«

»Was ist, Alana?«

»Begreifst du denn nicht, Claudio? Ein geschlossenes Ökosystem für Ratten, die den Pesterreger trugen, aber selbst immun gegen ihn waren.«

»Du denkst doch nicht ...«

»Doch, tue ich. Die gesunde Ratte, die Justine gefunden hatte, trug auch den Pesterreger. Und Justine hat gesagt, dass sie anders war als jede ihr bekannte Art. Was, wenn sie ein direkter Nachkomme jener Ratten war, die von den Mönchen vor über sechshundert Jahren unter ihrer Kirche vergraben wurden?« Ihre Stimme wird heiser. »Claudio, was ist, wenn die Zeit der Abbitte jetzt ist?«

Hastig verabschiedet sie sich von Claudio und eilt von der Isolierstation. Das Gespräch über die mittelalterlichen Mönche erinnert sie an Juliets Bemerkung über den gepflegten »religiösen Irren«, den sie und Lalia in Scampia gesehen hatten. Nach der Dekontamination ruft Alana sofort bei Sergio an. »Die Überwachungskameras, Sergio«, sagt sie, anstatt ihn zu begrüßen. »Die oben an den Mauern überall in Scampia.«

»Was ist mit denen?«

»Können Sie die Aufzeichnungen bekommen?«

»Alle?«

»Falls nötig, ja.«

»Selbst wenn wir könnten, Alana«, sagt er hörbar erschöpft, »wäre die Anzahl der Leute und Stunden, die es bräuchte, all das Material zu sichten, absurd.«

»Dann engen Sie es ein. Können Sie die Aufzeichnungen von dem Tag durchgehen, an dem Juliet und ihre Freundin Lalia auf diesen ›religiösen Irren‹ gestoßen sind, von dem sie uns erzählt hat? Juliet müsste Ihnen Zeit und Ort ungefähr sagen können.«

»Vielleicht. Juliets Geschichte ändert sich stündlich. Die Drogen …«

»Weiß ich, Sergio. Eventuell gibt es auch keinen Zusammenhang, aber es kann nicht schaden, ein Bild vom Gesicht des Mannes zu haben, nachzuforschen, wer er ist und was er da wollte.«

Sergio schweigt einen Moment. »Ich sehe mal, was ich tun kann.«

Als Nächstes versucht sie es bei Byron, erreicht aber nur seine Mailbox. Sie nimmt an, dass er noch im Rathaus ist.

Kurz bevor sie an der automatischen Glastür ist, ruft Nico sie. Er kommt zu ihr gelaufen und küsst sie auf die Wangen. Seine Bartstoppeln kratzen auf ihrem Gesicht. Doch seine Nähe und der vertraute Duft haben deutlich an Wirkung eingebüßt.

»Du bist einfach verschwunden, Alana«, sagt er.

Sie entwindet sich seiner Umarmung. »Ich war heute in Neapel.«

»Ach ja, der neue Fall. Erzähl mal!«

»Fälle.« Sie fasst zusammen, was sie über die beiden neuen Opfer in Neapel weiß. »Aber es gibt einen Durchbruch hier in Genua, und der könnte sogar noch relevanter ein.«

Er runzelt die Stirn. »Was?«

»Das Tagebuch, das Claudio übersetzt hat.«

»Wo ist da der Zusammenhang?«

Alana erzählt ihm von den Ratten im Mittelalter, die immun gegen die Pest waren und von den Mönchen unter der Abtei in einem unterirdischen Sanktuar isoliert wurden.

Nico reißt die Augen weit auf. »Könnten die da unten Jahrhunderte überlebt haben?«

»Das will ich herausfinden. Deshalb treffe ich jetzt Justine.«

»Ich komme mit dir.«

Draußen schlängeln sie sich zwischen den Reportern hindurch, deren hektische Fragen sie ignorieren. Sie gehen um die Ecke in das kleine Café hinter dem Hospital. Justine sitzt bereits mit einer Tasse Tee in der Hand an einem Fenstertisch. Sie kichert, als die zwei zu beiden Seiten von ihr Platz nehmen. »Oh, echt jetzt! Zu erraten, mit welchem Date du aufkreuzt, ist ja schwerer, als den nächsten Superbowlgewinner zu tippen.«

Alana beachtet die Spöttelei nicht. »Wir müssen über die Ratten reden.«

»Ja, müssen wir! Wir haben heute noch etwas anderes, richtig Spannendes entdeckt. Ich habe dir doch gesagt, dass Vin Diesel nie …«

Nico verzieht das Gesicht. »Vin Diesel?«

»Das große Alphamännchen aus dem Park, das ich seziert habe«, sagt Justine, als wäre es offensichtlich. »Jedenfalls wissen wir ja, dass Vin immun gegen die Pest war, nicht?«

»Ja«, bestätigt Alana.

»Also dachte ich, er kann *Yersinia* nur durch die infizierten Flöhe in seinem Fell übertragen haben.«

»Und das stimmt nicht?«

»Nein, Ma'am!« Justine tippt sich in einem albernen Salut mit der Hand an die Stirn. »Überall auf seiner Haut siedelten die Bakterien. Millionen. So wie die menschliche Haut von all den Staphylo- und Streptokokken besiedelt ist, die auf uns leben, aber so gut wie nie eine Infektion verursachen.«

»Heißt das, diese Ratte war der eigentliche Pestträger?«, fragt Alana. »Mit oder ohne Flöhe an Bord?«

»Ganz genau.« Justine nickt stolz. »Also, was wolltest du mich zu den Ratten fragen?«

Alana berichtet ihr, was sie von Claudio über die Ratten und die Krypta erfahren hat.

»Ach du Scheiße!«, ruft Justine. »Denkst du, Vin Diesel könnte ein direkter Nachfahr dieser mittelalterlichen Pestratten sein?«

»Geht das überhaupt?«, fragt Nico. »Kann eine Rattenkolonie über so viele Jahrhunderte unter der Abtei überlebt haben?«

»Es würde eine Menge erklären«, sagt Justine. »Zum Beispiel warum er so eine andere Zeichnung und andere Zähne hatte als die zeitgenössischen Ratten.«

»Und warum er immun gegen die Pest war«, ergänzt Alana.

»Aber wie konnten die Ratten da unten gefangen so lange überleben?«, fragt Nico.

»Zeigt mir ein anderes Säugetier, das auch nur annähernd so widerstandsfähig ist wie die Ratte.« Justine blickt von Nico zu Alana. »Habt ihr schon mal von *Heterocephalus glaber* gehört alias Nacktmull?«

Alana und Nico sehen sie verständnislos an.

»Nicht direkt eine Augenweide«, sagt Justine. »Kein einziges Haar am Leib. So kahl wie der echte Vin Diesel. Und mit zwei fetten, schiefen Nagezähnen, die sogar einem englischen Zahnarzt peinlich wären. *Hässlich!* Aber diese kleinen Biester leben ausschließlich unterirdisch in Afrika. Einige von ihnen kommen ihr ganzes Leben nie an die Oberfläche. Und sie wohnen da unten nicht in einer kuscheligen Räuberhöhle. Nein, sie sind in engen Bauten unterwegs, die sie selbst bis in eine Tiefe von dreieinhalb Metern graben.«

»Und wie überleben sie?«, fragt Nico.

»Sie sind wahnsinnig anpassungsfähig. Sie brauchen kein Licht und kommen mit einem Bruchteil des Sauerstoffs aus, den andere Säugetiere brauchen. Ihre Nahrung besteht aus den Wurzeln von Gemüsearten, die noch in der Erde sind. Und sie haben diese schräge Sozialstruktur, bei der jedes Nest eine Königin hat, die bestimmt. Das wäre für uns auch mal eine super Idee, oder? Sie muss nicht mal sehen, wie hässlich die Männchen sind, mit denen sie sich paart. Es ist ein bisschen wie Tinder für Blinde.« Justine lacht. »Und während die meisten Mäuse oder Ratten sogar in Gefangenschaft nur ein bis vier Jahre leben, können Nacktmulle dreißig Jahre alt werden.«

Nico hält eine Hand in die Höhe. »Aber diese Tiere müssen

sich doch über Millionen Jahre angepasst haben, nicht innerhalb weniger Hundert.«

»Der Punkt ist, McDreamy, dass Ratten eben genau das tun, sich anpassen. Sie haben die unheimliche Fähigkeit, ihre Populationen stabil zu halten, auch mittels Kannibalismus und Unfruchtbarkeit, wenn es sein muss. Also, wenn ihr mich fragt, ob eine Rattenkolonie in einer geschützten unterirdischen Umgebung Hunderte von Jahren durchhalten kann, sage ich: Ja, verdammt!«

Alana springt auf. »Danke, Justine!«

»Wo willst du denn jetzt hin?« Justine grinst. »Nicht *schon wieder* ein Date!«

»In gewisser Weise doch«, antwortet Alana schmunzelnd. »Mit einem Mönch.«

Nico folgt ihr aus dem Café und winkt ihnen ein Taxi heran. Alana zeigt dem Fahrer die Adresse in Sestri Ponente auf ihrem Handy.

»Bist du überzeugt?«, fragt Nico sie.

»Wovon?«

»Dass unser Ausbruch von diesen Ratten kommt, die Mönche vor Jahrhunderten eingegraben haben.«

»Nicht überzeugt, aber ich neige zu dem Schluss.«

»Was Neapel nicht erklärt.«

»Stimmt. Es erklärt nicht mal den Parco Serra Gropallo oder einen Großteil der restlichen Ausbreitung in Genua. Da war menschliches Eingreifen nötig.« Sie nagt an ihrer Unterlippe. »Der nächste Schritt muss wohl sein, herauszufinden, wer sonst noch von der Krypta und diesen Ratten gewusst hat.«

»Abgesehen von Bruder Silvio?«

»Ja.« Obwohl sie zu diesem Zeitpunkt noch nichts und niemanden ausschließen will.

Nachdem sie eine Weile geschwiegen haben, legt Nico eine Hand auf Alanas Unterarm. »Ich habe ernst gemeint, was ich gestern Abend gesagt habe, Alana.«

»Welchen Teil?«

»Alles.« Sein Blick ist unangenehm intensiv.

Es hatte mal eine Zeit gegeben, in der sie bei denselben Worten dahingeschmolzen wäre. Jetzt rufen sie lediglich einen Anflug von Melancholie hervor – glückliche Erinnerungen, die sich nie wiederholen lassen. »Nico, was wir hatten, war unglaublich besonders. Aber jetzt? Wir? Das ist ausgeschlossen.«

»Wie kannst du dir da sicher sein?«

»Dein Zuhause ist hier. Wenn schon nicht bei deiner Frau, dann bei deinen Kindern. Und meines?« Sie schüttelt den Kopf. »Das ist woanders.«

Nico lässt ihren Arm los und lächelt tapfer, obwohl er eindeutig verletzt ist. »Ist vielleicht besser so. Ich würde keine Woche in Brüssel überleben. Es ist so langweilig, dass sich Genua daneben wie Las Vegas anfühlt.«

Das Taxi hält vor Bruder Silvios Haus. Sie steigen die Stufen zu seiner Wohnung hinauf. Der Mönch in der schwarzen Kutte begrüßt sie freundlich lächelnd wie immer. Alana stellt Nico vor, und Silvio bittet sie hinein. Wieder räumt er Papiere von den Stühlen und besteht darauf, dass seine Gäste sich setzen. »Wie kann ich Ihnen helfen?«

»Rafael Pasqua«, sagt Alana.

Silvios Augen leuchten auf. »Si, der andere gute Doktor. Haben Sie sein Tagebuch gelesen, ja?«

»Noch nicht ganz«, antwortet Alana. »Aber ein Freund von mir hat es, und er hat mir einige wichtige Sachen beschrieben. Zum Beispiel die Krypta unter der Abtei.«

Interessiert neigt Silvio den Kopf zur Seite. »Ach ja? Was ist mit ihr?«

»Die Mönche hatten sie als Schrein für die Ratten gebaut.«

»Ja, richtig.«

»Aber auch, um sie für künftige Generationen am Leben zu erhalten. Falls Gott will, dass sie wieder freigelassen werden.«

»Nun, natürlich konnte niemand je wieder die Krypta betreten, nachdem sie fertig gebaut war«, erklärt Silvio. »Wir Brüder haben nicht mehr über die Ratten gesprochen. Sie waren für uns nur noch ... symbolisch. Doch ich habe immer geglaubt, dass es eine Art göttliche Präsenz unter unseren Füßen gibt.«

»Haben Sie deshalb Emilio gewarnt, dass man nicht an geweihtem Grund rühren sollte?«, fragt Alana.

Silvio nickt.

»Und was ist mit diesem Rattenheger? Wurde diese Rolle über die Jahre immer weitergegeben?«

»Nein, nicht mehr seit dem Mittelalter«, antwortet Silvio spöttisch. »Die meisten Brüder haben nicht mal von den Ratten gewusst. Oder wofür ... *lo Scivolo* ... da war ...«

»*Lo Scivolo*?«, wiederholt Nico. »Wie eine Rutsche?«

»Ja, so wie man schmutzige Kleidung in ein Loch wirft?« Silvio ringt nach den englischen Worten. »Nur dass die für Abfälle war.«

»Ein Müllschlucker?«, schlägt Alana vor.

»Si, aus Stein. Don Marco ließ ihn von den Brüdern einbauen. Er war die einzige Verbindung zur Krypta, aber so lang, dass die Ratten ihn von unten nicht erreichen konnten. Wir haben alles Essen, das nicht mehr gut war, hineingeworfen. Es war eine Tradition.«

Alana merkt auf. »Also ist es wahr! Die Brüder haben diese Ratten über sechshundert Jahre weitergefüttert!«

Silvio stutzt. »Welche Ratten?«

»Die, die den Schwarzen Tod nach Genua zurückgebracht haben.«

»Nein! Die müssen schon vor langer Zeit ausgestorben sein.«

»Sind sie nicht«, sagt Alana. »Unser Team hat eine von ihnen gefangen.«

»*Non è possibile.*« Silvio schüttelt den Kopf.

»Die Pest, Bruder Silvio. Verstehen Sie denn nicht? Sie ist zurückgekommen, sobald die Abtei abgerissen wurde. Sobald diese Ratten befreit waren.«

Er verstummt nachdenklich. »Kann das sein? Die Pest ist von San Giovanni zurückgekehrt? Aus unserer Abtei?«

»Ja«, antwortet Alana. »Und wir denken, jemand hat sie absichtlich freigelassen.«

»Warum sollte das jemand tun?«

»Das wissen wir nicht. Noch nicht. Aber wer sonst in der Abtei kann von den Ratten gewusst haben?«

Silvio schüttelt wieder den Kopf.

»Wer hat sonst noch Pasquas Tagebuch gelesen?«, fragt Alana.

»Ich ... das kann ich nicht sagen.« Er weicht ihrem Blick aus. »Fragen Sie Don Arturo. Er weiß solche Sachen besser als ich.«

Kapitel 49

Am hintersten Platz in dem Internetcafé fühlt er sich wie ausgestellt. Seine Finger zittern auf der Tastatur. Um seine Atmung zu beruhigen, muss er sich daran erinnern, dass die Plätze neben ihm frei sind und keiner ihn zu beachten scheint. Er ist es gewohnt, nicht beachtet zu werden. Bruder Silvio bezeichnete es als Gottes Geschenk an ihn. »Du musst es eher wie einen Segen sehen als einen Fluch, mein Sohn. Manche Menschen blühen im Schatten auf.«

So wie meine Ratten, denkt er. Je mehr Zeit er mit den Kreaturen verbringt, desto besser versteht er sie. Auch sie scheuen Aufmerksamkeit. Und sie kennen ihren Platz in dieser Welt.

Er blickt sich wieder über die Schulter um, bevor er das Passwort in seinen E-Mail-Server eingibt. Es ist nur eine neue Nachricht in seinem Maileingang. Und so dringend er sie lesen will, schaut er sich vorher abermals im Raum um. Als er sich vergewissert hat, dass niemand ihn beobachtet, klickt er die Mail an.

Du musst stets seinem Wort gehorchen, steht dort. *Wenn er dir sagt, zieh weiter, meint er, dass du seine geheiligten Geschöpfe ostwärts bringen sollst, nach Asien. Dessen bin ich gewiss. Du musst sie in Fernost freilassen, dem Schandfleck der Zivilisation, wo sie seinem Wort nicht gehorchen.* Der Absender zitiert einen vertrauten Vers aus dem Buch der Psalmen:

Der Tod übereile sie, dass sie lebendig zu den Toten fahren; denn es ist lauter Bosheit bei ihnen.

Er schluckt und versucht, seinen Mut zusammenzuraffen. Noch nie hat er Italien verlassen, geschweige denn den Kontinent. *Es gehen täglich Schiffe nach Fernost,* folgt nun in der Nachricht. *Wäre ich der Auserwählte, würde ich zum Hafen gehen und auf einem Schiff anheuern. Vielleicht auf einem Frachter? Die suchen ständig neue Leute. Ist dein Pass in Ordnung?* Die Mail endet wie alle mit dem schlichten Satz: *Du wirst für immer gesegnet sein.*

Er antwortet sehr kurz – *Pass in Ordnung* – und löscht die Nachrichten. Sobald der Bildschirm bestätigt, dass er sich ausgeloggt hat, steht er auf und geht zur Tür. Er richtet den Blick fest nach vorn, gibt sich jedoch keine Mühe, sein Gesicht zu bedecken. Schließlich erinnert sich niemand an das Unsichtbare.

Als er in die warme neapolitanische Luft tritt, ist er entschlossener denn je. Er hegt keinerlei Zweifel, dass Dr. Lonzo ein guter Mann und fähiger Psychiater ist. Doch in diesem Fall muss er sich irren. Könnte er ihm doch nur sagen: *Erkennen Sie es nicht, Lonzo? Es ist nicht nur Gott, der mir Anweisungen gibt.*

Kapitel 50

Die beiden Männer in den weißen Schutzanzügen rollen den versiegelten Leichensack aus dem Zimmer der Intensivstation. Die Trage streift beinahe Alana, als sie an ihr vorbeigehen. Die Neunundzwanzigjährige ist erst vor Minuten gestorben, nach einer weiteren gescheiterten Wiederbelebungsmaßnahme, die mit genauso viel Blut endete wie die anderen, die Alana gesehen hat. Anscheinend war die Frau gestern mit ihrem Mann ausgegangen, um ihren zweiten Hochzeitstag zu feiern. Jetzt ist sie Genuas neununddreißigstes Pestopfer innerhalb einer Woche seit Vittorias Tod. Und es gibt ein vierzigstes, zählt man ihren Fötus mit, denkt Alana unglücklich.

Sie fühlt einen Ellbogen an ihrem und dreht sich um. Neben ihr steht Byron. »Ich möchte dir etwas zeigen«, sagt er grinsend.

»Was gibt es denn zu grinsen, Byron?«

»Ein paar Sachen«, sagt er, als er sie zu einem anderen Zimmer auf der Intensivstation führt. »Erstens waren es heute nur acht Pesttote.«

»Und deshalb lächelst du?«

»Gestern waren es elf.«

Alana versteht, was er meint. Für Epidemiologen sind rückläufige Fall- oder Opferzahlen in der akuten Phase eines Ausbruchs mögliche Indikatoren für eine Eindämmung. Aber noch will sie nicht zustimmen. »Der Tag ist noch nicht vorbei.«

»Wird er in fünfzehn Minuten sein.« Er nickt zur Digitaluhr über ihnen, die fast Mitternacht anzeigt.

»Und du zählst nicht mal die neuen Fälle in Neapel mit«, erinnert sie ihn. »Mindestens sechs Neuerkrankungen und schon zwei Tote.«

»Wir können bei diesem Ausbruch nur eine Stadt nach der anderen in den Griff bekommen«, entgegnet er unbeirrt. »Falls unser Modell hier funktioniert, können wir es woanders übernehmen.«

Alana kauft es ihm nicht ab. »Was verrätst du mir nicht, Byron?«

Inzwischen ist er mit ihr vor einem der Zimmer stehen geblieben und zeigt durchs Fenster zu dem Patienten drinnen. Bei all den Schläuchen und Kabeln, an die der Mann angeschlossen ist, bemerkt sie nicht gleich, dass er nicht an einem Beatmungsgerät hängt. Er hat nur eine einfache Sauerstoffmaske auf dem Gesicht.

»Das ist Pietro Molaro«, erklärt Byron. »Er ist der fünfte Patient mit der antibiotikaresistenten Pest. Die anderen vier sind tot, und gestern schien sicher, dass Pietro sich zu ihnen gesellt.«

Alana beobachtet, wie der Patient ohne Hilfe seine Position im Bett ändert. »Es geht ihm besser?«

Byrons Lächeln wird breiter.

»Wie?«

»Dank Claudio Dora.«

»Claudio? Was hat er damit zu tun? Er ist erst heute aus dem Krankenhaus entlassen worden.«

»Ja, aber das Labor konnte Antikörper aus dem Blut einiger Überlebender extrahieren, einschließlich dem von Claudio. Genau genommen das Immunglobulin gegen *Yersinia*. Daraus konnten sie genug genetisch identisches Antiserum herstellen, um Pietro zu behandeln.«

»Und es wirkt?« Sie winkt ab. »Na, tut es offensichtlich. Aber ich habe gedacht, es würde Wochen oder Monate dauern, ein Antiserum zu produzieren.«

»Dachten wir anfangs alle. Doch das Labor hat eine experimentelle Technik benutzt. Sie haben die DNS der spezifischen Antikörper geklont, sie in eine nicht sekretierende Myelomzelllinie gegeben und das Immunglobulin aus dem Überstand aufgereinigt.«

Für die meisten Ohren würde diese Erklärung wie Kauderwelsch klingen, aber Alana hört begeistert zu. Sie versteht, was es heißt: Die Wissenschaftler konnten die genetische Information von Claudios Antikörpern mit den Genen von Tumorzellen verbinden, und die sich rasant vermehrenden bösartigen Zellen haben genug schützende Antikörper produziert, um einen anderen Patienten zu behandeln.

»Wie viel Antiserum haben sie hergestellt?«, fragt sie.

Byrons Lächeln wird etwas matter. »Nur ausreichend für einen Patienten. Aber sie sind schon dabei, mehr zu machen. Mit ein bisschen Glück können sie in den nächsten paar Wochen Hunderte von Dosen produzieren.«

»Hunderte? Das ist gut. Sehr gut. Aber es ist keine Wunderwaffe. Zumindest noch nicht. Wir werden viel mehr brauchen, und das früher als in ein paar Wochen. Bis dahin könnte der Damm schon gebrochen sein.«

»Stimmt.«

»In der Zwischenzeit gerät die Pest in Neapel außer Kontrolle. Und wir haben immer noch keinen blassen Schimmer, wie sie dorthin gekommen ist.«

»Richtig.«

Sie reißt die Hände in die Höhe. »Wir haben noch nicht mal die mutierten Ratten – und die Mittelalterabtei, in der sie all die Jahre versteckt waren – mit diesem Ausbruch richtig verknüpfen können.«

Byron zeigt zu dem Patienten, der sich mühelos im Bett aufsetzt. »Dennoch ist Pietro da drinnen ein kleiner Erfolg. Und ein bedeutender. Vielleicht unser erster, seit alles angefangen hat. Er ist ein Grund zum Feiern, Alana.«

Eine Stunde später sind sie in einem durchgehend geöffneten Restaurant, einer uralten Trattoria in der Altstadt mit niedrigen Decken und rot karierten Tischtüchern. Die einzigen anderen Gäste sind zwei Studenten, die jeweils allein an einem Tisch sitzen, ihre aufgeklappten Laptops vor sich und Knöpfe in den Ohren.

Die Penne Marinara sind so köstlich, dass Alana nicht anders kann, als sie gierig zu verschlingen. Byron schaut ihr amüsiert zu. »Beendest du heute Nacht einen Hungerstreik?«

»Irgendwie ja«, antwortet sie ohne jede Scham, nachdem sie den letzten Happen geschluckt hat. »Womöglich bin ich der erste Mensch, der jemals eine Woche in Italien verbracht und tatsächlich abgenommen hat.«

Byron hebt seine Bierflasche an den Mund, trinkt aber nicht. »Du siehst heute Abend ... ähm ... fantastisch aus ... bedenkt man die Umstände.«

»Bedenkt man die Umstände?« Sie legte eine Hand an ihre Brust und mimt die Beleidigte.

»Dana hat mir früher immer gesagt, in solchen Sachen bin ich grottenschlecht.«

»Was für Sachen? Komplimente?«

»Small Talk. Was ich zu sagen versuche, ist, dass du nach einer

Woche Jagd auf einen Erreger und praktisch keinem Schlaf wirklich …«

Er verstummt, als Alana losprustet.

»Verdammt! Ich kann das einfach nicht.«

»Nein, ganz offensichtlich nicht«, sagt sie. »Denkst du oft an sie?«

»An Dana? Weniger als am Anfang, aber ja. Nachdem sie mich verlassen hatte, habe ich mich an den Glauben geklammert, wir würden es irgendwann wieder hinbekommen. Es erschien so logisch, dass wir zusammengehören. Mir zumindest.«

»Warum?«

»Gleiche Interessen, gleiche Berufe, gleiche Ziele im Leben – jedenfalls dachte ich das.« Er senkt den Blick zur Tischdecke. »Ich schätze, wir waren bloß eines dieser Paare, die in der Theorie besser aussehen als im wahren Leben.«

»Man lässt sich leicht täuschen, nicht?«

Er nickt. »Ist das auch mit Nico passiert?«

»Nico und ich ergaben schon rein theoretisch nie Sinn.«

»Nicht?« Er wirkt skeptisch. »Zwei idealistische Fachärzte für Infektionskrankheiten, die beide bei der WHO gearbeitet haben …«

»Von denen einer ein Alkoholproblem und zwei kleine Kinder hat«, kontert sie. »Aber er hat ein großes Herz. Und wir beide haben unsere Arbeit leidenschaftlich gern gemacht. Der erste Einsatz – der Choleraausbruch in Angola – war kräftezehrend. Wir waren jung. Und naiv. Du weißt, wie es im Außeneinsatz ist.«

Er betrachtet das Etikett seiner Flasche. »Ja, weiß ich.«

»Vermutlich haben wir die Aufgekratztheit mit etwas anderem verwechselt.«

»Oder ihr wart schlicht verliebt.«

»Ja, mag sein. Nein, du hast recht, waren wir. Aber wenn es eines gibt, was mir diese letzte Woche bestätigt hat, ist es, dass Nico und ich nie eine gemeinsame Zukunft gehabt hätten.«

»Kannst du das wirklich mit Bestimmtheit sagen, ohne ...«

»Was soll das, Byron? Hast du mich zum Essen eingeladen, um mich für meinen Ex zu begeistern?«

Byron lacht. »Mea culpa.«

»Jetzt fang nicht mit Latein an, Charmeur! Da werde ich schwach.«

Der Kellner kommt mit einer Flasche vom Hauswein, um ihr nachzuschenken, doch sie winkt ab, steht auf und zieht Byron an der Hand nach oben. »Es ist irrsinnig spät. Zahl die Rechnung und bring mich nach Hause.«

Sobald sie hinaus in die kühle Nachtluft treten, dreht Alana sich um und lehnt sich spontan an ihn. Ihre Lippen finden seine, und sie küsst ihn. Sie fühlt, wie seine warmen Arme sie umfangen. Hitze strömt von ihrer Brust in ihre Schenkel. Sie küsst ihn stürmischer, schiebt ihre Zunge zwischen seine Zähne und drückt ein Verlangen aus, von dem sie bis zu diesem Moment nicht gewusst hatte, dass sie es hat.

Sobald das Taxi vorfährt, öffnet Byron die Tür, ohne Alana loszulassen. Linkisch steigen sie hinten ein. Als der Wagen anfährt, klettert Alana auf Byrons Schoß und küsst ihn wieder. Seine Wärme erregt sie. Er berührt ihre Brust, sie wiegt ihre Hüften auf ihm. Seine Erektion drückt zwischen ihre Beine, und es macht sie noch schärfer. Sie streichelt ihn durch seine Hose.

Das Taxi erreicht eben das Hotel, da meldet ihr Handy mehrere Textnachrichten. Alana ist versucht, sie zu ignorieren, aber sie erkennt den Signalton, den sie Sergio zugeteilt hat. Ohne sich von Byron zu bewegen, holt sie das Telefon aus ihrer Handtasche.

Auf dem Display erscheint ein körniges Foto. Es ist eine Nahaufnahme von einem glatt rasierten, unscheinbaren jungen

Mann. Sein Gesicht ist leicht geneigt, aber deutlich zu erkennen, vor allem die eher kleinen Augen und das eckige Kinn. Alana scrollt zur zweiten Nachricht, einer Aufnahme desselben Mannes aus weiterem Winkel, zweifellos von einer Überwachungskamera. Er steht neben zwei Frauen, und obwohl die größere nur im Profil aufgenommen ist, erkennt Alana sie sofort als die geschlechtsumgewandelte Juliet.

Unter den Fotos hat Sergio geschrieben: »Der religiöse Irre?«

Kapitel 51

Heute ist der dritte Tag des März. Ich schreibe mit schwerem Herzen und von Schuld geplagtem Gewissen, denn gestern beging ich mehr Sünden an einem einzigen Tag, als ein tugendhafter Mann es in einem ganzen Leben täte.

Im Morgengrauen wurde ich von einem Klopfen an meiner Tür geweckt. Ich öffnete und sah zwei Soldaten. Ehe ich ein Wort sagen konnte, packte mich der bärtige von beiden beim Arm. Der andere, kräftigere verkündete, auf Befehl des Erzbischofs hätte ich sie zu begleiten. Ich musste sie anflehen, mir zu erlauben, dass ich meinen Umhang und einen Hut hole.

Die Soldaten trieben mich zu Fuß den Hügel hinauf. Im Palast scheuchte mich der kräftige grob einen schmalen, dunklen Korridor entlang, entgegengesetzt der Richtung zu den Gemächern des Erzbischofs. Ich nahm an, dass er mich in einen Kerker oder eine Einfriedung bringen wollte, und mein Atem wurde schneller vor Angst. Doch die Kammer, in die er mich schubste, war kein Gefängnis. In dem Raum waren keine Fenster, und er wurde allein von Fackeln erhellt, aber ich erkannte, dass es eine Art Krankenzimmer war. Auf dem Steinfußboden waren vier Strohmatratzen ausgelegt, und auf jeder von ihnen lag jemand.

Der Soldat wollte nicht mit eintreten, zeigte aber zu dem Mann auf der Matratze ganz hinten an der Wand. »Er!«, befahl er.

Die rasselnde Atmung der Männer sagte mir, dass sie von der Pest befallen waren. Den ersten, an dem ich vorbeiging, erkannte ich nicht, auch nicht den zweiten, obwohl mir sein leerer Gesichtsausdruck und die reglose Brust verrieten, dass er bereits gestorben war. Dem dritten Mann indes war ich schon begegnet. Er war einer der Priester, die mich zuvor zum Erzbischof eskortiert hatten. Er blickte mit schweißnassem Gesicht und angsterfüllten Augen zu mir auf, sagte jedoch nichts, als ich weiterging.

Der alte Mann auf der letzten Matratze schien mir zunächst fremd. Seine Haut war grau, und er zitterte wie ein Blatt im Sturm, obgleich er von lauter Pelzen bedeckt war. Erst als er die Augen öffnete, sah ich, dass ich vor dem hochgeschätzten Arzt des Erzbischofs stand, Doktor Volaro.

»Ich habe nicht nach Ihnen gerufen«, sagte Volaro, dessen Stimme genauso zitterte wie der Rest von ihm.

»Wann sind Sie krank geworden?«, fragte ich, als ich mich zu ihm kniete.

»Schicken Sie nach einem richtigen Arzt«, forderte er schwach. »Ich will keinen von euch primitiven Badern.«

»Und ich bezweifle, dass Ihnen irgendein Doktor, Arzt oder Wundarzt dienen kann«, erwiderte ich ehrlich.

»Doch Sie können?«

»Nein, Herr«, sagte ich so freundlich wie möglich. »Ihr Zustand ist zu weit fortgeschritten für eine Intervention.«

»Ihre Meinung ist es nicht wert, dass ich sie auch nur in Betracht ziehe«, sagte Volaro und drehte sich mit größter Anstrengung von mir weg.

Der Soldat winkte mich zur Tür und führte mich den Korridor entlang zurück und durch den anderen zu den Gemächern des Erzbischofs. Wir mussten an der Tür warten, bis man uns Zutritt gewährte. Ich betrat einen Raum so heiß wie ein Fieber. Das Feuer loderte gleich einem Scheiterhaufen. Der Erzbischof saß in seinem erhöhten Stuhl davor und spielte mit dem Ring an seinem Finger, als ich eintrat. Ebenjenen Finger schwenkte er in meine Richtung. »Habt Ihr Euch Doktor Volaro und meine Priester angesehen?«, fragte er.

»Habe ich, Exzellenz«, antwortete ich und verneigte mich. »Sie scheinen alle an der Lungenpest zu leiden. Einer von ihnen ist bereits gestorben.«

»Ja«, sagte er. »Trotz unserer formidablen Vorkehrungen ist die Pest in dieses Haus Gottes eingedrungen.«

»Sie scheint unausweichlich, Exzellenz.«

»Und dennoch seid Ihr ihr entkommen, Doktor Pasqua.«

»Ich bin ihr nicht entkommen, Exzellenz. Aber ich hatte das Glück, sie zu überleben.«

»Indem Ihr Rattenblut getrunken habt, ist es nicht so?«

»Ich kann es nicht sagen, Exzellenz.«

»Ihr werdet das Heilmittel mit mir teilen, das Euch einen solchen Schutz geboten hat!«, schrie er.

Es war weniger der erstaunliche Fassungsverlust des Erzbischofs, der mich aufbrachte, als die Forderung an sich. Ich dachte an Don Marcos Angebot, Gabriella und ihrer Familie Zuflucht zu gewähren, und der Gedanke, dass die Männer des Erzbischofs in der Abtei auf Rattenfang gehen würden, ängstigte mich. Was wäre, wenn sie dort auf Juden stießen?

»Exzellenz«, sagte ich, »meiner bescheidenen Meinung nach wird kein Heilmittel mehr dem guten Doktor oder dem noch lebenden Priester bei ihm helfen können.«

»Für sie ist es viel zu spät«, tat er es sogleich ab. »Sie schinden lediglich Zeit, bis sie in den Himmel gerufen werden.«

»Und für wen braucht Ihr ein Heilmittel?«

»Für mich!«

»Fühlt Ihr euch unwohl, Exzellenz?«

»Nein, noch nicht. Doch jetzt, da die Pestilenz sich in mein Haus gestohlen hat, ist niemand sicher. Ich möchte vorbereitet sein.«

Mich überkam der Drang, Gabriellas einzige Zuflucht in der Not zu schützen. Deshalb tat ich, was ich niemals für möglich gehalten hätte. Ich belog den höchsten Stellvertreter Gottes in Genua. »Eure Exzellenz«, sagte ich, »das Blut der Ratten hat keinerlei heilende Wirkung.«

Der Erzbischof neigte sich vor und verengte die Augen. »Sie haben mir in diesem Raum Gegenteiliges erzählt.«

»Das habe ich, Exzellenz«, sagte ich. »Zu der Zeit glaubte ich, es wäre so. Doch leider ist jeder Patient, den ich bisher mit den Körpersäften jener Ratten behandelt habe, einen qualvollen Tod gestorben.«

»Mit Ausnahme von Euch«, sagte er sehr vorwurfsvoll.

»Ich wurde nicht durch die Rattensäfte verschont. Es gibt ein anderes Heilmittel.«

»Und warum habt Ihr mir das nicht früher enthüllt?«

»Ich bin erst seit Kurzem von seinem Nutzen überzeugt«, erfand ich aus dem Stegreif. »Um ehrlich zu sein, wart Ihr recht unmissverständlich mit Eurer Skepsis und Eurem Verdacht der Hexerei, und ich fürchtete, Ihr könntet dieses Heilmittel auch von solcher entsprungen glauben.«

»Welches Heilmittel?«

»Ich sage es Euch, Exzellenz, doch es ist eine befremdliche Zusammensetzung, fürchte ich.«

»Diese Zeiten sind nicht geschaffen für empfindliche Ohren.«

»Die Paste wird aus geriebenen Narzissen, Krokussen und Pfingstrosen hergestellt«, nannte ich die ersten Blumennamen, die mir in den Sinn kamen. »Ich mische verschiedene Kräuter mit dem Blut eines gesunden Schafes und dem Urin einer Kuh. Und, vergebt mir, Exzellenz, aber es gibt da noch eine Zutat, die sehr delikat ist.«

»Sagt es schon!«

»Dieser Mischung gebe ich den Samen eines Ziegenbocks hinzu. Er ist ein essenzielles Element.«

»Ekelhaft. Und dennoch seid Ihr Euch der Wirksamkeit gewiss?«

»Die Medizin kann Wunder wirken«, sagte ich. »Der Beweis steht vor Euch.«

Der Erzbischof beäugte mich so lange stumm, dass ich mich fühlte, als blickte er geradewegs in meine unaufrichtige Seele. Es bedurfte meiner gesamten Kraft, ihm in die Augen zu schauen. Schließlich sagte er, »Ihr werdet mir diese Medizin bereiten.«

»Es ist mir eine Ehre«, sagte ich und verneigte mich wieder tief.

»Geht jetzt!«

»Exzellenz, darf ich eine kleine Bitte meinerseits an Euch richten?«

»Ich bin Gottes heiliger Diener. Ihr erwartet doch keine Bezahlung für dieses Gebräu!«

»Ganz und gar nicht, Exzellenz. Ich wollte Euch lediglich um Hilfe in einer anderen Angelegenheit betreffs der Familie meines Freundes Jacob ben Moses bitten.«

»Ein Jude«, sagte er, als sprächen wir von einem abscheulichen Wegelagerer. »Was für eine Hilfe?«

Ich beschrieb dem Erzbischof eher vage den Angriff der Geißler auf die Juden. Während ich sprach, fühlte ich, dass ihm die Geschehnisse im jüdischen Viertel geläufig waren.

»Die Geißler sind Ausländer«, sagte er. »Diese Deutschen gehören nicht zu meinen Schäflein und folgen meinem Rat nicht.«

»Diese Geißler haben einen der wenigen Älteren unter den Juden getötet, David ben Solomon«, sagte ich, um zu betonen, dass der Gläubiger des Erzbischofs bereits tot war. »Ich habe Jacob auf seinem Sterbebett versprochen, seine Familie zu schützen. Sollte ihnen etwas widerfahren, fürchte ich, dass mich vor lauter Schuldgefühlen meine Gabe verlassen könnte.«

Der Erzbischof starrte mich wieder lange an. Dann formte er seine Lippen zu einem gefühllosen Lächeln. »Ihr überschätzten meinen Einfluss, Doktor Pasqua.«

»Ich denke nicht, Exzellenz«, sagte ich und bändigte meine Furcht mit aller Kraft. »Ihr seid der einflussreichste Mensch, dem ich je begegnet bin. Und ich bin der eine Mensch, der Euch fortgesetzte Gesundheit sichern kann.«

»Eitelkeit ist nicht bloß eine Sünde, Doktor Pasqua, sie kann sich auch als tödlich erweisen.«

Ich verneigte mich. Nun war ich in Gänze meinem skrupellosen Vorgehen verschrieben. »Der Tod herrscht in diesen Zeiten allenthalben«, sagte ich. »Das Gesundheitselixier ist weit rarer.«

»Und wenn schon, es gibt mehr als einen Weg, Folgsamkeit zu erreichen«, sagte der Erzbischof. »Wenn Ihr so besorgt um die Sicherheit der jüdischen Doktorenfamilie seid, wäre es vielleicht das Beste, ich nehme sie hier im Palast unter meinen persönlichen Schutz.«

Es war eine unmissverständliche Drohung. »Das wird nicht nötig sein«, versicherte ich ihm. »Wenn Ihr mir erlaubt, mich zu entfernen, werde ich umgehend die Medizin für Euch zubereiten.«

»Ja, ja, natürlich, Doktor Pasqua«, sagte er. »Aber macht eine doppelte Portion.«

»Zu welchem Zweck, Exzellenz?«

»Wir werden beobachten, wie gut Ihr Heilmittel bei einem bereits Befallenen wirkt. Und sollte es versagen, Doktor Pasqua, bezweifle ich, dass noch jemand diese Geißler wird aufhalten können.«

Als ich vom Palast nach Hause eilte, verfluchte ich mich für meine Lügen. Ich hatte Gabriella und ihre Familie einer größeren Gefahr denn je ausgesetzt. Wie konnte ich ein Heilmittel erfinden, das allein in meiner Fantasie existierte?

Vor meinem Haus wartete Gabriella auf mich. Ich bat sie hinein und berichtete ihr von meinem Besuch beim Erzbischof, verschwieg aber seine Drohung, die Geißler auf die Juden zu hetzen, sollte mein Heilmittel versagen.

»Was willst du tun, Rafael?«, fragte Gabriella und nahm meine Hand.

»Ich werde eine Medizin für den Erzbischof zusammenstellen.«

»Womit?«

»Mit dem meisten von dem, was ich ihm aufgezählt habe, allerdings werde ich keinen Ziegen lästig fallen«, sagte ich. »Und ich werde diesem Mittel einiges Blut der San-Giovanni-Ratten hinzufügen, zusammen mit einem großen Gebet.«

»Und ich werde meine Gebete hinzugeben«, sagte sie mit einem herzerwärmenden Lächeln.

»Wir müssen deine Familie ins Kloster bringen«, sagte ich. »Es ist zu gefährlich, wenn ihr zu Hause bleibt.«

»Sie werden nie gehen, Rafael. Nicht, um in einer Kirche unter Mönchen zu leben.«

»Und du?«

»Da Vater, Ester und Isaac tot sind, gibt es für mich in unserer Gemeinde nichts mehr.«

»Wirst du in die Abtei gehen?«, fragte ich freudig erleichtert.

»Sie küsste mich auf die Lippen. Fortan werde ich bei dir bleiben, Rafael.«

Kapitel 52

Alana öffnet die Tür ihres Hotelzimmers in einem Bademantel. Draußen steht Justine mit einem Laptop unter dem Arm. »Guten Morgen, Sonnenschein!«

Alana blickt auf ihre Uhr und stellt fest, dass es zehn vor sieben ist. »Wollten wir uns jetzt treffen?«

Justine grinst. »Zu Hause auf der Farm hätten wir um diese Zeit schon die Kühe gemolken, die Hühner gefüttert und die Ställe mit dem Wasserschlauch gereinigt.«

»Hier gibt es nicht viel Vieh«, sagt Alana. »Komm rein.«

Beim Betreten des Zimmers blickt Justine sich übertrieben aufmerksam um. »Nicht mal ein verirrter Kerl liegt hier rum?«, fragt sie entsetzt. »Dabei war ich mir sicher, dass ich wenigstens den Boss hier finde.«

Alana geht nicht darauf ein, obwohl Byron sie erst vor fünf Stunden am Hotel abgesetzt hat. Und sie bezweifelt nicht, dass er in ihrem Bett gelandet wäre, hätten sie nicht gleichzeitig tausend Texte und Anrufe bekommen, nachdem Sergio die Überwachungsbilder geschickt hatte.

»Also, wer ist er?«, fragt Justine.

Im ersten Moment glaubt Alana, dass sie immer noch über ihr Liebesleben spricht, bevor sie begreift, dass Justine den Mann von der Überwachungskamera meint. Sie schüttelt den Kopf. »Wir haben ihn noch nicht identifiziert.«

»Aber ihr glaubt, dass er die Ratten nach Neapel gebracht hat?«

»Lässt sich nicht mit Sicherheit sagen.«

»Hoffen wir es mal. Ich hätte nichts dagegen, mal ein oder zwei Worte mit ihm über Tierquälerei zu wechseln.«

»Von den Menschen ganz zu schweigen.«

»Ja, die auch.« Justine nimmt den Laptop, der unter ihrem Arm klemmt. »Ich muss dir etwas zeigen.«

Sie setzen sich nebeneinander auf das ungemachte Bett. Justine tippt auf die Tastatur, und das Bild einer toten Ratte erscheint. Sie liegt auf der Seite, und Nase und Schnauze sind blutverkrustet. »Die Pest, nehme ich an«, sagt Alana.

»Euch NATO-Leuten entgeht aber auch so gut wie nichts.« Justine stöhnt. »Das ist keine von den Mittelalterratten, sondern eine Wald-und-Wiesen-Ratte.«

Alana sieht genauer hin. »In Neapel?«

»Ja.« Justine geht noch mehr Fotos durch. Auf einem liegen zwei tote Ratten nebeneinander. »Bisher haben sie mindestens sechs weitere Kadaver gefunden.«

Alanas Unbehagen wächst. »Die Rattenpopulation in Scampia muss riesig sein.«

»Ja, es ist eine Art Club-Urlaub für Ratten. Was bedeutet, dass die Pest in der dortigen Rattenpopulation ein ideales Zuhause gefunden hat. Abgesehen von der einen toten Ratte im Park, haben wir diesen Effekt in Genua bisher nicht beobachtet.«

»Weil die Quelle – die Baustelle und der Park – relativ isoliert waren.«

»Kann sein. Aber sobald sie sich in einen bestehenden Rattenbestand einnistet ...« Justine imitiert eine Explosion, indem sie die Fäuste ballt und schnell die Finger spreizt.

»Und was machen wir? Ausrotten?«

»Im Atombombenstil! Ich habe schon mit den Kollegen gesprochen. Die machen einen Rundumschlag. Aber ...«

»Es könnte schon zu spät sein?«

Justine nickt und sieht ungewöhnlich ernst aus. »Das ist das Problem.«

»Kein Problem, eine beschissene Krise. Aber der eigentliche Punkt ist, dass die Pest nicht von allein nach Neapel gelangt ist. Sie kann sich in jeder Stadt, in die sie kommt, über die Ratten ausbreiten. Genau wie im Mittelalter. Wir müssen die Quelle finden und abschneiden.«

»Klar. Erinnere mich noch mal daran, wie wir das schaffen wollen, wenn wir immer noch nicht wissen, wie und warum sie sich ausbreitet.«

Alana hat darauf keine Antwort.

Justine springt auf. »Apropos Kühe, Byron und ich haben gleich wieder ein Meeting mit dieser Gesundheitsministerin. Willst du mitkommen?«

»Nein, ich muss erst zu jemand anderem.«

Justine zieht eine Augenbraue hoch, als wollte sie wieder eine Date-Anspielung machen, scheint es sich aber anders zu überlegen. »Wir machen Fortschritte, Alana.«

»Ich weiß.« Alana ringt sich ein Lächeln ab. »Ich bin mir nur nicht sicher, ob die reichen.«

Sobald Justine gegangen ist, zieht Alana sich an, bürstet ihr widerspenstiges Haar und geht nach unten.

Eine Viertelstunde später setzt sie ein Taxifahrer vor dem Seminario Arcivescovile ab. Don Arturo ist weder in der Bibliothek noch im Speisesaal. Als Alana zur Treppe geht, ruft jemand ihren

Namen. Es ist Bruder Samuel, der große Kleriker mit dem spitzen Haaransatz, der auf sie zukommt. »Möchten Sie wieder zu Don Arturo, Dr. Vaughn?«

»Ja.«

Bruder Samuel neigt entschuldigend den Kopf. »Der Abt kommt erst um kurz nach acht zum Frühstück nach unten.«

Alana verschränkt die Arme vor der Brust. »Es ist dringend.«

Samuel rührt sich nicht. »Es ist nicht leicht für ihn gewesen, verstehen Sie?«

»Was meinen Sie?«

»San Giovanni zu verlieren. Der Umzug.« Samuel faltet die Hände. »Er ist älter, als er scheint. Und nicht gesund, obwohl man es ihm nicht ansieht. Es gibt wenige Männer mit einem stärkeren Lebensgeist.«

»Haben Sie auch in San Giovanni gelebt, Bruder Samuel?«

»Ja, habe ich.«

»Wissen Sie von der Geschichte der Abtei? Den Ratten unter dem Gebäude?«

Samuel rümpft die Nase. »Ratten? Wir haben nie ein Rattenproblem gehabt.«

»Was ist mit diesem Schacht – dem *Scivolo*?«

»Was hat der *Scivolo* mit Ratten zu tun?«, fragt er sichtlich verwirrt.

»Ich muss wirklich mit Don Arturo sprechen.«

Samuel sieht sie eine Weile an und nickt. »Ich bringe Sie zu ihm.«

Er bringt sie hinauf in den ersten Stock. Arturo öffnet in derselben schwarzen Tunika wie zuvor, das graue Haar sorgfältig gekämmt. Samuel spricht kurz mit ihm, bis der Abt ihn mit erhobener Hand unterbricht. »Ist schon gut. Bitte, kommen Sie herein, Dr. Vaughn.«

»Entschuldigen Sie bitte, dass ich so früh störe«, sagt Alana, als Arturo sie in ein kleines, aber geschmackvoll eingerichtetes Wohnzimmer führt. Der Espressoduft ist so stark wie in einem Café. Zahlreiche Bücher füllen die Regale, doch die Ordnung hier steht in krassem Gegensatz zu Bruder Silvios überfüllter Wohnung. Er besteht darauf, ihr einen frischen Espresso zu brühen, und verschwindet in der Küche.

Minuten später kommt er mit einer Tasse und Untertasse zurück. Alana verkneift sich ein Grinsen, als sie zwei Biscotti neben der Tasse bemerkt. So hätte ihre Großmutter den Kaffee wohl auch serviert. Arturo setzt sich ihr gegenüber hin. »Wie kann ich Ihnen helfen?«

»Sie kennen die Legenden von den Ratten in San Giovanni, nicht wahr?«, fragt Alana. »Und wissen von der Krypta unter der Kirche, in der sie gehalten wurden?«

»Ja.« Er zieht die Augenbrauen zusammen. »Hauptsächlich von Bruder Silvio natürlich. Er war unser inoffizieller Historiker. Die Legende reicht weit zurück bis ins Mittelalter.«

Sie trinkt von ihrem Espresso und genießt die bittere Stärke. »Bruder Silvio hat mir eine Kopie des Tagebuchs von diesem Doktor damals gegeben.«

»Ah ja, das Tagebuch. Ich habe es auch gelesen. Mit diesem ganzen Unsinn über die *Custodi di ratti* und der Rattenverehrung.«

»Haben Sie es nicht geglaubt?«

»Nein.« Er lächelt. »Das hat keiner von uns. Es ist bloß Aberglaube. Typisch für jene Zeit.«

»Und dennoch haben die Brüder diese Ratten seitdem über den *Scivolo* gefüttert.«

»Gefüttert?« Er lacht. »Nein, nein, so haben wir unseren Müll entsorgt. Das uralte Ritual war praktisch.«

Sie stellt ihre Tasse ab. »Wir haben eine Ratte mit dem Pesterreger gefunden, Don Arturo.«

»Was nur logisch ist«, sagt er achselzuckend.

»Es war nicht irgendeine Ratte. Wir vermuten, dass das Tier ein direkter Nachfahre der Mittelalterratten ist, die Pasqua in seinem Tagebuch beschreibt. Die aus der Krypta.«

Nun runzelt er die Stirn. »Die können nicht überlebt haben. Nicht so lange Zeit.«

»Wir haben Grund zu der Annahme, dass sie es getan haben.«

»Unglaublich«, murmelt er. »Und Sie wollen andeuten, das hat zur Epidemie in unserer Stadt geführt? Dass die Bauarbeiten die Ratten aus der Krypta befreit haben?«

Sie nickt. »Allerdings sind wir uns nicht ganz sicher, wer die Ratten befreit hat.«

Die Falten um seine Augen werden tiefer. »Ich kann Ihnen nicht folgen, Dr. Vaughn.«

»Die Pest hat sich auf andere Städte ausgeweitet. Wir wissen, dass sie von einem bereits infizierten Mann nach Rom gebracht wurde. Aber bei Neapel muss es anders sein. Dort kann sie sich nicht durch menschlichen Kontakt ausgebreitet haben. Und keine Ratte legt innerhalb weniger Tage vierhundert Meilen zurück.«

Arturo sieht sie entgeistert an. »Wollen Sie mir erzählen, dass jemand absichtlich eine infizierte Ratte von Genua nach Neapel transportiert hat?«

»Das glauben wir, ja. Deshalb müssen wir herausfinden, wer sonst noch von der Krypta wusste und was dort lebte.«

Schweigend senkt er den Blick und denkt nach. »Die meisten Brüder haben die Geschichten gehört. Einige dürften das Tagebuch gelesen haben. Aber falls Sie andeuten ...«

»Wir müssen es in Betracht ziehen, Don Arturo«, sagt sie mitfühlend. »Haben sich irgendwelche Mönche besonders für die Sage von der Krypta interessiert?«

Er stockt kurz. »Nein, da fällt mir keiner ein.«

Alana beugt sich vor. »Einige der Brüder müssen erschüttert gewesen sein, als sie hörten, dass die Abtei abgerissen wird.«

»Ja, gewiss, das waren wir alle. Ich auch. Sie war unser Zuhause.«

»Wissen Sie von jemandem, der besonders erschüttert war oder ... sich um die Zeit der Schließung herum seltsam verhalten hat?«

»Abgesehen von Bruder Silvio und seiner Wache auf der Baustelle?« Er reibt sich die Augen. »Nein. Sonst wüsste ich niemanden.«

Alana räuspert sich. »Don Arturo, haben Sie Genua in der letzten Woche oder so verlassen?«

Falls der Abt diese Andeutung unverschämt findet, lässt er es sich nicht anmerken. »Nein, Dr. Vaughn. Ich war schon seit Jahren nicht mehr außerhalb der Stadt. Zu lange, um genau zu sein.«

»Und Sie können mir keinen Tipp geben, in welcher Richtung wir suchen sollten? Irgendjemand, der vielleicht nur indirekt mit Ihrer Abtei zu tun hatte?«

»Mich schmerzt die bloße Vorstellung, dass die Pest ihren Anfang in San Giovanni genommen haben könnte. Doch falls dem so ist, muss es ein Unfall gewesen sein.« Arturo steht auf. »Ich wünschte, ich könnte Ihnen eine größere Hilfe sein, Dr. Vaughn.«

Frustriert erhebt sie sich ebenfalls. Dann kommt ihr ein Gedanke. Sie nimmt ihr Handy hervor, ruft das Foto auf, das Sergio ihr geschickt hatte, und zeigt es dem Abt. »Kennen Sie diesen Mann?«

Sofort sieht sie ihm an, dass er ihn erkennt.

Ihr Mund wird trocken. »Sie kennen ihn!«

»Ja. Er ist – war – Bruder in der Abtei.«

Adrenalin rauscht durch ihre Adern. »Wer ist es?«

»Bruder Stefano«, antwortet Arturo und überlegt kurz. »Stefano Russo.«

»Wie lange war Bruder Stefano in San Giovanni?«

»Sechs oder sieben Jahre vielleicht. Stefano war als junger Novize zu uns gekommen.«

»Beschreiben Sie ihn«, sagt sie und hat Mühe, ihre Ungeduld zu zügeln.

»Stefano? Er ist überaus schüchtern. Still wie ein Mäuschen. Sehr fleißig und lernbegierig. Ein guter Junge.«

»Sonst nichts?«, drängt Alana.

»Er ist ein schlichter, frommer Mönch. Ein scheuer junger Mann.« Arturo schüttelt den Kopf. »Woher kommt dieses Foto?«

»Ein Kollege hat es mir geschickt.«

Er faltet die Hände vor der Brust. »Ich kann mir beim besten Willen nicht vorstellen, dass Stefano irgendwas hiermit zu tun hat.«

Alana widersteht dem Impuls, Arturo an den Schultern zu packen und zu schütteln. »Wo finde ich Bruder Stefano?«, fragt sie so ruhig, wie sie kann.

Kapitel 53

Vor zwei Tagen um Punkt sechs Uhr morgens hat der Frachter abgelegt. Vor dieser Reise ist Stefano nie auf einem Schiff gewesen, das größer als eine Fähre war, und vor allem nie auf dem offenen Meer. Er hatte sich gefragt, ob Seekrankheit ein Problem werden könnte, doch bisher hat er nur ein leichtes Unwohlsein festgestellt.

Einen Platz auf einem Frachtschiff zu bekommen, war schwieriger gewesen, als er angenommen hatte. Die ersten vier Reedereien hatten ihn sofort abgewiesen. Andere hatten ihn verwundert angesehen. Anscheinend stammten so gut wie alle ungelernten Arbeiter auf den Frachtern aus Entwicklungsländern. Der Mann in der Zentrale von Napoli Marittima verriet ihm, dass er Stefano nur deshalb einen Job an Bord der *Cielo di Asia* anbieten könne, weil sich einer der Arbeiter morgens bei einem Gabelstaplerunfall ein Bein gebrochen hatte.

Am Ende hätte Stefano es gar nicht besser planen können. Die *Cielo di Asia* ist auf dem Weg nach Singapur und wird danach nach Hongkong weiterfahren, um die restliche Fracht zu entladen. Beide Häfen sind ideale Orte für sein besonderes Gepäck.

Nach anfänglicher Nervosität hat Stefano angefangen, die Arbeit an Bord zu genießen. Das Klosterleben hat ihn gut vorbereitet. Er entdeckt sogar einen neuen Lebenssinn in der harten Arbeit, während er sich auf seine letzte Mission vorbereitet.

Der Herr spricht nur noch unregelmäßig mit ihm, erinnert ihn jedoch stets an seinen Auftrag. »Der Mensch hat sich von mir abgewandt, und die Rache ist mein, ich will vergelten«, sagt ihm die Stimme. »Du wirst meine Geschöpfe im Osten freilassen. Die Menschen müssen begreifen, was sie selbst über sich gebracht haben.«

Die einzige Komplikation, die Stefano nicht vorhergesehen hatte, war die Unterbringung. Er hatte nicht erwartet, sich einen Raum mit jemand anderem teilen zu müssen. Doch er hat Glück, in einer Zweimannkajüte zu sein, denn andere müssen sich ihre mit drei anderen teilen. Ein noch größeres Glück ist, das Nino, sein philippinischer Mitbewohner, zutiefst gläubig ist. Morgens und abends liest er in der Bibel. Und Nino ist voller Ehrfurcht, weil Stefano in der Abtei gelebt und gearbeitet hat.

Stefano wiederum war keine andere Wahl geblieben, als Nino zu erzählen, dass er Tiere an Bord geschmuggelt hat. Allerdings sagt er nicht, dass es sich um sechs Ratten handelt, sondern spricht von zwei Hamstern und einer Wüstenrennmaus, die schreckliche Angst vor Fremden haben. Zunächst war Nino misstrauisch, doch Stefano räumt die Zweifel mit einer simplen Wahrheit aus: Die Tiere wurden in der Abtei San Giovanni für heilig gehalten.

Kapitel 54

Alana ruft Monique Olin an, noch ehe sie das Seminargelände wieder verlassen hat.

»Stefano Russo!«, sagt sie, als ihre Chefin sich meldet.

Mehr Erklärungen braucht Olin nicht. »Das ist der auf dem Foto?«

»Ja.« Alana fasst zusammen, was sie über den Mönch weiß und dass er in derselben Gegend von Neapel gesehen wurde, in der es den ersten Fall gab.

»Das ist ein enormer Zufall«, sagt Olin.

»Es ist weit mehr als ein Zufall, Monique!« Alana muss sich bremsen, nicht laut zu werden. »Es ist praktisch eine DNS-Übereinstimmung.«

»Erinnern Sie sich an das letzte Mal?«, fragt Olin. »An Yasin Ahmed?«

Daran erinnert sich Alana allzu gut. Doch abgesehen von den starken Indizien, die für Stefano Russo sprechen, sagt ihr Gefühl ihr, dass er die Verbindung sein muss. »Er ist es.«

»Na gut. Und er wurde zuletzt in Neapel gesehen?«

»Ja.«

»Leider hat er einen Namen, der sehr häufig vorkommt.«

»Der ›John Smith‹ von Italien?«

»Fast, ja. Schicken Sie mir alles, was Sie über ihn haben: Geburtsdatum, Passnummer, was immer Sie finden können.«

»Ich sehe mal, was wir über AISI oder die Kirche rausbekommen.«

»Alana?«

»Ja?«

»Gute Arbeit.« Komplimente von Olin sind rar. »Aber seien Sie vorsichtig. Lassen Sie Ihre Begeisterung nicht Ihr Urteilsvermögen trüben.«

Sobald sie im Taxi sitzt, ruft Alana bei Byron an, um ihn auf den neuesten Stand zu bringen. Danach wählt sie Sergios Nummer, und er bittet sie, ihn in einer halben Stunde im Genueser AISI-Büro zu treffen.

Alana schmunzelt vor sich hin, als sie aus dem Fahrstuhl steigt und den unbeschrifteten Büroeingang im vierten Stock eines unscheinbaren Gebäudes in der Via Cairolli sieht. *Typisch Spione*, denkt sie, als sie durch die Sicherheitskontrolle ins Quartier des Nachrichtendienstes geht.

Ein Agent mit einem Bubigesicht bringt sie nach hinten. Sergio sitzt an einem Schreibtisch, das Telefon am Ohr, und winkt sie herein. Als sie ihm gegenüber Platz genommen hat, schiebt er ihr eine Kopie von Stefano Russos Pass hin.

»Sie sind schnell«, sagt sie, sobald er aufgelegt hat.

Er nickt. »Vor allem, wenn man bedenkt, wie viele Stefano Russos es in dieser Stadt gibt.«

Ihr fällt das Geburtsdatum auf. »Er ist erst fünfundzwanzig.«

»Alt genug.«

»Haben Sie ihn aufgespürt?«, fragt sie hoffnungsvoll.

»Nein. Wir haben die Polizei und die anderen Behörden landesweit informiert, und eben haben wir sein Foto an die Medien gegeben.«

Alana denkt an die möglichen Folgen, doch ihre Entschlossenheit gerät nicht ins Wanken. »Gut.«

»Bruder Stefano hat kein Handy, das auf seinen Namen registriert ist. Er scheint auch keine EC- oder Kreditkarten zu benutzen. Wir haben nicht mal irgendwelche E-Mail-Accounts oder Profile in den sozialen Medien gefunden.« Sergio hebt noch ein Blatt von seinem Schreibtisch und reicht es ihr. »Wir haben aber das hier.«

Obwohl es auf Italienisch ist, erkennt Alana, dass es sich um eine typische elektronische Patientenakte handelt, die viele Regionen nutzen, um die bisherige Medikation von Patienten nachzuvollziehen. Sie liest die Namen auf der Medikamentenliste, von denen viele gleich oder ähnlich den englischen Bezeichnungen sind. Sie tippt auf die zwei Mittel ganz oben. »Diese Antibiotika – Ciprofloxacin und Doxycyclin – sind die beiden, die man zuerst bei der Behandlung von *Yersinia* einsetzt.«

Sergio runzelt die Stirn. »Glauben Sie, er ist infiziert gewesen?«

»Sehen Sie sich die Daten an. Die wurden vor über einem Monat verschrieben.« Sie blickt genauer hin. »Und achten Sie auf die Mengen! Er hat von beiden Mitteln genug für drei Monate bekommen.«

»Ist das viel?«

»Oh ja. Die normale Dosis wäre die für maximal zwei Wochen, aber ...« Sie schnippt mit den Fingern. »Prophylaxe!«

»Ich verstehe nicht.«

»Stefano hat genug Antibiotika, um sich über Monate vor der Pest zu schützen. Weil er gewusst hat, dass er dem Erreger über längere Zeit ausgesetzt sein würde!«

Sergio betrachtet die Liste einen Moment und nickt. »Ja, das denke ich auch. Um sich zu schützen, solange er die infizierten Ratten mit sich herumträgt.«

Wieder tippt sie auf die Liste. »Wir müssen mit der Person reden, die ihm das verschrieben hat, Dr. Giannini. Er oder sie könnte etwas wissen.«

Sergio will nach dem Blatt greifen, doch Alana drückt es mit einer Hand auf den Tisch. »Und sehen Sie sich die anderen Mittel an: Lithium, Olanzapin und Sertralin.«

»Was ist das?«

»Psychopharmaka.«

»Gegen was?«

»Es muss eine Art psychotische Störung sein. Sie wurden von einem anderen Arzt verschrieben. Dr. Lonzo. Wahrscheinlich Stefanos Psychiater. Auch mit ihm müssen wir reden.«

Sergio macht einen Anruf, und keine zwei Minuten später bekommt er einen Rückruf. Er steht vom Schreibtisch auf, richtet seine dunkle Krawatte und schließt den obersten Knopf seines dunkelblauen Anzugs. »Wir haben die Adresse des Arztes.«

Sie machen sich auf den Weg in die Tiefgarage, wo sie in seinen Wagen steigen. Sergio fährt nach Osten, in das Viertel, wo auch das Ospedale San Martino ist. Vor einem Haus, in dem sich auf der einen Seite eine ambulante Klinik und auf der anderen eine Apotheke befindet, hält er an. Sie eilen durch den Warteraum der Ambulanz und auf einen Tresen mit einer abgehetzt aussehenden älteren Empfangsdame zu. Sergio und die Frau streiten sich einige Minuten, bevor sie die Hände in die Höhe wirft und davonmarschiert. Wenig später kehrt sie mit einem jungen Arzt zurück, der zerzaustes Haar hat, einen kurzen weißen Kittel trägt und so gestresst wirkt wie seine Sekretärin. Dr. Giannini führt sie einen schmalen Flur hinunter in ein kleines Sprechzimmer mit einer altmodischen Untersuchungsliege und einer Blutdruckmanschette an der Wand.

Giannini spricht kein Englisch. Sergio zeigt ihm ein Foto von Stefano, und Giannini reißt beim Zuhören die Augen weit auf. Der junge Arzt schüttelt hektisch den Kopf, während er antwortet.

»Er schwört, dass er Stefano nur wenige Male gesehen hat«, übersetzt Sergio. »Anscheinend hat ihm der Mönch erzählt, er hätte chronische Atemwegsbeschwerden und bräuchte langfristig Antibiotika.«

»Und er hat ihm einfach so geglaubt?«, fragt Alana.

Sergio redet wieder mit dem Arzt, der noch wilder gestikuliert. »Dr. Giannini sagt, er hat manchmal fünfzig Patienten am Tag«, dolmetscht Sergio. »Ich glaube ihm. Unser Gesundheitssystem ...« Er schnaubt verächtlich. »Und er sagt, dass er Stefano vertraut hat, weil er ein Mönch war. Er fragt immer wieder: ›Warum würde ein Ordensbruder lügen?‘«

Um die Weltbevölkerung auszuradieren. Alana spricht den Gedanken nicht aus.

Sergio befragt Giannini weiter, doch auch ohne Übersetzung begreift Alana, dass der nervöse Arzt sonst nichts Hilfreiches anzubieten hat.

Sergio und Alana gehen zurück zu seinem Wagen, und er fährt nach Westen ins Stadtzentrum. Dort hält er vor einem moderneren Gebäude oben auf einem Hügel. Sie fahren mit dem Aufzug zu einer Praxis im vierten Stock, wo die Empfangsdame zwar höflicher ist als die vorherige, jedoch ebenso wenig gewillt, ihren Arzt zu stören. Schließlich macht sie einen Anruf, und bald darauf erscheint ein kleiner Mann mit schütterem Haar und einer Fliege. Er stellt sich als Dr. Lonzo vor und geht mit ihnen einen Korridor hinunter zu seinem Sprechzimmer. Mit den hellen Farben und der beruhigenden Gestaltung ist der Raum für Alana das Paradebeispiel einer Psychotherapeutenpraxis.

Als sie alle sitzen, fragt Dr. Lonzo auf Englisch: »Was kann ich für Sie tun?«

»Wir möchten mit Ihnen über einen Patienten von Ihnen sprechen«, erklärt Alana. »Einen Mönch namens Stefano Russo.«

Lonzo streicht sich mit Finger und Daumen das Kinn. »Dr. Vaughn, Ihnen dürfte das Arztgeheimnis geläufig sein. Es steht mir nicht frei, über meine Klienten zu reden.«

»Wir wissen bereits, dass Sie ihm mehrere Psychopharmaka verschrieben haben«, entgegnet Alana. »Ich vermute, dass er an Schizophrenie leidet oder vielleicht manisch-depressiv ist.«

»Ich kann das wirklich nicht kommentieren.«

»Dr. Lonzo, hier geht es um die nationale Sicherheit«, sagt Sergio.

»Mag sein, aber solange Sie keinen richterlichen Beschluss haben, bin ich ethisch und professionell verpflichtet, nicht über meine Patienten zu reden.«

»Ihr Patient verbreitet absichtlich die Pest in Italien«, sagt Alana ruhig.

Lonzo schüttelt den Kopf, als hätte er sich verhört. »Nein, nein, nein ... Das kann nicht sein. Ausgeschlossen.«

»Es kann sein, und es ist so«, sagt Alana. »Stefano ist unmittelbar vor dem Ausbruch hier in Genua verschwunden. Wir haben Fotos von ihm in Neapel, bevor die Krankheit dort zugeschlagen hat, und eine Zeugin hat gesehen, dass er sich verdächtig verhalten hat. Außerdem wissen wir, dass er einen Antibiotikavorrat für mehrere Monate bei sich hat.«

»Antibiotika?«

»Um sich vor einer Infektion durch seine Ratten zu schützen.«

Lonzo sinkt auf seinem Stuhl zurück. »Schizoaffektive Störung«, sagt er schließlich.

»Was ist das?«, fragt Sergio.

»Ein Krankheitsbild, das zwischen Schizophrenie und bipolarer Störung angesiedelt ist«, erklärt der Psychiater. »Mit Elementen beider Krankheiten. In Stefanos Fall sind das Wahnvorstellungen – oder unbegründete Überzeugungen – und auditive Halluzinationen.«

»Stimmen?«, fragt Sergio.

»Ja.« Lonzo seufzt. »Stefano ist besonders anfällig für depressive Schübe. Und in solchen Episoden leidet er unter paranoiden Halluzinationen, die seiner Stimmung entsprechen. Mit anderen Worten: Er hört Stimmen in seinem Kopf, die ihn aufs Schärfste kritisieren.«

»Wessen Stimmen?«, fragt Alana.

Lonzo überlegt kurz. »Unterschiedliche. Autoritätsfiguren. Priester und Äbte aus seiner Vergangenheit. Und natürlich glaubt er, religiös, wie er ist, auch die Stimme von Gott zu hören.«

»Gott?«, wiederholt Alana. »Und die Kirche hat ihn weiter als Mönch arbeiten lassen, trotz dieser auditiven Halluzinationen?«

»Die Kirche schützt ihre Leute sehr, ungeachtet irgendwelcher ... gesundheitlicher Probleme. Außerdem sind seine Stimmung und seine Symptome stabil, solange er seine Medikamente nimmt. Stefano hatte das gut im Griff. Das schien sogar der Abt zu denken.«

»Don Arturo?«, fragt Alana überrascht. »Hat er von Stefanos Krankheit gewusst?«

»Und von der Behandlung, ja, natürlich.«

»Wann haben Sie Stefano zuletzt gesehen?«, fragt Sergio.

»Vielleicht vor zwei Monaten. Ich kann Lia bitten, das genaue Datum nachzusehen.«

»Vor zwei Monaten?«, wiederholt Alana. »Das muss um die Zeit herum gewesen sein, als die Mönche aus der Abtei ausziehen mussten.«

»Ja, er sollte eine Woche nach unserer letzten Sitzung ausziehen.«

»Wohin, Dr. Lonzo?«, fragt sie.

»Ich glaube, er sollte in ein anderes Kloster geschickt werden. Er hat mir erzählt, dass er wegen des Umzugs vorerst nicht kommen könne, und bat mich, ihm mehr Medikamente zu verschreiben.«

»Wie war er bei dem Besuch?«, fragt sie.

»Ehrlich gesagt war ich in Sorge.«

»Warum?«, fragt Sergio.

»Er wurde irgendwie paranoid. Seine Paranoia und die Halluzinationen hatten sich weg von den üblichen Selbstvorwürfen bewegt.«

»Was meinen Sie?«

»Er hat mir erzählt, Gott sei sehr wütend.«

»Weswegen?«

»Wegen des Zustands der Welt. Er sprach von einem Exzess von Sünde und Gottlosigkeit. Das sind selbstverständlich gängige religiöse Themen.« Lonzo reibt wieder sein Kinn. »Stefano ist ein sanftmütiger junger Mann, müssen Sie wissen. Ich nahm an, dass er lediglich seinen eigenen Schmerz und seine Ängste projiziert.«

»Wegen der Zerstörung der Abtei San Giovanni?«, fragt Alana.

»Kann sein.« Lonzo runzelt die Stirn. »Jedenfalls war Stefano bei unserem letzten Gespräch überzeugt, dass Gott auf Rache sinnt.«

Kapitel 55

Heute ist der vierte Tag des März. Mein Herz geht über, wie ich es seit dem Tag nicht mehr erlebt habe, an dem mir die Pestilenz meine Camilla nahm. Zwar schäme ich mich weiterhin wegen meiner jüngsten Täuschung, doch ich glaube, Camilla hätte sie als notwendig bezeichnet. Ich bete auch, dass sie die Zuneigung verstehen würde, die ich für Gabriella hege.

Wie Gott über mich urteilen wird, bleibt abzuwarten. Denn letzte Nacht habe ich bei Gabriella gelegen. Ich insistierte, dass sie in meinem Bett schlief, und richtete mir eine Strohmatratze auf dem Fußboden. Doch in der Nacht weckte sie mich und führte mich zu sich. Obgleich es keine Entschuldigung für unsere Sünde gibt, bereue ich sie nicht. Denn ich trage in mir reine Liebe zu dieser rätselhaften und zugleich bezaubernden Frau.

Gabriella versteht so gut wie ich, dass unsere Schicksale nun eng miteinander verwoben sind. Schon vor der Pestilenz wäre die Vereinigung eines Christen und einer Jüdin für Anhänger beider Glaubensrichtungen eine unverzeihliche Sünde gewesen. Nun, in diesen apokalyptischen Zeiten, mag ich mir nicht ausmalen, wie sie reagieren könnten. Selbst ohne mich an ihrer Seite wird die Gefahr für Gabriella umso größer, je länger sie in Genua bleibt. Und sollte ich dem Erzbischof kein wirksames Heilmittel liefern, wird ihr Los ein wahrhaft schlimmes sein.

Diese Sorge sprach ich ihr gegenüber an, als Gabriella das Frühstück bereitete.

»Gewiss werden der Doge und die Ratsherren nicht zulassen, dass die Geißler dein Viertel so angreifen wie meines«, sagte sie.

»Es sind nicht die Ratsherren, die ich fürchte.«

»Ist es der Erzbischof?«

Ich legte die Arme von hinten um Gabriella. »Liebste, der Erzbischof hat Macht über sie alle. Mit einem Federstrich kann er die Geißler losschicken.«

»Ist dem wirklich so?«

»Ja, trotz seiner leeren gegenteiligen Worte. Und wenn sie dir etwas tun wollen, müssen sie zuerst mich töten.«

Sie legte ihr Messer hin und drehte sich zu mir um. Tränen liefen über ihre Wangen. »Ich kann nicht noch einen geliebten Menschen verlieren«, sagte sie, als sie ihr Gesicht an meinen Hals neigte.

»Dann geh mit mir fort.«

»Wo können wir denn hingehen, ohne dass uns unsere Probleme folgen?«, fragte sie, während sie ihre Tränen mit ihrem Ärmel trocknete.

»Überallhin. Am besten nach Norden, in das Gebiet weit jenseits der Alpen, wohin die Pest noch nicht vorgedrungen ist. Und fürs Erste können wir Zuflucht in San Giovanni finden.«

»Wie können wir in einer Abtei leben?«

»Nur vorübergehend«, sagte ich. »Unter den Brüdern werden wir sicher sein. Die Pest hat dort bereits alles verschlungen, was sie konnte. Und wenn die Zeit gekommen ist, können wir entscheiden, wohin wir als Nächstes ziehen.«

Gabriella blickte mir in die Augen. »Würden wir als Ehemann und Ehefrau gehen?«, fragte sie.

»Ja«, antwortete ich, ohne zu zögern.

»Gut, dann hole ich meine Habseligkeiten«, sagte sie, als hätten wir uns eben auf eine Taverne geeinigt und nicht zur Heirat verpflichtet.

Auf dem Weg zur Abtei besuchten wir das jüdische Viertel. Keiner der Leute war draußen, obwohl Mittag war. Wir sprachen im Haus ihres Bruders mit Gabriellas Geschwistern. Ich flehte die Familie an, mit uns in die Abtei zu kommen, doch wie Gabriella bereits prophezeit hatte, waren sie nicht gewillt, unter dem Dach der Kirche zu leben. Also bat ich sie inständig, wenigstens Zuflucht außerhalb der Stadt zu suchen, und ihr Bruder versprach, über meinen Rat nachzudenken.

Gabriella und ich trugen unsere Sachen in Säcken auf unserem Rücken, als wir hinauf zur Abtei wanderten. Anstatt sich über die Anstrengung zu beklagen, war Gabriella aufgeregt. Oft blieb sie stehen, um die Aussicht auf die Stadt und den Hafen zu bewundern.

Als wir die Abtei erreichten, stellte ich erleichtert fest, dass die Arbeiten an der Krypta für die Ratten noch nicht beendet waren. Ich konnte noch das enge Erdloch sehen, das zu den Gängen unten führte. Und ich fragte mich besorgt, ob mein Leben von dieser schmalen Öffnung abhängen könnte.

Mehrere Brüder beäugten Gabriella konsterniert, verlegen, ja sogar schockiert. Doch Don Marco begrüßte uns beide so freundlich wie eh und je. Er schüttelte herzlich meine Hand und verneigte sich vor Gabriella.

»Es ist mir eine Freude, Ihre Bekanntschaft zu machen, gute Dame«, sagte er.

»Mir ist es eine Ehre, die Ihre zu machen, guter Herr«, antwortete Gabriella.

»Kommen Sie, lassen Sie mich Ihnen Ihr Quartier zeigen«, sagte er. Ohne weitere Fragen nahm er uns als Gäste auf.

Don Marco führte uns zu einem Gebäude hinter dem Dormitorium, in dem ich nie zuvor gewesen war. Dort öffnete er die Tür zu einem kleinen Raum, in dem nur ein Bett und ein Nachttopf waren; aber der Fußboden war gefegt, und die Wände waren frei von Spinnweben.

»Verzeiht, werte Dame, aber wir sind eine schlichte Abtei, und dies ich die beste Unterkunft, die ich Ihnen anbieten kann«, sagte er.

»Sie übertrifft meine Bedürfnisse wie meine Erwartungen«, entgegnete sie. »Ihre Gastfreundschaft ist höchst großzügig, Don Marco. Haben Sie vielen Dank.«

»Alle Freunde von Doktor Pasqua sind in San Giovanni willkommen. Jetzt will ich Sie zu Ihrer Unterkunft führen«, sagte Don Marco zu mir. Seine Miene verriet mir, dass ich nicht in Gabriellas Nähe untergebracht würde.

Don Marco geleitete mich zurück zum Dormitorium und zeigte mir einen offenen Raum mit mehreren leeren Betten.

»Ich wünschte, es wäre nicht so, doch nach der Krankheit haben wir viele leere Betten«, sagte er.

»Vielen Dank, Don Marco, Sie sind ein ehrbarer Mann und ein nobler Abt«.

»Ich bin nichts dergleichen«, erwiderte er lachend. »Ich bin ein bescheidener Mönch, weiter nichts.«

»Diesbezüglich werden wir uns wohl uneins bleiben müssen. Aber, Don Marco, ich muss Sie leider abermals um einen Gefallen bitten.«

»Ich kann Ihnen nicht gestatten, näher bei Ihrer bezaubernden Freundin zu logieren«, sagte er und hielt beide Hände in die Höhe. »Die Brüder würden ohnmächtig. Es ist äußerst unorthodox, eine Frau unter uns wohnen zu haben. Viele der Brüder werden schon ob ihrer bloßen Anwesenheit verzweifelt sein.«

»Das zu erbitten, fiele mir nicht im Traum ein. Nein, ich bitte Sie um einige der Ratten, bevor die Krypta versiegelt wird.«

»Doktor Pasqua, das haben wir bereits diskutiert. Ich kann solche

Experimente nicht gutheißen. Wir betrachten diese Tiere als gesegnet, und unser heiliger Auftrag ist es, sie zu beschützen.«

»Was ich verstehe, Don Marco, doch fürchte ich, Gabriellas und mein Leben könnte von diesen Ratten abhängen.«

»Warum?« Er sah mich besorgt an. »Ist einer von Ihnen befallen?«

Ich erzählte ihm die Wahrheit, dass ich den Erzbischof getäuscht und was ich ihm versprochen hatte.

»Wann werden Sie es jemals lernen?« Don Marco schlug die Hände vor seiner Brust zusammen. »Der Erzbischof ist kein Mann, mit dem man Späße treibt.«

Ich konnte nur beschämt den Kopf senken.

Letztlich gewährte der Abt mir meine Bitte. Er stellte mich Bruder Piero vor, der gegenwärtig die Ratten versorgte. Anders als die anderen Mönche, die schlichte schwarze Kutten und Sandalen trugen, war Piero von Kopf bis Fuß verhüllt und hatte sogar einen Schleier über Mund und Nase, um sich vor der Pestilenz zu schützen. Er führte mich zu einem Raum voller Käfige, in denen die Brüder die Ratten untergebracht hatten, bis die Krypta fertiggestellt war. Mich erstaunte die schiere Zahl der Kreaturen. In den Käfigen wimmelte es von ihnen. In einem drängten sie sich so dicht, dass es wie eine sich von allein bewegende Decke anmutete.

Als Piero erkannte, dass ich die Tiere mit bloßen Händen greifen wollte, hielt er mich zurück. Ich musste ihm versichern, dass ich ein Überlebender der Pest sei und die Tiere deshalb keine Bedrohung für mich darstellten. Dann öffnete ich einen der Käfige und suchte mir zwei der größten männlichen Ratten aus. Beide packte ich rasch bei den Schwänzen, doch die zweite war zu schnell und konnte mir in den Finger beißen, dass es blutete.

Ich trug die Tiere in meinem Sack zu einem Rasenstück hinter der Abtei. Die übrigen Zutaten zu sammeln, die ich für den Erzbischof erfunden hatte, ersparte ich mir. Stattdessen fertigte ich eine grobe

Paste aus etwas Erde und Gras. Dann schlitzte ich den beiden Ratten die Kehle auf und verrührte ihr warmes Blut mit der Mixtur, bis sie nassem Schlamm glich. Den füllte ich in einen Tontopf.

Auf meinem Rückweg suchte ich Gabriella auf, die auf dem Bett saß und den Fußboden anstarrte.

»Was ist dir, Liebste?«, fragte ich.

»Ich fürchte um meinen Bruder, meine Schwester und ihre Familien.«

»Denkst du, sie werden nicht auf meinen Rat hören, Genua zu verlassen?«

»Ich glaube nicht. Mein Bruder ist so eigensinnig, wie es mein Vater war.«

»Sollte ich den Erzbischof hiermit friedlich stimmen können«, sagte ich und hielt den Topf in die Höhe, »wird das Leben für deine Familie sicherer sein.«

Gabriella bemerkte das Blut an meinem Finger. »Was ist geschehen?«

»Eine der Ratten hat mich gebissen.«

Sie sprang auf und kam zu mir geeilt, nahm meinen Finger und steckte ihn in ihren Mund. Dann sog sie so fest daran, als wollte sie Schlangengift aus einer Wunde ziehen.

»Es ist nur eine winzige Fleischwunde«, sagte ich lachend.

»So hat es bei meiner Ester auch angefangen«, entgegnete sie ängstlich.

»Dasselbe wird mir nicht widerfahren. Ich hatte in jüngster Zeit viele solcher Bisse.«

Sie gab meinen Finger frei, umarmte mich aber fest.

»Ich muss bald zum Palast des Erzbischofs«, sagte ich. »Damit ich vor Einbruch der Nacht zurück bin.«

»Warum musst du heute gehen?«

»Ich habe es dem Erzbischof versprochen. Er könnte seine Soldaten losschicken, mich zu suchen, wenn ich nicht komme. Und wenn diese Mixtur irgendeine Wirkung haben soll, muss das Blut frisch sein.«

»Was ist, wenn sie bei den Betroffenen im Palast nicht wirkt?«

»Das habe ich bedacht. Dann werde ich dem Erzbischof sagen, dass die Pestilenz zu weit fortgeschritten war und das Mittel eher vorbeugend hilft, nicht heilend.«

»Und wenn der Erzbischof trotz deiner Medizin krank wird?«

»Sollte es ihm wie den meisten Befallenen ergehen, und er wird zu krank oder zu verängstigt sein, um Rache zu wollen.«

Gabriella nahm meine Hand in ihre. »Kannst du ihm wirklich vertrauen, Liebster?«

»Ja«, log ich abermals. »Und wenn ich heute Abend zurückkomme, werde ich nie wieder mit dem Erzbischof zu tun haben. Du wirst schon sehen.«

»Ich hoffe es«, sagte sie mit einem stoischen Ausdruck, der nicht über die tiefe Traurigkeit in ihren Augen hinwegtäuschen konnte.

»Ich liebe dich.«

»Und ich dich.«

Wir hielten einander eine Weile stumm, bevor ich sie zum Abschied küsste.

Ich ging in mein Zimmer, um meinen Umhang zu holen. Dann wollte ich zum Palast des Erzbischofs aufbrechen, fühlte mich jedoch verpflichtet, vorher die vielen Ereignisse des heutigen Tages niederzuschreiben.

Denke ich an die furchtbaren letzten Monate, seit ich meine Erlebnisse hier zu schildern begann, werde ich gewahr, dass die Welt zwar die schlimmste Zeit durchmacht, ich aber gesegnet bin. Gabriella und ich haben uns und gemeinsam Zuflucht hier in San Giovanni gefunden.

Nun breche ich mit neuer Hoffnung zum Erzbischof auf.

Kapitel 56

Alana und Sergio ignorieren Bruder Samuels Einwände und marschieren an ihm vorbei die Treppe hinauf zu Don Arturos Zimmern.

Der Abt runzelt verwundert die Stirn, als er ihnen öffnet. Seine Verwirrung weicht jedoch rasch einem freundlichen Lächeln. »Dr. Vaughn, Sie werden zu meinem häufigsten Gast.«

Samuel holt sie atemlos ein. Bevor er etwas sagen kann, schickt Arturo ihn mit einem Handschwenk weg. Mit einem skeptischen Blick macht Samuel kehrt und trottet davon.

Nachdem Alana Sergio mit seinem vollen Titel vorgestellt hat, folgen sie Arturo in das Wohnzimmer, in dem Alana erst vor wenigen Stunden war. Diesmal lehnt sie den Espresso dankend ab, genauso wie Sergio. Keiner von ihnen setzt sich. »Wir müssen über Bruder Stefano reden«, sagt Alana.

Arturo nickt.

»Sie haben mir heute Morgen erzählt, dass er ein schlichter und frommer Mönch ist.«

»Ist er«, sagt Arturo.

»Sie haben nichts von seinen psychischen Problemen erwähnt.«

»Selbstverständlich nicht«, sagt Arturo, als wäre es offensichtlich. »Das sind hochgradig private Informationen. Woher wissen Sie überhaupt davon?«

»Wir haben mit Dr. Lonzo gesprochen«, antwortet Sergio.

Arturo verzieht das Gesicht. »Und der Arzt hat Ihnen solch vertrauliche Informationen gegeben?«

»Hat er«, sagt Sergio. »Da es um die nationale Sicherheit geht.«

»Die nationale Sicherheit? Bruder Stefano?« Vor Schreck hebt Don Arturo die Stimme.

»Das Foto, das ich Ihnen heute Morgen gezeigt habe ...«, beginnt Alana.

»Sie haben mir nicht gesagt, woher es kam oder wie es mit Ihren Nachforschungen zusammenhängt.«

»Es wurde in Neapel aufgenommen«, sagt sie. »Und es bestätigt, dass Bruder Stefano die Verbindung zur absichtlichen Verbreitung der Pest ist.«

»Stefano? Die Pest?« Arturo sinkt in den Sessel hinter ihm. »Wie kann das sein?«

»Stefano hat infizierte Ratten in die Finger bekommen, die seit dem Mittelalter unter der Abtei gelebt haben. Und die lässt er an öffentlichen Orten frei, damit sie die Krankheit verbreiten.«

»Was für eine ausgesprochen ... verstörende Unterstellung.« Arturo schüttelt den Kopf. »Ich kann das nicht glauben.«

Sergio schiebt die Hände in seine Jackentaschen. »Was wissen Sie über seine Krankheit? Seine Wahnvorstellungen?«

»Er hört manchmal Stimmen, ja. Aber sein Zustand ist unter Kontrolle, solange er die richtigen Medikamente nimmt. Stefano erfüllt stets seine Pflichten. Er hat nie Anlass zur Sorge gegeben.«

Alana sieht ihn an. »Don Arturo, Sie haben mir auch gesagt, dass keiner der Brüder sich seltsam verhalten hat, als die Abtei geschlossen wurde.«

»Ja, und es ist wahr. Stefano war wie immer. Er hat diese psychische Beeinträchtigung schon, seit er in den Orden gekommen ist.«

»Dr. Lonzo hat uns erzählt, dass er in letzter Zeit paranoider war«, sagt Alana. »Und dass er glaubte, Gott würde Rache nehmen wollen.«

Arturo hielt ihren Blick. »Davon hat Stefano mir nichts gesagt. Ebenso wenig wie Dr. Lonzo.«

»Und Sie haben keine Ahnung, wo Stefano sein könnte?«, fragt Alana.

»Ich dachte, er wäre in dem neuen Kloster. Niemand hat mir etwas Gegenteiliges berichtet.«

»Dort ist er nicht«, sagt Sergio.

»Wir wissen, dass Stefano hinter diesem Ausbruch steckt, Don Arturo«, ergänzt Alana. »Was wir *nicht* wissen, ist, ob er allein agiert.«

»Denken Sie, andere von San Giovanni könnten ihm geholfen haben?«

»Wie erfährt ein fünfundzwanzigjähriger schizophrener Mönch von den Geheimnissen der Abtei und holt dann die Ratten aus einem unzugänglichen unterirdischen Bereich, der seit über sechshundert Jahren nicht angerührt wurde?«

Sergio nickt. »Und wie kann er sich unbemerkt von Stadt zu Stadt bewegen, ohne ein Handy oder eine Kreditkarte zu besitzen?«

»Wer würde ihm helfen?«, fragt Arturo. »Außerdem ist Bruder Stefano ein sehr introvertierter Mann, sogar für einen Mönch.« Wieder runzelt er die Stirn. »Nun, er hat viel Zeit mit Bruder Silvio in der Bibliothek verbracht ...«

»Standen Stefano und Bruder Silvio sich nahe?«, fragt Alana.

»So nahe wie alle Brüder, schätze ich. Und wenn sich jemand

wegen der Schließung der Abtei eigenartig benahm, war es natürlich Silvio, der täglich auf der Baustelle war.«

Alana und Sergio stellen ihm weitere Fragen, erfahren aber nichts Brauchbares mehr, bis sie gehen.

Als Sergio zurück durch die Stadt fährt, fragt Alana: »Glauben Sie ihm?«

Er zuckt mit den Schultern. »Ich vertraue niemandem ganz. Nicht, ohne vorher zu recherchieren.«

»Und wie wollen Sie das machen?«

»Ich habe schon Arturos Telefon- und Onlinedaten angefordert. Die von Silvio und Stefano gleichfalls. Mein Team geht sie in diesem Augenblick durch.«

Sergio parkt vor Bruder Silvios Haus. Drinnen klopft er dreimal fest an die Wohnungstür, und schließlich steckt eine alte Frau aus der Nachbarswohnung den Kopf zur Tür heraus.

Die Frau spricht kurz mit Sergio und verschwindet wieder hinter ihrer Tür.

»Was hat sie gesagt?«, fragt Alana.

»Silvio ist seit gestern weg.«

»Weg? Wohin?«

»Das weiß sie nicht. Er hatte einen Koffer bei sich, und sie sagt, dass er aussah, als wäre er in großer Eile.«

Kapitel 57

Der Kapitän gibt bekannt, dass die *Cielo di Asia* in weniger als achtundvierzig Stunden den ägyptischen Hafen Port Said erreicht, wo sie anlegen werden, um frische Vorräte an Bord zu nehmen. Stefano hat noch nie von der Stadt gehört, doch ihm wird erzählt, dass sie das Tor zum Suezkanal ist. Weit mehr erfreut ihn, wie nahe Port Said dem Heiligen Land ist. Von dort kann er sogar die Sinai-Halbinsel sehen. Tief im Herzen weiß er, dass er ihr niemals näher kommen wird, doch für ihn ist es nahe genug.

Der Herr hat in den letzten Tagen mehr denn je zu ihm gesprochen, aber Stefano ist immer noch nicht an seine Stimme gewöhnt. Als der Allmächtige mit ihm zu kommunizieren begann, war Stefano verwirrt, zweifelte sogar. Er nahm an, dass es nur eine von diesen auditiven Halluzinationen war, von denen Dr. Lonzo gesagt hatte, dass sie typisch für seine Krankheit seien. Er fragte damals Bruder Silvio, den weisesten Mönch, den er kannte, wie Gott sich anhörte. Und Bruder Silvio antwortete ihm, wenn jemand seine Stimme hören könne, klänge sie so rein wie die Liebe einer Mutter oder eines Vaters.

Aber Liebe ist es nicht, was Stefano in seinem Kopf hört. Die Stimme ist noch ungnädiger als vorher. Und letzte Nacht hätte der Herr gar nicht klarer sein können. »Selbst das Gelobte Land wird nicht von meinem Zorn verschont. Du wirst eine meiner Kreaturen in Kanaan freilassen.«

Erst am Morgen hatte Stefano verstanden, wie er diesen jüngsten Befehl Gottes ausführen konnte. Wenn die Lieferanten mit den Vorräten an Bord kamen, würde er irgendwie eine der Ratten in einen der leeren Container stecken, den sie mitnahmen.

Als Stefano auf der oberen Koje liegt, wandern seine Gedanken wieder zu den Behältern. Auf dem riesigen Frachter stapeln sich unzählige identische Container. Sie sind versiegelt, doch wenn er irgendwie eine Öffnung in einem oder zweien von ihnen findet, kann er Ratten darin verstecken. Alles, was die Tiere brauchen, ist ein wenig Futter. Wenn sie fast siebenhundert Jahre in der Krypta unter San Giovanni überlebt haben, schaffen sie sicher auch einige Tage oder Wochen als blinde Passagiere. Danach können die Container die Arbeit übernehmen, Gottes Zorn zu verbreiten.

Sein Mitbewohner, der in der Koje unter ihm liegt, reißt ihn aus seinen Gedanken. »Stefano?«

»Ja, Nino?«

»Mir geht es nicht so gut«, sagt sein Mitbewohner.

Stefano hört die Laken unten rascheln. »Was ist denn, mein Bruder?«

»Mir ist sehr kalt. Und jetzt denke ich, dass ich Fieber habe.«

Stefano setzt sich auf.

»Und mein Arm tut weh. Ich fühle eine Beule unter ihm.«

»Oh, wahrscheinlich ist es die Grippe«, sagt Stefano und bemüht sich, ruhig zu bleiben, obwohl er panisch wird.

»Ich gehe heute Morgen mal zum Arzt.«

»Nein, nein«, sagt Stefano, der es ihm unbedingt ausreden muss. »Dieser alte ukrainische Arzt ist nicht sehr gut. Ich … ich würde ihm nicht trauen.«

»Was soll ich dann tun, Bruder?«

»Ich habe Medizin«, platzt Stefano heraus. »Antibiotika. Die helfen dir gegen die Grippe. Du nimmst sie, und es geht dir wieder besser.«

»Na gut«, sagt Nino. »Gott schütze dich, Stefano.«

»Ich werde für dich beten, Nino.«

Kapitel 58

Die Erschöpfung holt Alana ein, als sie auf der Rückbank des Taxis sitzt. All die adrenalinbefeuerte Aufregung vom Morgen ist dem Frust gewichen, dass sie überall auf Sackgassen stoßen. Die Medien haben die Fotos von Stefano und Silvio in ganz Italien verbreitet. Doch bisher gab es nichts als falschen Alarm.

Der Fahrer hält vor dem vertrauten Eingang des Ospedale San Martino. Vorn sind nur noch wenige Reporter und Kameramänner. Vermutlich belagern die anderen bereits die Krankenhäuser in Neapel, wo sich die Situation verschlimmert hat.

Als Alana das Hospital betritt, sieht sie Nico und Byron, die sich sehr hitzig neben dem Eingang der Dekontaminationsstation unterhalten. Nico gestikuliert wütend, während Byron die Arme verschränkt hat und seine Miene im klassischen defensiven Lächeln erstarrt ist.

Einen peinlichen Moment lang überlegt Alana, ob sie ihretwegen streiten.

»Er will meine Patientin einfach sterben lassen!«, brüllt Nico, als Alana sich ihnen nähert. »Bring du ihn zur Vernunft!«

»Worum geht es, Nico?«, fragt Alana, die froh ist, dass es sie nicht direkt betrifft.

»Ich habe eine Vierundvierzigjährige mit antibiotikaresistenter *Yersinia* auf der Intensiv. Und er hier« – Nico weist abfällig mit den Daumen auf Byron – »weigert sich, mir das einzige Medikament zu geben, das ihr Leben retten kann.«

Byrons Lächeln wird weicher, als er zu Alana blickt, doch seine Haltung bleibt unverändert. »Ich habe es dir doch erklärt, Nico. Wir haben nur noch eine Dosis von dem Antiserum. Es könnte Tage dauern, bis wir mehr haben. Und es gibt mindestens zwei andere Patienten, die es genauso dringend brauchen.«

»Wie kannst du das wissen?«, fragt Nico. »Sicher ist, dass meine Patientin – eine dreifache Mutter – ohne das Antiserum die Nacht nicht überlebt.«

»Dr. Montaldo sagt dasselbe über den Sechsjährigen in ihrer Kinderklinik«, kontert Byron. »Und hier liegt eine andere Frau auf der Intensiv, der es beinahe gleich schlecht geht. Sie können sich nicht alle eine Dosis teilen.«

Alana tun sie beide leid. Diese Diskussion erinnert sie an ihre Einsätze für die WHO, bei denen sie gezwungen gewesen war, wegen begrenzter Ressourcen Gott zu spielen. »Warum nicht teilen, Byron?«, schlägt sie vor. »Wenigstens zwischen Nicos Patientin und dem kleinen Jungen?«

»Ja!« Nico nickt vehement. »Vielleicht sogar zwei Drittel für die Frau und ein Drittel für den Jungen.«

»Und was ist, wenn beide sterben, weil sie unterdosiert wurden?«, fragt Byron.

»Dann hast du wenigstens beiden eine Chance gegeben!«, ruft Nico.

Byron nimmt die Arme herunter. »Na schön«, stimmt er zu.

»Danke«, sagt Nico und wendet sich zu Alana. »Komm mit auf die Intensivstation, Alana, dann kannst du die Patientin kennenlernen.«

Sie verneint. »Ich habe keine Zeit.«

»Ah!« Er blickt misstrauisch von ihr zu Byron und wieder zurück. »Bist du seinetwegen hier?«

»Ja, wir wollen zu Sergio Fassino.«

»Dann gehe ich lieber wieder zurück zu meinen Patienten«, sagt Nico und dreht sich um.

»Augenblick noch, Nico«, ruft Alana.

Byron neigt den Kopf zur Seite, sagt aber nichts. Er holt sein Handy aus der Tasche. »Ich treffe dich draußen, Alana. Ich muss die Verteilung des Antiserums auf beide Krankenhäuser organisieren.«

Alana zieht Nico in eine ruhige Ecke der Eingangshalle. »Ich verlasse Genua heute Abend.«

»Und wo willst du hin?«

»Nach Neapel.«

»Verstehe«, sagt er leise.

»Hier stabilisiert sich die Lage, Nico.«

»Stabilisiert sich?« Er stöhnt. »Meine Patientin liegt im Sterben.«

»Ja, aber heute gab es weniger Fälle als gestern. Die Zahlen sind seit zwei Tagen rückläufig. Aus Epidemiologensicht gewinnen wir in Genua. In Neapel nicht. Außerdem wurde Stefano dort zuletzt gesehen.«

»Und Byron kommt mit?«, fragt Nico.

»Ich glaube, ja.«

Für einen Moment schweigen sie beide. Dann lächelt Nico auf die strahlende Art, die schon jene englische Krankenschwester damals in Angola völlig verzaubert hatte. »Es war schön, dich zu sehen, Alana. Wieder zusammenzuarbeiten.«

»Ja, fand ich auch, Nico.« Sie erwidert sein Lächeln. »Wir dürfen nicht wieder so viel Zeit vergehen lassen.«

»Nein, aber wir müssen uns zwischendurch ein bisschen erholen und Zeit für unser eigenes Leben finden. Zumindest ich brauche das.« Nico legt die Hände auf ihre Schultern und küsst sie auf beide Wangen. »Ich will mich wieder auf die Familie konzentrieren.«

Melancholie überkommt sie, als sie sich voneinander lösen. »Ich hoffe, du bekommst das mit Isabella hin. Ganz ehrlich.«

Draußen fragt Byron nicht, worüber Alana mit Nico gesprochen hat. Doch sobald sie vom Eingang weg sind, nimmt er ihre Hand und drückt sie kurz.

Sie steigen in seinen Mietwagen, und er fährt sie zu dem Gebäude der AISI-Zentrale in der Via Cairoli. Sergio nimmt sie persönlich vor den Fahrstühlen im vierten Stock in Empfang und führt sie an der Sicherheitsschleuse vorbei zu seinem Büro.

»Gutes Timing«, sagt er.

»Wie das?«, fragt Alana. »Haben Sie Stefano gefunden?«

»Nein, aber wir haben Bruder Silvio aufgespürt.«

Alanas Puls wird schneller. »Wo ist er?«

Sergio zeigt den Flur hinunter. »Hier.«

»Und wo war er?«, fragt Byron.

»In San Fruttuoso di Camogli«, antwortet Sergio. »Ein berühmtes Kloster die Küste hinauf von Portofino. Dorthin führen keine Straßen – man kommt nur zu Fuß oder per Boot hin. Einer der anderen Brüder hat unseren Fahndungsaufruf online gesehen und uns informiert. Wir haben ihn vor wenigen Stunden aufgelesen.«

»Und was sagt Silvio?«, fragt Alana.

»Bisher nicht viel. Allerdings spricht er in den höchsten Tönen von Ihnen. Wie wäre es, wenn wir ihn gemeinsam befragen?«

Sergio geht mit ihnen zu einem Befragungsraum, in dem ein Tisch und einige Stühle stehen. Ein Wachmann in Zivilkleidung steht an der Tür und schließt sie hinter ihnen. Silvio sitzt in seiner üblichen schwarzen Kutte am Tisch. Als sie reinkommen, lächelt er, doch sein Gesicht ist eingefallen, und er wirkt um Jahre älter. »Ah, Dr. Vaughn, haben Sie schon Gelegenheit gehabt, das Tagebuch zu Ende zu lesen?«

»Noch nicht, Bruder Silvio.«

»Aber werden Sie?« Er klingt hoffnungsvoll, als wäre das Tagebuch der Grund für ihr Treffen hier.

»Werde ich.« Sie setzt sich zwischen Byron und Sergio dem Mönch gegenüber. »Jetzt müssen wir Bruder Stefano finden. Dringend.«

Es klopft an der Tür. Der Wachmann öffnet, und nach einem kurzen Wortwechsel nimmt er einige Papiere entgegen. Dann schließt er die Tür wieder und gibt Sergio die Papiere.

»Der arme Junge«, sagt Silvio kopfschüttelnd. »Stefano leidet so unter seiner Krankheit.«

»Meinen Sie die Stimmen?«, fragt Byron.

»Si.« Silvio atmet pustend aus. »Meistens weiß Stefano, dass sie nicht echt sind, aber manchmal ...«

»Vor allem um die Zeit herum, als die Abtei abgerissen wurde, richtig?«, drängt Byron. »Wurden seine Symptome da schlimmer?«

»Nein, würde ich nicht sagen«, antwortet Silvio. »Mir schien, dass es ihm besser ging. Er erwähnte keine Stimmen mehr. Er war zu fasziniert von der Geschichte unserer alten Abtei.«

Alana streckt die Arme aus und umfängt eine von Silvios knochigen Händen. Sie ist trocken und die Handfläche rau. »Bruder Silvio, haben Sie Stefano geholfen, die Ratten aus der Krypta zu befreien?«

Silvio sieht sie einen Moment lang verdutzt an, bevor er leise lacht. »Ich habe nie geglaubt, dass die noch da sind. Und ich finde es immer noch schwer zu glauben. Hätte Stefano mich gefragt, ich hätte es ihm gesagt.« Er tätschelt Alanas Hand. »Stefano hat mich nicht um Antwort gebeten. Er hat überhaupt nie mit mir über die Ratten gesprochen.«

»Und warum sind Sie gestern weggelaufen?«, fragt Byron.

»Gelaufen?« Wieder lacht Silvio. »Ich bin viel zu alt, um zu laufen. Nein, Don Arturo hat es arrangiert. Er bat mich, einige Zeit in San Fruttuoso di Camogli zu verbringen, um mir dort die Bibliothek anzusehen. Um zu beurteilen, was sie von der Sammlung aus San Giovanni aufnehmen können.«

»Wann hat Don Arturo das arrangiert?«, fragt Byron.

»Er hat mich gestern angerufen. Und er hat mir gesagt, sie wären sofort für mich bereit. Er hat mir den Zug und das Boot gebucht.«

Sergio blickt von den Blättern auf. Er verzieht keine Miene, doch seine Augen glühen. »Entschuldigen Sie uns kurz, Bruder«, sagt er und steht auf.

Alana und Byron folgen ihm hinaus und zu seinem Büro. Dort schließt er die Tür hinter ihnen und reicht Alana die Papiere. Es ist alles auf Italienisch, aber eindeutig eine E-Mail-Konversation. Es gibt nur acht oder neun E-Mails, die meisten zwei Sätze lang oder kürzer. »Ist das von Stefano?«, fragt sie.

»Ja«, antwortet Sergio.

»Wie haben Sie die bekommen?«, fragt Byron.

»Wir haben die IP-Adressen für Bruder Silvios und Don Arturos Wohnungen rausgekriegt. Das Team hat die gerade abgefangen.«

Alana stockt der Atem. »Wer von ihnen hat mit Stefano kommuniziert?«

Sergio grinst verbittert.

Kapitel 59

Stefano liegt in der oberen Koje und starrt an die Decke. In der Kajüte riecht es nach Schweiß und Krankheit. Nino spricht nicht mehr, brabbelt nicht einmal mehr im Fieberwahn, in den er vor wenigen Stunden fiel. Stefano ist sich nicht sicher, ob er überhaupt noch lebt, will aber auch nicht nahe genug an ihn heran, um es zu prüfen.

O Herr, nie habe ich deine Lenkung so gebraucht wie jetzt. Doch selbst Gott ist verstummt.

Stefano merkt, wie sich Zweifel in sein Denken schleichen. Er denkt daran, wie der Plan entstanden ist. Zuerst war er skeptisch gewesen, aber Don Arturo war so überzeugend. Ihre vielen Gespräche hatten als philosophische Diskussionen begonnen, doch irgendwie waren sie zu Planungssitzungen geworden, ohne dass er es merkte.

»Es muss einen Grund für diese Segnung geben, Stefano«, hatte Don Arturo eines Abends zu ihm gesagt, wenige Wochen bevor sie aus ihrem Heim getrieben wurden.

»Welche Segnung, Don Arturo?«

»Deine Fähigkeit, direkt mit dem Herrn zu kommunizieren.«

»Dr. Lonzo sagt, dass nichts davon real ist, nur ein Symptom meiner Krankheit.«

»Ärzte!«, hatte Don Arturo gespottet. »Welche Arroganz. Sie

sind so fehlbar wie jeder von uns, nur erkennen sie es nicht. Und diese Gifte, die er dir gibt ...«

»Dr. Lonzo sagt, die Medizin stabilisiert meine Stimmung.«

»Unsinn, Stefano!« Don Arturo schüttelte ernst den Kopf. »Sie betäuben deinen Geist und trüben deine Seele. Sie trennen dich von Gott.« Seine Stirn runzelte sich, als hätte er Schmerzen. »Ist es das, was du willst?«

»Nein.«

»Du musst aufhören, diese Medizin zu nehmen, wie wir es vereinbart haben.«

Stefano nickte. »Aber, Don Arturo ... was ist, wenn Dr. Lonzo recht hat?«

»Hat er nicht!« Der Abt hatte seinen Arm so fest gedrückt, dass es wehtat. »Gott spricht zu dir! Ich war mir nie einer Sache in meinem Leben sicherer!«

»Aber was er verlangt ...«

»Ist, sein Königreich wiederherzustellen.«

»Indem wir den Schwarzen Tod zurückbringen?«

»Auch der Gnädigsten Gnade erschöpft sich irgendwann. Erinnerst du dich an das Alte Testament? Noah und die Sintflut?«

»Ja.«

»Es gibt Zeiten, in denen Gott die Welt vom Bösen reinigen muss, ohne Rücksicht auf Verluste.«

»Ja, aber ...«

»Denk nach, Stefano! Bald werden sie Don Giovanni abreißen. Unser Zuhause. Ein Haus Gottes!« Die Stimme des Abtes bebte vor Leidenschaft. »Es ist kein Zufall. Dies ist exakt der Grund, warum Don Marco und die Mönche im Mittelalter diese Geschöpfe vor all den Jahren sicher eingruben. Damit wir, sollten die Gläubigen je wieder angegriffen werden, uns wehren können. Und Gottes Zorn auf die Welt entlassen.«

»Glaubt Ihr das wirklich?«

»Ich weiß es.« Don Arturo lächelte. »Und wenn wir nicht wären, würden all diese Bulldozer, Bagger und sonstigen teuflischen Maschinen die Geschöpfe ohnedies freilassen. Wir beschleunigen nur das Unvermeidliche.«

Auch Monate später beruhigt Stefano die Überzeugung des Abtes. Trotzdem sind die Schuldgefühle so lähmend wie die Furcht.

Stefano hatte Nino wie versprochen die Antibiotika gegeben. Aber er hatte solche Angst, dass Nino doch noch zum Schiffsarzt gehen würde, dass er auch zehn Tabletten Trazadon zerstoßen hatte, ein Beruhigungsmittel, das Dr. Lonzo ihm verschrieben hatte, und in Ninos Orangensaft gemischt. Nino war entweder von einer Überdosis davon oder der Pest still geworden.

Stefano sieht wieder auf seine Uhr. Seiner Berechnung nach müsste der Frachter in weniger als achtzehn Stunden Port Said erreichen. Und das Anlegen dort würde alles komplizierter machen. Es war eine Sache, eine lebende Ratte mit der Nachschub-Crew von Bord zu schmuggeln; aber mit dieser Strategie würde er keinen toten Seemann loswerden. Stefano fragt sich, ob er Ninos Leiche vorm Anlegen über Bord werfen kann. Nino ist klein und dünn, aber selbst wenn er ihn allein nach oben geschleppt bekommt, wie will er ihn ins Mittelmeer werfen, ohne gesehen zu werden?

Wieder denkt er an Don Arturo. Stefanos Mutter war erst sechzehn, als er geboren wurde, und seinen Vater hat er nie kennengelernt. Der weise Abt kommt unter allen Männern, mit denen Stefano in seinem Leben zu tun hatte, einer Vaterfigur am nächsten. Sicher weiß Don Arturo, was mit Nino zu tun ist. Eigentlich sollen sie während der Mission keinen Kontakt haben, aber Stefano findet, dass diese Komplikation ein triftiger Grund ist, das Schweigen zu brechen und seinen Mentor um Rat zu bitten.

Er verlässt die Kajüte und schließt hinter sich ab. Dann schleicht er durch die engen Gänge unter Deck und die Treppen hinunter zum Computerraum. Erleichtert stellt er fest, dass dort niemand ist.

Er setzt sich an den hinteren der beiden Computer, wo er eine Minute warten muss, bis der langsame Satellit eine Internetverbindung aufgebaut hat und er sich in seinen Account einloggen kann. Während er wartet, fällt ihm ein winziges Bild seitlich auf der Homepage des E-Mail-Providers auf. Er klickt es an und beobachtet voller Entsetzen, wie ein Bild von ihm fast den halben Bildschirm ausfüllt. Neben seinem Passbild erscheint eines von Bruder Silvio. Und die Textzeile darunter schreit: *»Die Pestquelle?«*

Kapitel 60

Sergios Wagen hat weder Blaulicht noch Sirene, doch er fährt, als wäre beides vorhanden und eingeschaltet, und drückt gleichzeitig immer wieder lange auf die Hupe, während er durch die vollen, gewundenen Straßen rast. Oft ruckt der Wagen so heftig, dass Alana sich an die Armlehne hinten klammern muss.

»Was genau stand denn in den E-Mails?«, fragt Byron auf dem Beifahrersitz.

Der Wagen wird langsamer, weil sich vor ihnen der Verkehr staut, und Sergio nutzt die Gelegenheit, um die Papiere von der Mittelkonsole aufzunehmen. »Stefano hat die erste E-Mail vor vier Wochen geschickt. In der steht: *Alles ist gut, aber die Männchen kämpfen um das Futter. Kann das wirklich Gottes Wille sein?* Und Don Arturo antwortet: *Er spricht nur zu dir allein. Sein Segen ist gerecht, mein Bruder. Zweifle nie an seinem Wort.*« Sergio blättert weiter. »Drei Wochen später schreibt Stefano: *Ich habe Asiago auf der Baustelle freigelassen, wie Ihr mir geraten habt. Soll ich Robiola immer noch hier im Park aussetzen?* Und Arturo antwortet: *Ja, der Parco Serra Gropallo ist ideal. Er wird da leicht ein Zuhause finden. So, wie es der Herr vorgesehen hat.*«

Alana kann ihre Wut kaum bändigen. »Dieses Schwein hat Stefanos Psychose ausgenutzt! Hat ihn angestachelt!«

Die Wagen vor ihnen setzen sich in Bewegung, und Sergio lässt die Blätter wieder auf die Mittelkonsole fallen. »Die letzten

E-Mails wurden vor sieben Tagen geschickt«, sagt er. »Arturo hat Stefano gesagt, Gott will, dass er die Pest in Asien verbreitet. Er schlägt sogar vor, dass Stefano auf einem Frachter anheuert.«

»Asien!« Alana klatscht die flache Hand auf die Armlehne. »Was ist, wenn er schon dahin unterwegs ist?«

»Arturo hat Stefano ausdrücklich gefragt, ob sein Pass noch gültig ist«, antwortet Sergio achselzuckend. »Und der hat es bestätigt.«

Alana atmet langsam aus. »Wenn Stefano diese Ratten in Asien aussetzt ...«

»Könnt ihr euch vorstellen, was es bedeutet, solch einen Ausbruch in Städten wie Jakarta oder Shanghai unter Kontrolle bringen zu wollen?«, fragt Byron.

»Oh nein! Es ist wirklich wieder so wie die Pest im Mittelalter. Nur diesmal umgekehrt. Sie werden den Schwarzen Tod nach Asien bringen.«

Sergio biegt in die Einfahrt des Seminario Arcivescovile und parkt direkt vor dem Eingang. Alle drei springen aus dem Wagen und laufen direkt nach oben in den ersten Stock zu Don Arturos Wohnung.

Sergio zieht seine Waffe aus dem Holster, als er mit der anderen Hand gegen die Tür hämmert. Keine Reaktion. Er senkt schon die Schulter, um sie gegen die Tür zu rammen, da geht sie einen Spaltbreit auf. Alana erkennt den spitzen Haaransatz. »*Vattene, per favor!*«, sagt Bruder Samuel.

Ohne zu antworten, rammt Sergio trotzdem seine Schulter gegen die Tür, die auffliegt. Samuel stolpert zurück. Er findet das Gleichgewicht wieder und versucht, ihnen den Weg zu versperren, indem er die Arme weit ausbreitet. »Lassen Sie den Abt in Ruhe!«, schreit er.

Sergio richtet seine Waffe auf die Brust des Ordensbruders.

»*Basta!*«, ruft Arturo und tritt hinter Samuel vor. »Es ist genug.«

Samuel zögert, bevor er zur Seite tritt und den Kopf hängen lässt.

Der Abt scheint nicht im Mindesten überrascht. »Sie wissen also Bescheid?«

Sergio spricht ihn auf Italienisch an. Der Abt schiebt nur die Unterlippe vor und nickt, zeigt aber keinen Funken Reue.

Erhobenen Hauptes begleitet der Abt sie nach unten zum Wagen. Er setzt sich zu Alana auf die Rückbank und wirkt vollkommen ruhig.

Sie weiß, dass Sergio ihn offiziell verhören will, ist jedoch zu wütend, um ihre Zunge im Zaum zu halten. »Warum?«, faucht sie ihn an.

»Warum was, Dr. Vaughn?« Don Arturo lächelt, als würden sie immer noch beim Kaffee Small Talk machen.

»Warum zur Hölle stacheln Sie jemanden an, der so krank und verwirrt ist wie Bruder Stefano?«

Arturo runzelt die Stirn. »Woher wollen Sie wissen, dass Stefano krank ist?«

»Weil es von einem qualifizierten Psychiater diagnostiziert wurde«, antwortet sie ungläubig.

»Ja, der ihm Verfolgungswahn und Halluzinationen bescheinigt. Woher weiß Dr. Lonzo, dass diese Manifestationen seiner Fantasie entspringen? Was ist, wenn die Stimmen real sind?«

»Glauben Sie ernsthaft, dass Stefano direkt mit Gott spricht?«

»Er wäre nicht der Erste«, sagt Arturo. »Die Engländer hielten auch Jeanne d'Arc für verrückt.«

»Was ist mit Ihnen los? Der Mann ist schizophren! Und Sie haben ihn in seinem tödlichen Wahn bestärkt.«

Arturo verschränkt die Arme vor der Brust. »Ich glaube, dass Stefano ein Beauftragter Gottes ist.«

»Also hat Gott vor, den Schwarzen Tod wieder wüten zu lassen?« Alana unterdrückt den Impuls, den Abt beim Kragen zu packen. »Und die halbe Welt auszulöschen, wie beim letzten Mal?«

Arturo lächelt, bevor er langsam den Kopf schüttelt. »Gott muss die Welt, wie sie ist, so leid sein. All die Gier, all die Sünde und so wenig Glaube oder Reue. Diese Welt ist es nicht wert, gerettet zu werden.«

»Sie sind genauso wahnsinnig wie Stefano.«

Doch Arturo scheint sie nicht zu hören. »Einen solch heiligen Ort niederzureißen? Eine fast achthundert Jahre alte Abtei? Und wofür? Um noch mehr Luxuswohnungen für die Reichen und Gottlosen zu bauen, wo wir wahren Gläubigen gewohnt haben?«

Alana ist fassungslos. »Das ist es, ja?«

Arturo sieht sie direkt an, und als er wieder spricht, ist sein Ton harsch und die Fassade des großväterlichen Geistlichen verschwunden. »Was wissen Sie denn schon, sie dreiste Amerikanerin? Sie verstehen nichts von Glaube, Andacht oder Opfer!«

»Dies hier hat nichts mit Gott zu tun!« Alana beugt sich näher zu ihm. »Sie handeln aus purer Rachgier. Um eine persönliche Rechnung zu begleichen. Sonst nichts!«

»Ich wurde vom Genueser Erzbischof und dem Primas der Benediktiner in Rom geschickt, San Giovanni zu neuem Leben zu erwecken. Ich habe alles getan, worum sie mich gebeten haben, der Abtei neues Leben eingehaucht. Und wie dankt die Kirche es? Sie verkauft die Abtei an den Teufel!« Er wird lauter, und seine Nasenflügel blähen sich. »Und dann nehmen sie mir meine Stellung als Abt, meine Würde. Sie haben mich weggeworfen.«

»Oh mein Gott!« Alana ballt die Fäuste. Noch nie wollte sie jemanden dringender schlagen. »Sie zerstören die Welt, weil man Ihnen Ihren *Job* weggenommen hat?«

»Es ist zu spät, Stefano aufzuhalten, Dr. Vaughn. Was geschehen ist, ist geschehen.« Arturo lehnt sich auf der Rückbank zurück und lächelt selbstzufrieden. »Und das Vermächtnis von San Giovanni wird nicht so schnell vergessen werden.«

Kapitel 61

Die Nacht rauscht in einem Wirbelwind von Betriebsamkeit dahin. Größtenteils verbringt Alana sie in der AISI-Zentrale, wo sie mit den anderen Agenten die Frachtlisten der Schiffe durchgesehen hat. Erst nach vier Uhr morgens ist sie ins Hotel zurückgekommen, um kurz zu duschen.

Dass sie im Sessel eingenickt ist, merkt sie erst, als sie von dem schrillenden Telefon in ihrer Hand geweckt wird. Sie springt auf und sieht Sergios Namen auf dem Display. »Sie haben ihn gefunden!«

»Ja«, antwortet Sergio.

»Wo?«

»Auf einem Frachter vor der Nordküste Ägyptens.«

Er ist noch nicht in Asien, dem Himmel sei Dank! »Auf dem Weg zum Suezkanal?«

»Ich erzähle Ihnen alles, wenn wir uns sehen. Wie schnell können Sie fertig sein?«

»In fünf Minuten. Schneller, wenn es sein muss.«

»Ich hole Sie gleich ab.«

»Was ist mit Byron?«

»Nur Militärpersonal.« Ohne ein weiteres Wort legt Sergio auf.

Alana wirft sich ein paar Sachen über und eilt nach unten in die Lobby. Ein schwarzer SUV hält vor dem Eingang, als sie die

Glastüren erreicht. Sie steigt zu Sergio auf die Rückbank. Vorn erkennt sie die beiden AISI-Agenten in den dunklen Anzügen von der Razzia bei den Bombenbastlern wieder.

»Was wissen Sie, Sergio?«, fragt sie, als der Wagen anfährt.

»Stefano hat auf der *Cielo di Asia* angeheuert, einem Transpazifikfrachter, und das an dem Tag, als das Schiff in Neapel ablegte. Wir haben ihn um Haaresbreite verpasst. Die Reederei, Napoli Marittima, hatte Russo mit einem s statt mit zweien geschrieben.«

»Sind Sie sich sicher, dass er es ist?«

Er nickt. »Ich habe seine Passkopie gesehen.«

»Wo ist das Schiff jetzt?«

»Ankert vor Port Said.«

»Schon? Wie lange sind sie bereits da?«

»Seit heute Morgen.«

Sie packt seinen Arm. »Hat irgendjemand das Schiff verlassen?«

»Nein. Wir sind mit dem Kapitän in Kontakt. Er weiß, dass keiner an oder von Bord darf, ehe wir da sind.«

»Weiß er von Stefano?«, fragt sie und lässt seinen Arm wieder los.

Sergio schüttelt den Kopf. »Wir wollen ihn nicht aufschrecken oder den Rest der Mannschaft gefährden. Wir wissen nicht mal, ob Stefano bewaffnet ist.«

»Und wie kommen wir dahin?«

»Unsere Marine hat einen amphibischen Hubschrauberträger in der Gegend, die *San Giorgio*. Sie müssten Port Said in unter drei Stunden erreichen.«

Alana kommt von der Army, nicht der Navy, und erinnert sich nicht genau an diesen Schiffstyp, außer dass er groß genug ist, um sowohl Helikopter als auch senkrecht startende Flugzeuge darauf landen zu lassen. Folglich dürfte der Plan sein, aus der Luft auf den Frachter zu gelangen. »Und wir wollen jetzt zur *San Giorgio?*«

»Ja.« Sergio lächelt sehr verhalten. »Allerdings nicht ganz ... direkt.«

Nachdem ihr Fahrer sie an einem Hubschrauberlandeplatz außerhalb von Genua abgesetzt hat, bringt sie ein kleiner, lauter Helikopter zu einer italienischen Militärbasis nahe Rom. Dort steigen sie in einen Luftwaffenjet, der sie zu einem Stützpunkt außerhalb von Alexandria in Ägypten bringt. Auf dem Flug telefoniert Alana erst mit Monique Olin, dann mit Byron, um beide auf den neuesten Stand zu bringen. Es frustriert sie, dass alles, was sie in Genua gewonnen haben, nun durch den Ausbruch in Neapel zunichtegemacht wird, weil dort die Pest weiterhin außer Kontrolle ist und die Krankenhäuser von Verdachtsfällen überflutet werden.

Auf dem Rollfeld in Alexandria wartet ein dunkelgrauer Helikopter mit laufenden Rotoren auf sie. Als sie abheben, erklärt der redselige Pilot voller Stolz und in gebrochenem Englisch, dass sein AB 212 eine Reichweite von mehreren hundert Meilen hat und so sanft wie eine Möwe fliegt. Alanas leichte Übelkeit sagt ihr etwas anderes.

Vierzig Minuten später – und vier Stunden nach ihrem Aufbruch in Italien – taucht ein Marineschiff aus dem Dunst unter ihnen auf.

»Ist sie das?«, fragt Alana Sergio über die Kopfhörer.

»Die *San Giorgio*, ja. Ein COMSUBIN-Team wartet an Bord auf uns.«

»Was ist das? Ein Spezialkommando?«

»Ja, eine italienische Marine-Spezialeinheit, ähnlich Ihren Navy-SEALs.« Dann ergänzt er sichtlich stolz: »Nur gibt es die COMSUBIN schon viel länger.«

Der Pilot landet auf dem Schiffsdeck. Dort stehen zwei andere

Hubschrauber, beide größer als ihrer. Mechaniker arbeiten an ihnen, während Seeleute Ausrüstung und Kisten in die Maschinen laden.

Ein Offizier in einer waldgrünen Tarnuniform steigt aus einem der Helikopter. Alles an ihm schreit förmlich Spezialeinheit, von seinem Stiernacken über seine breite Brust und den Kurzhaarschnitt bis hin zu seiner steifen Körperhaltung. Er salutiert und schüttelt Sergio die Hand. Sie unterhalten sich zunächst auf Italienisch, ehe Sergio sich zu Alana umdreht. »Dies ist Capitano Monti. Er leitet das Einsatzteam für die *Cielo die Asia*.«

Alana schüttelt Montis kräftige Hand, und weil sie annimmt, dass er kein Englisch spricht, sieht sie Sergio an. »Wie schnell können wir los?«

»In fünfundvierzig Minuten, Doktor«, antwortet Monti mit einem minimalen Akzent. »Nach dem Briefing. Kommen Sie bitte mit.«

Er geht voran ins Schiffsinnere und zu einem langen, schmalen Konferenzraum, in dem Männer in mehreren Reihen sitzen, allesamt in der gleichen grünen Tarnkleidung. Im Raum wird es still. Monti stellt sich unter einen Bildschirm, der die Wand über ihm ausfüllt. Alana zählt elf weitere Männer. Jeder von ihnen sitzt mit versteinerter Miene und kerzengerade da. Einige nicken, als Monti Sergio und Alana vorstellt.

Sie nehmen auf zwei leeren Stühlen vorn Platz. Sergio neigt sich näher zu Alana und sagt leise: »Der Capitano hat Sie als Soldatin bei der NATO-Antibiowaffentruppe vorgestellt.«

»Lässt er mich bei dem Einsatz dabei sein?«, flüstert sie.

»Ich glaube, ja.«

Monti betätigt eine Fernbedienung, und ein Bild von einem modernen Frachter erscheint auf dem Monitor. Die schiere Größe der *Cielo di Asia* ist beeindruckend. Und das Schiff wirkt noch größer, als Monti zu einer Querschnittzeichnung wechselt. Container stapeln sich sechs Lagen hoch an Deck, und es gibt noch drei Ebenen unter Deck.

Monti spricht schnell, sodass Sergio nur Häppchen übersetzen kann. Alana bekommt genug mit, um zu verstehen, dass, sollte Stefano nicht sofort gefunden werden, die Soldaten das Schiff paarweise von oben bis unten absuchen werden.

Wieder drückt Monti eine Taste, und der Bildschirm füllt sich mit einem Foto von dem lächelnden Stefano, das Alana noch nie gesehen hat. Sein unsicheres Grinsen hat etwas Einsames. Monti zeigt noch einige andere Aufnahmen von dem Mönch. Dann zieht er ein ausgedrucktes Bild aus seiner Tasche und bedeutet allen im Raum, dass jeder dieses Foto bei sich haben soll.

Als Nächstes erscheint ein umluftunabhängiges Atemschutzgerät auf dem Bildschirm, und Monti schwenkt auf Englisch um. »Dr. Vaughn wird jetzt die Sicherheitsmaßnahmen erläutern.«

Überrascht steht Alana auf und zieht Sergio mit sich nach oben. »Können Sie für mich übersetzen?«, fragt sie. Er bejaht stumm.

Sie geht die Schritte durch, wie sie ihre Schutzanzüge anlegen, und beschreibt die Maßnahmen zur Kontaktvermeidung, wobei sie betont, wie wichtig das Händewaschen bei der Dekontamination ist, vor allem die Daumen, von denen sie weiß, dass viele Leute, sogar Ärzte, sie manchmal vergessen. Sie erinnert die Soldaten daran, jeden Kontakt mit potenziell Infizierten oder Ratten zu meiden, und weist darauf hin, dass alle gefangenen oder toten Tiere in Spezialbeuteln versiegelt werden müssen.

»Wir glauben, dass Stefano mehrere infizierte Ratten bei sich hat«, sagt sie und wartet, bis Sergio übersetzt hat. »Im Idealfall fangen wir die Ratten lebend. Aber gehen Sie kein Risiko ein. Ein

Biss durch den Handschuh kann zu einer Infektion führen. Im Zweifelsfall töten Sie das Tier.«

Monti sagt etwas auf Italienisch, und ein raunendes Lachen geht durch den Raum. »Der Capitano sagt, dasselbe gilt für Stefano«, dolmetscht Sergio.

Das Meeting endet. Sergio und Alana folgen den Soldaten zu einem Raum mit Schutzausrüstung. In vollkommener Stille ziehen sie sich die Anzüge an. Alanas Mund wird trocken, als Sergio ihr dieselbe Beretta gibt, die sie bei der Erstürmung der Bombenbastlerwohnung bekommen hatte. Heute fühlt sie sich schwerer an.

Das Team versammelt sich an Deck und teilt sich in zwei Gruppen. Sechs Männer gehen zu einem der wartenden Helikopter, dessen Rotoren sich träge drehen. Monti winkt Alana und Sergio zu sich in den zweiten Hubschrauber.

Sobald die Türen geschlossen sind, hebt der Helikopter mit einem Ruck ab. Das Stakkato der schlagenden Rotorblätter füllt die ansonsten stille Kabine. Diesmal rühren die Schmetterlinge in Alanas Bauch nicht von ihrer Reisekrankheit her.

Fünfzehn Minuten später sehen sie die Küste Nordägyptens vor sich. Eine Stadt taucht auf. Als der Hubschrauber tiefer geht, sieht Alana, dass es in dem Hafen unter ihnen von Frachtschiffen wimmelt. Als sie in den Sinkflug gehen, kommt der Frachter in Sicht, dessen Foto sie gesehen hat. Alanas Atmung wird schneller, als sie die italienische Flagge erblickt, und blinzelnd kann sie den Namen auf der Seite erkennen: *Cielo di Asia*.

Der Pilot verlangsamt, bis sie beinahe in der Luft stehen. Alana reckt den Kopf, um zu beobachten, wie der andere Hubschrauber auf circa sechs Meter über dem Schiffsdeck nach unten geht. Die Tür öffnet sich, und ein Seil fällt auf das Deck. Gleich darauf gleitet der erste Soldat an dem Seil nach unten, sein Gewehr auf dem Rücken, und landet geduckt auf dem Deck.

Während die anderen folgen, bewegen sich die Soldaten in Alanas Maschine zur Tür. Alana steckt die Waffe hinten in ihren Hosenbund und steht auf, um zu den anderen zu gehen. Ihr Herz klopft in ihrem Hals.

Kapitel 62

Stefano hört noch mehr Pochen oben und bemüht sich, das Zittern seiner Hände zu bändigen. Seit er sein Bild auf der Website gesehen hat und aus dem Computerraum gestürmt ist, ohne Don Arturo zu mailen, ist alles falsch. Sie haben Stefano seine eine Gabe geraubt: seine Anonymität.

Ihn wundert, dass sie ihn noch nicht geschnappt haben. Gestern hatte der Sicherheitsoffizier in seiner Kajüte nach seinem vermissten Mitbewohner gesucht. Stefano hatte kaum atmen können. Doch der Offizier kam nicht auf die Idee, den Haufen Kleidung, Decken und Kissen in dem Wandschrank zu bewegen, hinter dem Stefano den zierlichen Nino sowie den Seesack voller Ratten versteckt hatte.

Das Wummern wird lauter. Sie kommen ihn holen. Dessen ist er sich schon sicher, seit der Kapitän vor ihrer Ankunft in Port Said durchgesagt hatte, dass jeder Landgang bis auf Weiteres verboten ist.

Und Gott zeigt auch keine Nachsicht. »Bring meine Geschöpfe an Land!«, befahl die Stimme des Allmächtigen, kaum dass sie den Anker geworfen hatten.

Aber wie, o Herr?

»Versteck sie!«

Ich komme nicht an die Container. Ich habe es versucht. Sie sind fest verschlossen und versiegelt.

»Finde andere!«

Was für andere?

Er hatte gewartet, aber der Herr gab ihm keinen weiteren Rat.

Erst jetzt, als Stefano an der Kombüse vorbeischleicht und nach einem Versteck für sich sucht, erkennt er seine Rettung.

Die Kombüse ist viel geräumiger als die Küche in San Giovanni es war. Und der Vorratsraum ist noch größer. Niemand sonst ist in der Nähe, weil der Kapitän die gesamte Mannschaft an Deck gerufen hat, einschließlich Koch und Küchenhelfern.

Die Dosenstapel mit den Trockennahrungsmitteln auf der Seite des Vorratsraums könnten seine Rettung sein. Er hebt die Deckel von den Behältern voller Mehl, Reis und sogar Tortilla-Chips. Die drei Dosen mit den Frühstücksflocken sind ein ideales vorübergehendes Zuhause für die Ratten.

Stefano wollte erst alle sechs Ratten mitbringen, hat sich aber entschieden, drei noch in dem Beutel in seiner Kajüte zu lassen. Schließlich können sie ja nicht wissen, wie viele Tiere er mit an Bord gebracht hat, wenn sie ihn finden.

Im Rucksack herrscht Bewegung, als er ihn auf den Fußboden stellt. Die Ratten spüren die Gefahr noch deutlicher als Stefano. Er zieht seinen Handschuh an und zieht das erste Tier am Schwanz heraus. Es ist Puzzone, wie er an dem Ohr erkennt, von dem er bei einem Kampf ein Stück verloren hat. Sobald Puzzone auf die Frühstücksflocken fällt, gräbt er sich rasch ein, bis er vollständig verschwunden ist. »Gut gemacht«, flüstert Stefano.

Er lässt die anderen beiden Ratten in die übrigen zwei Dosen fallen. Tuma buddelt sich genauso flink unter die Schokoringe wie Puzzone eben in die Cornflakes, doch Ormea bleibt misstrauisch auf der Oberfläche hocken und schnuppert mit zuckenden

Schnurrhaaren in die Luft. Schließlich muss Stefano in die Dose greifen und die Frühstücksflocken über die Ratte schaufeln, bis sie verdeckt ist.

Zufrieden legt Stefano die Deckel wieder auf die Dosen und stellt sie so zurück an die Wand, wie er sie gefunden hat.

Das Stampfen wird noch lauter. Jetzt sind sie nahe. Seine Hand zittert, als er sein Messer vom Boden aufhebt, wo er es abgelegt hatte. Er hatte den Koch prahlen gehört, dass es scharf genug sei, um durch Knochen zu schneiden. Stefano fragt sich, ob er es herausfinden muss.

Er eilt durch den Vorratsraum zu einem Regal voller Kartons. Er hat das Regal schon ein gutes Stück von der Wand weggerückt, muss aber trotzdem noch den Atem anhalten, um sich dahinterzuquetschen.

Die Schritte werden schwerer. Jetzt sind sie in der Kombüse. Doch Stefano kann niemanden durch den Spalt zwischen den Kartons sehen, der ihm lediglich einen schmalen Sichtbereich bietet. Plötzlich huscht ein Schatten an dem Spalt vorbei. Stefano verkrampft sich. Als derjenige stehen bleibt und deutlicher wird. Ein Soldat in voller Montur und mit Helm steht nur Schritte vor ihm und richtet ein Gewehr auf ihn.

Stefano stockt der Atem. Ihn überkommt eine Mischung aus Furcht und Erleichterung. *Ist es endlich vorbei, o Herr?*

Aber der Soldat scheint ihn nicht zu sehen. Er blickt sich zu beiden Seiten um und bewegt sich nach rechts. Stefano sieht ihn nicht mehr, hört jedoch, wie Schranktüren geöffnet und Kartons hin und her geschoben werden. Stefano umklammert das Messer so fest, dass seine Handfläche pocht.

Was tue ich? Ich bin nur ein einfacher Mönch. Ein Mann des Friedens.

»Du dienst mir!« Die Stimme in seinem Kopf ist so laut, dass sich Stefano sicher ist, sie verrät ihn. »Zögere nicht! Töte in meinem Namen! Mein ist die Rache!«

Kapitel 63

Alana steht unruhig neben Sergio auf dem erhöhten Brückendeck der *Cielo di Asia*. Die Luft ist elektrisiert. Seit zwölf Minuten sind sie an Bord des Frachters. COMSUBIN-Soldaten durchsuchen das Schiff, haben aber noch keine Spur von Stefano entdeckt, und ein Spürhundeteam ist bereits unterwegs, um sie zu verstärken.

Der Kapitän, Murdoch, ein bärtiger Engländer, der mit dem linken Auge schielt, ist verärgert. »Hätten Sie uns informiert, hätten wir den Mann festnehmen können!«, murrt er, während er um seine Hightech-Navigationsinstrumente herumgeht. »Jetzt kann er überall sein.«

»Wir wollten Ihre Besatzung nicht gefährden«, wiederholt Sergio zum dritten Mal.

»Tja, haben Sie aber, oder?«, knurrt Murdoch.

»Nein, das hat Stefano Russo. Und Ihre Reederei hat es, indem sie ihn angeheuert hat, ohne ihn zu überprüfen.«

»Hundertfünfzigtausend metrische Tonnen an Bord eines Schiffes, das so lang wie ein Fußballfeld ist!«, tobt Murdoch. »Hier gibt es ohne Ende Stellen, an denen sich Ihr Mann verstecken kann!«

»Was passiert ist, ist passiert!«, kontert Alana.

Murdoch wirft ihr einen eisigen Blick zu, sagt aber nichts.

Sergio hebt eine Hand an den Bluetooth-Empfänger in seinem

Ohr und sagt einige Worte. Dann wendet er sich zum Kapitän. »Da ist etwas in Stefanos Kajüte. Bringen Sie uns bitte hin.«

Murdoch geht voraus drei Treppen hinunter zum untersten Deck. Als sie um eine Ecke biegen, sieht Alana einen Soldaten vor einer Tür stehen. Sie gehen auf ihn zu. Murdoch will ihnen folgen, doch Alana hält ihn zurück. »Bleiben Sie hier.«

»Dies ist mein Schiff!«, protestiert er wütend.

»Mag sein, doch Sie tragen keine Schutzkleidung. Oder ziehen Sie es vor, sich mit der Pest zu infizieren?«

Murdoch macht kehrt und marschiert davon.

Bevor Alana den Raum erreicht, bemerkt sie eine Hand und einen Teil von einem Arm, die aus der Tür ragen. Sie rennt los. In der Kajüte liegt eine Leiche auf dem Boden ausgestreckt. Der Tote ist Asiat.

Capitano Monti ist schon drinnen, konzentriert sich jedoch nicht auf die Leiche, sondern ist über die untere Koje gebeugt und leuchtet mit seiner Taschenlampe in eine offene schwarze Leinentasche.

»Wer ist der Mann, Capitano?«, fragt Alana.

Monti blickt zu ihr. »Er hat sich diese Kajüte mit Stefano geteilt. Wir haben ihn im Wandschrank gefunden.« Er bewegt sein Handgelenk. »Kommen Sie, *Dottoressa*. Das hier müssen Sie sehen.«

Alana steigt über den Toten und schaut über Montis Schulter in die Leinentasche. Das Innere ähnelt dem alten Mäusekäfig aus ihrer Grundschule, mit einem Futterspender und fleeceartigem Stoff ausgelegt. Drinnen sind drei Ratten, jeweils durch Plastikwände voneinander getrennt. Zwei der grauschwarzen Tiere erstarren im Licht, während sich das dritte auf die Hinterbeine stellt, nach oben reckt und schnuppert.

Alana erkennt die ungewöhnlichen Schneidezähne und das

Fellmuster der Ratte wieder, die Justine seziert hat. Ihr wird kalt, weil sie der Quelle des Schwarzen Todes so nahe ist. »Woher wissen wir, dass es alle Ratten sind, die er mit an Bord gebracht hat?«

»Wissen wir nicht.« Monti nickt zu dem Seesack. »Hier sind sechs Einzelboxen.«

Alana dreht sich zu dem Toten um und kniet sich zu ihm. Seine offenen Augen sind blutunterlaufen und seine Lippen spröde und rissig. Mit der verhüllten Hand tastet sie an seinem Hals entlang, fühlt aber nichts. Dann gleitet sie mit der Hand unter seinen Arm. An der Achsel ist eine golfballgroße Beule. »Pest!«

»Sind Sie sicher?«, fragt Sergio.

»Vollkommen sicher.«

Monti ruft etwas in sein Headset und wendet sich von der Koje ab. Dann sagt er noch etwas und rennt aus der Tür.

»In einem der Laderäume bewegt sich etwas. Das könnte Stefano sein«, übersetzt Sergio, als er schon Monti nachläuft. »Bleiben Sie hier, Alana, und sichern Sie den Raum, damit sich hier keiner ansteckt.«

Alana ist versucht, ihm hinterherzulaufen, weiß aber, dass Sergio recht hat. Sie geht zu dem schwarzen Seesack, der als tragbarer Rattenkäfig dient, und sieht die nervösen Tiere darin an. »Wie viele von euch sind noch an Bord?«

Sie weiß, dass Stefano praktisch überall auf dem Frachter andere Ratten ausgesetzt haben könnte. Hier sind Tausende von Containern, in denen er sie verstecken konnte. Sie bräuchten nichts weiter als eine Nahrungsquelle.

Essen! Der Gedanke trifft sie wie ein Fausthieb.

Sie dreht sich um und läuft zur Tür. »Wo ist die Kombüse? Die Küche?«, fragt sie den Soldaten, der draußen Wache steht.

Er schüttelt den Kopf. Offensichtlich versteht er nicht, was sie sagt.

Sie versucht, sich an das italienische Wort zu erinnern. »*Cucina!*«, sagt sie.

Der Soldat runzelt die Stirn. »*Il terzo piano.*« Er zeigt gen Decke und hält drei Finger in die Höhe.

Alana rennt den schmalen Gang entlang und die Treppen hinauf zum dritten Deck. Dort eilt sie an der Messe vorbei und durch eine Schwingtür in die Kombüse. Drinnen sind sämtliche Schränke weit offen. Sie nimmt an, dass dieser Bereich schon von einem Soldaten durchsucht wurde, trotzdem sieht sie sich kurz um. Nichts. Sie läuft durch die offene Tür in den großen Vorratsraum.

Als sie sieht, wie riesig er ist, stöhnt sie. Eine ganze Regalwand steht voller Kartons. Es wird Stunden dauern, bis sie die durchgesehen hat. Dann fällt ihr Blick auf eine Gruppe von Plastikdosen, so groß wie Wäschekörbe, die an der Wand hinten aufgestapelt sind. Sie geht hin und hebt die oberste herunter. Sie ist schwerer, als Alana erwartet hat, und sie hat Mühe, sie auf den Boden zu hieven. Dann hebt sie den Deckel und stellt fest, dass sie randvoll mit Mehl ist.

Alana nimmt die zweite, beinahe gleich schwere. Die ist voller Reis. Die nächste ist deutlich leichter. Sie ist voller Tortilla-Chips. Alana läuft in die Küche und greift sich einen der großen Auffülllöffel. Mit dem rührt sie in den Chips, doch da ist nichts zu fühlen. Entmutigt nimmt sie sich eine weitere leichte Dose vor, in der Cornflakes sind. Auch hier stochert sie mit dem Löffel herum und kann nichts entdecken.

In der dritten Dose sind Schokoringe. Als sie den Deckel auflegen will, fangen einige der Frühstücksringe an zu vibrieren. Sie rammt den Löffel hinein und beginnt, die Ringe zur Seite zu schaufeln. Nach dem vierten oder fünften Löffel sieht sie eine Spur von Grau.

Sie beugt sich vor und berührt die Stelle mit der Rückseite des Löffels. Plötzlich erzittert eine Ratte, sprüht Schokoringe in alle Richtungen und zeigt ihren pelzigen Körper. Alana reißt vor Schreck den Arm zurück und spürt sofort, wie ihre Schulter ausgekugelt wird. Sie keucht vor Schmerz.

Mit der anderen Hand reißt sie ihren Arm zurück. Als der Knochen sich wieder einrenkt und der Schmerz abklingt, pikt ihr etwas Spitzes zwischen die Schulterblätter.

Ein kalter Schauer durchfährt sie. »Stefano?«, fragt sie, ohne sich zu rühren.

Es folgt quälende Stille. »Si«, sagt er schließlich.

Alana zuckt zusammen, als der Druck zwischen ihren Schultern zunimmt. Weil das Messer so nahe an ihrer Wirbelsäule ist, wagt sie nicht zu atmen. »Sprechen Sie Englisch?«, fragt sie.

»Ja.«

»Stefano, ich bin Ärztin«, sagt sie langsam. »Verstehen Sie?«

»Sie sehen aus wie die anderen. Die Soldaten.« Seine Stimme ist sanft, klingt aber dennoch bedrohlich.

»Ich bin keine Soldatin. Ich bin nicht hier, um Ihnen wehzutun. Nur um sicherzugehen, dass niemand mehr an der Pest erkrankt.«

»Das ist nicht Gottes Wille.«

Das Messer drückt noch fester zu. Sie fühlt etwas Kaltes an ihrem Rücken und begreift, dass ihr Schutzanzug hinten zerschlitzt wurde. Während sie sich fragt, ob die Klinge schon in ihre Haut eingedrungen ist, zwingt sie sich, konzentriert zu bleiben. Sie erinnert sich daran, wie Dr. Lonzo Stefanos schwankenden Glauben an seinen Wahn beschrieben hat. »Das ist nicht Gott, Stefano.«

»Was haben Sie gesagt?« Seine Stimme bricht.

»Ich habe mit Dr. Lonzo gesprochen«, sagt sie und umfasst

den Löffel fester. Ihr bleibt keine Zeit, nach ihrem Gewehr zu greifen. »Er ist ein guter Mann. Ein kluger Mann.«

»Dr. Lonzo irrt sich!«

»Im Grunde Ihres Herzens wissen Sie, dass er recht hat.« Sie kann seinen Oberschenkel hinten an ihrem Bein spüren und ruft sich ihr Nahkampftraining ins Gedächtnis. Ein Hieb gegen seinen Schritt könnte ausreichen, ihn bewegungsunfähig zu machen. Sie hält den Löffel fest und verlagert ihr Gewicht ein wenig zur Seite, um Raum zu schaffen. »Gott spricht nicht mit Ihnen, Stefano. Diese Stimmen in ihrem Kopf sind Teil Ihrer Krankheit.«

»Nein!«, schreit er.

Alana erstarrt und rechnet damit, dass er die Klinge in ihren Rücken rammt, doch der Druck bleibt gleich. »Denken Sie nach, Stefano. Was für ein gnädiger Gott würde eine solche Krankheit verbreiten?«

»Die Welt ist schon jetzt krank. Und er hat es schon früher getan. Noah und seine Arche. Die zehn Plagen von Ägypten!«

»Ich habe Kinder an der Pest sterben sehen, Stefano.«

»*Bambini?*«

»Ja. Eine kleine Dreijährige.« Sie bewegt sich wieder ein wenig zur Seite. »Sie war so hübsch – mit blauen und rosa Schleifen im Haar. Sie hätte Ihnen das Herz gebrochen. In den Armen ihrer Mutter ist sie gestorben. So grausam ist Gott nicht. Er würde das nie tun.«

»Das haben Sie gesehen?«, fragt er.

»Ja, habe ich. Doch es ist nicht Ihre Schuld, Stefano. Don Arturo ist verantwortlich!«

»Don Arturo?«, wiederholt er verwirrt.

»Ja.« Sie rückt noch weiter weg. »Wir wissen, dass er Sie manipuliert hat und dazu gebracht, Ihre Medikamente abzusetzen. Er hat Sie überredet, die infizierten Ratten auszusetzen. Er nutzt Ihre Krankheit nur aus.«

»Don Arturo ist ein netter Mann«, sagt er, obwohl sie einen Hauch von Zweifel wahrnimmt.

»Nein, Stefano. Er ist ein böser Mann. Verbittert und wütend. Er ist voller Zorn, weil man ihm seine Abtei weggenommen hat. Das hat nichts mit Gott zu tun. Don Arturo will bloß Rache und dass andere leiden wie er.«

Stefano schweigt eine Weile, doch die Klinge bleibt.

»Nein, nein, nein!«, stöhnt er. »*Lasciami in pace!*«

Für einen Moment fragt Alana sich, ob jemand anders hereingekommen ist. Dann wird ihr klar, dass er mit seinen Halluzinationen streitet. »Hören Sie mir zu, Stefano!«, befiehlt sie, während sie ihr Handgelenk zum Schlag anspannt. »Die Stimmen sind nicht real. Dr. Lonzo hatte die ganze Zeit recht!«

»Und Don Arturo weiß das?«

»Ja! Er hat Sie nur benutzt, um sich an der Kirche zu rächen.«

Wieder tritt Stille ein, dann lässt der Druck des Messers nach. »Was habe ich getan ...?«, murmelt Stefano.

»Es wird wieder gut, Stefano.«

»Die Kinder ...«

Die Klinge verschwindet von ihrem Rücken. Als sie sich sicher ist, dass sie fort ist, dreht Alana sich schnell herum und hebt zugleich den Löffel an.

Stefano steht wenige Schritte von ihr entfernt. Tränen strömen ihm über die Wangen, und er hält sich die Klinge an die Kehle. »O Herr, nimm mein Leben«, sagt er.

»Nein, Stefano!«

Sie springt nach vorn, aber es ist zu spät. Er hat die Klinge bereits über seinen Hals gezogen, und Blut sprüht auf Alanas Maske.

Kapitel 64

Heute ist der vierte Tag des Junis. Ich, Gabriella, Tochter des Jacob ben Moses, schreibe diesen Eintrag anstelle von Doktor Pasqua.

Seit Wochen kämpfe ich mit dem Wunsch, die Worte meines geliebten Rafael durch meine zu ergänzen. Heute konnte ich nicht länger widerstehen. Mein Rafael hat seine Erfahrungen mit dieser Pestilenz so hingebungsvoll niedergeschrieben, und im Herzen weiß ich, dass er gewollt hätte, seine Geschichte würde für die Nachwelt abgeschlossen. Ich erachte es als meine Pflicht und Schuldigkeit, dies für ihn zu tun.

Wie ich gehört habe, sind über die Hälfte der Menschen in Genua der Pest zum Opfer gefallen. Ich kann nicht die Namen all jener aufzählen, die ich in diesen verfluchten Monaten verloren habe. Es schmerzt mich zu sehr, mich an sie zu erinnern, geschweige denn an sie zu denken. Die Pest ist über Genua hinweggefegt wie der schlimmste aller Stürme, aber endlich scheint er weitergezogen zu sein. Die Leute kehren wieder auf die Straßen und die Märkte zurück. Das Leben wird nie wieder sein, wie es war, doch die Stadt hat durchgehalten, was mehr ist, als die meisten erwartet hätten.

Drei Monate sind vergangen, seit Rafael von Don Giovanni aufgebrochen war, um sein hastig improvisiertes Heilmittel, so es denn ein solches genannt werden kann, dem Erzbischof zu bringen. Als er an dem Abend nicht wie versprochen zurückkehrte, blieb ich die ganze Nacht auf und betete für seine sichere Heimkehr. Wie so oft, blieben meine Gebete unerhört. Am nächsten Tag flehte ich Don Marco an, sich nach meinem Rafael zu erkundigen. Der freundliche Abt versicherte mir, Gott würde über ihn wachen und er bald zurückkommen. Als zwei weitere Tage ohne ein Zeichen von Rafael verstrichen, begab sich Don Marco auf den Weg zum Palast des Erzbischofs.

Erst nach noch einmal drei Tagen kehrte Don Marco nach San Giovanni zurück. Und er war allein. Er humpelte stark, und sein rechtes Auge war zugeschwollen. Bevor er von den Ereignissen beim Erzbischof berichtete, lud er mich zu sich in die Wärmestube ein und bestand darauf, dass wir uns einen Weinschlauch teilten, was unter so gut wie allen anderen Umständen undenkbar gewesen wäre.

Als wir ausgetrunken hatten, fragte er mich, wie viel von Rafaels Tortur ich hören wolle. Ich bat ihn, mir alles zu erzählen, ganz gleich wie schmerzlich oder verderbt. Was ich nun bereue, da meine Tränen seither kaum je versiegt sind.

Bei seiner Ankunft im Palast erfuhr Don Marco, dass der Erzbischof schwer krank war. Er war zu schwach, auch nur das Bett zu verlassen. Sein Atem ging schwach von der Pestilenz. Und der Mann war so erbost, dass Don Marco nicht erkennen konnte, ob er vor Fieber oder vor Zorn zitterte. Nicht bloß beschuldigte der Erzbischof zu Unrecht meinen gütigen Rafael, ein Ketzer und Hexer zu sein, er klagte Don Marco überdies an, sich mit ihm verschworen zu haben. Als Don Marco den Mut aufbrachte zu fragen, was aus Rafael geworden sei, sagte der Erzbischof nur, er würde es schon bald erfahren, und rief nach seinen Wachen.

Sie schleppten Don Marco in den Kerker. Dort fand er meinen Rafael auf dem kalten Steinboden vor. Sein Gesicht war so angeschwollen, dass Don Marco Mühe hatte, ihn zu erkennen. Zunächst glaubte er Rafael bereits tot. Erst als mein Geliebter sprach, begriff der Abt, dass er noch lebte.

Rafaels Stimme war nur mehr ein Flüstern, doch sein Geist war noch klar genug, um Don Marco von seinen Erlebnissen zu berichten.

Der Erzbischof hatte nur Stunden vor Rafaels Eintreffen erste Anzeichen der Pest gezeigt. Gierig verschlang er Rafaels Heilmittel und befahl ihm, als sein persönlicher Arzt im Palast zu bleiben. Am nächsten Tag ließ Rafael seine Geschwüre auf und gab ihm mehr von der Medizin. Doch das Fieber des Erzbischofs legte sich nicht. Und er gab meinem Rafael die Schuld! In seiner Wut und seinem Delirium warf er ihm sogar vor, dieses Leiden mittels Hexerei verursacht zu haben. Er befahl seinen Wachen, Rafael zu foltern.

Mein armer Rafael wurde zwei Tage lang erbarmungslos geschlagen und gepeitscht, bevor Don Marco ihn fand. Der Abt selbst wäre wohl auch dort gestorben, wäre der Erzbischof nicht der Pest erlegen, sodass einer der anderen Priester ihn befreien konnte.

Meine Tränen beschmutzen das Pergament, als ich diese letzten Momente von Rafaels Leben aufschreibe. Auf dem Kerkerboden liegend wusste er, dass er dem Tode nahe war. Dennoch, versicherte Don Marco mir, war Rafael so gestorben, wie er gelebt hat, mit großer Tapferkeit und gütigem Herzen. Mit seinen letzten Worten bat er den Abt, mir seine große Liebe auszurichten, und ließ sich von Don Marco versprechen, mich zu schützen. Erst nachdem der Abt es ihm geschworen hatte, schloss Rafael seine Augen und tat seinen letzten Atemzug. Der Gedanke an jenen Moment bricht mir das Herz aufs Neue.

Die fehlgeleitete Rachsucht des Erzbischofs beschränkte sich nicht auf meinen Rafael. Er befahl seinen Soldaten, das jüdische Viertel zu zerstören. Ich habe von einem der anderen Mönche gehört, dass von unserem Dorf nur noch Asche übrig ist. Ich kann Gott nur danken, dass es Rafael gelungen war, meinen Bruder und meine

Schwester zu überreden, vor dem Zornesausbruch des Erzbischofs mit ihren Familien nach Osten zu fliehen.

In den letzten drei Monaten hat Don Marco Wort gehalten. Ich blieb unter dem Schutz der Mönche hier in San Giovanni. Zwar hatte ich erwogen, mich auf die Suche nach meiner Familie zu machen, aber vor zwei Monaten, als die Blutungen aufhörten und die Morgenübelkeit einsetzte, fand ich einen neuen Lebenssinn. Denn nun trage ich Rafael Pasquas Kind unter meinem Herzen.

Es ist mir Erfüllung genug, zu wissen, dass das Vermächtnis dieses großartigen Doktors, eines Mannes, der so viel Courage und Freundlichkeit in der dunkelsten Zeit bewies, nicht nur in diesen schriftlichen Aufzeichnungen weiterleben wird, sondern auch durch unseren Sohn oder unsere Tochter und, so Gott will, die vielen Nachkommen, die folgen.

Kapitel 65

Immer noch liegen kreuz und quer Betonschalungen unten in der Grube. Die Erd- und Schutthaufen sind höher denn je. Doch sonst ist alles anders. Der Boden vibriert nicht mehr. Das Brummen und Dröhnen der schweren Maschinen ist verstummt. Und die Bagger, Lastwagen und Bulldozer sind nirgends zu sehen. Sogar der schwere Dieselgeruch in der Luft ist nach dem letzten Regen einem satten Erdgeruch gewichen. Die Bauarbeiter sind ebenfalls fort. Nur einige weiß gekleidete WHO-Techniker wandern die Baustelle ab und suchen nach letzten Überresten der Pest und der Nager, die sie übertrugen.

Alana steht zwischen Justine und Byron oben am Grubenrand und beobachtet die Leute unten. »Irgendwie hätte ich sie gerne gesehen«, sagt sie.

»Was, die alte Abtei?«, fragt Byron.

»Ja, solange sie noch stand.«

»Was ist mit dir los?« Justine schneidet eine Grimasse. »Die gruselige alte Kirche hat unterirdisch das nächste Armageddon beherbergt.«

»Mag sein«, sagt Alana und denkt an die Übersetzung von Pasquas Tagebuch, die sie eben zu Ende gelesen hat. »Aber auch tonnenweise Geschichte.«

»Gott sei Dank ist es jetzt Geschichte«, erwidert Justine. »Und Zanetti auch.«

Byron nickt. »Sergio hat mir erzählt, dass sie Zanetti und seinen Vorarbeiter Paolo verhaftet haben. Sie werden wegen Behinderung der Justiz und Beseitigen von Beweismaterial angeklagt.«

»Gut so«, sagt Justine.

»Sie hatten nichts hiervon geplant, Justine. Sie sind einfach in Panik geraten«, entgegnet Alana. »Marcello ist ein gebrochener Mann, und mir tut er ein bisschen leid. Nico auch. Schließlich ist Marcello der Onkel seiner Frau.«

Byron sieht sie an. »Wie geht es Nico?«

Sie ist froh, dass er nicht die Spur eifersüchtig klingt. »Er muss sich erst einmal sortieren. Aber Nico wird auf die Füße fallen.«

Einen Moment lang sagt keiner etwas, und Alana sieht, wie einer der Techniker sich bückt, um die Erde unter sich genauer zu inspizieren. Sie schüttelt den Kopf. »Dass Arturo und Stefano überhaupt geglaubt haben, die Rattenkolonie da unten könnte nach all den Jahrhunderten noch da sein …«

»Und sie dann einzufangen und die Ratten absichtlich mit Flöhen zu verseuchen«, fügt Byron hinzu, »ohne zu wissen, ob sie immer noch die Pest übertragen.«

»Oh mein Gott!«, stöhnt Justine. »Nach alldem hätte ich gedacht, ihr zwei habt endlich mal einen Funken Respekt vor dem Einfallsreichtum von Nagern entwickelt!«

»Glaub mir, Justine, ich werde sie nie wieder unterschätzen«, beteuert Alana.

Nun schüttelt Byron den Kopf. »Eins muss man Arturo und Stefano lassen, sie waren echt entschlossen.«

»Und sie gehörten schon längst weggeschlossen«, schnaubt Justine.

»Armer Stefano. Er hat Hilfe gebraucht, und stattdessen hat

der Mann, dem er am meisten vertraute, seine Krankheit ausgenutzt.« Alana atmet langsam aus. »Ich muss immer wieder an seinen letzten Moment denken. Was für eine schreckliche Art zu sterben.«

»Hoffentlich begreift Don Arturo, durch welche Hölle er den Jungen geschickt hat«, sagt Byron.

»Und ich hoffe, er verrottet im Gefängnis«, ergänzt Justine.

Alana blickt sich wieder auf der leeren Baustelle um. »Wenigstens haben wir Arturos Werk jetzt unter Kontrolle.«

»Wir sind noch nicht aus dem Schneider«, sagt Byron. »Nicht mal annähernd. In Neapel wütet die Pest immer noch.«

»Heute haben sie weniger neue Fälle gemeldet als gestern«, erinnert Alana ihn. »Und in Genua gar keinen.«

Er nickt. »Feiern wir, wenn eine Woche ohne einen neuen Fall *irgendwo* vergeht. Bis dahin bräuchte es immer noch nur eine verirrte Ratte – oder Person – um einen weltweiten Ausbruch auszulösen.«

Alana sieht ihm in die Augen. »Es ist nicht mehr wie vorher, als Stefano noch frei herumlief. Wir haben jetzt die Quelle abgeschnitten. Und bald werden sie in die Massenproduktion des Antiserums gehen. Die Kontrollmaßnahmen, die du eingeleitet hast, wirken. Es wird sich wieder beruhigen.«

»Zu viel Zuversicht ist nie gut«, warnt er, auch wenn sein Ton nahelegt, dass er ihr zustimmt.

»Nun, so gern ich mehr von dieser Selbstbeweihräucherung hören würde, die schon fast als Flirt durchgeht« – Justine zeigt zu den Technikern in der Grube –, »sehe ich doch lieber mal nach, wie die Jungs vorankommen.«

Alana lacht. »Ich fasse nicht, dass ich das sage, aber du wirst mir fehlen, Justine.«

»Tja, so geht es allen«, antwortet Justine, als sie sich wegdreht.

Alana blickt ihr nach, als sie die Holztreppe hinuntersteigt und hinter einer großen Betonschalung verschwindet. »Ich habe die Übersetzung von Rafael Pasquas Tagebuch zu Ende gelesen, Byron.«

»Und?«

»Es war trauriger, als ich gedacht hätte.«

»Du bist überrascht, dass ein Tagebuch über den Schwarzen Tod traurig ausgeht?«

»Na ja, ich hatte ja nicht mit einer Liebesgeschichte gerechnet.«

»Der Arzt und die Jüdin, die du erwähnt hast?«

Alana nickt.

Byron legt ihr eine Hand auf die Wange und streicht sanft darüber. »Wer hätte gedacht, dass der Schwarze Tod so verdammt romantisch sein kann?«

»Komisch.« Sie knufft ihn in die Rippen. »So anders als die beiden sind wir übrigens nicht.«

»Wie das?«

»Sobald die Angst sich durchgesetzt hatte, ist die Gesellschaft zerbröckelt. Die Leute sind aufeinander losgegangen.«

»Auch diesmal hatten die Leute Angst, klar, aber ich würde nicht behaupten, dass wir aufeinander losgegangen sind.«

»Es ist auch nur eine Woche gewesen, Byron. Stell dir vor, es wäre bloß halb so schlimm wie im vierzehnten Jahrhundert geworden. Wer weiß, wie es dann ausgegangen wäre! Damals haben sie den Juden die Schuld gegeben. Diesmal hätten es die Muslime sein können.«

»Möglich wäre es.« Er beißt sich auf die Unterlippe. »Übrigens habe ich festgestellt, dass du es irgendwie wert warst.«

»Wovon redest du?«

»Nachdem ich das Foto von Yasin Ahmed an die Medien gegeben habe …«

»Oh ja, ich erinnere mich!«

»Du hättest mich den Wölfen zum Fraß vorwerfen können, doch du hast dir selbst die Schuld an den Hassverbrechen gegeben.« Er legt einen Arm um ihre Schultern. »Da wurde mir klar, dass du ziemlich besonders bist.«

Alana lehnt ihren Kopf an seine Halsbeuge. »Rafael Pasqua … also, der war wirklich besonders. Ein Held.«

»Verkauf dich nicht unter Wert, Alana. So wie du Stefano niedergestarrt hast, als er das Messer schwang …«

»Niedergestarrt? Er war hinter mir. Ich konnte nicht mal sein Gesicht sehen.«

»Aber du bist darauf gekommen, wo er die restlichen Ratten versteckt hat.«

»Die Hunde haben die letzten beiden in der Kombüse erschnüffelt.«

»Wärst du nicht gewesen …«

»Ja, kann sein.« Sie merkt, wie ihre Wangen heiß werden. »Wir haben das ganz okay gemacht, was?«

»Haben wir.« Da ist echter Stolz hinter seinem Grinsen.

»Hör mal, Byron, ich muss in ein paar Stunden nach Brüssel.«

»Ich muss hierbleiben. Es gibt noch haufenweise zu tun für uns.«

»Ich wollte dich auch nicht einladen.«

Sichtlich verlegen senkt er den Blick. »Oh, ich … ich verstehe. Ich dachte nur …«

Sie beugt sich vor und küsst ihn auf die Wange und den Mund. »War nur ein Scherz. Komm mich besuchen, wenn du hier fertig bist. Ich führe dich in das wahre belgische Leben ein.«

»Das da wäre?«

»Keine Ahnung. Waffeln im Bett?«

Lachend nimmt er sie in die Arme.

Alana drückt ihn an sich. Sie fühlt sich wohl in seiner Umarmung. Und sie denkt an den letzten Tagebucheintrag. In ihr regt sich neue Hoffnung für die Zukunft. Sie hofft, die ist nicht deplatziert.

Danksagung

Meine Geschichte ist fiktiv, aber die Wissenschaft und Historie dahinter sind alles andere als das. Und ich brauchte Hilfe, um mir eine Welt vorstellen zu können, in der die Pest – die tödlichste Naturkatastrophe, die jemals die Menschheit beutelte – in der Gegenwart zurückkehrt. Zwei geschätzte Kollegen, Dr. Victor Leung und Dr. Marc Romney, boten mir faszinierende Einblicke in die Mikrobiologie hinter dieser rätselhaften und beängstigenden Krankheit. Und ich lernte mehr aus vielen hervorragenden Büchern, einschließlich *The Great Mortality* von John Kelly, *The Black Death* von Philip Ziegler, *In the Wake of the Plague* von Norman F. Cantor und *Das Decamerone* von Giovanni Boccaccio aus dem vierzehnten Jahrhundert.

Auch bin ich gesegnet – im Sinne von glücksgesegnet, nicht religiös –, die Unterstützung von Freunden und Familienmitgliedern zu haben, die meine Bücher lesen, oft in der groben Form des ersten Entwurfs, und mir hilfreiches Feedback geben, von der massenhaften Ermutigung ganz zu schweigen. Ich würde sie namentlich aufführen, hätte ich nicht die Sorge, einen wichtigen Namen auszulassen. Deshalb gehe ich auf Nummer sicher und danke allen. Ihr wisst, wer gemeint ist!

Einige wenige will ich hier namentlich aufführen, weil sie einen einzigartigen Beitrag leisteten. Ich stehe zutiefst in Kit Schindells Schuld, einer freiberuflichen Lektorin und Freundin, deren detailliertes Feedback mir immer wieder hilft, meine Geschichten zu verbessern. Glen Clark ist ein großer Kämpfer für mein Schreiben. Meine Mutter Judy ist eine verlässliche Stütze und stete Inspiration dafür, das Leben in vollen Zügen auszukosten. Und wie immer habe ich mich ganz auf die Weisheit meines Agenten verlassen, Henry Morrison.

Ich freue mich auf die Veröffentlichung mit meinen neuen Freunden bei Simon & Schuster. Die Unterstützung und das Feedback von Nita Pronovost, Anne Perry, Adria Iwasutiak und vor allem Kevin Hanson haben sich als unschätzbar wertvoll erwiesen. Und schließlich geht ein riesiges Dankeschön an meine wunderbar talentierte Lektorin Laurie Grassi, die geholfen hat, dieses Buch vom ersten Rohentwurf zum Endprodukt zu führen, wobei es mit jedem Lektorieren von ihr besser wurde.

Und ich danke meinen Lesern, die diese Reise mit mir unternehmen. In diesem Roman kehre zu meinen Thrillerwurzeln zurück und darf gleichzeitig meine jüngsten Erfahrungen im Schreiben historischer Bücher einbringen, indem ich die Gegenwart mit einer Parallelgeschichte aus der Vergangenheit würze. Für mich ist es die perfekte Symmetrie. Und ich danke Ihnen allen für Ihre Treue und Ihr Interesse.

Die verzweifelte Suche einer Mutter nach ihrem Sohn offenbart eine tödliche Bedrohung – für die ganze Welt

Ein Jahr ist vergangen, seit Tina Evans ihren Sohn Danny bei einem tragischen Unfall verloren hat. Als sie eines Morgens sein altes Kinderzimmer betritt, wartet an Dannys Kreidetafel eine Nachricht auf sie: NICHT TOT. Hat sich jemand einen makaberen Scherz erlaubt? Oder steckt ein anderer, ein unheimlicherer Grund dahinter? Die Suche nach der Antwort führt Tina von Las Vegas' hell erleuchteten Straßen durch staubige Wüsten bis zu den schneebedeckten Bergen der Sierra Nevada. Dabei stößt sie auf eine schreckliche Wahrheit, die das Leben aller bedroht – das Leben jedes Mannes, jeder Frau und jedes Kindes.

Dean Koontz
Die Augen der Finsternis
Thriller

Aus dem Englischen von Sabine Schilasky
Taschenbuch
Auch als E-Book erhältlich
www.ullstein-buchverlage.de

ullstein

Der grausamste Killer, den das FBI je gejagt hat.

Lebenslang in Sicherheitsverwahrung. Doch er ist entkommen. Sein Name: Lucien Folter. Robert Hunter wird nicht ruhen, bis er ihn wieder gefasst hat.

Robert Hunter weiß, wie Mörder denken. Der Profiler des LAPD jagt die grausamsten Killer. Der schlimmste von allen war Lucien Folter – hochintelligent und gewaltverliebt. Als Lucien aus der Sicherheitsverwahrung ausbricht, folgt Hunter seiner blutigen Spur. Und der Killer lockt den Widersacher mit einem perfiden Spiel in seine Nähe: Wer ist der Klügere? Wer wird gewinnen?

Chris Carter

Jagd auf die Bestie

Thriller
Aus dem Englischen von Sybille Uplegger
Taschenbuch
Auch als E-Book erhältlich
www.ullstein-buchverlage.de

ullstein